Une pâle beauté

Muriel Cerf

Une pâle beauté

ROMAN

Albin Michel

22, rue Huyghens, 75014 Paris

ISBN 2-226-02099-3

A Jacqueline Cerf,
ma mère, mon amie

« Elles sont rares, les femmes qui ne sont pas essentiellement vaches ou bonniches — alors, elles sont sorcières ou fées. »

Lettre à Hindus, le 10.9.1947
l'Herne in J. Kristeva, *Pouvoirs de l'Horreur.*

« Or la séduction n'est jamais de l'ordre de la nature, mais de celui de l'artifice — jamais de l'ordre de l'énergie, mais de celui du signe et du rituel.

« La souveraineté de la séduction est sans commune mesure avec la détention du pouvoir politique ou sexuel.

« Le masculin est certain, le féminin est insoluble. »

Jean Baudrillard, *De la séduction.*

PROLOGUE

Propos d'une femme de charge avant d'être engagée

Le 16 septembre 1982. Madame la première fois que je l'ai vue mon Dieu j'ai pas cru que c'était elle Madame mais la fille de Madame, une gosse quoi, pas plus de dix-huit ans et pas sapée comme une duchesse, en jins et petit polo vert et blanc rayé ça je m'en rappelle et ses bras si minces qui sortaient du polo que c'en était émouvant je sais pas pourquoi ses petits bras m'ont fait penser à ma fille, la seule que j'ai gardée, les quatre autres filles sont mortes en bas âge ou bien j'ai avorté je sais je mélange tout depuis Budapest les Cosaques m'ont tellement cogné dessus et ils ont violé ma mère tzigane Maritza et ils l'ont tuée et moi Katichka ils m'ont laissée tranquille parce que je n'avais pas de seins ni de fesses pourtant douze ans, mais ça les a pas intéressés et c'est pour ça que je suis là, ensuite on a été déportés et marqués que j'en ai encore des chiffres bleus sur les bras mais je ne sais pas les lire, moi et mon frère celui qui vient de recevoir un coup de couteau dans le cœur qu'on va l'opérer demain à Broussais, tout ça à cause d'une bagarre entre Hongrois et Algériens à l'usine, à la jambe aussi il est blessé mon frère, pauvre gars, il m'a dit que dans le marc de café lui aussi il lit dedans comme ma mère Maritza qu'ils ont violée et tuée, et il ne se trompe jamais, il voit tout là-dedans, tout — qu'est-ce que je disais, ah oui ce petit oiseau, Madame et ses bras minces comme des fils de haricots mais pas couleur de haricot couleur qu'avait dû être abricot mais un peu beaucoup dédoré, et elle m'a ouvert elle-même la porte du vieil immeuble où elle habite avec une vieille grand-mère Adora Graziani j'ai noté le nom, l'Adora vient de l'Italie ce sont des juifs sépharades par la suite elle m'a demandé Madame de recopier juifs sépharades cinquante fois jusqu'à ce que je sache car pour elle c'est important d'être juive sépharade même demi, ne la contrarions pas, moi je suis chrétienne et je crois au Dieu chrétien m'enfin on va pas s'engueuler à propos de quelqu'un qu'on a jamais vu, totobstant, une formule que j'ai appris en 26 ans de service chez les gens en France, oui tous mes papiers sont en règle, travailleur immigré réfugiée politique, j'en reviens à Madame qui ouvre la porte de sa grand-mère Adora un nom bizarre, et qui m'introduit faut voir avec quelle délicatesse moi je me suis dit cette enfant doit être la fille de la Madame inconnue dont par contre j'ai vu le Monsieur dans un grand bureau plein de boiseries genre palissandre bois exotique trois mètres de plafond très très chic, le monsieur de Madame inconnue aussi très chic et savonneux de gentillesse à ne pas croire — je me suis dit ce Monsieur il a dans les cinquante ans, et la Madame au pire ça doit être genre femme du monde dans les quarante avec des fourreaux à décolleté trapèze haute couture, enfin pas pour l'après-midi, l'après-midi tailleur Chanel et perlouzes, bon, me voilà donc rue Maubert dans les fins fonds de Paris, je connais pas ce quartier jamais travaillé là, je grimpe avec mon frère avant le coup de couteau, je sonne, et je reste coite devant l'enfant exactement celle que j'aurais dû avoir, un air slave incroyable, petite, menue, mais des jambes interminables pour sa taille dans les jins les jambes, des chaussures de tennis elle doit être sportive, et ce polo, on était en septembre, pouvait encore se découvrir un peu pourtant faisait froid dans cet appartement plutôt miteux, toute la décoration doit être du goût de l'Adora, sûrement pas de Madame qui en a elle du goût ça se voit à ce qu'elle porte — et devant les longs fils bras haricots dédorés, j'ai fondu, et devant sa façon de m'accueillir et ce sourire on croirait voir briller une petite serpe quand elle découvre ses dents et bon Dieu pardon Seigneur, une taille de guêpe, et des seins tout comme Brigitte Bardot d'ailleurs elle est foutue comme Brigitte Bardot mais en plus petit, un sucre enfin, je tremblais, c'était donc ni la fille de Madame ni la nièce de Monsieur, elle m'annonce qu'elle a trente ans, à ne pas croire, bon, à Votre Service Madame Patronne elle est si mignonne cette fille que si elle veut je l'appellerai Principessa en italien, tout ce qu'elle voudra, soit Your Highness un truc chic que j'ai appris dans ma dernière place, vraiment une beauté, et toute lovée dans un vieux sofa verdâtre, mérite mieux que ça, attendons la suite, que voulez-vous boire elle dit, mon frère une fois la permission d'être assis, plof sur une chaise, muet il comprend presque pas le français et parle pas un mot son seul truc c'est le marc de café et les bagarres à l'usine, boire du thé ? du Perrier ? du Vichy ? de la vodka ? seigneur, vodka, mon pays, j'ai résisté avec grand mérite car j'adore vodka, j'ai accepté tchaï et tchaï aussi pour mon frère et qu'il ne râle pas si on lui sert tchaï comme toujours en France dans des tasses pas dans des verres, et ma petite Principessa se tire pour faire du tchaï, nous voilà moi et mon frère assis chacun d'un côté d'une table où il y a un pot avec des géraniums en fin de course, visiblement personne ne s'occupe de rien dans cette maison, même pas d'arroser les plantes, enfin moi il va falloir que je bluffe comme on dit en anglais, parce qu'en fait je ne sais rien faire, je suis inscrite à l'Agence pour l'Emploi depuis des années, j'ai fait pas mal de places mais toujours pour torcher les mômes en bas âge ou alors la dernière place que je le dise à Madame dès qu'elle radine avec son tchaï, la dernière place c'était pour soigner les escarres d'une femme de cent ans environ, ça puait, et puis question cuisine je ne sais faire que les bouillies, le riz à l'eau, les carottes sautées, parce que les gosses en bas âge et les vieillards ça mange ces choses-là, et un peu de jambon de Paris haché, or il est question que je sois Gouvernante d'un Ecrivain marié avec un Monsieur qui travaille dans la Publicité d'après ce que je sais de toute façon tout ce qu'il y a d'important c'est que Publicité ou pas, Monsieur il soit Directeur, or il me l'a bien dit, ça m'a rassurée, il est Directeur, j'ai l'impression que dans la belle baraque genre hôtel particulier où il travaille y a plusieurs Directeurs mais du moment que j'en tiens un, c'est le principal, même s'il n'est pas Unique Directeur de tout ce binse-là, même qu'il n'est pas Directeur Adjoint, j'ai demandé à sa secrétaire elle m'a dit que Directeur tout court, tant mieux je me méfie des Adjoints et des Vice quelque chose ça veut toujours dire qu'il y a quelqu'un au-dessus qui commande donc que vous n'avez pas en face de vous un vrai patron, voilà Madame qui revient avec le plateau du tchaï, moi mon sac de Monoprix sur les genoux, boudinée dans mon vieux manteau beige et ma seule robe mettable, la bleue turquoise à fleurs avec un nœud par-devant, du synthétique mais c'est ce que j'ai de mieux à faire pour me présenter à des gens convenables, je croyais vieille et riche Madame, elle a l'air jeune et pauvre, mais ne nous fions pas aux apparences avec les artistes surtout c'est le jin les tennis j'ai vu ça dans les magazines, de toute façon, hier c'était la rue et si j'ai connu cette nouvelle patronne, oui, le bébé, c'est parce que dans la rue je tendais la main et c'est une amie à elle qui m'a — OUI MADAME — elle vient de me demander quelque chose, jetons-nous à l'eau, faut parler, mettre en confiance, merde je tremble, que je ne rougisse pas oreilles comprises quand elle va me poser des questions où il faudra bien que je mente or généralement je deviens couleur vin de Bordeaux — OUI MADAME, eh bien, j'ai connu votre amie Madame Zimman, pardon, vous dîtes, excusez-moi, Zimmerman, au marché Buci devant une pâtisserie, j'ai tendu la main, Madame Zimman a éclaté de rire, elle m'a dit qu'elle n'avait jamais vu de visage si désolé que le mien, elle m'a acheté un croissant avec des amandes dessus, je n'avais pas mangé depuis huit jours, évidemment je suis grosse mais c'est à cause que je ne peux me payer que des nouilles et du pain, je fais pas pitié mais je vous assure que même grosse on peut être très pauvre et avoir très faim, j'ai cru que même grosse j'allais m'évanouir alors que les gens minces comme des mannequins vous Madame Patronne (je me jette sur ses mains si fines, je les embrasse, les mouille de larmes, carrément, bon, je ne me force pas, adorable cette fille, et puis je suis slave et puis je suis émue pour de vrai) ces gens-là minces ils se portent bien parce qu'ils mangent des grillades (ne pas insister côté cuisine sinon c'est la fin de tout Katichka sois pas idiote laisse tomber on en reparlera le plus tard possible revenons au croissant aux amandes) donc Madame Zimman m'a parlé de vous, sa meilleure amie, on a longtemps parlé dans un café, elle m'a aussi offert un thé, elle m'a dit, Madame Zimman, qu'elle avait du sang slave, russe et tzigane, que donc intuituition, ce mot là j'y arrive pas, elle m'avait repérée et sauté dessus à cause de vous Madame Patronne sa meilleure amie, écrivain, pour une femme c'est rare et merveilleux, mais est-ce que c'est vraiment un métier où on gagne de l'argent, t'inquiète Katichka, les artistes parfois ça en gagne, c'est ce cas-là, ou bien c'est que la gosse a embobiné un gentil mari plein de fric et voilà l'affaire, je lui dois tout à Madame Zimman, enfin je lui dois d'être ici, Madame Patronne, sinon j'étais à la rue, ça j'ai pas dit à votre Monsieur avec mes vêtements oh juste deux robes et je porte ma seule paire de chaussures aux pieds actuellement, mes vêtements à la consigne de la gare Saint-Lazare et bon, mon frère qui m'héberge dans sa chambre où je couche par terre, je peux coucher n'importe où Madame Patronne, je ne vous quitterai jamais si vous me prenez, Katichka, va pas trop loin le patitique, Madame Patronne fronce son joli petit nez faut voir ce petit nez de chat qu'elle a, de la décence Katichka, t'as plus rien au monde, la vieille aux escarres elle a clamsé avant l'été, et son fils n'avait aucun escarre donc m'a poliment congédiée VOICI MADAME PATRONNE MES PAPIERS ET TOUS MES CERTIFICATS elle met le petit nez de chat dessus, hoche la tête, elle a les cheveux tirés en arrière et une seule grosse natte noire et une raie au milieu du crâne, pas un gramme de maquillage, sauf du rouge sur les ongles des mains, et ce qu'elle est jolie mon Dieu, elle lit les papiers, tout est en règle, j'ai planqué mes mauvais certificats, y'en a quand même deux vu que deux patronnes salopes m'ont flanquée dehors parce que j'en savais trop sur leur vie privée, ceux-là elle les verra pas, rien que les éloges à cause des escarres de la vieille qu'a claboté, et les éloges à cause des fesses du môme que j'ai torché six mois ensuite les patrons et parents du môme une vraie peste sont partis habiter l'Australie ou très loin, donc, je n'en perds pas une de ce qui se passe sur le petit minois de Madame la Chatte Patronne, eh bien il se passe des choses agréables, elle resourit, elle reste debout près de moi, elle me sert mon thé.

Ah non Madame Patronne je dis (je lui rembrasse les

mains, ça n'a pas l'air de lui déplaire, ça la ferait même rigoler en dessous) c'est bien la première fois qu'on me fait du thé et que ma patronne me le sert et me demande combien de sucres et voulez-vous du lait ou du citron, après j'irai laver les tasses je vous en prie excusez-moi — Mais non Katichka, elle dit — bon sang elle m'appelle par mon prénom, et toute tendre et miel, un ange du Paradis, j'ai bien fait de prier Dieu toute la matinée à l'église Notre-Dame autant bien faire les choses alors je vais toujours à l'église Notre-Dame où c'est le plus beau pour avoir le plus de chances que ça réussisse parce que c'est tout comme dans la vie, au ciel Dieu s'occupe de ceux qui vont dans les églises les mieux, pas le temps de voir ceux qui grelottent dans les petites églises de campagne, c'est bien normal, alors les cierges que j'ai mis hier, cinq francs quand même, ça a l'air de marcher comme sur des roulettes Dieu merci m'a entendue la petite sait ce qu'elle veut, un foudre, donc son type doit être piégé, donc peut banquer beaucoup, donc j'aurais dû demander plus de quatre mille francs à l'essai, nourrie logée bon, après le mois d'essai, c'est quatre mille cinq, ne pas laisser trop voir que je veux cette place sinon, les ponts, la cloche et les bouches de métro, mais quand même réembrasser les mains, ce qui a l'air de porter, autres questions, serre pas ton sac comme ça Katichka, tes doigts en sont tout bleus, dis à ton cœur de battre moins vite, ça se voit sous ta grosse poitrine qui se soulève on dirait une baleine tirée de la mer, et en plus tu es en sueur, pourvu que ça ne sente pas des pieds parce qu'avec mes vieilles chaussures blanches toutes craquées j'ai pris l'eau, j'ai vraiment besoin d'un tas de choses, à vrai dire je n'ai rien, le cacher et le dire en même temps, elle a l'air très accommodante, courage les questions, inspire, bon Dieu pardon Seigneur, oui Madame Patronne excusez-moi Madame Patronne, mes respects pardon, je vous écoute, vous pouvez dire ce que vous voulez mon frère comprend que le hongrois, elle hausse les épaules en a rien à fiche, bon, on va voir si ce sucre est si fondant que ça ça m'étonnerait, sinon elle aurait pas tout pouvoir sur un appartement qui m'a l'air géant, l'autre, et un bonhomme très riche, ni fait une carrière même si carrière artistique, évident qu'elle n'est pas du style pâte à modeler on va voir.

— Vos papiers sont en règle. Rangez-les. Vous savez répondre au téléphone ? Prendre les messages ? Me les écrire en français ? C'est une des parties capitales de l'affaire. Il me faut un bon secrétariat. Je reçois tout le temps des coups de fil, pour mon métier. De mon éditeur, de mes amis, et il me faut quelqu'un pour aller répondre et voir s'il est possible de me passer ce quelqu'un, sinon je deviens folle — donc, vous savez faire ce genre de choses ? Vous parlez très bien, mais écrivez-vous aussi bien ?

— Oui Madame Patronne je dis, blême, je me sens blême or je devrais être rouge, aucune idée de ça, les escarres et les mômes, ça reçoit plus ou pas encore des coups de téléphone, une jeune jolie femme évidemment ça a la téléphonite, tout passe par là, embêtant, parce que je n'arrive pas à écrire ce fichu français (elle a une hésitation, lirait-elle dans les pensées, bien possible, le genre sorcière, même si elle n'est pas tzi, elle est juive sur les bords, elle a peut-être bien des accointances avec des rabbins et des exorciseurs et des circonciseurs, je confonds un peu ces deux mots-là).

— Enfin, Katichka, si on vous épelle lettre par lettre vous n'avez pas de difficultés à transcrire ? Bon, exemple : mon nom. Héliodora Babilonia. Prenez un papier et un stylo. Je vous épelle.

Elle me coule un regard étrange sous ses cils à croire des faux, couleur des yeux, j'en oublie ce qu'elle m'a demandé, un rayon de soleil vient cogner sur ses yeux, j'avais pas fait attention, sans soleil, ils sont seulement foncés, avec soleil, ils sont VIOLETS, avec autour du rond violet, un cercle noir, de vrais bijoux inestimables qu'elle a à la place des yeux des gens normaux, Brigitte Bardot en petit avec les yeux de l'autre star là, bien plus riche tout le temps malade, une vie passionnante à l'extrémité, comment déjà ah oui, Elizabeth Taylor, bouffie comme un cacatoès à cause de l'alcool, mais alors, milliardaire, elle si grosse qu'avait le plus gros diamant du monde, Madame Chatte les yeux violets, seulement mince et millionnaire, mais une millionnaire ça me suffit, est-ce qu'elle a des caprices comme l'autre aux yeux violets ? pas autant, sûrement, mais quelques-uns, une femme comme ça, ça a des caprices, et le métier de tout le monde, c'est de les lui passer, je parle de moi dans un futur auréolé, ou des autres dans un passé qu'a pas dû être triste parce que cette gosse qui doit peser le quart de mon poids ben je voudrais savoir combien lui sont passés dessus pour des avantages de toutes natures.

— Mais enfin, qu'est-ce que vous attendez ? Voilà le papier et le stylo. Ecrivez, ça fait cinq minutes que vous me regardez comme si vous aviez vu la Vierge.

Oui ben justement à propos d'elle je ne pensais pas ça — torpillée par les yeux, une rareté, au secours mon Dieu, j'ai oublié le nom qu'elle a dit, elle se déplie gracieusement, a dû faire de la danse, vers moi le pachyderme, me tend gracieusement stylo papier, coincée ma vieille, courage, inspire.

— H comme Hérode, E comme Ernest, L comme Lucifer, I comme Idiote, ou en italien Imbêcchîlé, vous comprenez l'italien ?

— Excusez-moi, je vous demande pardon, non Madame Patronne.

La garce, j'ai les larmes aux yeux, elle continue, je fais semblant de gratter, qu'est-ce que c'est que ces noms-là, elle pourrait pas s'appeler Marie Durand, ça au moins j'y arriverais mais là à coucher dehors et ce nom apelé avec d'autres noms encore plus hébreux et à coucher dehors ce qui va m'arriver ce soir si je n'apèle pas ce truc-là convenablement et si mon frère en a marre parce que par terre ou sur un lit, je ronfle toujours et ça l'empêche de dormir, donc lutte pour la vie, imperturbable elle continue oh méchante qu'elle est

— Pas l'italien. Alors, quelles langues ?

— Français, et hongrois, et en anglais good morning very nice good evening how are you, je dis, sur un ton d'attaque

Elle semble contente

On continue

Une vraie torture, ce qu'elle peut être cruelle, les escarres, après tout, c'était puant mais moins fatigant

— O comme Odalisque D comme Dingue O comme Odalisque, R comme Raphaël (elle rêve, tapote sa cigarette, se mord la lèvre ce prénom lui fait quelque chose, bon, elle revient sur la terre), A comme *Ada.* Ada (elle rêve) une héroïne de Nabokov. Un roman sublime. Vous lisez quoi?

— Des romans policiers, et des histoires d'amour, Madame Patronne, je dis, des larmes dans la voix, prête à laisser tomber le stylo qui bave sur mes doigts et la place, trop dur vraiment, une intellectuelle, tant pis, ça avait l'air doré cette place mais je tiendrai pas le coup longtemps à avoir l'air de comprendre alors que nada je comprends

— Des histoires d'amour... (Elle rêve encore) *Ada,* c'est une histoire d'amour. La plus belle du monde. Bon. Héliodora, j'ai épelé. Le patronyme, maintenant. (Devant mes yeux ternes, bleus, ronds, qui s'arrondissent un maxi et ma mâchoire qui se décroche, penaude, sur mes dents qu'il y en a seulement en bas, lui faire remarquer ou non, pendant que j'y pense, qu'en haut j'ai que des gencives, ça peut l'émouvoir, allons-y, elle risque d'oublier sa saleté d'apélation. Je remonte du doigt ma lèvre, je pointe le menton vers elle qui recule épouvantée d'avance tant pis hardi petit, et je découvre ma gencive, sans dents)

— Mais qu'est-ce que vous faites, Katichka ? Je ne vous ai pas demandé de me montrer vos dents. Je ne vais quand même pas vous retrousser les babines comme aux chevaux. Qu'est-ce qu'il y a avec vos dents ?

— Il y a qu'il n'en a plus, en haut.

AUCUNE ? (Soufflée, et effrayée, et mussée dans son sofa, pouah la vilaine chose, elle tâche de pas faire l'écœurée, pince le nez, se racle la gorge et) Ah bon. Eh bien on vous en fera refaire une rangée, en or massif, mais soyez gentille, j'ai vu, laissez retomber votre lèvre, ou bien un dentier seulement pour le haut. Qu'est-ce qui vous a pris, de me montrer que vous étiez sans dents du haut ?

— C'est parce que quand je ne comprends pas, j'ai la mâchoire qui tombe, je ne peux pas m'en empêcher, pardon Madame Patronne, alors comme ça se produit souvent j'aimais mieux vous dire tout de suite que quand j'ouvre la bouche c'est pas joli parce que j'ai pas d'argent pour me faire faire ce dentier, c'est tout, j'y ai pensé comme ça, faut pas cacher les choses, surtout quand on est sur le point d'être engagé, je ne mens jamais, Madame Patronne (Mon Dieu faites que je sois cachet d'aspirine et pas vin de Bordeaux en disant cette énormité, mais faut ce qu'il faut, faut la place, et à quatre mille balles, et moi Première des Gouvernantes de France aux pieds de la Principessa avec son nom impossible pourvu qu'on ne revienne pas là-dessus, tentons de noyer le poisson, si elle voit la feuille blanche, elle va s'énerver, ce va être finito, à quoi ça tient la destinée, à ce qu'elle a un nom de théâtre et pas un nom normal, et si toutes ses copines qui appellent au téléphone ont des noms du genre c'est fichu sous peu, toute façon)

— Vous ne mentez jamais ? Merde alors, qu'elle flûte la Principessa Œil Violet. C'est pas ce qu'il me faut (éclat de rire) Qu'est-ce qu'il vous manque, à part une moitié de denture, allons-y, qu'on soit au parfum tout de suite, vous avez raison, cartes sur table.

— Manque rien, si, un rein, on a dû l'enlever, j'en ai un en plastique, là Madame Patronne c'est fait, vous aurez pas besoin de vous occuper de mon rein, il bougera plus le faux, et l'autre, il va, à part ça, je suis trop grosse donc j'ai des problèmes du cœur, il s'essouffle vite, mais je peux quand même monter les escaliers, tant pis si je souffle.

— Il y a un ascenceur dans l'immeuble où vous servirez, hélas elle dit il n'est pas très beau et il marche rarement, vous verrez vous-même, et un autre dans l'immeuble d'à côté où vous dormirez. A part le souffle au cœur ?

Oh rien, rien, je dis, et elle lorgne mes jambes que je rentre que je rentre à cause des immondes varices bleues et des boursouflures partout elle va se dire celle-là pas du genre à trotter aux quatre coins de Paris pour me ramener tout ce dont j'ai besoin, une impotente un rein et demi-dents, je ne sais pas si j'ai bien fait de détourner l'affaire d'Héliomachin.

— Vous avez de mauvaises jambes, et des varices. Ça se soigne. Vous avez, outre tout ça, la Sécu ?

— Parfaitement excusez-moi Madame Patronne je vous baise les mains que je l'ai la Sécu.

— Alors on vous soignera. Pendant que nous y sommes, rien d'autre à signaler ?

— Rien, Madame Patronne, je suis en bonne santé, malgré ces choses.

— Après tout, mon amie Madame Zimmerman m'a raconté un peu de votre vie, vous avez connu Budapest et les camps, vous devez être costaud. C'est dans les camps qu'on vous a tatoué les bras ? Otez vos gants, d'ailleurs ils sont troués.

Merde, comme elle dit, des gants longs trouvés dans une poubelle, mais nettoyés à la lessive extra, et elle a vu à travers les petits trous que j'avais du bleu sur les bras pas miro la perfide les bras bon mais les pieds où est-ce que je les mets ? Chez les riches, ça vaut le coup du patitique, allons-y, après la gencive, elle verra les bras, et si elle veut les jambes, elle verra aussi, dans cinq ans si c'est pas soigné mes jambes je risque un truc comme l'éléphantiasis, pour l'instant pas encore éléphant mes jambes, elle va frémir d'horreur cette délicate petite personne qui m'a l'air de jurer tout le temps comme un charretier en même temps que l'air de pas y toucher, tout, elle verra, si elle y tient, et merde comme elle dit, je la déteste non je m'attache à elle au moins elle a du caractère cette fille, Héliomachin semble oublié devant les découvertes qu'elle fait, elle se lève gracieusement, j'ôte les gants, elle hausse les sourcils, des tatouages de camp elle a jamais vu, c'est normal, elle me demande si ce sont des chiffres et ce que ça signifie, je lui dis non Madame je ne sais pas ce sont les Russes qui ont fait ça, elle me dit il vaut mieux que vous ne sachiez pas avec un sourire vachard, cela dit ça l'émeut car y a dû avoir des déportés dans sa famille, c'est Madame Zimman qui m'a dit qu'elle était demi-Juive née en Italie d'où ce fichu nom — gants ôtés, elle est comme fascinée, ne bouge plus, touche du doigt pour voir si c'est vrai, sueur entre les seins coule dans mon corset pourvu que pas d'odeur car pour se laver chez mon frère y a rien que la douche qu'emploient les gens de l'étage et je suis bien trop tâtillonne sur la propreté pour me laver dans ces conditions, par bonheur Dieu merci elle est inondée de parfum la Principessa et donc ne sent que sa propre odeur de rose, de vertu et de grande marque, doit employer des parfums haute classe et boire des vins millésimés donc ne sent qu'elle-même, bénédiction ; elle a vu, remettez vos gants si ça vous chante, elle dit, elle se replie en sauterelle sur le canapé, ouvre sa bouche très belle de dessin mais presque sans couleur, chic et anémiée, sur ses dents parfaites et bien rangées ça on doit pouvoir l'examiner sur toutes les coutures rien à redire moi c'est coutures et bourrelets partout, elle une ligne incroyable, LA ligne, mon Dieu, lui parler régime elle doit adorer et on éloigne le supplice Hélio

— Bon Katia, je ne vais pas vous demander de vous mettre toute nue, ici c'est pas l'armée ni le goulag, et personnellement je ne cherche pas une starlette mais une gouvernante, employée de maison, qui, revenons à notre propos initial (moi je dis mes moutons, propos initial c'est le nec) sache écrire correctement et donc, reprenons l'exercice que nous avions commencé. J'ai tout mon temps, buvez votre thé ça va refroidir. (J'ose pas le boire je vais faire des bruits déplaisants et il est trop fort ça va me faire des crampes partout, mais bon, j'avale, faut bien lui obéir, il est bon d'ailleurs, mais à vous secouer les nerfs pire qu'un orage, et cette petite chose supporte ça et peut-être bien plus corsé encore que du thé, ça m'a l'air le genre alcool, pilules pour dormir pilules pour se réveiller, c'est comme Marilyn Monroe et ça finit toujours mal d'ailleurs question poitrine elle n'a rien à envier non plus à Marilyn Monroe, faudrait la voir en grande tenue du soir sûr qu'elle se transforme, fini la lycéenne, star et tout, que disait-elle à propos de starlette donc écoutons c'est la majeure partie du boulot)

— Une starlette, oui, j'en avais trouvé une, Katichka, une grande perche sénégalaise rimmelisée jusqu'au bout des cils. J'ai tout de suite remarqué les ongles, des griffes, peintes en rouge escarboucle, je veux dire rouge sang, voyez-vous, tenez, comme les miens mais bien plus longs, et cette grande perche à ongles tubulaires de geindre qu'elle en avait cassé un en poussant le portail d'entrée, rue Georges-Bizet, ça m'a suffi pour ne pas retenir sa candidature, elle aurait passé son temps à recevoir ses mecs dans la chambre de bonne qui est dans l'immeuble voisin et vous avez déjà vu, vous, des personnes qui briquent une maison et font la lessive avec des mains manucurées jusqu'aux lunules ? Les miennes, des mains de travailleuse à côté, car je travaille, Katichka, ne vous attendez pas à trouver une femme d'intérieur, je suis une femme d'extérieur de toute façon, et d'autre part, je tape mes œuvres à la machine. Vos ongles ?

Ça rien à craindre, rongés jusqu'à la racine, je tends les mains comme une aveugle, elle bigle dessus, pas trace d'ongle, juste une lamelle de corne horizontale et un bourrelet juste après, elle hausse encore les sourcils épilés fastueux, tripote sa natte qui n'est pas noire mais châtain foncé sûrement couleur naturelle, la classe cette petite je peux bien l'appeler comme ça, puisque j'ai douze ans de plus qu'elle même si j'en parais trente de plus à cause de mon manque de ligne et de mes cheveux gris tirés en queue de cheval, le bout est encore jaune pisseux trace d'une teinture qui remonte à Noël dernier or nous sommes en automne ; bon, les ongles, d'après sa moue, à la chère Brigitte Bardot en châtain foncé les Yeux Violets, elle aurait préféré un juste milieu entre les griffes tuberculaires comme elle dit, qu'est-ce que c'est tuberculaire, le grand obstacle entre nous va être la langue française, mais tuberculaire et primo pramordial j'apprendrai, elle me dit Katichka, les ongles rongés c'est pas une réussite, faudra vous débarrasser de cette sale habitude.

Elle me tourne autour, sautille dans ses tennis, et l'affreuse idée de l'apélation de ce nom qui va me faire illico coucher dehors lui revient en tête, elle se relove au creux du sofa et d'un air tout gentil :

— Stylo, papier, patronyme. Babilonia. B comme *Barry Lyndon* (elle rêve) un très beau film, vous l'avez vu ?

— Pardon excusez-moi Madame Patronne, que non, je vais pas au cinéma c'est trop cher, ce que j'aime c'est la télévision, on peut regarder chez soi et (tentative du désespoir, sinon la rue) j'ai tellement besoin d'un chez-moi, d'un toit Madame Patronne, où je puisse tranquillement regarder la télévision avec votre permission une fois que tout sera briqué que vous reconnaîtrez plus votre intérieur.

— J'espère que si, elle coupe, cette peste. Et que regardez-vous à la télévision ?

— Des feuilletons, Madame Patronne, surtout *Dallas,* l'américain.

— Infect, *Dallas.* Enfin. Il y a trois postes dans l'appartement, vous regarderez votre feuilletonnerie sur le petit, en noir, et le son, bas, hein, très bas.

Feuilletonnerie j'étais sûre qu'elle inventait des mots, ça doit être une déformation professionnelle, la garce quand même, trois postes, il doit coûter un million par mois l'appartement, entre parenthèses, elle peut toujours faire la fière avec ses trois postes, là où elle est chez l'Adora à Maubert, c'est pas mal mais sans plus, petit bourgeois, et y a sûrement qu'un poste.

— A comme Adam, B comme Barcarolle, I comme tout à l'heure...

— Je vous demande pardon, c'était quoi, tout à l'heure ?

Imbécile, elle dit, froidement, en me regardant en face, j'ai jamais vu des yeux changer comme ça, qu'on dirait couleur survêtement d'un évêque, et d'un coup, de l'encre, la couleur du pissat des calamars qu'on voit dans les poissonneries, de l'encre bleu-noir comme pour les gosses à l'école où j'ai jamais été sinon je ne serais pas dans cette mouise assortie de situation délicate quand elle va voir que sur la feuille, j'ai dessiné des escargots, des maisons, des soleils, et avec ça j'ai aucun talent pour le dessin pas plus que pour la cuisine ni prendre les messages téléphoniques rien que le lavage et le repassage, seulement à la main, les machines je sais pas m'en servir, même chose la vaisselle, ça va mais sans machine, donc continuer à me taper son cinéma, et quand elle verra mes gribouillis elle pourra pas dire que j'ai raté une vocation d'artiste, bon, allons à la catastrophe mais courageusement Katichka courageusement.

Lonia, elle fait. L comme Lawrence Durell, O comme *Orange Mécanique,* N comme Nestor Burma, I comme Idiote pour changer de tout à l'heure, A comme — trouvez-moi un mot qui commence par A.

Les escarres, je préférais. Aaa, je fais, Artichaut.

— Artichaut, O.K. (elle rit) ou Alma Mater ou Arabellissima ou Almandine ou Archiépiscopal ou Arriérée Mentale ou Arnaque ou Adjudication ou Alchimie ou Archimagie ou Argyropée ou Altingat ou Antimoine ou Achéen ou Achille, prononcer Akillé, c'est le prénom de mon futur mari, A comme Arsenic et A comme Assez.

Elle s'est levée en débitant tout ça (elle doit être complètement folle, au fond) et elle fait des pas de danse toujours très gracieux, elle rejette sa jolie tête, par moments on dirait plus une chatte mais un oiseau de proie, c'est tout ciselé mignon finfin, les yeux grands lacs et au-dessus les sourcils comme des ailes d'oiseau noir mort et le nez tout droit qu'on dirait modelé au couteau, et entre le nez et les lèvres un petit creux ravissant, pas de moustache, elle doit faire son apélation souvent, pour une brune, moi j'en ai de la moustache c'est venu avec les ennuis glandulaires après ma quatrième fausse couche on va pas lui dire ça, moi ma moustache elle est grise vieux phoque, je l'ai passée à l'oxygénée ce matin, bon, et sa bouche à elle, la moitié d'une figue coupée moins la couleur et le menton avec une rainure au milieu, vliff, ravissant, oui, quand le bon Dieu donne des coups de canif c'est comme une signature sur ce qu'il a fait de mieux sans doute, moi je suis toute ronde, et comme mentons, gâtée, j'en ai deux, et trois quand je suis humiliée et que je baisse la tête ce qui se produit souvent à mon grand désavantage pourquoi mon Dieu avez-vous fait des gens beaux et des laids qu'est-ce qu'elle dit cette folle ?

— Assez. Assez, Katichka. (Elle a le fou rire, elle s'est fichu de ma gueule, elle s'approche de moi, les yeux noyés de pleurs, elle c'est parce qu'elle rit qu'elle a de l'eau dans l'œil, normal, riche et jeune et belle et célèbre à ce qu'on m'a dit moi je lis pas les journaux, sauf quand je peux ceux qui sont autour des salades, non, elle doit pas savoir ce que c'est que d'avoir de l'eau dans l'œil sauf quand c'est pour rire.) Je m'appelle Antonella Piatti, on m'appelle Nella et mon futur mari portant le nom d'Innocenti, prénom Achille, prononcez Akillé, ce sera sur les papiers, la signora Innocenti et seulement sur les papiers, j'ai mis dix ans à me faire un nom d'auteur alors je le garde Nella Piatti, c'est un peu moins complexe que Léonora Galigaï ou Héliodora Babilonia, alors donnez-moi ce papier ma pauvre Conchita, pardon Katichka.

Et elle se précipite dessus, cette fille c'est du supplice

mental permanent j'ai l'impression, je fais mon troisième menton, elle me le relève j'en ai plus que deux, elle me regarde tout en Merci Seigneur froissant le papier avec les maisons les soleils et les escargots dedans, tout ça à la corbeille, elle me regarde et à nouveau ce regard plein d'étincelles précieuses finalement on peut pas lui en vouloir, elle consolerait tout le monde de n'importe quel chagrin à force d'être belle, c'est comme une preuve que Dieu existe, sans blague, cet ange bronzé aux yeux violets qui s'appelle Antonella Piatti, et elle s'excuse, et je lui rebaise les mains, nues et froides ses mains, et elle me dit OK Catalina vous commencez demain il faut que j'appelle Akillé à son bureau pour lui dire que vous m'avez plu, on vous engage à l'essai bien entendu, pour un mois (pirouette, elle revient) au fait, à part écrire un français que j'espère vous perfectionnerez, qu'en est-il de la cuisine ?

Mains crochetées sur le rivet en faux doré de mon sac de Skaï, je tâche de garder mon teint normal, cachet d'aspirine, et je mens, tête haute si bien que j'ai plus qu'un seul menton, oui, Madame Patronne, tout en cuisine, sauf les gâteaux, et là je cache ma bouche, d'humiliation, et du coup trois mentons, elle adore peut-être AUSSI les gâteaux, ce serait l'injustice finale, qu'elle bouffe plein de gâteaux et qu'elle soit aussi mince.

— Perfetto. Aucune pâtisserie à la maison. Tout le monde fait un régime. (C'est Monsieur Patron qui doit être tout le monde.)

— Alors je vais maigrir Madame Patronne ?

Je m'illumine sincèrement, tant ça me fait plaisir l'idée

— Pas de doute. (Et elle me regarde que ça veut dire primo c'est pas dans les camps qu'on vous a fait grossir comme ça, deuxico et par en dessous les cils, vous attendez pas à ce qu'on vous bourre, ce sera portion congrue, ça j'entends bien, souvent plus c'est riche plus c'est radin)

Ravie, la chatte Patronne, elle file, je l'entends gazouiller quelque chose au téléphone, j'ai la place je remercie le Seigneur j'ai eu raison de claquer pour les cierges, elle revient, un vrai vent coulis, joue avec sa natte.

— Demain sept heures du soir 8 rue Georges-Bizet

troisième étage porte en face de l'ascenseur, Monsieur vous attendra.

Rebaisement de mains, et ça m'est agréable, du satin froid qui glisse, quelque chose de luxueux ces mains, même si oui, elle n'a que des ongles courts.

Alors j'ai eu raison de prier Dieu hier toute la journée à l'église Notre-Dame, je fais, et ça semble la frapper.

— Vous êtes croyante ?

— Oui, Madame Patronne, et mes prières, ce qu'il y a de bien, c'est qu'elles se réalisent (là j'ai marqué un point inespéré, je l'ai vu tout de suite)

Très bien. On prie beaucoup, mon mari et moi-même. Priez, priez. Vous ne prierez jamais assez mon petit. Maintenant, j'ai du travail. Je vous verrai demain soir.

Et voilà mon frère ce branque qui pose sa tasse de thé (il l'a bu chaud, lui, moi j'étais trop impressionnée, fort ou pas, j'aurais pas pu) et propose de lui lire son destin dans le marc de café, fichu tzigane de merde vas-tu te taire, il demande du café en hongrois, heureusement, elle ne comprend pas un mot, me regarde étonnée le prendre par le bras, le secouer, et lui dire que c'est fini de fatiguer comme ça Madame Patronne avec des bêtises pareilles, elle devient tout sucre, elle me demande de quoi il s'agit, si j'avais des ancêtres tziganes, oui je lui dis, ma mère violée tuée était tzigane, et comment elle s'appelait, Maritza, et est-ce qu'elle lisait l'avenir, oui Madame Patronne, dans quoi, oh Madame Patronne s'intéresse à ces choses-là souvent ce sont des sornettes, pas, mais ma mère elle savait vraiment, eh bien dans le blanc d'œuf le marc de café les yeux des gens les lignes de la main, et vous, est-ce que vous savez, elle fait, OH NON Madame Patronne je dis, alors que c'est pas vrai, je prends l'air indigné, on est à Paris ici, faut pas passer pour une bohémienne ça a déjà coûté assez cher à toute ma famille tzi, elle paraît fâchée, faut réparer, OH UN PEU TOUT DE MÊME, je dis, bon bon, elle fait, on en reparlera, siiousoun. Siiousoun ça doit être encore de l'hébreu.

J'ai la place, que je dis à mon frère, et t'as failli tout fiche en l'air avec ton marc de café à quoi ça ressemblait, bon, enfin, elle a pas paru contre ces trucs-là, à vrai penser moi j'ai idée qu'elle tripote dans les cartes et ces choses-là, peut-être même qu'elle s'y entend, on verra bien. A cause qu'elle a jeté le papier avec les dessins rien que pour s'amuser, sans regarder si je savais écrire ou pas, je crois bien que mes chaussures me font mal pour la dernière fois, et cette sadiste ne s'appelle peut-être même pas comme elle a dit à la fin, de toute façon quand je prierai pour elle, parce qu'au fond elle est folle mais elle ne doit pas être tout à fait méchante, sûr que non, je l'appellerai la Principessa.

Antonella Piatti, de son nom de jeune fille, et signora Innocenti, de son futur patronyme de femme mariée, étendit ses très longues jambes, vira ses tennis, posa ses talons socquettés de blanc sur le rebord de son bureau, pouffa de rire, alluma une cigarette, toussa, appuya ses mains sur ses tempes mates où friselaient quelques cheveux, vacherie de migraine, bon, ça avait valu le coup, elle ignorait si elle s'amuserait longtemps avec sa Hongroise, mais au moins, cette pauvre femme, elle lui offrirait un peu de chaleur d'ailleurs, pensa-t-elle, faudra qu'elle se coltine les bûches Flambor inconsumables avant quatre heures et en aggloméré pour la cheminée — et un toit, sous lequel deux cœurs dont le sien, qui n'était plus à prendre, mais à l'instant même battait follement, follement, pour un jeune homme pâle entrevu, cent vingt jours auparavant — et sans qu'il eût donné, depuis, de nouvelles — à l'aéroport Marco Polo de Venise où elle attendait un avion pour Paris en compagnie de son fiancé Achille Innocenti, comptant dix-huit ans de plus qu'elle et lisant le *Financial Times,* journal du malheur dudit Innocenti, puisque ses feuillets lui avaient tout dissimulé de ce qui s'était produit, dans une salle d'embarquement, un jour de soleil, juste avant l'été.

L'été des cent vingt jours de silence — un été qui l'avait rendue incalculablement plus misérable et chose au rebut que cette femme de Hongrie, qu'elle venait étourdiment d'engager en se moquant un peu d'elle, mais si elle oubliait de rire des gens juste après cet été-là, ce serait la fin de tout, il ne lui restait que ça, voir si les gens marchaient encore à la baguette, que ça, puisque pendant tout un été la plus jolie fille de la terre n'avait pas été digne d'un appel téléphonique, d'une lettre, de rien qui vînt de ce jeune homme. Sublime et ravalée au rang de sous-chienne, voilà, à cause d'une mèche brune sur l'œil de ce loustic qui a en général très mauvaise mine, voilà, dit-elle à la chatte Pouchnine Princesse, tu vois, on ne meurt pas que de faim ou de maladies physiques et affreuses, on meurt tout aussi bien de cette affection virale nommée passion ou chez les sorciers mexicains prise de nagual, ça n'était quand même pas très malin d'essayer de m'ouvrir les veines avec une capsule de Vichy cet été, il y a plus efficace s'il n'ap — elle éclata d'un jeune rire fou et désespéré car, la veille, ce jeune homme avait fait cesser la quarantaine d'un appel téléphonique, se leva, fit une révérence à la chatte, courut vers une glace, une desheritée vraiment, mais bon, après cent vingt jours de silence pas encore trop mal, un peu bouffie, trop d'alcool, plus d'alcool, pas encore de lifting merci bien pour me retrouver avec quinze hideuses cicatrices sur le cuir chevelu et que s'il passe sa main dans mes cheveux il s'aperçoive Seigneur qu'il appelle, vite — et voilà la Madame Patronne qui va s'installer dans un nid d'amour, merde alors, c'est bien le moment, mais petit salaud mèche foncée de l'aéroport, si tu avais donné quelques nouvelles, je n'aurais pas promis à Achille, et j'ai promis à un homme exemplaire et je tiens mes promesses MOI et je ne peux pas lui faire trop de mal, du moins tout de suite, à cet homme, et il faut te faire une raison, Raphaël Sanzio, tu baiseras une femme mariée, avec Achille c'est tout comme. Si la Hungarian pleure quand le film est triste elle va être servie, — folle la Hungarian, pas de doute, or elle avait omis de lui dire pour la rassurer qu'elle aussi, qu'elle davantage, que son surnom affectueux à elle c'était Follia, et elle pensa : on risque de s'entendre entre asilaires, les orbites de la Hungarian vont lui dégringoler sur le tablier à force de pleurer devant l'ignominie sentimentale où se trouvait Madame Patronne, qu'il appelle, vite.

Elle s'empara de Pouchnine, la mit sur son épaule d'une façon cavalière que la chatte supportait d'elle seule, lui dit qu'il y avait au moins une créature qui allait passer une bonne soirée, cette Goulasch qui avait prié et qui avait eu la place, que bien entendu la Goulasch ne savait rien foutre mais que ça lui était égal car elle voulait quelqu'un qui lui tienne la main la nuit dans le noir quand elle crevait de peur parce que le jeune homme pâle n'avait pas appelé et que Nella Piatti en ce cas devenait de l'antimatière — et vous grosse Goulasch pleine de matière je sais que vous allez encore prier pour remercier Dieu de la place en or, vous en avez de la chance d'être entendue par l'Eternel, remerciez-le donc d'avoir trouvé cette place et de ne pas être à la mienne, parce que moi ne je peux pas prendre congé si la situation me lasse, ni rien faire que de me flinguer s'il se parjure encore, et vous Goulasch il suffit d'un nœud à dénouer à votre tablier.

Le téléphone sonna, elle fit glisser la chatte, comme une longue goutte argentée, sur le bureau, resta un moment hagarde devant l'appareil, au cas où c'eût été le jeune homme pâle, mordit sa lèvre inférieure pour la rougir, lissa consciencieusement ses cils de l'index, tira sur son polo, puis s'aperçut qu'en ce même cas il pourrait non la voir, mais l'entendre, eut une brève toux rauque de fumeuse, cracha dans un Kleenex, plongea sur le téléphone, apprit que c'était Achille Innocenti, c'était bien la peine de s'éclaircir la voix, lui annonça qu'elle adorait cette Hongroise, qu'on l'embauchait et qu'elle serait prête à huit heures, sa voix se cassa dans un sanglot suspect, elle raccrocha pour épargner cet homme.

Mes hommages mes respects Madame Patronne, dit-elle au miroir qui seul, cet été, lui avait prouvé qu'elle était digne que l'aimassent les princes du sang et impensable le silence de ce farfadello, mes hommages mes respects et si je peux me permettre Madame Patronne vous êtes la reine des imbéciles avec un I comme Imbêcchilé. Etre amoureuse ne vous va pas du tout, ça vous rend d'une sensiblerie obscène. La vida no vale nada. Encore que, tant qu'il y a des lignes téléphoniques. Encore que, s'il appelait dans une seconde. Et tant qu'il y a l'espoir qui a l'éclat sourd d'une rose dans la nuit, Madame est très poétique oui Katichka et même qu'elle en fait son métier. Oh priez pour moi Goulasch s'il vous plaît. Priez pour l'esclave que je suis devenue de cette chose passionnelle. Priez pour qu'il me rende mon âme qu'il a volée.

Elle alla se changer, mit une courte jupe à volants, la retroussa et regarda ses jambes — oui, les plus jolies jambes de la Terre.

LA RENCONTRE DE PHISCARDO

Des yeux violets comme le Ciel du Zohar ou les lacs de Mélissani

Quant à Achille Innocenti, près de quatre ans auparavant, il avait découvert cette fille — aussi brunie qu'elle était pâle le jour où elle reçut Katia Parkas — à la pointe septentrionale de l'île dite Céphalonie, dans l'unique restaurant du petit port de Phiscardo, le Karavomilos Phiscardo, sis juste en face d'Ithaque, et au bord d'une mer vers laquelle dégringolait une sèche armée de hauts cyprès. Phiscardo, sous la pluie immaculée, grasse, statique, éployée des fleurs de ses magnolias, fleurait le graillon des brochettes de mouton, une terrible odeur de marée, le parfum de la tragédie originelle, celui desdits magnolias, et était un des bouts de ce monde qui pouvait bien être carré, où tout pouvait advenir, dès que de telles filles, venues des acropoles détruites d'une île ionienne, ou surgies d'entre les collines et les oliveraies, ou nées de l'océan et de la nuit, avançaient vers les hommes — et en particulier, dans le cas qui nous occupe, vers Achille Innocenti, seul à une table bancale du pittoresque mais rudimentaire établissement Karavomilos — du pas très simple de la fatalité, tordant d'une main contre leur ventre creux et nu la cotonnade blanche d'un tee-shirt trempé, de l'autre un lourd fardeau de cheveux noirs, la Terre pouvait bien également s'abstenir de tourner si de telles créatures, après une énigmatique et tardive baignade, anadyomènes du soir (il était onze heures exactement, il s'en souvenait des années après tout aussi exactement que du nom de ce sympathique boui-boui, du fumet âcre d'un chiche-kebab qui refroidissait devant lui pendant qu'il la regardait s'avancer vers sa table) poursuivaient d'un pas de jeune fauve repu ou de danseuse lassée leur inexplicable chemin — inexplicable, car les menant à un homme seul, et de prime abord, tout à fait ordinaire.

Avant qu'à son tour, elle ne l'eût intensément regardé et eût pris possession d'une chaise, en face de lui, avec une grâce impérieuse, un ravissant soupir d'abandon, et en montrant sa culotte, avant qu'elle n'eût distinctement partagé en deux l'ensemble de son existence, avant qu'elle se le fût adjugé, il ne vit d'elle, à l'acide, théâtrale, excessive lumière des néons du Karavomilos et, par-dessus la treille de ce Karavomilos, à celle des astres d'or de l'antique Hellade — il ne vit d'elle, sorties de la mer et de la nuit, que les jambes.

Membres inférieurs, comme tronçonnés et révélés par le bref tee-shirt dans leur enfilade de perfection, sans défaut, jugea-t-il, de la hanche aux longs orteils mobiles dont les ongles carrés ne trahissaient rien des vestiges souvent déplorables de laque. Membres d'ivoire assombri, à vous couper le souffle et l'appétit en même temps ; de fait, il oublia complètement sa brochette de mouton fleurant un peu fort, tant venaient de le bouleverser ces jambes-là ; or, les jambes étaient les morceaux de la femme envers lesquels Achille Innocenti avait toujours eu une attirance obsessionnelle, et qu'il privilégiait à tous les autres au point d'avoir dormi fort longtemps, et bien après sa première communion, sous l'affiche du film *Sept ans de réflexion,* à cause de la bouche de chaleur et de l'effet célèbre qu'elle produisit sur la robe d'une star. De ces jambes qui suscitaient parfois chez lui des émois monomanes, il venait de trouver le modèle idéalement ajusté aux songes qu'il fit sous le poster en question, ces songes d'où se devait de provenir cette cariatide — ces songes assurément, car il allait se réveiller, se contenter d'un poster qu'il se promit de retrouver (où son maître d'hôtel avait-il bien pu le fourrer ?), ces songes, car il allait reprendre la route d'Argostolion, capitale de Céphalonie, demain le bateau pour Athènes, et dans quinze jours, après d'obligatoires visites aux musées où aucune nudité n'égalerait celle de Phiscardo, plus la peine musées, j'ai vu le mieux, et puis ces déesses genre Junon sont toujours lourdes du bas, se dit-il, donc reprendre avec illico mon bon sens, dans quinze jours mes affaires mes affaires et les étoiles leur cours et la Terre sa giration bon sang — l'incarnation présente du songe d'un homme d'affaires égaré dans cette île perdue, sous les magnolias, près de l'inlassable, l'obscure pulsation marine, se présentait comme suit, dans l'ordre, si de l'irréprochabilité de l'ensemble on a déjà parlé : fuseaux hâlés des cuisses, d'une minceur adolescente, un peu concaves sur leur face interne (au vu des cuisses, il lui donna à peine vingt ans), genou au contour escarpé, âpre, sans enrobage, cru et cuivré, ovale aigu d'une rotule satinée, jarret nerveux où se devinait le tranchant du tibia, cheville ciselée que cette fille devait pouvoir encercler de ses cinq doigts, et où l'os dit scaphoïde, velouté de poussière, semblant percer la peau brunie, simulait la trace d'anciennes petites mais irréfutables ailes. L'œil rivé à ce scaphoïde, il s'aperçut que la jeune fille allait toujours, lentement, vers lui, puisque se rapprochaient les pieds — des pieds à la légèreté tendineuse, à l'étroitesse asiate —, des pieds qui ne devaient pas laisser d'empreinte sur la terre, tels ceux des figures bouddhiques auxquelles elle ressemblait de par les yeux fendus qu'il venait de découvrir, non, pas d'empreinte sur la terre. Corpo di Bacco, si jamais elle me laissait les y avoir pour deux, espéra-t-il à son approche, avec quelque trivialité, mais mettons-nous à sa place. Les deux jambes, tout d'abord, restèrent bien droites, sous la balafre orientale des néons, et leur limpide, minérale, géométrique pureté, leur insolite longueur évoquait étrangement un martyre ancien, quelque lointain supplice qui les aurait rendues si graciles et étirées, tout en laissant à leur galbe une discrétion tout juste perceptible. Il était déjà fait comme un rat à cause des jambes, et elle aurait pu être biscornue plus haut que ça n'aurait rien changé à son désir d'appropriation.

Or, elle venait de s'asseoir en face de lui, et le regardait. Le coton blanc collait aux aréoles de ses seins de façon banalement cinématographique — il oublia les seins, devant lesquels il avait toujours eu tendance à la distraction, et il oublia aussi, fait sans précédent, les jambes — et elle n'avait même pas encore montré sa culotte — pour, tel un hibou sur la porte d'une grange, se faire enclouer là, sur la chaise pourtant très inconfortable du Karavomilos Phiscardo, par le regard d'espérance irrésolue, le drain d'eau obscure qui filtrait entre la double haie palpitante des cils feutrés, par un regard qui semblait nyctalope et de la teinte duquel il doutait. Aigue-marine ? Outremer ? Bleu presque noir ? Ils étaient violets, d'un violet outré et changeant, celui même de l'eau des grottes sonores et dites infernales de Mélissani qu'ils devaient visiter en barque le lendemain, si cette nuit-là ne lui permit pas de qualifier précisément la teinte singulière de cet iris ; il se risqua tout juste, et non à tort, à la comparer au bleu sombre du saphir, saphir de chez Van Cleef dont déjà il lui promettait des rivières, cascades, pampilles, tout ce qu'elle voudrait, et même un tout rond serti dans le nez comme au Rajasthan, oh tout ce qu'elle voudrait, il pensait joaillerie et non mystique et non au Ciel de Saphir du *Zohar,* ne l'ayant jamais lu, au contraire de Goldenberg, son pieux maître d'hôtel.

Que voulait cette fille qui, sous la suie hindoue de ses longs cils, laissait tomber sur lui ce regard, comme jadis on jetait un mouchoir pour signifier à un homme son intérêt ? Il marmotta dans sa langue natale : « Se fosse un animale, sarebbe una gatta », sans savoir que celle qu'il venait de comparer à une chatte parlait cette même langue depuis ses premiers balbutiements à Rome, una gatta, pensa Achille Innocenti devant son futur et unique amour qui avait, indéniablement, du félin, la découpe un peu large du visage, le nez bref, l'œil incroyablement grand, de l'enfant intemporelle les joues fruitées et douces, d'une Africaine les lèvres épaisses, bien ourlées et semi-ouvertes sur l'émail de ses dents en un sourire songeur, évasif, poli et indéchiffrable qui achevait de le clouer là — sur une planète devenue immobile et quadrangulaire, à l'extrémité nord d'une île ionienne, en face de l'ulysséenne Ithaque, sujet Ulysse, cette nuit-là, elle avait bel et bien naufragé, malgré la solidité du mât auquel il était arrimé, un homme fragile, un homme d'affaires qui ne voulait pas même croire à l'existence des sirènes. Et cette nuit-là, et à cet instant, il inventa pour la première fois un mot, un surnom qu'il devait toujours donner à cette jeune fille : *sirenilla,* et il chuinta ce *sirenilla* sans que pût l'entendre cette rêveuse beauté, chue des magnolias de Phiscardo — à l'instar d'une devata hindoue dégringolée de son arbre pour quelque fugace et dangereux contact avec un mortel — mais il n'était pas homme à risquer cette analogie, n'ayant jamais rien lu à propos des devatas hindoues, même si, plus tard, il devait s'empresser, pour combler d'intolérables lacunes, de lire tout ce qui se rapportait à l'Inde qu'elle révérait, devatas incluses.

— *Sirenilla,* répéta-t-il à voix basse, enchanté de sa création, à cette muette beauté au-dessus de laquelle pleuvaient les étoiles et les fleurs des magnolias en un même déluge, cette muette beauté incongrûment cliente du Karavomilos Phiscardo, vingt et une chambres, réfugiée dans ce port en face d'Ithaque par pur caprice, errance poétique, ou parce qu'elle couchait avec le patron du Karavomilos, se demanda-t-il avec ferveur, avant de renoncer à toute interrogation, car, sur la chaise qu'elle avait poussée pour se trouver non en face de lui, mais PLUS PRÈS, bon sang, par la Madonna, il n'en revenait pas, et elle disjoignait ses genoux adamantins, écartait impudiquement ses cuisses de miel, hissait son mollet gauche entre ses mains croisées jusqu'à ce que son genou reposât entre icelles, son talon sur le bord de cette méchante chaise, son menton sur le genou, et qu'il pût voir qu'elle portait un slip rose. Après cet événement majeur, elle secoua la bruine noire d'une frange ébarbée à la diable sur ses yeux, déploya la longueur héronnière de sa jambe droite et, de son talon ailé, foula la poussière sableuse, sous les chaises du Karavomilos, dans un balancement infiniment sensuel et enfantin, moins enfantin que ne l'étaient ses yeux fendus, son geste de voleuse pour lui chaparder un cube de chiche-kebab refroidi — ces lèvres suprêmes mastiquer ÇA, il en eut des remords, il aurait mieux fait de ne jamais l'avoir rencontrée, cette sirenilla, et il le savait déjà, mais diantre, c'était comme un jet de pierres au visage, c'était comme une mise en demeure que cette beauté-là, si près de lui — la plus belle fille du monde en vérité —, et qu'est-ce qu'elle lui trouvait pour rester là à lui sourire sans lui dire un mot et à le regarder de cette façon bizarre, peut-être une camée, le genre, l'âge, l'endroit, et alors, la plus belle fille du monde, oui, la plus belle.

La muette aux yeux de mer froide mastiquait ironiquement, lèvres closes comme ça se fait dans le beau monde, son mouton refroidi, se balançait sur sa chaise, montrait ses jambes et sa culotte à un homme un peu gras, un peu courbé, un peu trop affalé sur son propre siège, et tout était transgressé, électrochoqué, irradié, à la lumière de ce flash au magnésium qu'était sa beauté fastueuse, fragile, exigeante, quant à ce balancement irritant, régulier, métronomique, de chaise, c'était comme si elle le convoquait déjà du ciel à l'enfer et de l'enfer au ciel — ce qui allait se produire pendant les années où ils furent ensemble. Au cours de cette rencontre initiale et sibylline, Achille ne se représenta pas tout cela, pressentait seulement que cette inconnue lui ouvrait un paradis, certes obscurément terrible, de jouissances cuisantes et au dessert, à la place d'une orange, elle aurait pu le peler vif à la main, qu'il n'aurait pas émis d'objection ; en vérité, elle le regardait avec une tendre indifférence qui, faute de l'écorcher, le déshabillait et le laissait tout nu, très inquiet et transi malgré la douceur de la nuit.

Elle troqua la tendre indifférence pour un regard d'affût, cerna Achille Innocenti d'un œil de basilic, navrée déjà du mal qu'elle lui ferait, sachant qu'en enfer ou au paradis, cet habitué des purgatoires tièdes ne saurait tenir le coup — voilà un homme d'affaires paumé dans ce coin en face d'Ithaque, souriait-elle, et il a rangé son fatras social, il se balade en short, en polo et en espadrilles, je l'imagine mieux en cravate et costard pur lin, quelle cruelle tentative que seulement de lui parler — elle dénicha de l'index un coriace lambeau de mouton entre ses incisives et le jeta dans la poussière, déplia ses jambes, sauta sur ses pieds.

Elle laisse des traces dans la poussière, observa-t-il, ce n'est donc pas un ange, et elle éclate de rire de façon mystérieusement insultante pour moi.

Pas un angelo. Del paradiso. Paradiso mon cul, dirait-elle, plus tard, dans un raccourci bêta et saisissant, à ce quêteur d'éden bon marché et bien pensant qu'était parfois Achille, si bon avec elle, Antonella Piatti, et si accommodant. Cette fille, il ne pouvait que la suivre, il l'aimait déjà et pensait que ce n'en était pas une de tout *repos,* que des filles comme elle, ça vous amenait à prendre des somnifères et tranquillisants, lui qui en avait horreur, et des tas d'autres drogues jadis jugées impensables. Selon le dire évangélique, des gens comme elle, dottore, ne viennent pas vous apporter la paix, vous auriez dû y penser fortement quand il en était encore temps, dit le coryphée des magnolias et des clients oubliés ou morts aujourd'hui, du Karavomilos Phiscardo, ainsi que les astres déjà morts, eux, à l'instant que j'évoque, astres que les gens croient vifs, leurre du ciel nocturne aussi admirable que l'était le trouble car myope regard de cette fille, mais voici, il ne fut jamais temps. Il n'y a jamais aucun temps pour échapper à une figure de destin. Elle était là pour lui montrer de suite le dessous des choses, ce truc pas toujours gai, ni civil, ni propre à réjouir un homme équanime qui se contentait calmement du dessus — ce dessous, soyons clairs, fut d'abord celui de, eh bien, bon, elle ne portait pas de jupe, juste un tee-shirt, et elle lui révéla seulement la face interne de sa cuisse, et lui laissa entrevoir l'ombre intangible d'un sexe ensaché par un morceau de coton rose, de quoi lui foutre une sacrée crampe, et susciter une quasi-vocation à son égard. La sirenilla, mot qu'il dégustait — lointaine référence à la gitanilla de Nabokov, mais Innocenti n'avait pas perçu *Lolita* autrement que sous la forme d'un roman à scandale, et donc ne se souvenait plus des mille scintillements prismatiques de ce texte — néanmoins et sûrement, lointaine référence, émergée d'un périmètre inexploré de ses tréfonds qu'il avait prudemment laissé en l'état, depuis son adolescence, ses fortunes et infortunes, banal mariage suivi d'un non moins banal divorce, jusqu'à la nuit de Phiscardo, oh, sirenilla, mot qu'il savourait sous l'avalanche d'une tendresse muette, fondante, une tendresse de dégel, un peu désespérée dans la mesure où il était presque quinquagénaire et se savait rendu plus taciturne encore que de coutume, donc déplorablement abêti, devant cette fille aux yeux pas possibles, des faux, elle allait en changer, or elle n'ôtait aucune lentille de contact teintée, Angela, Angelica, Angela

Nostra, autant dire la bête montant de la mer, plus belle que prévu cette bête, mais devant porter quelque part tatoué dans sa chair — plus succulente que prévu cette chair — le nombre 666, ce qui n'aurait pas été étonnant car nous étions en 1980, peu avant l'Apocalypse si ce n'était déjà en plein dedans, et preuve de l'Apocalypse, l'apparition de cette minette aux yeux d'un bleu indéfinissable. Et il subissait l'insidieuse emprise de tous ces bleus : celui de la mer, celui de l'œil pur et froid qu'enténébrait et rendait sans fond, à l'égal de la nuit, cette touche de violet qu'il devait attendre le lendemain pour découvrir. Il subissait l'insidieuse emprise de cette nuit qu'éclairait une lune de camphre accrochée au-dessus de la péninsule sauvage, embaumée, et de ce pâle petit port vitriolé de citron rose par les néons du Karavomilos, et il sentait, avec une terreur délicieuse et inconnue de lui jusqu'alors, et à cause de cette muette, tout basculer dans une déréalité plus séduisante que le songe — que tous ses songes sous le poster de Marilyn Monroe. Vénus elle-même que cette fille, pensa-t-il, si elle finit par me parler je rentre sous la table, mais elle est bien élevée, même si droguée, ne parle pas la bouche pleine, et elle vient d'avoir un remords et de me repiquer un bout de mouton ignoble, cara, nous irons chez Lasserre tous les soirs, un corps à se damner, à la fois plein et menu, et moi qui n'attachais d'importance qu'aux jambes, stupido, ça c'est le summum de la féminité latine — n'était, dottore, ce regard parfois frôleur, parfois inquisiteur, qui, outre vous déshabillait, vous gênait, qui vous parlait comme jamais on ne vous avait parlé, mais dont vous n'entendiez pas le langage (vous regardiez surtout la culotte de cette fille) et ce regard disait : trop tard vieux, il n'est plus temps, rien n'est fortuit, tout se tient, les symboles chuchotent dans les feuillages, tout signifie redoutablement dès qu'on retrousse le monde comme un gant, question d'oreille, d'œil et de doigté, tout n'est que processus, machine infernale ou céleste comme tu veux, cycle d'une clarté absolue même s'il est semblable à la nuit, rien ne se peut desceller ni dessouder, tout est cousu dans le même drap, du genre de celui qui couvrait, dans la procession des Panathénées, le xoanon d'Athéna, celui qui couvre aujourd'hui en l'Orient extrême les masques aux pouvoirs dangereux, tout est cousu fil à fil dans le superbe linceul de vie qu'on nous tisse et qui sera déchiré en fin de compte et si tu as des yeux de voyance tu discernes le fil et ses nœuds et sa chaîne et sa trame, et je suis là pour que tu les voies comme moi, mon pauvre gentil, toi qui t'accommodais si bien de ta cécité et ne voulais rien savoir de l'envers du décor, disait également le sourire de la fille silencieuse qui se balançait sur sa chaise avec une régularité inquiétante, métronomique.

Elle ne prononça que quelques phrases fort continentes, pendant qu'il fixait, à l'intersection soyeuse de ses cuisses, l'entaille du slip rose :

— Je m'appelle Antonella Piatti. On m'appelle Follia. Y a peut-être une raison. Vous verrez bien. On m'appelle aussi Carmencita, mais vous ne saurez jamais pourquoi, jamais et je vous interdis de m'appeler comme ça.

Antonella Piatti quitta le lendemain, avec quelque nostalgie, son campement du bout de l'île et la chambre 21 (nombre de l'arcane le plus bénéfique du Tarot : le Monde) du Karavomilos Phiscardo, boucla, dans une valise Gucci élégamment loqueteuse, ses textes, le précité jeu de tarot, ses jeans et ses tee-shirts, fit des adieux éperdus et romantiques au patron du Karavomilos qui n'avait jamais rien compris à cette personne laquelle, depuis trois mois, écrivait des nuits entières dans cette fameuse 21, quand elle ne se baignait pas, toujours nuitamment, acceptait de manger gratis chaque soir le même mouton, les mêmes feuilles de vigne trop grasses et la même moussaka, et à qui le jour avait semblé indifférer, sauf en son aube où souvent elle éteignait la lumière de cette chambre 21 où le patron du Karavomilos n'avait même jamais nourri l'espoir d'entrer.

Elle prit congé de Phiscardo dans son ensemble, confia ses bagages à Achille Innocenti qui l'attendait dans une voiture de location, et, avec lui, suivit la route qui menait au seul palace de l'île : le White Rocks, sis près d'Argostolion. Au White Rocks, dont le nom anglais l'avait indisposée dès le départ, elle découvrit que la mer était d'un vert jade ennuyeux car uniforme, et non du bleu profond et moiré qu'elle avait à Phiscardo, que la chambre à la navrante modernité n'offrait rien du charme caravanier de sa 21 à Phiscardo, et que la nourriture dite internationale incluait des entrées comme le minestrone, ce qui la révulsa.

Ceci mis à part, pendant ces quelques jours au White Rocks, Achille continua de penser qu'il avait gagné la plus belle fille du monde. Gagné quoi ? se demandait-il dans les moments difficiles, par exemple quand il venait de se couper en se rasant. Son cœur ? Elle ne semblait guère en avoir, mais d'abruptes tendresses envers les animaux, les arbres et la mer, même si elle lui reprochait d'être verte, en se tournant vers son sigisbée responsable du White Rocks et apparemment, de la couleur de la mer. Le sexe ? Niente. Il n'en fut point question. Si belle qu'elle avait le droit, contrairement au proverbe, de se taire noblement et de ne pas aimer. La contempler valait déjà très cher.

Et rien n'était comparable au violet de ses yeux, poétisait, en dehors des moments de rasage, par prudence, notre dottore — rien sauf cette eau des grottes que nous avons été visiter ensemble, et si je ne me trompe, la robe portée par le Christ pendant la Passion. Vérifier avant que de le lui signifier. Et rien, idem, à ses jambes, hormis, jugeait-il, émerveillé de lui-même — et ravi des dons d'enfance que l'âge adulte lui avait volés et cette fille, déjà en partie rendus —, hormis les membres résultant du douloureux partage de la queue des sirènes, desquelles jambes elles paient le prix en marchant comme sur des couteaux, il avait du talent, l'Andersen.

Cette analogie devait effleurer la conscience d'Innocenti à de nombreuses reprises, pendant les années qu'il passa auprès d'Antonella. Et, un jour, il lui tourna comme un compliment cette histoire qu'il trouvait élégiaque, et lui confia qu'afin de ne rien omettre au sujet des sirènes, il avait relu les *Contes* de cet Andersen in toto, et trouvé ça épatant — cette comparaison avec les jambes des sirènes parut déplaire à la Piatti qui détourna un mufle de chatte dédaigneuse devant l'inélégante bêtise et l'invraisemblable gaucherie imparties aux humains. Lui, relire des contes de fées, il s'en étonnait tous les jours — et elle ne trouvait pas ça bien ! Si elle ne trouvait pas ça bien, il n'en lirait plus, na. Ce que continua cependant de faire un homme assez amoureux pour se prendre à rêver en dehors des heures réservées au sommeil, mais point assez voyant pour que lui apparût là l'ombre symbolique et facétieuse d'un destin. Bon, conclut-il, elle a des jambes incroyables, elle le sait, elle en a marre qu'on le lui dise, un point c'est tout. Mais il demeura étrangement obsédé par ce conte, qui lui inspirait les réflexions suivantes : elle a tout d'une sirène, et puis je l'ai vue sortir de la mer, voilà un joli début pour une love affair, tout d'une sirène ne lui en déplaise et je dépense assez d'argent pour le lui prouver, mais, si on se fie à ce damné conte — et personne de la société Copredim dont il était le président-directeur général ne pouvait par bonheur savoir qu'il relisait des contes en lieu et place des pages économiques du *Monde* — si on se fie à cette *Petite Sirène,* la mienne ne porte pas assez d'amour aux mâles, fussent-ils princes et charmants, pour avoir, un jour, sous la mer, décidé des souffrances dues au partage, en deux incroyables jambes, d'une queue de poisson. Bene. Mais qu'elle soit avec moi embête tellement les autres, princes et charmants, que ça mérite, et puis je l'aime, taisait-il devant elle qui d'un geste éternel et tel qu'à Phiscardo, essorait dans la salle de bains les scirpes sombres de ses cheveux (ce qu'elle se lave la tête c'est fou, s'étonnait-il) en lui dédiant son ironique, fugace, équivoque sourire, à propos duquel il mit longtemps à se poser des questions. Fâcheuse habitude que les questions, qu'il prit, à son corps défendant dans la mesure où ça l'empêcha parfois de baiser, seulement quelques années plus tard. Au début de leur liaison, il se contenta du constat quotidien des doux, peu compréhensibles, cyniques, parfois tendres, et très distingués sentiments que lui portait la signorina Piatti, et se trouva flatté du fait que sa jeune amante fût autre chose qu'une fille extrêmement belle, versatile, lunaire et capricieuse, aussi ascète que sybarite et un peu folle — ainsi la définissait-il, pour se rassurer, selon des critères qui devaient vaciller plus tard —, tout simplement un écrivain, ce qu'il respecta depuis les radieux jours du White Rocks où elle le fuyait si souvent pour œuvrer dans sa chambre.

De tout ceci, il prit son parti, en homme modéré et équanime qu'il avait toujours été, ces admirables qualités ayant, à son avis, présidé à la conquête d'Antonella — la plus secrète, la plus étrange, la plus pâle beauté qu'il eût jamais tenue dans ses bras.

Encore une journée au bord de la mer Ionienne

Durant leur séjour au White Rocks, après avoir emprunté à sa belle un livre traitant de la mythologie antique et hellène, il eut un rêve dans lequel il la vit naître de l'écume, duplicata de ce qui fut, à cela près que l'écume du songe d'Achille rougissait du sang découlant de la mutilation d'un membre viril ce qui restait mythologiquement exact, mais inquiétant dans la mesure où, dottore, vous teniez à vos couilles et que le songe n'affirmait pas qu'il s'agissait de celles du dieu Chronos, chose embêtante — quant à cette vision onirique, elle ne pouvait qu'effrayer un homme qui affirmait, avec forfanterie et une singulière hargne, oublier ses songes de la nuit, ou n'en point faire du tout, à l'encontre des idées qu'avait là-dessus un corps médical soutenant que si on ne rêve pas, on crève. Cet homme qui affirmait passer des nuits sans rêve, très perturbé par celui-ci, furieux de l'abus qu'il avait fait de lectures mythologiques lesquelles venaient de le poursuivre dans son sommeil ordinairement aveugle et muet, merde alors, cet homme, pour se rassurer sur la tangibilité du monde, tâta la place tiède, sur le lit jumeau, n'y trouva qu'un drap froissé, où était-elle, où était sa mystérieuse conquête aux rires en rafales, où était cette sirenilla dont il ne savait que fort peu de chose, hormis son ascendance romaine, sa naturalisation française et sa condition de veuve d'un père prénommé Ludovico — dov'è la bella, la brunetta, mais voyons, dottore, il était midi, elle devait être al bagno avec plein de Grecs bandant affreusement autour, il sortit, en majestueux peignoir, sur la terrasse de la chambre qu'il partageait avec elle, sans pour autant la toucher, par délicatesse et sentiment naissant, ceci malgré la galère qu'était de triquer pour elle du matin au soir — you can't get no satisfaction, avait fredonné l'impertinente la veille, à la cantonade. Il chercha du regard sur la plage de Platis Hyalos son maillot tout neuf, qu'il lui avait acheté à la boutique de l'hôtel, d'un bleu dur qui rendait plus poignant le violet de ses yeux, le maillot et elle modelée dedans, il chercha, sur la plage de Platis Hyalos, les longs cheveux sombres et le corps de miel, dov'è Vénouss de Phiscardo ? Ne trouvant pas, il enfila gaillardement un de ses vieux slips de bain usés, oubliant qu'il n'était plus à la mode et qu'il venait lui aussi d'acheter des maillots neufs et sémillants pour faire honneur à sa conquête. Dottore, vous ne saviez rien des suppositions émises à propos d'aucun mystère, le seul vivant, incarné, qui vous intéressât était celui qui émanait d'une très belle gosse dont le père venait de se tuer, il ignorait comment, il ignorait tout d'elle, une belle gosse réservée dont la grand-mère se prénommait Adora, l'avait élevée et vivait avec elle à Paris, nous en étions là de la fiche signalétique — et encore cela, elle écrivait, quoi, encore un mystère, un des mystères scellés au fond des grands yeux de mer, et dans ses cahiers d'écolière.

Il la vit. Maillot bleu, cheveux noirs, membres hâlés, Corpo di Bacco, elle a un cul, mais un cul, perché si haut, un cul comme celui des Noires ou des Antillaises. Au jour, elle est encore mieux, miseria di un povero cuore. Il la vit, sur la plage, près de l'eau vert jade, et point de couilles tranchées, foin de cauchemar, riante lumière de midi, il s'ordonna de ne plus se goinfrer de mythologie, ça ne lui réussissait pas. Vénouss mère des Grâces, des Jeux et des Ris, il résolut machistement de ne plus penser qu'à cette alléchante déité et, en conséquence, d'aller enquiquiner sa bella al bagno, sola.

Elle était à mi-corps dans l'eau, allongée à plat ventre sur le sable et léchée par les vagues qui avaient de la chance et je ne suis pas le seul à le penser sur cette plage, estima le dottore. Et à bander t'es pas le seul comme de juste, pensait crûment la sublime, voyant venir celui qu'elle appelait déjà suo marito modello, et à propos duquel elle soupirait — mais que faire d'autre d'un homme si exemplaire ?

Il était planté devant elle, qui avait le nez au niveau de ses mollets dont la villosité lui parut simiesque et très conjugale, elle rigola, leva vers lui son visage de paradis, ses yeux échancrés comme ceux des chats, eut un air d'absolu et heureux désœuvrement, secoua les serpents noirs de ses cheveux, haussa ses épaules aux clavicules ciselées et sur ses lèvres flotta un sourire envoûtant et impur d'enfant et de pythonisse folle, ce sourire souvent adressé à elle-même, ou à la mer, ou au ciel, qui en déroutait plus d'un, ce matin-là, à Platis Hyalos, un sourire après lequel on n'abordait plus cette bella al bagno, de peur qu'elle jetât d'infrangibles sorts ou vous traitât d'imbécile, soit d'autres qualificatifs plus saignants.

Il s'accroupit près d'elle, aux marges savonneuses de cette mer de jade, la contempla, de la prosternation plein les yeux — de bons yeux bruns.

— Sirenilla, gémit-il amoureusement — et il flatta son épaule d'une fort audacieuse caresse, qui passa pour tous les mâles de cette plage de Platis Hyalos comme un geste d'appropriation, et dont c'était d'ailleurs l'ébauche.

Eh là, dottore, eh là — elle s'écarta de lui, en une souple reptation, sur le sable, vous l'auriez violée que ç'aurait sûrement été mieux, et siffla :

— Ne gémissez pas comme ça, vous avez mal au dos, ou quoi ? On croirait un chien — aucun os à vous offrir. Et les miens je les planque. Avec les hommes on ne sait jamais.

Qui était-elle, dottore ? La plus belle des Gorgones, propre à vous pétrifier sur place, ce qui avait déjà eu lieu, ou Vénouss mère des Grâces et des Ris, non, rectifiâtes-vous, simplement la plus acerbe et vulgaire fille du monde, et puis non, une belle fille, rerectifiâtes-vous, destinée au malheur des hommes jusqu'à ce que finisse un jour sa chair d'abricot sombre. Si pâle au demeurant, ce que vous ne pouviez qu'ignorer.

Elle se releva sur les avant-bras, vous offrit une vue bouleversante du haut de sa poitrine fraîche et cuivrée, entre les ruisselets de ses cheveux que la baignade avait rendus encore plus noirs, d'un noir bleuâtre. Bien réveillée, la Gorgone. Ou la harpie des Strophades. Ou la mégère. Ou. NE PLUS LIRE AUCUN LIVRE TRAITANT DE MYTHOLOGIE, dottore. Les laisser dans les bagages de cette demoiselle poétesse passionnée de légendes. Tant pis si vous n'avez pas l'air documenté. Quel merdier que d'être en Grèce, pays de haute civilisation et berceau des mythes — dont elle lui racontait certains, et c'était si beau, le départ du navire Argo, les Argonautes dessus, prière de regarder vers la mer comme si s'éloignait le fameux navire et de pas avoir l'air idiot, en prenant un scotch sur la terrasse de cet hôtel White Rocks un peu guindé mais si confortable. Elle venait d'appuyer son menton entre les conques de ses deux mains, la mer flattait consciencieusement ses membres inférieurs, son fessier et une chute de reins vanillée, elle le regardait, sourcils ironiquement haussés, et il eut encore une fois, une des dernières, envie de fuir. Fuir, se voyant déjà trop captif des rets de lune d'une telle beauté, aux humeurs fluctuantes, si fluctuantes qu'il allait en oublier le symbolique contraire : les programmes immobiliers qu'il avait charge de lancer. De la réclame pour de la pierre ? avait-elle dit, sur la terrasse, après l'heure des légendes (méchante mais sans doute, pensa-t-il piteusement, aigrie par la faim), voilà ce que vous faites, va bene. No comment, avait-elle ajouté, en répandant la cendre de sa cigarette sur la nappe (une jeune femme vraiment distraite). Crudele. Crudele, se ressassa-t-il, tentant la méthode du vieux Coué. Une fois le P-D G de la Copredim changé en pierre par la plus belle des Gorgones, que deviendrait sa société ? Ce matin devenait la suite du cauchemar, un cauchemar lui-même, barbouillé de couleurs dionysiaques, du bleu de Prusse du maillot, du vert de la plaine océane, du violet des longs yeux, il en avait mal au crâne, le dottore, habitué aux grisailles bichromes des bureaux, mais, Dio, c'était quand même Vénouss que cette fille, Vénouss pas tout entière à sa proie attachée hélas, pas du genre attaché, ou alors, supputa-t-il astucieusement, attachée à l'ombre, jamais à la proie, bon, cette cinglée adorable lui faisait flambiller les neurones, crépiter les synapses et lui érigeait le sexe à des hauteurs olympiennes ce qui était glorieusement, regrettablement visible sous le maillot de bain démodé, le faire bander comme ça, en continuité à son âge, miracle, et il avait déjà la confuse impression que le miracle n'était pas gratuit, qu'un jour il lui faudrait passer à la caisse et qu'il paierait d'une monnaie n'ayant pas cours en ce monde, mais en attendant qu'il ne saurait la quitter.

— Les sirènes, dottore, fit-elle, peu après, alors qu'il revenait s'étendre gauchement auprès d'elle et se laisser caresser par les vagues au bord de la plage, étaient, à l'origine, des femmes-oiseaux. Très tardivement, on en a fait des demi-poissons. Vérifiez vos références. Vous m'empruntez assez de livres pour ça.

Saleté de bas-bleu. Victime du staccato infernal de son rire, à la grâce tortueuse de ce corps à demi émergé de ce maillot pire que la nudité car mouillé, il n'osait se redresser, cinq kilos de trop sur le bide, et un maillot de bain déplorable, et il bandait toujours, miseria di un povero cuore, elle venait de lui prendre la main, et là il fondit, ce pouvait être Gorgone, ou la grand-mère de Saturne, qui le changerait de son ex-femme laquelle avait raison de dire que rien n'était à la hauteur de ses tortellini, si les tortellini de la pauvre répudiée furent jusqu'au bout sublimes. Cette incapable de tortellini ne lui ayant pratiquement rien révélé d'elle-même en ces trois jours, il se jura de tenter un questionnaire pendant le déjeuner, ce qui, pour un homme taciturne, relevait de l'exploit. Car, tout de même, il était plus rassurant de l'entendre parler d'Adora I et II, ses aïeules, que, le cortex en ébullition depuis qu'il lisait des livres sur la mythologie et s'endormait à des heures indues sans avoir baisé la bellissima, reposant sur un lit jumelé au sien, d'imaginer l'affreux : le lignage de quelque dieu infernal ou marin dont elle aurait eu à la naissance les pouvoirs, c'était le genre de fille à vous faire croire de telles féeriques foutaises. Que sa famille fût juive italienne était une chose simple et apaisante. Qu'elle avouât calmement que son père venait de se tuer en voiture, par précipitation du haut d'une falaise, ne l'était pas. Que sa famille ne fût qu'à moitié juive, elle le lui avait dit, et ça aussi c'était normal, qui n'a pas une goutte de sang israélite dans les veines — dans celles d'Antonella coulait un sang de rhésus particulier, qu'elle lui avait confié avec une solennité distraite, mais testamentaire à qui voulait bien l'entendre : O négatif. Oui, c'est rare, avait-il commenté, et elle avait semblé trouver ça insuffisant. Il s'était demandé — un moment — pourquoi. Sa santé ne semblait pas exiger une transfusion de sang immédiate. Il eut un irrépressible élan vers elle, lui prit l'épaule, point ne regimba la belle, c'était l'heure du déjeuner, elle l'informa qu'elle avait faim. Benissimo, andiamo, brunetta mia, amore fatale, petites salades de poulpe croquant ou barbecue poisson du jour devant la mer, discussion et excursion et demain, mogliettina — elle n'eut aucun mouvement de recul, *ma petite femme*, avait-il osé —, un bateau vers Athènes. Après-demain, si cela vous convient mieux, rectifia-t-il, paniqué. D'un air d'absolue indifférence, Antonella se leva et le convoqua joyeusement dans la cabine de bain où ils se changeraient avant le déjeuner. Les splendides vacances que c'était, il oublia d'un coup ses premières méchancetés. Souriant bravement, il sortit de l'eau, subit le regard de cette affreuse qui évaluait le relâchement des muscles abdominaux — la sangle — d'un ancien sportif — football, judo, surtout judo — et il déplora que cette sangle se fût relâchée de même que, au fil des ans, son intérêt pour les questions métaphysiques qui semblaient animer sa naïade — qui, malicieuse, le convoquait dans la cabine de bain EN MÊME TEMPS QU'ELLE. Respirant l'odeur d'iode et d'enfance de ses aisselles et de sa nuque, il désira l'épouser.

Angelo del cielo. Elle avait accepté une saison avec lui. Juillet sur la Côte d'Azur. Rome. Venise. Capri. La Sicile. Le Mexique. Il ne savait toujours pas grand-chose de sa vie privée. A ce propos, elle lui avait seulement dit qu'il était le genre d'homme avec lequel on a envie d'en avoir une.

Fameux compliment. Elle avait eu, en disant cela, un regard ému, baguenaudant sur toute sa personne de Silène vieillissant (à propos de son physique il n'était pas homme à se valoriser). Il avait pensé que la splendeur de ce jour, son aspect héliopotain, la majesté calme de l'océan, étaient à l'origine de cette émotion, et non un sentiment voisin de la compassion. Or il se trompait, c'était une légère compassion charmée et civile envers cet homme et ce qu'il lui offrait, en ce qui devait être leur dernière journée à l'hôtel White Rocks. Cette expression presque tendre la rendit ravissante à provoquer la convergence des regards, ce qu'il apprécia avec un machisme benêt et bien pardonnable de brave homme gratifié — or, étant ravissante, cette jeune fille ne pouvait être ravie par quelque sentiment que ce fût, à l'évidence ; Innocenti ne se le formulait pas aussi clairement, mais il percevait d'elle une froideur native, vaguement dérangeante, plus que baudelairienne. Donc dans ce regard, il y avait pourtant de la compassion — un sentiment qui ne vous prend rien. Compassion pour le faciès carré d'un Colleoni, occulté par trop de graisse, pitié amusée pour les bajoues et la fuite d'un menton jadis escarpé. Elle se disait qu'il y avait des bosselures de bonté et de violence dans les méplats faciaux de cet homme entre quarante et cinquante — un homme d'affaires mange toujours trop et trop vite — ; il s'était gâché, elle lui redonnerait le visage qu'il méritait, le dottore retrouverait une gueule de condottiere ou de du Guesclin mâtiné de vieux prince mandchou — et que disparaissent le Ponce Pilate avachi, souhaita-t-elle, et les chairs qui avaient progressivement grignoté le plan primitif, leur bouffissure était la preuve flagrante d'un mal de vivre et d'une certaine et ancienne souffrance. Pour commencer, elle fit choir la corbeille de ce pain dont il abusait, avec un tel air de reproche qu'il stoppa son geste de la ramasser. Puis, elle regarda la mer de l'œil de ceux qui ont vu partir les Argonautes et savent que c'est pour toujours, et il renonça à ce qu'elle fût cette personne approchable — una piccola mogliettina qui se souciait d'un excès de lard sur la personne d'un futur mari, et ostracisait le pain de leur table commune. Il y avait décidément autre chose. Il eut peur de ne la connaître jamais.

L'après-midi, ils firent leurs bagages. Il craignait que le charme ne se rompît, qu'une fois hors de l'île, elle ne prît la fuite, et il resterait tout seul. Ora la tomba invoco, plus que ça à faire, avec ses kilos et le souvenir cuisant d'une beauté chimérique et tout juste frôlée dans une cabine de bain. Céphalonie. Elle adorait cette île. Combien de fois êtes-vous venue ici ? Evasive, elle disait quatre ou cinq. En connaissait les moindres recoins. Ce séjour avec elle, vraiment épatant. Ce charme fané du port d'Argostolion, cette île forestière, les sonores et gelés lacs de Mélissani, la séduction profonde et lente de l'île, ses montagnes où grimpent des routes éclatantes et téméraires, d'où le regard plonge sur des criques vierges et une mer aussi lisse que le cabochon d'une pierre précieuse, quand ne souffle pas le meltemi... Ile grande et sereine, junonienne, où l'ombre des cyprès verdit la mer, île noble, féconde, clémente, au contraire de ces naines méchantes, les crayeuses égéennes. Leurs balades. La route de corniche qui va du port d'Haghia Ephimia à Assos, où elle avait eu un regard de dangereuse folle en faisant mine, cette piccolina, de donner un coup de volant dans le ravin.

Follia, avait-il murmuré, Follia.

Et insensible à la poésie d'ailleurs usée d'une mort commune dans le ravin, il avait rattrapé le coup de justesse avec l'aide de saint Gérassime, patron de cette île. Sur quoi, il avait arrêté la bagnole de location à l'endroit où, de ce lacet tortueux, pas même une route, on avait une nice view sur l'abîme où ils avaient failli plonger autre chose qu'un regard touristique (Achille) et extatique (Antonella), un abîme aussi étincelant et pur que le virent les Képhalliniens de la période minoenne, où la mer d'Ionie n'était, sous le soleil, qu'une prairie de gemmes d'un éclat fusillant. Murée, elle n'avait pas bougé, il avait enfoui le piolet aigu du genou brun sous sa large paume. Et il ne devait jamais faire la moindre allusion au coup de volant.

Il était l'heure de se préparer pour l'avion et que faisait la piccolina ? Achille Innocenti frappa, selon son excellente habitude, à la porte de la chambre du Hilton d'Athènes où ils avaient passé une nuit avant de s'envoler pour Paris. Un grognement fit écho. Il poussa la porte avec pusillanimité, découvrit la mogliettina toute nue sur le lit, se souciant moins de cacher cette nudité dont elle ne semblait, comme d'habitude, pas être consciente (au cas où il fasse chaud elle sortirait bien en ville sans rien et avec ses grands airs étonnés de ce qu'on la regarde, supputait Achille) que de ramasser prestement les lames du tarot qu'elle venait de tirer, en croix, pour elle-même. Achille avait, des tarots, comme de tous les instruments d'un savoir occulte, une trouille majeure, et frémit en reconnaissant, sur le drap, au centre du jeu, la squelettique Faucheuse. Piccolina, che fai ? elle répétait, d'une voix ensorcelée, sans se préoccuper d'être in naturalibus et dans une posture certes yogique mais occidentalement fort indécente, la somme d'une sibylline addition — deux plus quatre plus un plus six, treize tredici, puis, répéta au fantôme qu'elle semblait voir à la place d'un Achille pourtant peu transparent, d'un ton pressant, comme s'il devait comprendre, puis vague, comme si peu importait qu'il comprît, due quattro uno sei, tredici, la Papesse, l'Empereur, le Bateleur, l'Amoureux, l'Arcane sans nom. Vedi, la fin d'un état de choses, sourit-elle, et le paquet se rangea avec une ductilité surprenante sous ses doigts ; la treizième lame engloutie, elle fit à Achille un baiser sur le front. Il n'a rien à savoir par avance, et pourtant le pauvre va être amené, s'il continue à avoir de mauvaises fréquentations, à une lucidité quasi intolérable, ainsi en a-t-il toujours été, le diable m'est témoin, pensa-t-elle, et il me répudiera horrifié comme on m'a brûlée pour sorcellerie des siècles auparavant, ce jeu est limpide, le fil va se casser et le pauvre sera à mes côtés quand j'aurai des démêlés avec Saturne, lui la tempérance personnifiée, le voilà qui me regarde comme le consultant lui-même regarde les tarots, avec stupeur, trouille et hébétude révérencielle ou alors — ah c'est vrai je suis toute nue, c'est peut-être ça qui l'impressionne et non l'arcane treize, il est du genre à appeler mon exercice favori, ce vice que j'ai pour les cartes, *la bonne aventure,* je vais lui dire pour le rassurer : Achille mio, de temps en temps je me dis *la bonne aventure.* Voilà, c'est dit, de cette façon il ne demande aucune explication sur cette fin d'un état de choses, que veut-il, encore un baiser, O.K., baiser mais pas la langue, trop humide et puis ça prend un temps idiot, juste style museau de carpe et plutôt me préparer de suite, aspettiamo, dit-il, il attend, attendre, ça il sait faire : homme de tempérament lymphatique, végétatif, un type vulnérable, passif, aux questions un, muettes, deux, mal posées, élite et crème néanmoins, de quel signe est-il, Cancer, ou Poissons ou même Vierge, cet homme régulé qui a tant de ferveur pour moi, son songe fourbe et dévoyé, sa maladie du sang, pauvre homme avec attaché-case et costumes trois pièces, Vierge oui ce doit être ça, tout carapacé, et au-dedans, plein de tendresse et de lyrisme que ses affaires ne lui ont pas permis de débonder, et moi la folle vaticinante, la suicidaire et la dangereuse à moi-même, je vais l'exposer à tout cet homme, que dit-il ah bon, il me cherchait depuis si longtemps.

Elle se résigna et sauta du lit.

La vivacité même, avec des phases de feinte paresse, où elle ne bouge plus un doigt, et médite on dirait des crimes. Quoi qu'elle médite, je suis cuit, je l'aime, mia moglie, je la voulais, elle et ses audaces invraisemblables, dont on ne voit pas les conséquences parce que tout ça sous le manteau main de fer dans gant de velours, elle peut bien être la pire des femmes, monsieur Pierre Louÿs, elle est aussi la meilleure. La meilleure pour moi en tout cas. Qu'elle me transforme en ce qu'elle voudra. J'accepte, je prends, légère comme une pierre ponce questa ragazzina, je prends, je dépenserai tout mon argent pour elle, à son contact me viennent des formules poétiques pas mal, la mettre au courant, genre mince palissade de ton corps, oh la baiser, pas encore, amore mio. Aspetto. Si elle savait ce qu'elle m'apporte. Imperturbable, disait-on de moi. Joie d'être perturbé, il était grand temps. Cette fille, c'est un déménagement perpétuel et tout le temps changer de vitesse. Ce bordel, questo casino, qu'elle laisse dans les chambres, j'adore. Besoin de ça. Bien suprême que le casino. Sous couvert d'exemplarité — un homme exemplaire, dit-elle de moi en rigolant — besoin de ça. Etre digne d'elle. Ne plus rien thésauriser. Avec les dévaluations, stupide. Et puis elle mérite plus que je ne peux lui offrir avec de l'argent. Moi j'aurai une retraite de cadre, tenez, et elle avec ses livres, pas de retraite, et elle s'en fiche. Admirable. C'est comme la question mutuelle. S'il lui arrivait quelque chose, aucune mutuelle complémentaire. Tout juste la Sécu depuis quatre ans octroyée aux écrivains. La faire profiter de ma mutuelle à cent pour cent. L'épouser. Mefistofele, t'épouser. En attendant on va louper l'avion, tant pis, pour la première fois tant pis, non la voilà, che velocità, bon on y va, j'ai déjà perdu deux kilos grâce à elle je remue plus je mange moins et en douce, et quand elle s'apercevra peut-être jour de liesse, ça compte beaucoup pour elle les kilos.

Elle vint vers lui, il eut un sourire adorable et rentra le ventre ; au garde-à-vous devant son amour, gardien de ses temples singuliers et chastes, statufié et anobli d'espoir.

Le logicien, le digestif, le lent Innocenti, n'avait jamais aimé personne avant cette fille à la gaieté erratique, aux tendres mensonges, aux paradoxes constants, à la joie de vivre débridée, sauvage, suivie de colères aussi désespérées qu'insondables ; il était si complètement fasciné par Antonella, par sa pugnacité silencieuse de guéparde, par un mystère qu'il qualifiait d'aussi grand et artistique que celui du sourire de la Joconde, qu'il aurait passé des années près d'elle en acceptant de ne jamais bibliquement la connaître, à l'encontre de ses préoccupations quelque peu obsessionnelles du début. Par le fait, elle lui refusa longtemps cet exercice qui, dès qu'on en abordait le thème suscitait chez elle des gestes latins d'ennui exaspéré, attitude que, pas plus que les autres, il ne sut interpréter — elle me fait attendre comme une courtisane, de façon à ce que ce soit plus cher après, ou comme une femme frigide qui a horreur de ça, ou comme quelqu'un qui ne m'aime pas assez pour la chose, ou parce qu'elle n'y pense jamais, avec sa fichue tête en l'air, s'interrogeait-il, avec elle on ne peut savoir, concluait-il, il faut toujours la rappeler à l'ordre, lui signifier de manger sinon elle se laisserait mourir d'inanition, de s'habiller sinon oh sinon, conséquences médicales une pneumonie et pénales sûrement, de dormir et de prendre ses affreux somnifères sans quoi elle vivrait à l'heure de New York, de Tokyo ou de Calcutta, dois-je lui rappeler qu'il est utile, sain, bien élevé, altruiste, que ça se pratique dans le meilleur monde, qu'il le faut bien, que ça tombe sous le sens, de faire *ça* un jour ou l'autre, que j'aimerais tant, que je me dessèche de ne pas — elle va me regarder comme si je parlais d'une chose grossière, éculée, c'est vrai comme disent les chansons que beaucoup l'ont fait avant nous, qu'elle adore l'originalité et ne veut rien faire comme les autres mais enfin il y a des bornes — elle va me regarder avec l'air qu'elle a souvent, son air je vous trouve paléolithique et rien n'est plus démodé que ce machin-là. Aspettiamo. D'ailleurs, je suis très content comme ça, et puis heureusement personne ne sait que notre concubinage est irrégulier, et je suis, oui, si content.

Il était si content qu'il en avait changé à un point extraordinaire aux yeux du personnel de l'agence Copredim. Iceux et ses clients le connaissaient sous l'aspect d'un homme d'affaires redoutable d'efficacité, d'ingéniosité et de manque de scrupules, protéiforme, un peu sévère, ne buvant ni ne fumant, le type même du jupitérien ambitieux et réussissant tout ce qu'il entreprenait, un boss à poigne, un gagneur secret, silencieux, qu'il ne s'agissait pas de mécontenter et dont on admirait les stratégies imparables échafaudées par lui seul dans un bureau aussi inaccessible qu'une loge maçonnique et couronnées de résultats glorifiants pour l'ensemble de la Copredim.

Le jour où, dans un tiroir dudit bureau, qu'il avait négligé de fermer à clé après son départ (cette distraction, déjà, inquiéta) on trouva un tarot de Marseille et un pendule, tout le personnel commença à se poser des questions et à ne s'appuyer que sur une certitude : le boss à poigne n'était plus lui-même. Il avait des absences. Il souriait à tout bout de champ. Il arrivait en retard à ses rendez-vous. Il entretenait des soliloques mystérieux avec son reflet dans la glace. Il allait souvent aux toilettes dans le seul but de se peigner. Sa raie médiane avait toujours été d'une rectitude assortie à son caractère, et elle le demeurait, mais il laissait pousser ses cheveux et les faisait bouffer gentiment au-dessus de ses oreilles. Il choisissait ses cravates de façon plus soignée, voire audacieuse. A présent tout dans le classique italien, avec une touche british, et avouons qu'avant, susurrait le coryphée des secrétaires, il lui arrivait d'être plutôt mal fringué ; classique italien et touche british, mais, depuis peu, et concomitamment, il se met à porter des chaussettes dépareillées, par distraction, c'est comme ces clés de voiture qu'il cherche tout le temps et ces tiroirs qu'il laisse ouverts et ces écharpes en cashmere, avant c'était du shetland, qu'il oublie partout. Et puis il prend des vacances insensées — lui qui professait ne pas connaître ce mot. (Silence pensif du coryphée.)

De ces vacances, il revenait bruni, lui qui avait sur le soleil des avis laconiques autant que négatifs. On le devinait plus musclé, et on le savait plus mince de sept à huit kilos — un cambiamento monumentale. Et il pavanait, avec un air touchant de gosse reçu à un examen. On disait évidemment « cherchez la femme », mais on ne trouvait jamais rien, pas de photo ingénument encadrée sur le bureau ; si intrigue il y avait, elle restait d'une discrétion exemplaire alors que le boss l'était de moins en moins, passait un temps fou à réserver lui-même des chambres dans des palaces, réservait aussi des tables pour deux dans des restaurants italiens ou indiens ou indonésiens ou chinois ou thaïlandais ou russes et même togolais, alors qu'avant, toujours français, quel temps perdait-il donc à ça et pas question d'en laisser le soin à sa secrétaire, Mlle Michardeau, qui prit la chose comme un manque de confiance, une trahison affective, et très mal. Quant à son appartement de l'avenue Elysée-Reclus, dans ce septième qu'il privilégiait à tout autre arrondissement, il annonça un beau matin que c'en était fini, qu'il venait de louer deux cent soixante mètres carrés rue Georges-Bizet (Bizet, *Carmen, les Pêcheurs de perles, la Jolie Fille de Perth,* commenta-t-il à la stupéfaction générale) dans ce seizième qu'il avait toujours dit détester.

Sur quoi se multiplièrent, émergeant de sa poche de veston avec une grâce chiffonnée et savante, les pochettes de soie à motifs indiens, rose pompon ou jaune citron, apparut sur ses larges épaules un juvénile trois-quarts de cuir noir, on découvrit, en sus des tarots, un manuel complet d'interprétation de ce tarot dans le tiroir dont, d'ailleurs, il semblait avoir définitivement perdu la clé et où Mlle Michardeau débusqua ENFIN, sous deux tubes de saccharine affirmant le stoïcisme d'un homme qui, pour plaire, allait vers une consomption certaine et s'en trouverait ridé avant l'âge (jugeait ladite Michardeau avec un contentement révolté) ENFIN, une photographie, le portrait d'une femme, à côté de l'adresse d'une astrologue renommée, eh oui, il interrogeait à présent les astres, le patron, et quoi encore, les blancs d'œufs et le marc de café, on allait droit à la catastrophe, la catastrophe à laquelle ressemblait cette trublionne qui, près d'un massif de lauriers-roses, jouait avec ses longs cheveux de ses doigts brunis, ces soleils si chers c'était donc ça, de ses doigts brunis par les soleils payés d'Innocenti, doigts où brillaient un saphir et un diamant d'une taille inconcevable ; de ses vêtements on ne devinait qu'une bretelle rayée rose et blanc, sur une épaule fragile, et elle vous regardait vlan de ses yeux violets, sous une frange coupée comme au sécateur et d'un noir kabyle et cette Kabyle semblait avoir vingt ans, jugea Mlle Michardeau, ivre de jalousie et ignorante des pratiques répréhensibles et goétiques consistant à larder d'épingles le portrait qui ne vous revient pas. Nous étions un samedi, et œuvrait seule, à l'agence, la pauvre demoiselle qui n'avait que ça à faire et qu'auparavant, le patron invitait à déjeuner le samedi quand il venait travailler tranquillo, disait-il, justement le week-end est fait pour travailler tranquillo. Or plus jamais, pensa Mlle Michardeau dans la déréliction, or donc week-end avec la fille au décolleté indécent, on n'en voit pas plus aux soubrettes à la Comédie-Française, moi je me ferais opérer — or plus jamais de laborieux week-ends à l'agence tous les deux ni de ces bons gros repas sympathiques chez Lamazère où ils abusaient toujours de foie gras et de desserts avec pâte, plus jamais fût-elle brisée, plus aucune sorte de pâte il avait maigri pour la fille des week-ends et des vacances, l'ensoleillée en pyjama rose fraise rayé si décolleté et quand on en a trop, de la poitrine, on fait attention, la fille qui riait et au cou de laquelle, venait de constater Mlle Michardeau, scintillaient, sur la photographie, encore des diams et des saphirs, ma parole, tout s'explique, sa plus ancienne collaboratrice eut une rage de fouille, un homme si rangé, voilà pourquoi les clients râlaient, pourquoi il n'allait plus trois fois par semaine en province par le premier avion qui fait se lever à cinq heures du matin, à présent, il disait me lever à cinq heures la barbe, allez-y donc Michardeau ou bien Soulignac quand il fallait une autre victime, Michardeau étant désignée pour se trimbaler au Touquet, voir un trou perdu près de Lyon où on construisait des cages à poules ou sur la côte

Basque des résidences pour cadres moyens. Le patron ne prenait plus d'avion tôt le matin et en revanche radinait avec de ces poches sous les yeux, non mais quelle insolence le sourire de cette fille, qu'y avait-il d'autre dans ce tiroir — on ne mit pas plus de rage à fouiller la boîte de Pandore susceptible de causer l'extermination de la race humaine si n'y était restée enclose l'Espérance, qu'à explorer le tiroir personnel de cet homme. Ainsi découvrit-elle un mince recueil de poèmes intitulé *Passage des planètes lentes* et commis par une certaine demoiselle Piatti — la même ? elle balança, ouvrit, lut des phrases tout à fait obscènes, se dit que oui — *la Révolution diététique* du docteur Atkins, *Pluton ou les Grands Mystères* par un dénommé Hadès, ce devait être un pseudonyme, encore de la saccharine comme au temps de la guerre, dans son emballage entrouvert, une cravate rayée jaune serin et bleu canard, deux paquets de cigarettes mentholées, vingt dieux, elle vérifia, toujours aucun cendrier sur le bureau du boss, ce qui emmerdait tout le monde et causait des dommages à la moquette tellement les gens sont mal élevés, là on reconnaissait bien M. Innocenti, un non-fumeur prônant l'absence de cendrier pour voir jusqu'où allait l'inconvenance de l'humanité, et puis en général ça obligeait ses interlocuteurs à ranger leur paquet de clopes et à ne pas empester la pièce, depuis quinze ans ni cendrier ni cigarettes bien entendu, donc mon cher Watson c'étaient les mentholées de la demoiselle, une réserve au cas où elle en manquerait, c'était aussi le genre de M. Innocenti ça, de constituer des réserves de façon à ne jamais manquer de rien, la fourmi en cachait donc pour une cigale, cette cigale de fille aux yeux barbouillés de violâtre et d'une couleur telle que sûrement, verres de contact colorés, la plus ancienne collaboratrice de M. Innocenti avait lu dans un magazine que pas mal d'actrices en usaient, donc du faux — quoi d'autre, rien qui ressemblât à une lettre d'amour, d'ailleurs cette fille devait être le genre à en être avare, le genre garce à haute dose bref, elle ferma violemment le tiroir et passa un très mauvais week-end obscurci par la forte pensée que le monde s'en allait à la dérive et vers un régime communiste ne parlons pas de la guerre nucléaire, jusqu'alors l'existence de l'infaillible M. Innocenti semblait prouver à elle seule qu'on pouvait y couper mais plus d'espoir si l'infaillible M. Innocenti faisait des choses inconsidérées, la fiesta avec une poétesse kabyle et ne remplissait plus ses devoirs, exemple la semaine prochaine il lui revenait, à elle, de se farcir Lyon, Perros-Guirec et les plages du Languedoc-Roussillon, or en particulier le type du Languedoc-Roussillon hurlait qu'au cas où le big chief en personne ne se déplaçât jamais plus, le budget Languedoc, etc., il pourrait se le mettre où chacun le pense.

Le lundi, accablée, elle le vit extraire d'un sac portant la marque Hédiard, magasin auquel précédemment il préférait Fauchon, un petit paquet de café, l'entendit exiger une machine à café dans son bureau — lui qui ne buvait que du thé léger, et assurait que le café était un poison pour le foie — puis une bouteille de Chivas — or M. Innocenti ne buvait que du champagne dans les grandes occasions, ou du Vichy en travaillant — enfin et en sus des agents d'une telle révolution, surgit un gigantesque cendrier rond, en faïence, décoré de motifs qu'elle qualifia sans se tromper de mexicains puisque Achille Innocenti, à Noël, était allé au Mexique, on le savait par les coups de téléphone à l'agence de voyages, et en couple, on le savait par la fille à laquelle il avait, faute de temps, confié le soin de rapporter les deux billets. Ceci troubla moins sa plus ancienne collaboratrice que le geste discrètement triomphal et l'air de triompher précisément de lui-même, qu'il eut pour cajoler le cendrier au beau milieu de son bureau et ouvrir ainsi la route aux licences de la fumerie, où allions-nous s'il permettait aux gens de fumer dans son bureau — vers le sauvetage de la moquette, lui répondit le patron quand elle lui posa cette question, et quand elle gémit : Vous savez bien que je ne supporte pas la fumée et vous ne la supportiez pas non plus que je sache, il lui dit qu'elle n'avait pas à tout savoir, que de toute façon il en avait marre de torturer le genre fumeur et humain, et que — là, elle faillit claquer, d'avoir avalé sa salive de travers — ce cendrier était tellement BEAU que ça lui faisait plaisir, à lui, M. Innocenti, plaisir, de l'avoir sous les yeux, car si vous voulez bien regarder le motif, Mlle Michardeau — elle regarda courageusement, désespérée, et il dit : Voyez, c'est le paradis, avec des anges aztèques, c'est comme ça qu'on les représente au Mexique, et pour ces anges aztèques elle pensa fermement donner sa démission. Si elle s'en abstint ce fut pour la seule chose qui lui restait d'Eve, une très compréhensible curiosité quant à la suite des événements, au cours de laquelle on surprit M. Innocenti en train de capter avec son pendule au-dessus de sa paume ouverte ses propres ondes de forme, puis, une fois celui-ci bien chauffé, de l'utiliser avec un air d'absolue satisfaction au dénombrement des cigarettes contenues dans un paquet de mentholées dont il avait fumé quelques-unes, car, oui, M. Innocenti s'était mis à ce vice, et aussi à celui du P.M.U., et on ne s'étonna presque plus qu'il usât régulièrement et sans s'en cacher du pendule afin de trouver les numéros gagnants. Et à six heures pile, le soir, tandis qu'avant c'était huit, neuf ou dix heures, personne n'attendant le patron, célibataire endurci disait-on, l'apparié radouci barytonnait ANDIAMO, fermait ses dossiers, fredonnait de travers un air de *La Norma,* bredouillait deux compliments à l'adresse de Maria Callas qui était morte, puis, après avoir évoqué son ombre, demandait d'un air menaçant à Soulignac, collaborateur à peine plus ancien que Mlle Michardeau s'il aimait la Callas, n'écoutait pas sa réponse et filait ; six heures, grand tempo murmurait-il, déjà dans l'escalier, son manteau enfilé à la diable, sans chapeau, car de chapeau, il n'en mettait plus, et ses cheveux avaient repris du lustre grâce à des lotions dont le parfum empuantissait, à l'instar des cigarettes, son bureau, et il les portait plus longs par derrière, voire rebiquants sur son col à présent qu'il avait ce que chacun décelait — une vie privée qui semblait si dolce que toute l'agence allait y calancher sous peu, de l'avis des travailleurs.

ARCANE XII :
LE PENDU

Antonella Piatti, Soleil en Scorpion
Qui traite des étoiles et de leurs décrets

En ce début de leur liaison, alors qu'Achille, uomo felice, avait de l'argent, deux voitures, une Mercedes pour la route et le standing, une R 5 pour se garer, un maître d'hôtel, un secrétaire, un valet de chambre, un chauffeur, un cuisinier — le même, Goldenberg — et une compagne aussi divine que chaste et fugueuse, qu'il considérait incurablement comme sua mogliettina, sa petite femme, le personnel de l'agence notifia bientôt, non plus QUELQUES changements dans la mise du boss, mais un crescendo dans sa hardiesse vestimentaire très peu conforme (si le personnel de l'agence ignorait tout du ciel de naissance du patron) à un être (nous y venons) radicalement et zodiacalement Vierge au point d'avoir, dans ce signe déshérité, le Soleil, Uranus, Saturne, Vénus et Mercure, quant à l'ascendant Cancer de M. Innocenti, il ne rendait pas l'ensemble plus fougueux ni flambard, aux dires de son astrologue personnelle, Mlle Piatti, qui était gratuite mais n'enjolivait pas la situation pour préserver le moral du client.

— Je ne vois pas ce que le détonnant Pluton a à faire dans le signe flou et mystique des Poissons, soupirait-elle, penchée sur la carte du ciel de sa victime, qui n'aurait jamais voulu être née pour s'entendre dire que : Seigneur (elle l'invoquait souvent) pas très folichon ce ciel, à ne pas croire, morne plaine, plat pays, qu'est-ce que tu veux, je te dois la vérité (c'était, du moins, son avis, pensait la victime) avec ces CINQ planètes en Vierge tu ne risques pas la démence profonde (il se disait que tant mieux, mais qu'elle lui assenait ça sur un ton sacrément péjoratif) la Vierge, donc, c'est pas très emballant, très sage, un petit peu ennuyeux, c'est train-train, ça ne boit pas, ça ne fume pas, ecce homo (elle le regardait avec des yeux rieurs et insultants et si beaux) ni ne, cela dottore nous verrons plus tard, la Vierge c'est un climat tempéré toute l'année, c'est plutôt sec, académique, discipliné, ça ne fait pas d'entrechats dans la rue, c'est soigné (les sourcils arqués, elle inspectait la raie de ses cheveux, le col de sa chemise et le pli de son pantalon, il aurait voulu être changé en un genre de broussard farouche, de flibustier des mers de Chine, de chef d'une tribu vandale ou a contrario et faute de savoir quel était « son genre », en romantique caverneux, à cause des sourcils arqués), c'est calculateur, ça fiche tout en coupe réglée, c'est affreusement rationnel, ça pense à tout, quant à ton ascendant Cancer, vedi, c'est le signe d'une gentille introversion, commentait gravement Antonella, plongée dans ses calculs et la tête dans le ciel de ce malheureux si exactement Vierge, répétait-elle, que c'en était un cas clinique, ou plutôt un cas zodiacal à faire s'évanouir de bonheur les astrologues — d'ailleurs caro, tu as déjà été en voir, comme tout bon businessman, des astrologues ? avait ajouté cette Aphrodite Uranie, l'air suprêmement sournois, le jour de l'exégèse complète de ladite carte céleste d'un Achille qui n'en pouvait mais, qui avait bafouillé *oui quelques fois,* et considéré le ciel de sa naissance d'un œil ébahi, attristé, mais se voulant tant soit peu goguenard pour garder de la superbe, *oui quelques fois,* sur le conseil d'un ami — et j'avais toujours tenu ça pour des conneries, au fond.

Qu'avait-il besoin d'avoir toutes ces planètes dans la déplorable, l'assommante, la lamentable Vierge ? Comment avec cette tare et un ascendant mollasson et rêveur, tel qu'il qualifiait lui-même ce Cancer depuis qu'il se préoccupait valeureusement d'astromancie, garder une mogliettina dont le ciel jetait feu et flamme — un vrai bol de punch ? La mogliettina, Soleil en Scorpion. Le sexe, comme chacun sait, avait-elle précisé avec l'assurance d'un père de l'Eglise, et oubliant complètement qu'ils ne baisaient toujours pas, le sexe, tout ce qui brûle, détruit et parfois recrée, *parfois* seulement. Non contente de ce Soleil irradiant un signe torride, complexe et combien plus exaltant que l'insipide

Vierge, elle se payait, la garce, Vénus et Mars dans le même martyrisant Scorpion, le Bélier (feu primordial et déchaîné, incontrôlable incendie, dixit la Piatti à son Béotien — à cet homme qui l'aimait et à qui, puérilement, de temps à autre, elle adorait faire peur) à l'ascendant, Neptune en Sagittaire (miseria, encore un signe de feu, pensait l'infortuné, virginal, si terrien) et, tenez-vous bien, l'énergie atomique de Pluton dans le glorieux signe du Lion, lequel apparaissait tout de même dans le pâle ciel d'Innocenti, le ciel clément, calme et diaphane et impressionniste d'Innocenti, sous les auspices de Mercure. Regrettable, ce manque de feu dans ton ciel, caro adorato, pouffait-elle, en faisant ce dont il avait horreur : s'enfler de ses lèvres la bulle rose d'un bubble-gum pour qu'elle éclatât avec un petit bruit de clapet qui la ravissait, or il trouvait ça impoli ce ploc en sa présence et ces yeux naufragés, pensant à d'autres cieux que le sien, qu'elle avait en faisant ploc.

Regrettable oui, et il regrettait, s'il pensait comprendre une chose qui fût, dans l'affaire des étoiles, bénéfique pour lui : Antonella mettait une ardeur farouche à tout ce qu'elle entreprenait, et toute son énergie (celle du Bélier, à n'en pas douter, et il remerciait l'ovin astral tout en s'effrayant que chacun eût, et trépassât parfois sans en avoir pris connaissance, un ciel aussi meublé au-dessus de sa tête) à faire preuve de suite dans les idées quant à ce fait nouveau de sa turbulente existence : la bonne conduite d'une VIE PRIVÉE harmonieuse avec un homme, fût-il un Virginien accompli.

Une astrolâtre, et une scorpionne, du coriace, dottore — et il paraît que nos deux signes sont diamétralement opposés, cela s'appelle la complémentarité, eh eh, et c'est sur cela qu'il faut jouer, mon vieux, s'adjurait-il, pour se consoler. J'en ai un peu marre des étoiles, mais ne pas lui montrer, ça la froisserait. Des efforts, mon vieux, et aucun faux pas.

Et, en ces débuts, il en faisait, des efforts, sans que ça ne lui coutât rien, car c'était un homme heureux, uomo rutilans, qui sifflotait devant sa garde-robe neuve : altra moda, altra moglie, nuovo chic sportivo, qui mettait son agence en émoi par les susdites fantasqueries, à vaincre les lois stellaires une fougue remarquable, et qui faillit pleurer, après tous ces efforts, le soir où, entrant dans la chambre bleue assortie aux iris de sa mogliettina, une cigarette au bec, non je n'ai plus peur du cancer, na tu vois bien, et un scotch viril à la main, non mon foie ne va pas mal du tout, un foie de jeune homme, na tu vois bien — my God, lui dit-elle ce soir-là, pleurant de rire, sur l'inévitable carte du ciel qu'il considéra avec appréhension et ce coup-ci une sourde haine — my God, le Capricorne, ce vieux bouc gelé juché sur la lune de ta naissance, celui-là, on l'avait oublié devant la gravité de l'ensemble, caro mio, tu aurais dû être dentellière ou horloger ou quelque chose d'aussi bouleversant. Humilié devant cette gravité de l'ensemble, d'apprendre que l'affligeant signe de la Vierge régissait, dans le corps humain, les intestins et que Vénus y était en débilité, zut alors, le sujet astrologique Achille Innocenti se sentit disposé, primo, à brûler tous les horoscopes, deuxio, à proclamer l'erreur absolue de sa mère quant à la date et l'heure de sa mise au monde, et, l'éclatante présence de ce Mercure en Lion ne suffisant plus à lui mettre du baume dans le cœur, il claqua la porte — pour la première fois depuis Phiscardo il en avait claqué une, derrière laquelle gloussait méchamment l'astrolâtre qu'il se prit à détester, la cinglée des étoiles pour laquelle il avait reconstitué chèrement l'ensemble de sa garde-robe, suivi des régimes drastiques et s'était abreuvé, en loucedé, de purges qui ne l'étaient pas moins et lui conféraient un teint plutôt bilieux dont ne s'inquiétait pas le moins du monde la leggera signorina des étoiles.

Ce soir-là, elle rouvrit sa porte, lui demanda pardon pour le Capricorne et ils dormirent dans le même lit où ils firent presque l'amour, ce soir-là elle eut des sourires sublimement caressants, l'embrassa merveilleusement sur la bouche, et, ce qui fut mieux que de consommer cette chose si banale, elle dormit dans ses bras, sans bouger, ni qu'il pût, lui, fermer l'œil, de peur de l'éveiller, sa petite confiante qui avait peur du noir et au fond tant besoin d'être aimée et protégée, sa tête en l'air qui ne s'était pas même démaquillée et du rouge à lèvres garance de laquelle il gardait de glorieux stigmates sur les joues, le nez, le cou et les lèvres — cara, te rappeler aussi d'ôter ces fards, moi ça ne me gêne pas, mais pour ta peau, ce peut être mauvais, et il rêva de doucement passer, lui-même, un disque de coton imbibé d'eau de bleuet sur ses longues paupières aux cils de poupée, quant aux lèvres il y avait d'autres moyens, la preuve cette nuit, jamais une femme ne l'avait autant embrassé et elle connaissait cent façons différentes et hindoues, come sei brava, lui dit-il au matin, en se levant et en détachant de son cou les nasses graciles de ses bras avant d'aller ôter, à regret, les tatouages rouge garance.

Et avec tout ça, flûta-t-il après des ablutions nécessaires dans la mesure où il ne pouvait ressembler à un cacique jamaïquain face à ses clients du jour, avec tout ça, ô ma petite scorpionne chérie, avec tout ce que je sais grâce à toi, je suis ferré en constellations maintenant, avec dunque cette Vierge en plein Soleil si tartignole, moi adorata j'emmerde les astres, si, io te lo dico, amore, clama-t-il dans un élan de bravade que lui permettait le sommeil d'Antonella — à l'aube il n'encourait aucun risque qu'elle l'entendît, à cent pieds sous terre et hélas grâce à ses drogues l'adorata — io te lo dico, je les emmerde, parce qu'on s'entend à merveille, malgré comme tu dis nos dissonances question firmament, la belle affaire, et puis l'essentiel, tu as dormi dans mes bras et pas qu'un peu, hein, toi qui jurais que ça t'était impossible, que tu ruais la nuit, que c'était pour ne pas déranger, et que tu ne supportais pas le souffle d'un humain près de toi, ne parlons pas de ronflements, je ne ronfle pas que je sache, eh bien, tu as dormi avec exactement ta tête sur mon épaule et les mains accrochées à mon cou, na. Les astres je les emmerde, parce que jamais je n'ai été plus heureux, et que je ferai tout pour que tu sois heureuse, et donc tu le seras. Affirmation un tantinet fasciste, du caractère naïvement abusif de laquelle, nouant une cravate aux rayures outremer et écarlates, flamboyante comme un blason, il ne tirait aucun remords faute d'en avoir conscience.

Et hier, horoscopes chinois, gémit-il un autre matin, hésitant entre plusieurs pochettes également blasonnantes —

chinoisement, me voilà Chien, et elle Tigre. Quoi de plus clair, bien que cave canem. Pochette violine, chaque fois que je la regarderais, chaque fois ses yeux. Et merde pour ce Trimoulet et ses résidences sur la Costa del Sol si j'ai l'air absorbé par ma pochette — une pochette qu'elle m'a offerte, offerte au chien loyal et fidèle, à son chien bouddhiste. J'allais oublier l'eau de toilette du Chien bouddhiste, *Acier-Aluminium,* de chez Creed plus corsée que mon éternelle *Eau Sauvage* et maintenant plus rien n'existe que ce magasin Creed et cette folle d'y dépenser tant d'argent pour moi — et, je ne sais toujours pas ce qu'elle gagne avec ses livres ou plaquettes poétiques, ce *Passage des planètes lentes* on a dû en vendre vingt au plus... elle a de ces largesses, ma petite Nella qui a dormi dans mes bras, rien qu'une fois, hier et avant hier c'était non, mais ça reviendra, nous disions donc chinoiseries. Le céleste clébard chinois, type yin, donc paraît-il, féminin. Tigre, genre yang, donc, masculin. Elle aurait pu me faire grâce des chinoiseries zodiacales, les révélations occidentales me suffisaient. Garder des distances avec ce fatras céleste et à présent planétaire, jusqu'en Chine, manifester un vif intérêt pour les étoiles des bonzeries, et lui acheter un télescope si ça l'amuse, oh, bien sûr pour lui faire honneur j'aurais été fier d'être Lion français, le Roi des animaux, les étoiles chinoises ça marche par année donc là pas d'espoir. Chien pour toujours, mais si on pouvait éviter cette Vierge, ma mère a pu se tromper quant au moment de l'expulsion et puis c'était une césarienne sous anesthésie donc elle n'a véritablement rien pu savoir, à cinq minutes près ce bordel constellé change de décor, et si ça tombe je suis Lion À L'ASCENDANT et Antonella m'a dit que l'ASCENDANT, quoi qu'en pense le profane, c'est AUSSI important que le Soleil. Appeler ma mère pour en avoir le cœur net, tout de même.

Il se souvint que son exécrable ruffiane de mère, depuis ses soixante-dix ans, était devenue complètement sourde et partiellement amnésique, renonça à être un petit peu le Roi des animaux, se dit qu'il était au zénith de lui-même de toute façon, se promit de noter la formule, héla Goldenberg, lui demanda son signe astrologique, s'entendit répondre : la

Vierge, Monsieur, trompetta que c'était là le pot aux roses, la raison des plis de pantalon, des cols de chemise et de l'irréprochable tenue de cette maison, lui dit bravo, mon cher, cher Goldenberg, le congédia, un valet de chambre virginien, c'était ce que ça devait être, mais oui le fatras sidéral avait du bon, et tant mieux si nulle part celui-là n'avait de Pluton ou de Mars en exaltation comme il faut dire quand leur position est importante à ces foutues planètes, ça m'arrange vraiment, et puis cara, je l'aurais deviné tout seul qu'il était de ce signe. Qu'est-ce qu'on met aujourd'hui, et elle dort, elle ne peut pas me conseiller — bon, allons-y à l'aveuglette, je suis déjà très en retard — c'est l'amore che muove il sole e le altre stelle, le cas de le dire.

La veille, il avait arboré, au bureau, un parka gris à capuche, en coton matelassé, avec des Zip innombrables. Michardeau en avait fait des yeux rissolés. Et ce blouson d'aviateur, trente poches, encore des Zip ? Le patron avait dit que c'était pratique et confortable. Qu'à présent qu'il avait maigri, il pouvait bien s'habiller plus gai. En même temps que cette passion des Zip, on remarqua l'apparition des pantalons à pinces écossais, en camaïeu de bruns qui gommait un peu de leur témérité, des chaussettes Burlington à losanges, des ceintures avec de grosses boucles, et plus uniquement le H d'Hermès, des pois, fleurs et semis variés sur les pochettes dont avait pris l'habitude, ainsi que des teintes rouge de chrome et violet épiscopal des cravates, on attendait, on s'attendait, à tout — uomo inebriato dei colori e di una ragazzina, perderà la testa, disait la signora Pascale Vanni, une de ses plus récentes collaboratrices — on ne s'étonnait même plus des trois quarts en toile de bâche, cuir renforcé aux épaules, ni des chaussures de bateau un peu improvisées hors du week-end, on attendait, terré, la venue du patron SANS CRAVATE DU TOUT, en battle dress et en short, au lieu des traditionnels costumes trois-pièces de Lanvin que recouvraient ses différents vêtements de sport, car le nuovo look d'Innocenti était qualifié par lui-même, quand on lui en faisait compliment, et que faire d'autre au patron, d'un dédaigneux « c'est sportswear », tandis que le regardaient d'un œil différent ses plus jeunes secrétaires qui commençaient à le trouver envisageable depuis qu'entre autres, il avait teint ses quelques cheveux argentés, la tempe ne se portant plus ainsi qu'au risque de faire micheton, le sportswear avant tout, perderà la testa, répétait Vanni, les sourcils levés au sommet du crâne de façon permanente — on attendait donc et sournoisement qu'il rappliquât sans cravate, sans Lanvin croisé prince-de-galles six boutons, en cow-boy, ou en brigante, avec des bottes texanes en requin à talons de quatre centimètres, ce qui ne se produisit pas.

On attendit également en vain le survêtement de velours, les Pataugas, les bandes molletières, une gourde, un sac à dos. Innocenti conserva non toute sa tête, mais ses boutons de manchettes en corne et or, ses stylos à bille de vermeil, ses écharpes en cachemire brun, sa cravate et sa dignité, ainsi que, tout de même, en hommage à une honorable maison que ne prisait guère sa jeune compagne, un porte-clefs à mousqueton Hermès. Conserva encore un très long moment Goldenberg, guère plus apprécié que la maison Hermès par la jeune compagne, mais changea d'appartement — acte lourd de conséquences dans un avenir dont il tenait à ignorer farouchement la couleur, et occasion, en outre, de leurs premières disputes dont il tira avantage en se répétant qu'un couple moderne ne vit pas sans.

Il venait de commander, successivement, pour ces deux cent soixante mètres carrés de la rue Georges-Bizet, en l'intervalle de quelques semaines, trois bureaux que Nella devait investir dans un but créatif. Tre eh oui tre, disait-il à la glace de sa salle de bains, laquelle ne l'avait jamais tant vu. Comme ça, elle quittera cette grand-mère, Adora ou non, et viendra. Elle va être contente. Un premier bureau des Puces, un peu étroit, mais si joli, napoléonien, pieds gracieusement moulés, marqueterie bois des Iles très précieuse, un peu trop précieuse je vais la foutre en l'air avec mes cendres de cigarette avait dit la scorpionne. Destructeur le Scorpion, niente da fare, déplorait cet homme qui, exceptés quelques moments de rébellion matinale, partageait chaque jour davantage (et le moyen de faire autrement ?) la passion monomane de la signorina pour les ukases du zodiaque et n'engageait plus aucun membre de son personnel sans en connaître les coordonnées astrologiques.

Revenons aux bureaux. Le second, évoqué pendant qu'il se cravatait de soie hémoglobine à pois vert tendre, le second était en fait une table de salle à manger à rallonges, ovoïde, en chêne massif, offrant une belle surface, le troisième, qu'on attendait après les autres, le dernier commandé, un vrai bureau moderne, ce qu'il y avait de plus cher, avec des tiroirs gigantesques, et une planche à réjouir un architecte. Si avec ça elle ne venait pas. Quand ils seraient tous là, en sus de la table Louis XIII qu'elle avait souhaitée et qui *pouvait* servir, et d'une innocente tablette en bois blanc qui, faute d'inspirer Nella, serait reléguée dans la pièce du fond ou Pièce du Chat que devait investir un animal de cette sorte — de la sorte persane qu'elle souhaitait — il lui ferait la surprise suivante : tous les bureaux bien alignés, en rang, de façon militaire, des chaises derrière, du feu dans la cheminée, les bougies allumées, des buissons de douze, dans les candélabres marocains (en racheter, lors d'un prochain séjour avec Elle au Maroc) et de l'encens grésillant pour chasser les funestes esprits du soir dont elle avait une trouille bleue, et dans le frigo du caviar et du champagne, ou plutôt vodka Zoubrovska la polonaise aux herbes de bison qu'elle adorait, une fête spéciale pour l'avènement des bureaux sur lesquels bientôt elle pencherait son front d'angelo del paradiso, ou dello strano jugeait-il parfois, attendri, et, ah oui, penser à accrocher tous les tableaux qu'elle aimait, au placard ceux qu'elle n'aimait pas, surtout PAS DE TABLEAUX PAR TERRE, ce qui signifiait pour elle barbarie et laxisme, ce qu'elle ne supportait pas par solidarité avec le peintre qui en était l'auteur, ou plutôt avec la peinture en elle-même et l'art en général.

Elle a raison, la piccolina. Moi jusque-là, cretino, je tolérais les tableaux par terre, cet affront à l'art, et j'étais chiffonné par le paraphe d'un cheveu sur l'émail d'un lavabo, où va se nicher la maniaquerie. Avant elle en gros la vie était une vallée de larmes, se disait-il en vérifiant le poli de son menton après rasage, ceci au son d'une des *Saisons* de Vivaldi, il ne savait plus laquelle, enfin une des quatre, et du crépitement des bûches Flambor souhaitées par la piccolina, trente ans la piccolina ma sembra quattordici anni, alors, dunque. Et il salua dans la glace, au risque de la voir frissonner comme de l'eau si un esprit malin y était planqué et se sentait importuné, le portrait d'un homme amoureux, qui avec ça vous maniait les autres, ceux sous ses ordres à la schlague, ce pourquoi faisait de belles affaires, et apprécié de ses subalternes, tous des masochistes qui aimaient être commandés (et toi donc, rétorqua le génie du miroir qu'il n'entendit pas, c'est commode, non, la dépendance, ça facilite la vie quand on vous en donne le mode d'emploi et vous indique quelle couleur de cravate et quelle marque de bûches et quel livre lire et quel pays explorer et comment claquer du fric le plus judicieusement possible dans un but gratifiant, drôlement commode, remercie ta maman, cette piccolina dont tu n'es pas près d'être sevré mon pauvre vieux). Sur quoi il se trouva l'air d'une sentinelle, d'un guetteur sur un chemin de ronde, s'en demanda la raison, ah, peut-être parce qu'il avait peur d'être floué, oui la scélérate pouvait bien le tromper, et là, et là, il se ruerait sur une boîte — una ? dieci ! — de chocolats lesquels étaient son vice occulté par la présente passion et son désir effréné de maigreur, le tromper au lit et sur ses sentiments, avec les femmes on ne sait jamais et a fortiori que savoir de cette détraquée des étoiles. La prudence consistait à faire le détaché avec elle. Sinon, elle deviendrait un authentique tyranneau. Pas trop d'amour, ça fait canin mon vieux, et déjà Chien chinois, attenzione. Lui offrir également des imprévus, sans lesquels elle s'ennuierait. Et ça, il le devinait, ce serait la chose affreuse. Etre vigilant. Voilà pourquoi il avait cet air d'alguazil qu'il venait de surprendre dans le miroir. Non qu'il eût peur, pour le moment, qu'elle le trompât en quoi que ce fût, mais qu'elle s'ennuyât et donc, partît. Plus elle me trompera, plus elle restera, au contraire, tiens, dit-il, finaud adorable qu'il était alors. Sinon risque d'ennui. Je veillerai. Et séance de cinéma si je suis à cours. Et les meilleurs vins, l'alcool fait parler et moi je suis trop silencieux. Elle me regarde avec un air de reproche quand je me tais. C'est vrai ça. Calé le truc. Etre immuable, inlassable, patient, et EN MÊME TEMPS, dissipeur d'ennui. Le fou de la reine, en passer par là. Et puis le jour idoine, la baiser. Un mot qu'il n'aimait pas beaucoup, mais qu'il se forçait à employer par candide panurgerie. Attendre valait le coup. Fortuna major. Une nuit, où elle aurait dormi dans ses bras par exemple, comme l'autre nuit essentielle, elle s'éveillerait, et il la, sous les regards de verre des animaux en peluche qu'elle cajolait tout le temps et auxquels elle confiait tous ses secrets. Chacun doté d'un prénom qu'il oubliait ce dont elle se scandalisait. Une nuit il la, après une soirée de bûches inconsumables, de tulipes crème, de roses braise et de vodka aux herbes de bison. Et il se prit à rêver d'elle pendant une bonne demi-heure scandée par sa montre suisse automatique et insubmersible ainsi que ses sentiments.

De quoi lui parler ce soir ? D'amour, elle n'apprécierait pas, elle n'était que rarement d'humeur, il y avait de grandes chances qu'elle l'envoyât au bain. D'affaires non plus ne voulait pas entendre parler. L'astrologie toujours, épuisant. Lui réciter les informations de vingt heures, en enjolivant ça et là, avec commentaires modulés, restait envisageable — mais prudence encore, car il n'avait aucun aperçu de ses idées en matière de politique internationale et nationale. Elle lui avait dit ne jamais regarder les infos, même pour la météorologie, elle savait par avance, comme le reste, le temps qu'il ferait demain, et mieux que ces connards. De quoi, mais de quoi parlait-elle, la nuit, des heures, dans des bars veloutés, terribles car hantés d'alcooliques virtuellement captivants, ces bars d'hôtel dont elle disait : Ce sont les lieux de Paris où je me sens le mieux. L'alcool, la fumée, l'obscurité, et ces obscurs plaisirs de la conversation — et non, ce bas-bleu ne parlait sûrement pas frivolités. Vraiment, avec elle, il y avait des moments où il se serait bien tu.

Sa première nature. Tout ce que je dois faire en silence, c'est mon business, s'adjura-t-il, irrésistible de bonté. A ces filles-là, il faut du dialogue, et à moi des saillies, des réparties, chiaro qu'elle ne rit pas beaucoup avec moi, elle a juste ce sourire qui lui cisèle les joues et lui plisse le nez et moi muet d'admiration, elle a souvent l'air ailleurs, alors faire comme les autres crétins qui récitent en société les passages intéressants de ce qu'ils ont lu au fil des magazines sur la chirurgie esthétique ou l'insémination artificielle ou la culture du pavot en Thaïlande. Idiot et crevant, mais je lui dois bien ça, elle est si — tiens, un joli mot — dépaysante. La garder pour le meilleur et pour le pire. Là il fut abject, lui souhaitant le pire sans se l'avouer, une amochée ayant plus de chance qu'une sublime de rester avec lui. Il eut pour l'image d'elle qui lui agriffa les yeux (son profil au nez bref, filigrané de lumière, quand elle s'agenouillait devant le feu) un timide sourire d'espoir qui rédima le tout. Il décida de sortir et d'aller acheter deux nouveaux enfants en peluche pour les lui présenter dès qu'elle arriverait. Puis, rentrant muni d'un skuns et d'un lapin, s'avisa de les poser sur le lit de sa chambre, pour plus d'effet. Voilà le paradiso de la ragazzina, lui dirait-il quand elle découvrirait dans sa perfection une chambre qui n'était aménagée de fond en comble que depuis la veille et exactement comme elle l'avait souhaité, des lampes aux consoles via les tentures murales et la fenêtre derrière laquelle pouvait décoller un avion, sa dormeuse n'entendrait, rien, rien, coût une brique, il alla s'assurer que ça marchait, ouvrit, bruits divers de la cour et rock rageur d'une radio, ferma, niente più, fut ravi, oh qu'il était exquis à ce moment-là, elle en aurait fondu, sa guère fleur bleue, sa jeune fille. Il attendit avec discipline qu'elle sonnât. Se prit à craindre de fâcheuses dispositions d'Antonella à son égard, ce qui lui scella la bouche ; quand elle sonna enfin et quand Goldy alla lui ouvrir, il se trouva à court de paroles alléchantes. Et ce fut le soir d'une de leurs premières querelles, et accuser le passage d'Uranus, de Neptune ou Pluton, les redoutables et lentes planètes, au ciel bouleversé d'Antonella Piatti, ne put adoucir en rien le marasme dans lequel ces hostilités plongèrent Achille Innocenti.

Elle lui dit tout net, d'entrée de jeu, qu'elle ne viendrait pas habiter *de suite* avec lui. Malgré les trois bureaux prévus, l'appartement présent, la bûche Flambor et la promesse de chat. Qu'elle restait chez Adora I, à Maubert, dans son appartement aux murs salpêtrés, sa cellule de moine, pour écrire un nouveau livre qui lui remuait les tréfonds. Mon travail d'abord. Et elle fit le geste de décrire quelque chose de quadrangulaire, d'infrangible, de granitique comme un mastaba égyptien. Dedans, l'œuvre en question, autour, les sables où il pouvait bien se dessécher, lui. Il se tut, en réponse. Et reprit, pour la première fois depuis Phiscardo, l'habitude de se taire, lui qui s'étonnait de ce qu'elle pût, en définitive, l'amener à se confesser même quand il n'en grillait pas d'envie, lui à qui ç'avait été si agréable de s'épancher un peu devant cette fille, se referma d'un coup sans faire le moindre bruit.

En ce soir de rose braise, de bûche inconsumable et de bougies aux flammèches somptueusement reflétées dans la laque brune du plafond, elle lui assena avec sa coutumière impassibilité qu'une fois jetées les bases du susdit roman, jetées et non comme on sème des fleurettes — d'ailleurs elle haïssait le mot roman, lui préférait celui de texte —, elle irait se *reposer* à la campagne dans la maison d'une de ses amies — Grazia Tolomei, la comédienne, dont tu as sûrement entendu parler. Il en avait entendu parler, mais qu'on fût si malheureux et rendu à la solitude et au purgatoire d'une vie sporadiquement sans elle, du fait qu'elle avait besoin, pour écrire, d'une grand-mère Adora Graziani (que de grâces, il s'y perdait) tricoteuse de layette pour un de ses treize arrière-petits-enfants, qu'une vieille Graziani et une jeune Grazia puissent si facilement lui voler le bonheur d'être avec elle, qui n'avait pas même remarqué les changements intervenus dans le nouvel appartement, il n'en revenait pas. Aspettiamo qua. Moi et l'appartement, en attente. Et quelque chose lui disait que ça ne faisait que commencer. Le Scorpion est le signe le plus farouchement magique, le plus insaisissable, le plus violent de tous, on l'appelle même le cimetière du Zodiaque, avait-il lu dans un bouquin spécialisé, et ce soir surtout, il se sentait lui-même, sentimental et abandonné comme le cimetière d'un Zodiaque sur lequel seraient tombées des étoiles mugissantes, mortes et à peine rougeoyantes encore d'avoir éclaté, géantes rouges qu'elles furent, à l'instar de son amour pour cette fille qui parlait déjà d'autre chose et allumait une cigarette à la flamme d'une bougie. Il entrevit des soirées entières sans elle, très bien, il demanderait à Goldenberg de lui faire plein de gâteaux au chocolat, ce serait sa seule vengeance contre cette scorpionne dont le sourire vague semblait une morsure félone, biaisée, torturant corps et âme son silencieux auditeur. Bien trop tempérant pour maudire Adora I et Grazia dont n'existait apparemment qu'un spécimen, il se tut, c'était ce qu'on appelle vous couper la chique. Il avait des projets d'escapades ensoleillées à lui soumettre, les rengaina, et pour sa peine, reçut d'elle un long regard somnambulique et las — elle voulait Adora et Grazia, les femmes et l'écriture la lui voleraient toujours, qu'espérer de cette scorpionne au ciel semblable à une forêt cramée, à l'horoscope de grande brûlée, inconséquente au point d'aller prendre ses vacances dans un pays en guerre, elle ne ferait pas de vieux os si elle continuait à vivre ainsi, mais le propre de ces gens qui semblent, tels les djinns de l'Islam, faits d'une flamme sans fumée, est de ne prendre garde à rien, et pas plus aux autres qu'à eux-mêmes, d'ailleurs le take care of yourself, cette charmante et si polie formule anglaise, agaçait toujours prodigieusement la Carmencita, elle pianotait du bout des ongles sur son genou, que de mauvais signes. Carmencita que faut-il que je fasse pour juste un sourire de gentillesse, je ne parle pas des baisers partout comme l'autre nuit, aspettiamo. Et ne l'appelle pas Carmencita, c'est défendu et ça la rend toute blanche à chaque fois que j'oublie cet interdit.

Ayant bu deux coupes de champagne, et forte de sa double décision de départ loin de lui, elle lui demanda enfin et gaiement de lui faire les honneurs du propriétaire. Une troisième coupe à la main, entra dans la chambre, perfetto, tout ce qu'elle avait demandé jusqu'à la vitre d'aéroport, le skuns et le lapin l'attendaient sur le lit — elle eut un rire acerbe, dit que c'était trop gentil, il ferma un instant les yeux, les rouvrit, elle tirait ses cheveux en arrière devant la glace, entre les lampes au pied d'acajou, dégageait une fameuse petite gueule de serpent, menton dardé, lèvre supérieure retroussée sur une morsure de demi-sourire, il eut peur d'elle — elle pirouetta devant les peluches, les salua, leur dit que ce soir, elle ne dormirait pas là, avec les enfants, nasilla-t-elle, oh qu'elle était affreuse à ce moment-là.

— Bon A-ki-llé j'ai faim, on passe à table quoi au menu pas du cachère espérons, avec ton Goldenberg tout est à prévoir. Mon père, ajouta-t-elle, ne commença à respecter les rites qu'après un voyage à Jérusalem, juste avant son suicide, mot qui siffla comme la lanière d'un fouet, et il est mort tout intoxiqué encore de non-cachère. Il a fallu qu'un rabbin lui tombe dessus, c'était la fête du Hannoukka, pour qu'il trouve quelque chose de grandiose dans tout ce bazar de rituel hébraïque — moi je suis sans feu ni lieu ni foi ni loi ni dieu, alors pas cachère, quoi à la place ? Vous m'aimez, dottore ? Ça a l'air. Et je vais m'ennuyer, je le sens, pendant ce dîner. Pourquoi Phiscardo, remember les magnolias, et la crique d'Assos et la route de corniche et la mer étincelante à jamais et un coup de volant, suis follia criminelle, feriez mieux de vous interdire de me voir comme on s'interdit les cercles de jeu, je parle un peu trop ce soir, j'ai bu, un scotch avant de partir trois coupes Veuve Clicquot bonne année ici, suis un peu saoule, allez-vous oui ou non me faire passer une sublime soirée, c'est ce que nous allons voir, la responsabilité est sur vos épaules mon cher dottore, moi j'en ai marre de tout décider et de tout indiquer, ici la lampe là le tapis et là les appliques rocaille, mon bon monsieur, distrayez-moi. Si ennui, je me barre. Non je n'ai pas d'amant. Pour le moment. Vous, un jour ? Je n'ai pas d'opinion. Alors donc maintenant que la déco de cet appartement exquisement, excessivement bourgeois me va, on dîne. Au fond j'espère que ça va être cachère.

Il restait coi, appréhendait, n'avait plus très faim. Carmencita, tu dois me faire payer quelque faute plusieurs fois séculaire, si j'en crois tes vues certaines sur nos passés antérieurs. Bon. Avec quoi l'amuser. Ne me viennent à l'esprit que les pages économiques du *Monde*. Courage.

Avanti. Andiamo a cena. Les filets de sole Ca' d'Oro prévus pour ce soir, cachères ou non ? Bon, par chance, ces innocents filets n'avaient rien à voir avec du canard au sang et la préparation Ca' d'Oro excluant même le rose à l'arête, ça pourrait aller. Elle avait des opinions changeantes, tout de même.

Elle promenait sur lui un regard de flâneuse accusation — quoi, tu n'as pas les mots, les gestes ? — et il suffisait de ce regard pour qu'il ne trouvât plus rien. Il s'adjurait, muet, navré, de taper sur la table, d'exiger qu'elle n'allât point chez Adora, point chez Grazia, elle avait son air de chatte avide de capter infra et ultra-sons, la salive d'Innocenti devenait comme du mastic, voilà, elle s'ennuyait et ne pensait plus qu'à son écriture, exercice qui laisse fort peu de temps pour une vie privée, ou alors on empiète, on grignote cette vie privée jusqu'à la bouffer crue et entière et la réingurgiter sur le papier. Pas autre chose qu'un processus digestif, la création, disait-elle, quand elle daignait lui en parler. Digestif, et parfois ignoble, atroce, quand ça ne sort pas. Et en disant ce qui, aux yeux d'Innocenti, était quelque peu ravaler cette noble démarche d'auteur au plus bas possible, soit au niveau de l'étron, elle avait l'air extasié de quelqu'un qui voit devant lui se lever la plus folle aurore dans une lumière de sacre — elle avait un tel air de félicité quand elle chuchotait « j'ai bien travaillé » que ça aurait dû réjouir cet homme aimant, or que nenni, il ne la souhaitait pas trop plongée dans cette singulière et égoïste félicité, à laquelle il ne pouvait rien retrancher ni ajouter et rien en général, ceci pensé, il se traitait de sale type, et la regardait avec son intraitable tendresse.

Ce soir-là elle fut odieuse. Prise de ses fameuses angoisses, devant le taciturne mangeur de sole Ca' d'Oro. Il se forçait, poveretto, pour faire quelque chose de sa bouche, n'osant pas articuler une syllabe, et elle lui reprochait cette lente, silencieuse boulimie. Innocenti, ça fait une plombe que je perds mon temps avec vous et une plombe que j'espère que ça cesse.

Et là, brièvement, elle se prit à le haïr, quitte à se dire

ensuite tu gâches tout, sale engeance de Pluton, ne le viole pas comme ça, laisse-le tranquillement déguster sa sole et ce qu'il appelle son bonheur, ne le secoue pas et n'espère pas qu'il en tombe quelque chose, de ce type, il est stérile, il est très bon OK mais avec la bonté on fait quoi, pensait la piccolina dont la sole avait atteint le point de refroidissement où elle était incomestible — et Nella, celui où elle était aussi impénétrable psychiquement, que physiquement, quoi qu'il eût osé —, si tu ne t'en vas pas c'est que tu as peur de la solitude, c'est simple et pas très glorieux. Oh, je voudrais. Oh, je n'aime que. Oh, il me faut des intrigues de velours, des complots florentins, des sanglots et des berges de lac, un concert de rock ici tout de suite, un patio avec vasque bruissant dans une nuit de fleur d'oranger, le satin acide et pâle de l'aube avec ma main dans celle de Grazia, partir pour un voyage très fatigant vers les îles de la Sonde, le genre de voyage à escales et sable dans les yeux et crampes partout et l'autre monde après, ou un voyage avec seulement l'adresse du consul de France à Pernambouc, je n'aime que les gens courageux et les duels, je veux qu'on se batte en duel pour moi demain matin, je veux séduire, messieurs les imprimeurs répétez ce mot jusqu'au bas de la page, et des rires qui brûlent les lèvres et des sourires pointus comme des bourgeons de printemps, des envols de robe très désinvoltes, dans un instant je vais sucer mon pouce, Tolède est la ville la plus grise et la plus belle du monde, je voudrais être sur les bords du Guadalquivir, je viens de renverser mon verre de Krugg il va chercher une éponge, toujours ça de gagné, affreux d'en être là because la solitude, mon pauvre homme vivable non il n'y a pas que ça j'ai envie de le prendre dans mes bras ce type.

Bon, il a fini d'éponger, ne reste que l'arête de la sole, qu'est-ce qu'on fait après. On mange de la salade. Ce pauvre amour, il est déjà aussi fichu que nous-mêmes, les cellules dégénèrent dès douze berges. Une crème quand même, fait des fortunes et des régimes pour moi. Plein dans les poches et la joue creuse, quand je l'ai connu c'était presque l'inverse. Tu m'as redonné envie de gagner de l'argent, a-t-il dit. Surtout envie de me baiser je lui ai donné envie, il semble que les deux aillent de pair. Salade. Essayons, façon lapin, du bout des dents, comme quand on réprime un éternuement. Un silence à cette table, putain de galère. Il rêve de taper sur ladite table et d'imposer ses volontés, seulement il n'en a aucune précisément sauf de buter Adora et Grazia. Une crème, Grazia mia. Cette crème d'homme j'en fais quoi. Je le tarabuste, je l'asticote, je l'aiguillonne, l'Innocenti la crème, je le touille dans tous les sens pour qu'il soit mieux, et puis je l'emberlificote dès qu'il a l'air effrayé, pour qu'il ne s'en aille pas, car je n'ai pas encore fait le tour du bonhomme qui m'a l'air de planquer bien des remous sous l'éternelle bonace de son conscient. Qu'est-ce que ça doit remuer là-dessous en fait. Le Krakatoa. Sauf que non. Un volcan endormi, le Mérapi javanais par exemple. Moi volcan réveillé face à l'endormi. Passe-moi le sucre. Thanks. Evidemment, j'ai le souhait enfantin qu'il soit carrosse, et si je me plante, s'il n'y a rien à attendre ni à espérer, je jette ma baguette magique et il restera une grosse citrouille. Je ne lui parle pas, je sucre mes fraises, à ce propos oui très vieille femme au fond et lui très jeune, récemment venu au monde et ça fait pas comme moi la septième fois en ce septième Karma tel que l'a décrété après examen du lobe de mon oreille une certaine Xian Xing Chong, qu'est-ce que je disais ? Ah oui. A lui, rien. Et il souffre. Il dit sans ouvrir la bouche, in petto, l'in petto étant à mon homme ce que m'est l'in folio, quelque chose de très cher, qu'il en a marre, qu'est-ce que tu me reproches, sirenilla, qu'ai-je encore fait à présent que faut-il que je fasse pour réparer le dol, dol mystérieux car je te vois seulement aphone et désolée et de quoi je croyais que tu aimais la sole et les fraises alors c'est quoi, c'est ma faute puisque tu me tires la gueule ce dîner devient atroce, c'est encore moi qui prends il se dit car ce silence de la jeune fille aimée, comme une longue gifle muette est pire que toutes les insultes, bambino va, mon homme équilibré m'a plutôt l'air d'un bateleur en précaire équilibre, sur sa corde, à vingt mètres du sol, sans filet, et pris de vertige. Equilibré. Il fait sa mine de collectionneur, de numismate, de discipliné et de tatillon, mesurant l'ampleur du désastre — un dîner sans paroles — avec un étalonnage précis qu'il n'appartient qu'à lui de connaître, on n'est pas virginien pour que dalle, il mesure, il divise, il compte les secondes, il se demande jusqu'à quand, jusqu'où ira ce silence et sa steppe gelée, jusqu'à quand il tiendra ainsi, en disgrâce, jusqu'à quand il tiendra le coup seul dans cet appartement, jusqu'à quand moi je resterai chez Adora I et verrai Grazia, jusqu'à quand, bornes et contrôles, le voilà douanier du temps, qu'avez-vous à déclarer, que le temps n'existe pas plus que la mort, et c'est vous qui vous impatientez, homme équanime, j'ai au moins réussi ça, il s'impatiente, ses masséters se contractent, son nez frémit, ses yeux rougissent, il va larmoyer, il serre les poings, tout un hiver lui tombe sur le dos parce que je n'ai pas parlé pendant une heure trente. Attente terrifiée, en effroi souriant, de l'ouverture de ma bouche. Et maintenant, une tête de maniaque, vraiment. Il remplit ma flûte de champagne. L'épreuve du dîner muet et arrosé va se terminer par un tirage de tarots ou je ne m'y connais plus. Saoule, muette et tirant les tarots, je vais lui foutre les jetons vous allez voir. Non que ça m'amuse. Mais j'ai envie. Oh Innocenti, je ne vous ferai pas bien mal. Pas de mal, enfin. Encore ces yeux qui me disent qu'est-ce que je t'ai fait, mais *rien précisément* c'est ça le drame. Bambino, va. Sale Scorpion, gli piace far soffrire. Si. Et lui en face in fondo sempre romantico, vulnerabile, emotivo. Je peux le tuer si je veux ce type. My sugar daddy. Mon réveille-matin, ou réveille-midi, plutôt, Mon anti-coagulant quand j'ai des problèmes d'hémophilie mentale, assez fréquents.

Il ouvre la bouche. Quelle révélation eschatologique va-t-il m'apporter ce soir. Voilà Goldenberg. Il dessert la sole Ca' d'Oro. Les arêtes Ca' d'Oro et l'intégralité de ma Ca' d'Oro. Un vrai repas de famille. Va être suivi d'une vraie scène de ménage. Révélation donc revenons-y. Il m'aime nous y sommes et hélas y restons. Qu'est-ce qu'on fait après. Après le serment, il referme la bouche. Peur d'importuner. Un homme discret.

Elle tournait autour de son doigt une de ses bagues, un anneau en pavage de brillants et saphirs qu'il lui avait offert, et lui sourit divinement, au fond du désespoir. Se demandant avec âpreté ce qu'elle allait faire de cette carpe, en face d'elle. Guère plus qu'elle n'avait fait de la sole vénitienne. Dottore, reprenez-vous, dites quelque chose, soyez méchant à votre tour, ou bien les tarots.

— Dottore, dites quelque chose, ou bien pas de dessert et les tarots, répéta-t-elle, sans avoir conscience de répéter quoi que ce fût.

— Tu n'as plus faim ? dit-il, un peu veule, l'adorant, lui pardonnant.

— Je le déplore, dit-elle, et elle se leva, alla vers une des tables en laque, fouilla dans sa besace dont elle sortit le tarot. Innocenti fit un geste de dénégation à Goldenberg qui apportait une jatte de mousse au chocolat.

— C'était du chocolat, le dessert ? fit la Piatti, dotée parfois tel un dieu hindouiste, d'un œil dans la nuque. Tu ne dis rien ? Je l'aurais parié, le cacao des compensations, il a des pressentiments ton sbire, il savait que tu passerais une mauvaise soirée, à cause de moi. Notre première très mauvaise soirée, ça se fête, du champagne, merci. Un petit coup de tarots là-dessus, nous sommes d'accord dottore ?

Elle battait les vingt-deux lames majeures du tarot de Marseille, de ses longues mains sèches, volantes comme celles des danseuses balinaises, et, comme elle s'agenouillait devant la table pour les disposer en croix, une carte tomba du jeu, elle la rattrapa, lame XIII, tout près des mocassins irréprochablement vernis d'Achille qui s'était levé, dans un état de confuse agitation. Là, elle pâlit. Eut envie de lui embrasser les genoux.

— Oh Akillé, ne fais pas attention — c'est ma carte, celle de Pluton, ça ne veut rien dire, niente, capito ? Pas de tarots ce soir. C'est promis. J'allais être une dégueulasse. Dove sei stata educata, Follia ? Réponse, à Rome, à Rome avec Ludovico et elle s'étendit sur le tapis, les yeux clos.

— Amore, fit-il, doucement, la relevant, sa folle, son enfant malade, qui s'arracha de lui, et la sonore mitraille de son rire parvint jusqu'aux cuisines où la maudissait Goldenberg. S'il y avait eu des lustres aux plafonds, ils seraient tombés pensa Innocenti, rire de démone, cette fille avec ses astres et ses cartes me fera devenir chèvre. Signe du zodiaque balinais, à n'en pas douter. Ludovico devait être le prénom de son père.

Il s'attendit à ce qu'un souffle funeste éteignît les flammes des bougies, à défaut de précipiter un lustre. Mais les fenêtres avaient été fermées avec soin par Goldy, pour qu'ils ne prissent pas froid, la saison n'étant pas ce qu'elle aurait dû être — il s'agissait donc d'un printemps français pluvieux et déprimant comme à l'ordinaire, succédant à un hiver aussi traître, pensa-t-il, que le visage à présent rieur de sua mogliettina. Laquelle, revenue dans le salon, rassemblait ses tarots et riait, riait de lui, de ses sentiments a priori élevés, tant rabaissés par ce rire, il trouva soudain intolérable que le seul mot d'*amour* déclenchât chez elle autant de fous rires que le mot de patriotisme, désira la quitter, reprendre un' affettuosa faiseuse de tagliatelles.

Il avait été idiot de lui demander si elle avait faim, encore faim, alors que primo, elle n'avait rien mangé de la sole, secundo, que seule la tenaillait une faim aveugle, forcenée, d'autre chose, une faim qu'il ne pourrait jamais satisfaire. Une faiseuse de tagliatelles, oui.

— Akillé, tu aurais dû boire aussi, pour une première querelle d'amoureux, tu es mauvais joueur, dit-elle en traînant férocement sur l'adjectif honni. REGARDE-MOI EN FACE. Voilà. Merci. Pas de chambre bleue ce soir même si c'est mariage blanc, je n'ai pas envie et puis j'ai un abcès là où.

Qu'avait-elle besoin de parler de ça ? Et plus il la regardait, sa malveillante, plus il pensait qu'elle coïncidait par trop avec la vie — non avec celle où il est décent et médicalement recommandé de ne rien vivre, mais avec ce qu'il devinait d'une autre — un jardin de laves, de roses violentes, un jardin suffocant enceint de murs lépreux. Ce soir, elle était ivre, et d'une force déchirante, et absolument inépousable. Cet anneau semblable à celui de Saturne, ce cercle inquiétant et noir autour de son iris, il ne l'avait jamais remarqué. Il se sentait bien trop civilisé pour avoir jamais accès au jardin de laves.

— Vieni, Akillé, dit-elle doucement, et elle lui prit la

main, il se laissa faire, elle l'entraîna vers la table, claqua dans ses mains, appela Goldenberg qui tarda à apparaître, et, quand ce fut fait, lui demanda un fruit et du café. Goldenberg s'exécuta, en déploration. Revint avec la corbeille de fruits qu'elle inspecta, s'empara d'une pomme, croqua dedans sans l'éplucher, s'assit, invita Achille Innocenti à en faire de même, et mastiqua sans le quitter du regard, un regard absolument radouci, envoûté, alangui, un peu torpide, un regard de convoitise qu'il hésita à s'attribuer, le mettant sur le compte de l'alcool qu'elle avait bu, or, à ce même moment, les cils battant avec une langueur morbide sur son grand œil copte, Antonella Piatti pensait à ce jeune homme qu'elle avait connu au Musée d'anthropologie de Mexico, juste devant la statue de la déesse à la jupe de serpents, Coatlicue la décapitée, jeune homme qui plus tard, dans un brutal instant de désir pour elle, lui avait murmuré avant une première scène de baise qu'il allait lui foutre une trempe, excellente initiative, le jeune homme était assez génial pour, éventuellement, l'asservir, ce pour quoi elle ne regretta pas trop la disparition du dénommé Manuelito dans l'Etat du Chihuaha où il était allé rejoindre son épouse, héritière de plusieurs haciendas — elle abandonna sa pomme et sourit à Achille, ce Manuelito, pensa-t-elle avec un beau regard d'hypnose, avait de l'intensité, c'était dommage. Elle sourit à l'ombre passante du jeune homme, eut un dernier regard vaincu, dompté, subjugué, pour ce souvenir, la trempe, pas mal, pour Mexico, Fiesta Palace, et une nuit exceptionnelle, se sentit pleine de gratitude pour Achille qui ne lui foutrait jamais de trempe, mais lui permettrait absolument tout et de rêver à l'ensemble de ce que notre planète scintillante recelait de merveilleux et d'atroce, calmée, dessaoulée, tendit la main pour écarter de l'oreille d'Achille une mèche qu'elle trouvait canine. Il accepta à nouveau qu'elle fût aussi chargée de foudre qu'un paratonnerre en fonction, aussi tranchante qu'une lame d'obsidienne, il se leva et s'inclina devant la grâce démesurée de son amour, lui baisa la main, geste qui les rédempta tous deux et pour lequel elle le contempla avec une tendresse spontanée, juvénile, et ils s'aimèrent, à cet instant, et elle lui murmura qu'elle n'était pas malade, lui demanda pardon d'avoir menti, le pria de l'accompagner dans la chambre bleue où il l'aima pour la première fois, et au matin elle s'éveilla avant lui, lova la mèche canine derrière le lobe de son oreille, le berça, folle de bienveillance, berça cet homme adulte, son prisonnier, son petit garçon.

Se rendormit, et en s'éveillant, se demanda ce qu'ils avaient bien pu faire pour que les draps fussent aussi chiffonnés. Qui était le type qui ronflait gentiment à ses côtés, et offrait à sa vue une vaste surface dorsale de peau très blanche, comment se faisait-il que cette peau ne fût pas brune, pas un métèque comme d'habitude, résignons-nous c'est un whitie, soupira-t-elle, et c'est mon pseudo marito modello Achille Innocenti, qui, ça me revient, m'a sautée irréprochablement, longuement, avec sens du devoir, discernement, élan du cœur, correction et perfectionnisme et, qui, ça me revient, a pris de farouches soins aseptiques après, pas moi. Un second soupir gonfla des seins douloureux d'avoir été mordillés à l'excès — encore un qui me prend pour sa mère et croit que ça fait plaisir ce genre de titillage — qu'est-ce que ce lapin fiche sur la commode ? Décidément ce matin, c'est Wonderland.

Elle se leva, alla, plissant les yeux, ébouriffant ses cheveux, s'ébrouant des songes, des événements, de l'aventure de la nuit comme elle le faisait chaque jour vers treize heures — elle alla, encore ensomnolée, vers la commode où siégeaient les enfants, les salua, s'empara du nouveau qu'elle venait de découvrir.

— My dear mister Rabbit, il t'avait placé hier sur la couverture avec un autre baby, un skuns inodore quelle bonne idée et moi hier avant les câlins je crois que j'ai été bien méchante, d'ailleurs vous avez tous l'air mi-figue mi-raisin, viens, toi, Rabbit, que je te dise. Pas de quoi déférer ce type au parquet. Il ne s'agit pas d'un viol. Deux choses remarquables sont advenues : mon homme exemplaire n'a pas éjaculé, mais pas du tout, après des heures de baise califale. Et deuxièmement, il s'est cassé quelque chose au membre califal, j'ignore quoi les enfants, cette géographie masculine a de vilains noms que je tiens à bannir de mon vocabulaire — s'il se charge de combler cette lacune, je me bouche les oreilles. Tenez, il se réveille, il veut des baisers, pour éviter trop de baisers, je vais lui faire son breakfast, toast, miel et confitures, du défendu, mais doux sucré de façon à ce qu'il confonde avec les baisers.

Rabbit, alors là, dit-elle dans la même chambre à la même heure le lendemain, c'est incroyable, il dort encore, il dort toujours, et pas de bureau, il a dit au téléphone qu'il avait la grippe, ce type perd le sens et voilà exactement ce qui s'est passé avant-hier, ce qu'on appelle être hors de ses gonds, il s'est brisé — je vous avais prévenu, il ne nous ferait pas grâce des détails — le frein, repli muqueux attachant au-dessous de la verge le prépuce au, au quoi, au gland, je lui ai fait répéter plusieurs fois car en plus je n'ai l'habitude que des circoncis, où ça n'est pas tout à fait pareil je crois sans avoir bien examiné, enfin l'ensemble chez un circoncis paraît plus avenant. Good God. Symbolique d'une clarté limpide : rupture de ce quelque chose du sexe, à force de me limer avec grande fougue et conscience professionnelle. Il s'est mis en capilotade un rouage important, ça lui a sûrement fait mal, et cette nuit Rabbit il a quand même recommencé, est-ce bien raisonnable, voilà un homme qui sort de sa retenue — d'autre part, Rabbit, cet homme est si continent qu'il n'éjacule donc, jamais, et de façon catégorique, ça semble une décision sur laquelle il ne reviendra pas. Avant-hier, ce n'était pas un accident. Hooooo. La Vierge est un signe infécond, c'est entendu, mais à sa place je me ferais un peu de mousse. JAMAIS ? lui ai-je redemandé, alors que cette chose ne semblait avoir aucune raison de finir. Seulement deux fois, m'a-t-il dit. D'où solutions de continuité et prolongations ad mortem. Good God. Deux fois. He is a character. Même les plus coriaces finissent par finir, et là — exercice illimité, très pratique du point de vue anticonceptionnel, mais exténuant. Si c'est la seule chose qu'il me propose d'illimité, Rabbit, ça deviendra vite embêtant, je vais mettre, MOI, bon ordre à ces débordements. Je soupçonne que si je ne lui parle pas de mes migraines, ça peut durer des jours et des nuits jusqu'à ce que nous chussions tous deux raides morts de faim de soif et de fatigue. Car, une fois lancé dans quoi que ce soit, l'Innocenti, remonté comme un pantin mécanique, n'a aucune raison d'arrêter ce qu'il fait si on n'intervient pas fermement. Un homme qui ne jouit jamais, porca miseria. Seuls les fakirs et les moines tantriques parviennent à cette prouesse. Innocenti ne connaît pas les Himalayas, c'est donc inné chez lui. Lui dire demain, ou plutôt, cette nuit : Ancora ? Ma tu sei pazzo, Vergine mia, non voglio più, ti prego di scusarmi, pietà! puis très gentiment pour ne pas lui faire de peine : Achille mio, vivo per te, ma sono troppo stanca per...

Elle gonfla ses joues, exhala ce qui semblait le dernier soupir d'une gymnaste épuisée, loucha pour amuser le lapin, alla dans la cuisine, installa le lapin en face d'elle sur la petite table, se tartina des biscottes, en servit une au lapin, un homme si réservé qu'il ne, jamais, éclata de rire, trouva que c'était un agrément de plus, reprocha au lapin de ne pas manger, c'est très bon tu sais, le miel et la confiture d'airelles, il faut des carottes, je vais demander à ce salopard de Goldenberg qui vient d'arriver, j'entends son pas ferme et menaçant et que va-t-il se passer Rabbit quand il va avoir sous les yeux le tableau suivant : la belle en chemise de nuit élisabéthaine pour nuit dans château avec fantômes, déjeunant avec son lapin chéri, le pauvre lapin chéri dédaigné le soir des méchancetés et du premier magnolia oui chez moi pas catleya mais magnolia souvenir de Phiscardo de plus c'est le nom de mon parfum Magnolia Queen Victoria, que va penser Goldy, me voyant barbouillée de confiote dans une chemise de nuit troussée froissée de façon éloquente, et quand il va s'apercevoir que le dottore, le maestro, DORT ENCORE et sèche le burlingue ? Ooooooh. Je vais lui dire, cher Goldenberg, achetez des carottes pour Rabbit, quant à Monsieur, c'est de ma faute, il m'aime tant cet homme, qu'il s'est cassé le freno la nuit avant-dernière et qu'il a aggravé le mal la nuit dernière donc il se remet de ses émotions mais je suis sûre Goldy que malgré qu'il n'ait plus de frein, this car needs mending, il ne va pas avoir ses yeux tristes, quand il va se lever, vous allez voir — et ses yeux tristes, c'est une des raisons pour laquelle je ne peux le quitter, il les avait quand je l'ai connu à Céphalonie sous les magnolias, et de temps en temps j'ai le démon du bien qui me prend, quel est l'auteur de ce livre Goldenberg, et rien que pour les yeux tristes...

— Goldenberg, quel est l'auteur du *Démon du Bien ?* fit-elle à l'entrée du susdit, avec un sourire dionysiaque et les lèvres fardées de confiture d'airelles, dont le lapin avait aussi une goutte sur le bout du nez.

— Montherlant, Mademoiselle, fit le susdit, flairant des incongruités.

— Bravo, Goldenberg — elle leva sur lui ses yeux insupportables, de ce violet qu'il qualifiait de quetsche — et je vais vous faire une confidence, Monsieur m'aime à tout casser, il se peut que je l'épouse, qui résisterait à un tel sentiment, pour l'instant il est opportun que vous alliez le réveiller, il est midi, et il dort. Oui, Goldenberg, cisela-t-elle de ses lèvres confiturées, il est midi, et comme hier, il DORT.

Goldenberg recula comme devant une démonophanie, se rua jusqu'à la chambre, elle racla le fond du pot de confiture en s'étranglant de rire, fredonna Sur les remparts de Séviiille, expliqua au lapin que rue Georges-Bizet, c'était la via de la Carmencita, n'en déplaise à Goldenberg — avisa le pot vide, mon petit mari, je ne t'ai même pas laissé de confiture ce matin, alors je vais t'en donner un peu, elle fila dans la chambre, se jeta au cou d'Innocenti et barbouilla de pourpre poisseux son faciès surpris et le col de la chemise qu'il venait d'enfiler à la hâte — c'était pour que tu aies de la confiture, j'ai tout mangé, sourit-elle, maintenant je vais al letto, et toi travailler, ça s'appelle la répartition des tâches.

Il changea de chemise, se passa un gant sur le visage, se souvint du rouge à lèvres, le soir des baisers, des baisers seulement, et maintenant elle était sa maîtresse, ce mot ambigu et suranné qu'il dégustait, et il avait droit à la confiture, Goldenberg déjà avait tiqué à cause des taches de fard sur un haut de pyjama, il allait faire une tête d'épouvantail en voyant, sur le col de la chemise négligemment jetée sur la moquette de la salle de bains, des résidus collants et sucrés, eh bien, il nettoierait, et qu'elle se maquille à la confiture et lui salope toutes ses chemises, évidemment le coup du rouge à lèvres elle devait avoir oublié si toutefois elle avait eu conscience des stigmates laissés par la nuit des baisers, tout le monde attendant au bureau un patron enchifrené il s'évertua à tousser de façon crédible — jamais il n'avait dormi si tard, un sommeil du juste fort prolongé, et c'était précisément parce qu'il avait l'âme en paix, une âme que, depuis cette île ionienne, il ne pouvait plus trouver, et qu'Antonella venait de lui rendre, une Antonella qui avait eu de jeunes rires, une tendresse dorée dont il ne la croyait pas capable, elle faisait l'amour d'une façon aussi singulière que déroutante, comme une enfant qui joue à un jeu intrigant, tente de résoudre une énigme — elle faisait ça en s'amusant, avec d'imprévisibles allumages de cigarettes, de non moins imprévisibles, abruptes et enthousiastes caresses, parfois hiératiques, sérieuse, sereine comme les Japonaises des estampes érotiques, puis réclamant un verre de vin alors que ce ne semblait pas être le moment, et il fallait obtempérer, et elle buvait ce verre de vin comme une chatte reconnaissante, à longues lampées mignonnes, pour dire merci elle redevenait kamasutréenne sous les draps, bene, quand ça la prenait elle chantait tout bas à l'oreille de son amant, A La Claire Fontaine jee me suis baignéée, et il fallait dans les pauses prendre un bébé en peluche pour faire la famille, ensuite elle le déposait par terre tourné vers le mur pour qu'il ne voie pas et elle rampait longue et lisse sur lui et elle l'embrassait à sa façon sauvage comme si elle voulait lui lécher le fond de l'âme, puis comme si elle tâtait du bout de la langue un sorbet trop froid, et elle lui donnait ses poignets pour jouer à la petite prisonnière, il espérait avoir bien joué, il ne doutait plus qu'elle l'aimât, bien que, durant ces deux nuits merveilleuses, elle n'eût prononcé aucun mot qui évoquât ce sentiment. Elle lui avait, en revanche, demandé de l'épouser — mais pas tout de suite, voilà ce qu'elle avait ajouté d'un ton joyeux, comme elle aurait dit : tiens il fait beau, allons faire une promenade au Bois, il faut se donner de l'exercice. Puis, à Tabby I, le nez contre le mufle pelucheux dudit animal, elle avait chuchoté — toujours pleine d'entrain — n'est-ce pas Tabby qu'au bout du compte il m'épousera cet homme et du coup plus jamais les yeux tristes. Il se promit de ne pas s'emballer, elle oubliait souvent ce qu'elle avait dit la veille ; de ne pas prendre trop en compte cette demande, et d'ailleurs, de se souvenir de cet air charmé qu'elle avait eu en l'énonçant, charmé exactement comme devant une nouvelle robe ou une paire de clips d'oreilles, charmé et suave, et d'une innocence légère, téméraire — il deviendrait maboul s'il misait sur sa bonne foi, c'était parce qu'il l'avait bien, parce qu'il lui avait, enfin tout ce qu'il fallait de magnolia comme elle disait et avec cet avantage des prolongations, c'était juste après le moment où elle avait semblé avoir du plaisir, et juste avant qu'elle ne parlât du brûlant sujet épousailles avec un jouet en peluche qu'il s'agissait de traiter avec des égards et de dorloter, don't speak unkindly to my child, avait-elle dit un jour où il s'était énervé parce qu'elle leur tenait des discours cicéroniens, à ces peluches, et que, paraissant avoir oublié sa présence elle ne lui adressait pas un mot —, pazienza, aspettiamo, ne va surtout pas la croire sur parole, et puis, c'est vraiment une femme-enfant, se formula-t-il, lui, du ton qu'on a pour classer une affaire.

Trois ans après la rencontre de Phiscardo
L'homme à la cordelette de soie

Trois ans après la rencontre de Phiscardo, Achille Innocenti avait toujours à son service Balthazar Siméon Goldenberg, mais non à plein temps entre les murs de son appartement, rue Georges-Bizet, la jeune fille du huitième signe. Antonella, en effet, ne sachant renoncer à une vie nomadique, logeait alternativement chez Angelica Graziani, soit Adora I, sa grand-mère maternelle (à laquelle elle abandonnait souvent de mauvaise grâce le seul cadeau d'Innocenti qui lui eût jamais fait plaisir : le chat persan redself dit Siddharta Doré des Moulins à Prières), chez son amie Anne-Charlotte Rosencrantz, dans un duplex près du bois de Boulogne, dans la demeure de Las Lomas de Chapultepec, Mexico, où l'accueillait une certaine Inès Padilla, sans profession, fille d'une huile de la Compagnie des Pétroles Mexicains, et à Rome où elle retrouvait sa très chère Grazia Tolomei, artiste dramatique. Des trois grâces accompagnant Antonella, aucune n'était mariée. Que de mauvais exemples, grognait Achille Innocenti.

Et il ne fallait pas croire qu'à Maubert, chez Adora Graziani, elle eût été plus facile à joindre que Piazza Navona ou à Las Lomas de Chapultepec — c'était même pire, elle dormait, était en plein travail, ou absente. Cette froideur par où tu m'es più bella, fredonnait lugubrement Innocenti — qui avait souvent ses yeux tristes. Non sans raison. Cette carina ragazza lui avait fait découvrir, outre les tarots le langage des astres et des aperçus sur l'au-delà, les vertus des régimes amaigrissants à base de foie gras mais condamnant tout sucre, d'authentiques joies au lit, la pertinence de certains médiums parmi lesquels il fréquentait, sans que cela se sût d'aucun membre de son agence, une certaine Mme Nadja du Sikkim et du Bhoutan, ; depuis ces trois ans, le dottore avait perdu dix kilos, se trouvait sur le chemin pentu de la connaissance, et — alors que le patronat était étranglé par une gauche enfin au pouvoir — souvent désespéré par les absences d'une demoiselle que, dans ces éprouvantes circonstances, il eût désiré à ses côtés de façon moins irrégulière — qu'il désirait épouser, et qui, au gré de ses humeurs lunaires, le demandait en mariage une fois par mois, quand elle avait bu, pour se rétracter le lendemain, ou plus souvent jurer avec une confondante conviction qu'elle n'avait pas, qu'elle n'avait jamais, abordé ce sujet.

La gauche, on en avait pour sept ans, la Piatti, il ne savait s'il l'aurait encore une seule nuit, un seul jour, il y avait là de quoi altérer l'humeur la plus radieuse, et Achille recommençait à succomber aux attraits de la mousse au chocolat ourdie par Goldenberg.

Il faisait, certes, tout son possible pour s'habituer aux fugues d'Antonella, se répétait qu'à son âge, cosa normale, se murait dans sa silencieuse tristesse, ne parvenait pas, malgré tous ses efforts, à prendre légèrement les disparitions dignes du singe Hanuman de cette drôlesse — le singe Hanuman étant ce personnage du *Ramayana* dont il devait la découverte à la susdite. Par moments, il jugeait excruciant de respecter cette liberté dont, tout de même, elle abusait, et les diktats du marc de café, des feux du firmament, des feuilles de thé, des taches d'encre, des songes, des lignes de la main, des affreux tarots — était-ce une vie privée que d'être suspendu à toutes ces inexorables sentences ? Il se le demandait parfois, au contraire de Goldenberg, qui avait résolu le problème en appliquant à ces exercices de mantique le terme global et châtié de sottises, et à Monsieur celui de présénile, qu'il faisait suivre d'un *hélas* véhément et d'un phénoménal soupir ; d'autre part, Achille s'insurgeait contre le fait d'apparaître, lors des tirages de cartes que lui infligeait sa jeune et erratique amante, sous la forme de la douzième lame, celle du Pendu (il en était de même lors de ses consultations chez Mme Nadja l'Himalayenne qui, elle, ce pourquoi il ne s'en passait plus, lui assurait, au final, le mariage avec Nella), tandis que Mlle Piatti se trouvait invariablement représentée par la fameuse lame XIII, l'Arcane sans nom, l'azraélique qu'on ne nomme la Mort que par une outrancière et fallacieuse simplification. Le Pendu, guère honorifique. Pas mieux que la Vierge. L'Arcane sans nom, ça avait du panache. Che significa, le Pendu ? avait-il demandé, un jour d'audace, à une Carmencita insolemment brunie résolument célibataire et de retour du Mexique.

Eh ! avait-elle dit, souriante comme l'animal de Thèbes, le Pendu... On ne peut dire que ce soit une carte aussi brillante que la XXI. Le Monde. XXI, le numéro de la chambre d'où tu m'as enlevée, à Phiscardo, avait-elle précisé avec une rancune évidente. Et là, vois-tu — désignant la carotide d'Innocenti d'un index à l'onyx dûment taillé en amande — la cordelette de soie qui nous relie, d'un bout du monde à l'autre, et que tu ne pourras JAMAIS ôter, car c'est moi et ma très puissante sœur d'Afrique, fille du roi de Man, Côte d'Ivoire, qui te l'avons attachée au cou — te voilà bel et bien pendu par un pied sur cette lame, et, amore mio, te voilà avec une jolie corde au cou, gare à toi si tu fais le moindre geste pour la couper ! Vedi, tu me seras toujours attaché, et même si je suis à Las Lomas de Chapultepec, il me suffira de tirer un peu sur la cordelette pour que tu le sentes et que tu saches que je pense à toi, caro adorato, c'est ce que tu voulais, non ?

Il avait passé un doigt sur son cou, transi de respect amoureux, ne pensant même plus qu'elle était un peu dérangée, et prit ça fermement pour une preuve d'amour, quant à s'assurer de son attachement, il eût préféré en passer par une banale mairie, mais vu le caractère aléatoire de la chose et faute de mieux, il tortilla la cordelette africaine, la trouva douce au toucher. La fin du tirage, en ce jour de réapparition ramayanesque (oui, Chapultepec, très amusant, tu sais combien j'adore le Mexique, nous avons été dans la sierra mazatèque, manger des champignons qui n'ont rien à voir avec des morilles, puis à Acapulco là franchement je n'ai pas dessoûlé de trois jours) avait paru soucier Carmencita. Le Bateleur, la Treize, la Maison-Dieu, le Chariot. Grimaçante, elle s'était empressée de ranger les lames, et avait juré une énième fois de s'interdire ce vice — Akillé, comprends, c'est si tentant de tout savoir par avance, mais parfois si angoissant que je DEVRAIS ne plus toucher aux lames.

Sur ce tirage, no comment. Elle avait quitté la chambre, et mis sur l'électrophone la *Symphonie espagnole* d'Edouard Lalo qui la faisait invariablement pleurer, et ipso facto sangloté au rythme des violons — un bon truc cette symphonie, elle fond en larmes, ça vaut un tranquillisant, après elle est moins agitée, jugeait Achille ; encore cette symphonie de malheur et ces violons miauleurs, grinçait Goldenberg et la mijaurée de pythonisse qui chiale parce qu'un jeunot l'a plaquée, s'en donne à cœur joie des larmes, mais vraiment piquée, ça coule avec son rimmel dès qu'elle a posé l'aiguille sur le disque, quand c'est pas Lalo c'est fados, et Amalia Rodriguez s'il lui prend la fantaisie de larmoyer pour des causes toujours mystérieuses — mystérieuses, enfin pas pour moi.

Désorienté par la situation, Achille avait appelé Mme Nadja du Sikkim et du Bhoutan (spécialiste du retour d'affection, grande initiée tibétaine, en contact nuit et jour avec son maître, un lama exilé à Patan, Népal) et demandé à cette initiée des altitudes ce que signifiait la fâcheuse association de ces lames.

— Tttt, accident et fracture des jambes, une ou deux, je ne vois pas bien, ttt, rappelez-moi, lui avait répondu l'Himalayenne.

— Tiens, quel rapport, s'était-il dit. Les jambes de qui ?

Sur quoi, les sanglots et les violons, à la même seconde, s'étaient arrêtés, Antonella avait reparu, les yeux gonflés, gémi qu'elle aurait dû rester à Las Lomas de Chapultepec, et s'était repliée dans la chambre bleue d'où le maestro ne l'avait vue sortir que le lendemain.

Le lendemain, elle avait réfuté tout projet de sports d'hiver, et, s'inclinant devant les sciences occultes auxquelles lui-même avait recours, il ne s'était pas étonné de cette déclaration, évidemment les sports d'hiver suis-je bête, c'est l'occasion de se casser une jambe, plus jamais de sports d'hiver, oublions, il avait cajolé des fantasmes de voyages ensoleillés, auxquels elle avait paru indifférente, avant que de disparaître chez Adora sur ces mots :

— Akillé, cette fois j'ai une solide maison d'édition qui compte sur mon texte pour la rentrée et les prix littéraires, il faut que je m'enferme pour travailler, ici, tu le sais, l'aura est néfaste à l'écriture. Ensuite il se peut vraiment que je t'épouse. See you soon.

Il s'interdit d'entendre cette fichue *Symphonie espagnole* lacrymatoire, maudit cette prétendue aura coupeuse de chique et entrave à l'inspiration, s'étonna de cette nouvelle ambition de prix, a priori si peu compatible avec le caractère insoucieux d'une enfant de Bohème, s'inclina, et ne commença à s'enfiévrer qu'après un mois de silence absolu et d'impossibilité de joindre une personne qui dormait et déjeunait avec un répondeur téléphonique branché, grâce auquel il laissa trente messages sans réponse. Elle travaille on ne sait où — en bibliothèque, chevrotait Adora, au téléphone, quand l'horrible répondeur sans réponse n'était pas branché et quand sa sourde oreille de quatre-vingt-trois ans voulait bien entendre la sonnerie. Refusant de s'humilier jusqu'à faire la sortie des bibliothèques, ce qui évoquait trop la démarche cauteleuse des vieux faunes rampant aux abords des lycées, il tonitrua son habituel Pazienza, et s'efforça donc de prendre en patience un mal qu'il subissait depuis trois ans avec l'aide de cette Mme Nadja qui ne cessait de raviver, à trente sacs la consultation, ses douloureuses espérances — de promesses parjurées en disparitions, cette fille le faisait vivre sur un scenic railway, il en avait les reins concassés, et, lors des descentes du petit train fou (quand elle le laissait trop longtemps sans nouvelles) les yeux plus tristes qu'à Phiscardo, des yeux si tristes que, si elle les avait vus, elle aurait peut-être enfin accepté l'union légale — mais voilà, elle n'était jamais là pour les voir, et quand elle réapparaissait, il faisait de louables efforts pour qu'elle ne le trouvât pas sinistre, et donc restât, et de cette façon il n'y avait aucune chance que cessât cet état de choses et qu'il pût descendre du petit train fou.

La pire des femmes, en vérité

> « C'est la pire des femmes, monsieur, monsieur, entendez-vous ? Je n'ai plus qu'un espoir, qu'une consolation, c'est que le jour de sa mort, Dieu ne lui pardonnera pas. »
>
> Pierre Louÿs, *La Femme et le Pantin*

Trente-deux jours sans elle.

Il errait dans le salon désert et se livrait à des conjectures qui, de par leur violence, le surprenaient lui-même. L'assommer avec un vase de cristal ? L'étrangler ? L'empoisonner ? Cara bambina ! Il commençait à être persuadé que le crime était un fait de nature. Il commençait également à ne plus être un personnage cornélien tout pétri de devoir, mais shakespearien. Il était également onze heures du matin et elle n'était toujours pas là. Le dottore, roi Marc en attente. Quelque Tristan la baisant sur une nef, et capable de la lui ramener au matin, un peu délabrée et charmée de revoir son vieux monarque. A supposer qu'il fût roi de quelque chose, primo, et son époux, secundo. Il était seulement prêt à l'accuser d'abus de confiance et d'escroquerie au sentiment. On sonna.

Il vola vers la porte, faillit au passage rompre les os de son secrétaire, ouvrit. Elle lui tomba dans les bras, grelottante, et commettant un indéchiffrable chef-d'œuvre d'hypocrisie ou de sincérité, lui glissa dans l'oreille qu'elle était au comble de la désolation d'avoir été CONTRAINTE de l'abandonner comme ça. Qu'elle avait failli se faire énucléer par des loubards. Qu'elle avait été sauvée par un preux, qui venait de la quitter et auquel elle avait parlé de lui, Achille, toute la nuit, lui fit grâce des folâtreries dans l'alcôve qui, en vérité, avaient été sinistres, ajouta que de ses propres atermoiements, elle était éreintée, et qu'il fallait perpétrer l'acte gravissime qu'on sait.

L'épouser, pensait-elle tandis qu'il lui prenait les mains, parce que ça lui donnera, à mon homme exemplaire, une auréole intéressante en tant qu'époux, si, en tant qu'amant, il a cessé de m'émouvoir, l'épouser parce que sans émotion je ne vis plus, parce qu'un mari tout de même c'est autre chose — et d'ailleurs une chose invraisemblable l'épouser pour me flanquer des trouilles revigorantes comme devant un film d'Hitch, l'épouser par goût du risque, par curiosité, parce que c'est un genre d'ordalie, parce que pour moi c'est marcher sur la Lune, parce que je veux voir ce que ça donne, pour m'étonner moi-même, car malepeste je n'en reviendrai pas de m'appeler Madame, que diantre ça va m'en foutre un coup, parce que c'est complètement exotique et très vivifiant, parce que le climat d'une liaison m'anémie comme celui des vallées, parce que c'est la dernière chose pour laquelle je suis faite, parce que je lui en ai parlé la première, pour écrire un livre sur le mariage, pour donner du ton à cette affaire, parce que j'ai peur dans le noir, et parce que j'en ai envie à cette minute précise, du cran, cette fois vas-y et à jeun, olé, c'est le seul homme épousable de la terre et épouser, c'est aussi comme brouter des champignons mazatèques, c'est expérimental, me marier pour lui faire plaisir et qu'il n'ait plus ses yeux tristes, me marier car j'en ai assez des jeunes gens, celui de cette nuit sera le dernier, me marier parce que je veux un papa, dans un instant je suce mon pouce, me marier parce que je suis une petite fille de mille ans et sola perduta abbandonata, me marier et faire le tour du monde sans lui juste après bien entendu.

— Akillé, je viens de vous demander votre main, dit-elle, d'un ton fatidique, et vous avez l'air de ne pas avoir entendu. Je suis parfaitement lucide, je n'ai pas un gramme d'alcool dans le sang, je viens d'échapper à un viol, et pire, à ce qu'on me pique mon sac, j'accepte les abominations qui précèdent cette chose, visite médicale, prise de sang, oui même la prise de sang — ça ne vous fait pas plus d'effet que ça ? Je vois que vous doutez de moi, caro mio adorato, et je vais immédiatement éclater en sanglots sans *Symphonie espagnole.* Vous avez jusqu'à ce soir, puisque vous semblez avoir le souffle coupé, pour me donner votre réponse.

Les deux partis adverses s'entre-regardèrent dans un silence menaçant. Menton pointé, joues creusées par la fatigue, elle avait son inquiétante, cinglante et convulsive beauté, non de chat, mais de serpent.

Les bans, onze jours, onze jours de trop, conjecturait-il, demander une dispense au procureur de la République mais au nom de quelle cause grave et urgente ? Cause : cyclothymie de la mia donna, le procureur m'enverra foutre. En sus et risque de non-comparution de la mariée, gioia mia, devant l'officier d'état civil, car rien que la perspective lui donne des malaises, poveretta, pleine de bonne volonté, il y a une seconde elle m'annonçait tout ça, fringante, et maintenant elle flanche, elle dit qu'elle a mal à l'estomac, la perspective lui donne mal à l'estomac, j'ai lu quelque part que le mariage était, au même titre qu'un déménagement ou qu'un deuil, un stress, et elle stresse à l'avance, voilà, et que sera-ce le jour dit, elle gémit qu'elle a mal aux reins, et c'est le mot de mariage j'en suis sûr qui lui déclenche ces malaises, et elle veut m'épouser même si ça met sa santé en péril, il y a de l'héroïsme là-dedans, et d'autres choses que je ne comprends pas.

Il l'aida à s'allonger sur le sofa, cavala lui chercher l'indispensable Kaobrol qu'elle commença par refuser, chuintant que RIEN ne pouvait passer la barrière de ses dents. Il entama une procédure coercitive pour qu'elle croque ce fichu médicament, elle se résigna, enfantine, obéit, rumina avec grande fureur salivatoire le carré blanc, dont elle déplora le goût de plâtre sucré, il fila à la cuisine en l'espoir d'y trouver du Vichy de préférence Célestins, heurta le regard hostile de Goldenberg cet omniscient qui devinait qu'une fois de plus le patron était aux genoux de la gueuse, laquelle avait dû baiser de travers pendant sa fugue d'où retournement d'estomac et Vichy Célestins ; Innocenti ne ressentit pas un soupçon d'humiliation d'être ainsi coincé par son valet ricaneur en flagrant délit de soins oblatifs et d'urgence donnés à son aimée revenue, Goldenberg ignorait che cosa è l'amore, tant pis pour lui, Innocenti revint, victorieux et porteur de la bouteille d'eau salvatrice en cas de troubles hépato-vésiculaires, imposa à la pauvre enfant l'absorption concomitante d'un second carré de plâtre sucré, et celle de cette flotte dégueulasse plus salée que du sperme, grogna la pauvre enfant, oubliant qu'il n'éjaculait jamais et que cette allusion portant forcément sur quelqu'un d'autre, ou au mieux cette référence à de lointains mais précis souvenirs, pouvait troubler son futur époux, avant qu'elle ne fût prise d'une crise de hoquet d'une violence extraordinaire et sans rapport avec la ténuité de sa personne.

Entre deux hoquets, elle réitéra sa demande en mariage, et il s'effraya — de nos jours, tout est psychosomatique, si elle me psychosomatise le mariage à coups de hoquet, dont on peut mourir, on a recensé des cas, qu'en sera-t-il pendant les onze jours des fichus bans, onze jours d'aigreurs d'estomac et de hoquet, elle n'y résistera pas, quel parti prendre. Ne le sachant, il lui massa la région lombo-sacrée — où elle affirmait que Satan Trismégiste lui appliquait un fer rouge — ce qui parut la soulager, le hoquet de la demande en mariage décrut, sur ce, apparemment bouleversée elle dit mélodieusement qu'elle l'aimait, sur son épaule penchée, il se crut dans les jardins d'Eden, elle ajouta que si elle l'aimait ce n'était pas une raison tout à fait suffisante pour continuer à vivre après trente ans, mais qu'elle essaierait quand même, et il se trouva dans un square pauvret du Purgatoire, puis elle lui demanda pardon d'être un peu trop intelligente, affirma que l'intelligence est une maladie qui rend les gens méchants, se lova sur le canapé, le regarda de façon si extraordinairement bienveillante que Goldenberg, ce bon juif, aurait dit que pour soixante minutes le Malin s'était retiré d'elle, qu'immaculé était cet agneau noir, et bénie cette servante du Dieu qui divisa en quatre les fleuves du Paradis, où le dottore Innocenti barbotait présentement, à cause du regard bienveillant.

— Akillé, bêla l'agneau, fais brûler de l'encens. Il faut purifier cette pièce. Tu sais que je me sens toujours mal dans cet appartement. Il y a des esprits et autres âmes en peine dans tous les coins. Je ne sais même pas si un désenvoûtement général ferait l'affaire. Je préférerais que nous déménagions. Promets-moi que nous déménagerons.

— Oui, sirenilla, nous irons où tu voudras, mentit Achille

qui, par prévenance, ne voulait pas la contrarier, mais savait qu'envoûtés ou non, on ne trouvait plus que des deux pièces-cuisine, à Paris, par les temps qui couraient. Je vais relancer l'agence G., assura-t-il.

— Moui, l'agence G. Encens d'abord, ordonna Mlle Piatti, et il courut ventre à terre chercher ce charbon de bois mêlé d'encens propre à chasser âmes en peine et démons, à l'odeur âcre, un peu camphrée et tout à fait asphyxiante, qui stagnait jour et nuit dans les pièces où se tenait cette spirite, quand elle voulait bien se tenir quelque part dans le logement haï et peuplé d'égrégores vicieux. Il alluma donc le charbon que parcourut un scintillement stellaire et dont se dégagea la suffocante fumée qui seule permettait à Mlle Piatti de respirer en paix, délivrée des attaques occultes, et qui plongeait d'ordinaire Goldenberg dans les transes car c'était véritablement la senteur même du Shéol où tomba Lucifer que Job disait fils de l'Aurore, mais tout de même il y avait des bornes à ne pas dépasser, or on dépassait, et l'odeur sulfureuse se glissait sous les interstices des portes jusque dans la cuisine, chassant outre les entités affreuses, Goldenberg, secrétaire maître queux, valet de pied femme de chambre chauffeur et tutti quanti, toussant comme un perdu.

A jeun. Elle m'a demandé en mariage à jeun. Et cette fois, malgré le hoquet et les malaises variés, quelque chose me dit, chère Mme Nadja, qu'il n'y aura pas de clause d'annulation — elle n'a jamais formulé ce souhait aussi clairement, d'ailleurs. Auparavant, il s'agissait d'allusions, auxquelles je n'osais faire écho, chantonnait en son cœur Achille Innocenti. Et ça va faire bisquer ses chères amies à penchant lesbien, la Tolomei, la Zimmerman, la Rosencrantz, ces chères qui croient toujours récupérer leur muse à la fin des opérations, plus de muse, téléphoner à toutes ces chères qu'Antonella Piatti est de retour à la maison, rue Georges-Bizet, via de ma Carmencita, que je suis prêt à faire désenvoûter la rue entière et que tutto va bene, benissimo, sous-entendu, pour moi.

Le lendemain, Antonella dormit jusqu'à seize heures, et, à son réveil, sonna Goldenberg, exigea un goûter, avec thé Earl Grey et scones, buns et muffins, exprima à Achille trois souhaits que cette virile bonne fée se devait de combler : récupérer le chat Siddharta Doré des Moulins à Prières, laissé en garde non à Adora, en résidence provisoire chez une de ses filles près de Fontainebleau, mais à quelques paumées voisines de palier, revenues récemment de Lima à Maubert, tout à fait droguées et le fondement esquinté par quelques colonels de là-bas, donc hors d'état de démêler au peigne fin les poils d'un Persan qui, à cause de tous ces colonels, allait s'étouffer et mourir subitement, éventualité insoutenable. (Innocenti envoya Goldenberg en mission, un, pour les douceurs requises par l'anglomanie de Mlle Piatti, deux, pour le transbahutement de Siddharta Doré, à cette fin le chargea d'un coffre en osier à claire-voies destiné au voyage de la bête, et, se voyant tout à fait ridicule, Goldenberg envoya mille malédictions hébraïques sur la tête de la noiraude aux yeux quetsche.) Une fois réglé le problème du chat, il s'agissait de prendre pour Antonella, qui avait prétendument — mais n'était-ce pas là une sournoiserie du Ça, Mister Groddeck ? — la flemme de soulever un téléphone, rendez-vous chez le docteur en vue de la très fameuse visite pré-nuptiale. Pas avant la semaine prochaine, j'ai mes règles, mentit-elle avec un culot de plomb. Il faut me pénétrer, se dit Achille, de ce que : soit elle est en période nympho, et je la saute même sanguinolente, soit en période frigo, et là menstruettes ou non pas question, ô abus des pouvoirs de la femme que cette fable du sang — mais dégustons le meilleur : elle est prête à subir l'horrible ponction et la visite médicale, demain elle peut changer d'avis, mais aujourd'hui prenons le rendez-vous en l'espoir.

Et fiesta ce soir, troisième souhait, dit-elle. Ce soir, pour fêter leurs retrouvailles. Car vraiment ajouta-t-elle, caro mio adorato, j'ai failli ne plus jamais revenir à cause de l'exécrable aura de cet appartement, fais brûler encore un peu d'encens, pourquoi tu tousses, ah non, n'ouvre pas les fenêtres sinon plus d'effet, par bonheur Mme Indira de l'Inde m'a remis un pentacle très puissant, vrai bouclier, le yantra Charmeur-des-Gens-Méchants contre lequel les pernicieux se cognent et y laissent toutes leurs plumes vois-tu, et elle ouvrit les pans de la robe de chambre sous laquelle, maja desnuda, pour que le locataire de deux cent soixante mètres carrés de maléfices sût et vît qu'elle portait, entre ses seins élastiques et hauts de jeune Africaine, un sachet métallique contenant ledit pentacle ; espérant caresser les seins en même temps, il tendit la main vers l'objet, elle repoussa cette main comme pour lui éviter charitablement de se brûler, le regarda avec condescendance, gémit que décidément dans l'occulte il ferait toujours des gaffes et que d'aimer un type si inconscient était une catastrophe, mais que, pour rester à ses côtés, elle acceptait de s'en prendre encore dans la gueule — elle, une si fragile médium aux côtés de ce Tranche-Montagne qui, comme la forteresse de Massada résista aux légions romaines, résistait aux attaques astrales —, que donc en raison de ses sentiments pour lui, elle tenterait de parer aux agressions des pernicieux, à condition toutefois qu'il respectât certains tabous comme de ne jamais toucher à ce reliquaire ni ne jamais tenter de voir à quoi ressemblait le pentacle inséré dedans ; énoncé de la dernière bulle papale : tant qu'il n'avait pas trouvé d'autre appartement, elle était condamnée par Mme Indira en laquelle elle avait une foi totale, à rester chaste, car coïtus sous ce toit que Léviathan lui-même n'aurait pas frôlé d'un doigt de peur de tomber raide mort, im-pos-si-bi-le. L'amour, Akillé mio, est la plus grande des forces magiques, et tu ne dois pas m'ouvrir les chairs car en ce moment s'y infiltreraient, bien que tu sois costaud quant au membre viril, des phalanges démoniaques — nous voilà bien, interdit de baiser grâce à ses règles, à l'exécrable aura de mon domicile, ce seul mot d'aura est sur le point de m'exaspérer définitivement, et à cette dame du Maharastra ; que cette Indira contracte amibiase et fièvres paludéennes sans sortir de France, fulmina Innocenti, néanmoins, exulta Innocenti, saignotante, radoucie, confiante en son petit pentacle, non plus anorexique, mais la lippe gourmande demandant des pâtisseries anglaises, exception à ses effrayants régimes, comme exorcisée, ma sirenilla m'est à nouveau acquise, sous le toit redouté, pour quelques jours, tenons jusqu'au onzième où je vais la traîner à la mairie par les cheveux telle Brunehaut reine de Neustrie, car moi aussi salaud quand je m'y mets, idiotie que les bans, en onze jours elle a le temps de se défiler trente-trois fois car trois fois par jour me semble normal, benissimo, que souhaite encore ma sirenilla si miraculeusement revenue à domicile.

— Ce soir, aller dîner chez Maxim's. Retrouvailles et anniversaire.

Exquise requête. Anniversaire de quoi, il s'interdit par délicatesse et au cas où, d'étranges bourrasques lui passant souvent par la tête, elle l'eût déjà oublié, de le demander. Ce soir-là, il ne s'agissait pas de mécontenter la piccolina qui fit à Goldenberg, entrant avec le plateau du thé, un sourire d'autant plus idéal qu'elle se savait détestée du majordome. Le sourire se rétrécit dans la mesure où elle n'aperçut pas le chat.

— Le Mouchi ? (Diminutif de mammamouchi, qualifiant l'incarnation temporelle et féline de Gautama Bouddha, soit Prince Siddharta Doré des Moulins à Prières.)

— Le Mouchi de mademoiselle est là, voui, gâtifia Goldenberg, exaspéré par la joliesse de cette fille, même au saut du lit, quand normalement les autres sont inbaisables. Il boit du lolo dans la cuisine. Il a un peu maigri.

— Un peu maigri ! Mettez de la levure de bière dans le lait. S'il n'y en a pas dans cette baraque empoisonnée, allez en chercher, je vous prie, Goldenbaum. Sans levure, il va dépérir. Est-il peigné ?

— Plutôt ébouriffé, mademoiselle. J'ai vu des nœuds.

— Des nœuds ! Un jour de plus, il les avalait, et il clamsait. Jamais plus je ne m'en séparerai, même pour vingt-quatre heures. Vous avez bien mis trois cuillères de thé dans la théière ? Le lait est écrémé ?

— Trois cuillères, le lait est tellement écrémé que c'est de l'eau, mademoiselle, j'ai aussi les buns et scones.

— Trop bourratifs. Je préfère du pain de seigle et des confitures — Enfin il ne s'agit pas que je vous indispose,

Foldenberg. Apportez les buns et scones, je me ferai une raison. Depuis combien de temps infuse le thé ?

— Cinq minutes, mademoiselle.

— C'est insuffisant. Posez le plateau sur le lit. Donnez-moi ma robe de chambre, la rose en satin avec bordure de marabout. Et ne faites pas cette tête. Oui, il y a des trous dedans. Cette chose vient des Puces, et fut portée par la grande Sarah, alors n'achevez pas de la déchirer. Je ne vois pas de Sucaryl sur le plateau. Vous savez bien que je ne prends pas de vrai sucre.

— Je sais aussi, mademoiselle, que vous adorez le faux sucre dans le faux café. Je cours vous chercher du Sucaryl. Nous sommes dimanche...

— Tiens ! fit-elle. Quelle bonne idée d'être dimanche ! De quelle année ?

— 1982 après la naissance du Fils de l'Homme, et d'après notre religion, un faux messie. Je descends pour le Sucaryl. Qui est cancérigène, vous savez tout, je ne vous apprendrai rien.

— Vous êtes un aigrefin, Foldenberg, mais un bon juif. Je vous mettrai quelque part dans mon prochain livre. Si tant est que j'arrive à l'écrire. Merci de descendre par ce froid chercher une pharmacie de garde. Couvrez-vous, Goldenblum, couvrez-vous ! Quand vous éternuez, vous me réveillez la nuit, et je crois entendre un diable enrhumé. Comme son nom est légion, ça fait beaucoup de bruit.

Goldenberg posa le plateau sur la courtepointe, apporta avec les précautions dues aux phylactères la guenille luisante et historique, tourna les talons, et s'entendit rappeler par la voix exécrée :

— Le Mouchi ! Amenez-moi mon chien de fô, mon lion gardien du temple et le noble prince Siddharta lui-même, je vous prie, Goldenfeld !

La bête, qui s'était entendue convoquer par la belle, fila entre les jambes de Goldenberg, et sauta sur le lit sans renverser le plateau, avec une grâce ce jour-là printanière, moins de noblesse que d'habitude, pour cause de joie, folichonna sur les draps, se mucha entre les genoux de sa mère nomade, lui reprocha d'un grand regard de cuivre un abandon terrible, lui fit comprendre qu'il se sentait fort mal loin d'elle, qu'il préférait les âmes en peine saccageant l'appartement du dottore Innocenti à la bande de cinglées sévissant dans celui de Maubert, se gonfla d'allégresse, ronronna avec une telle vigueur qu'il sembla léviter, porté par des ondes d'enthousiasme, se départissant soudain de son mystère — la plus grande preuve d'amour qu'un chat puisse donner à un être humain.

La garder ainsi pour toujours, songeait le dottore, oh, une féerie, elle, le Mou... enfin, le chat, le thé, tea time for ever, elle savourant le liquide couleur d'opale, elle aux lèvres de bergamote parfumées, elle mordant dans une corne dorée de buns, et tapotant le marabout rose où venaient de choir des miettes, il s'approcha, demanda la permission de prendre une tasse de thé avec elle, l'obtint, détestant d'ordinaire la bergamote, trouva sublime ce parfum médicinal, elle disait je serai ta femme dans onze jours, ta femme, le pria d'attiser le feu, il faisait une chaleur infernale, mais elle n'avait jamais trop chaud, et puis elle aimait rester des heures devant les bûches qui lui rappelaient les laves écoulées, brasillantes et vermeilles, au flanc d'un certain volcan balinais qui jamais ne cesserait d'érupter sous ses yeux clos — dans la cheminée donc, que rugisse le volcan balinais, grand bénéfique, et que s'écartent de cette chambre les démons venus de la mer tels qu'en l'île de Bali ils se présentent, dos à la vague, nés de l'océan, prêts à y retourner avec leur cargaison de noyés, dont j'ai failli être, il y a si, si, longtemps, fit-elle d'une voix rêveuse et quasi nostalgique. Il tisonnait le feu et elle chantonnait en dégustant son goûter, elle était son enfant un peu malade, qu'importait qu'elle eût baisé ou non avec un autre, d'autres — aucun homme ne fut plus heureux par elle, grâce à elle, que lui à ce moment suprême du thé. Elle n'avait plus peur des esprits, ni de l'action occulte des perceurs de statuettes usant de longues aiguilles rougies du sang d'un pigeon, elle rayonnait de confiance, elle grignotait ses buns, trempés au préalable dans le thé, il fit de même, se fiant à la célèbre recette où il s'agissait de madeleine et il aurait acheté Maxim's pour qu'ils y dînassent en tête à tête tous les soirs, mais il devait y avoir à cela des empêchements pragmatiques.

— Amore mio, fit-elle, la bouche pleine, j'ai besoin d'un peu d'argent de poche. Ti voglio tanto bene.

Elle se saisit du chat, flexible, long et touffu, le plaqua sur le lit (guarda, il accepte tout d'elle, se dit Innocenti, y compris de renoncer à sa dignité de chat pour devenir une grosse marionnette velue pourvu qu'elle le peigne et l'assermente de son éternel amour, ecco), tenta de l'aplatir au maximum, demanda un peigne, celui du chat, en corne, et commença de démêler méthodiquement les poils crème, presque rosés à l'égal des plumes de marabout, ronchonna que la raie dorsale du prince Siddharta Doré des Moulins à Prières allait de traviole donc que vraiment ses satanées amies ne s'en étaient pas du tout occupées, à la troisième touffe découvrit un nœud, fit AH, avec ce nœud bouchon dans l'estomac, Siddharta avait frôlé une mort précoce, elle regarda passionnément le survivant, démêla le nœud avec un art consommé, les poils de chat voletaient au-dessus du plumard, Innocenti toussait et nageait dans le bonheur, bien qu'il fût, lui, à moitié asphyxié par l'encens et les susdits poils auxquels il était allergique comme au pollen des fleurs. Il éternua en chapelets, rencontra le regard glacé de Nellinotchka, se sentit coupable de cette allergie à l'encens mystique et à la gent persane, fixa le bout de ses mules, et ouït :

— Alors, dottore, pourras-tu (voix adorable) me filer deux briques avant ce soir — une pour moi et une pour une amie qui te remboursera rubis sur l'ongle, après son voyage au Mexique où elle va voir son père. Tu vois, l'affaire est carrée, pas d'embrouille. Il s'agit d'Inès Padilla. Son père a du répondant bancaire à Mexico, aussi vrai que je suis vivante, et que j'en reviens.

— Décidément, tout le monde va au Mexique, vagit Innocenti voyant très bien qu'il ne jouerait pas Shylock, dans l'affaire.

— Un des seuls pays intéressants, fit-elle, d'un ton neutre.

Il sortit de la chambre, alla prendre vingt mille francs en liquide dans son coffre personnel, les glissa dans une enveloppe, se souvint que Swann en faisait autant pour Odette de Crécy, ce qui lui remonta le moral, téléphona chez Maxim's pour réserver une table en spécifiant au maître d'hôtel avec lequel il était au mieux qu'il s'agissait d'un dîner d'anniversaire.

D'anniversaire, oui. Un an auparavant, je t'ai demandé en mariage pour la première fois, daigna-t-elle expliquer. Il pensa qu'elle devait parler d'années brahmaniques, qu'il n'avait aucun souvenir de la chose, mais que *cette fois-là* lui semblait la bonne. A ce propos, il appela également son médecin pour prendre un rendez-vous en vue de la visite prénuptiale à laquelle, cette fois, il l'accompagnerait, droguée ou ivre morte s'il le fallait. Sur ce, il compulsa *Le Figaro* et cocha quatre petites annonces, puisqu'elle n'habiterait avec lui que dans un autre appartement, deux cent soixante mètres carrés minimum, espace de leur conjugalité, il était plus que jamais résolu à foutre de l'argent par les fenêtres — les dieux ont toujours été friands de sacrifices et pour que le vent gonflât les voiles de ses navires, il était prêt à sacrifier non son enfant, l'iphigénique qui peignait son chat d'un air d'attention légèrement débile, dans la pièce à côté, mais énormément d'argent. Sa femme, dans onze jours.

Ce soir-là, à vingt heures trente, dans le salon du 8 rue Georges-Bizet, Goldenberg avait dûment disposé l'attirail nécessaire aux préambules sociaux : boissons alcoolisées qui, mortelles à jeun, vous corrodent l'estomac et sont qualifiées d'apéritives, coupelles emplies de ces bricoles qui vous déglinguent le foie et vous rembourrent la taille, du genre huileuses cacahouètes, olives engraissantes et crackers assez semblables aux nourritures en boîte dont les chiens sont friands ; Goldenberg avait également allumé le feu dans la cheminée au cas où la mijaurée voulût méditer sur la flamme, puis, conscient de n'avoir rien omis, y compris le bouquet d'une estimable envergure qu'exigeait Mlle Piatti sur la table chinoise et qui coûtait presque le prix de son support, le secrétaire de M. Innocenti s'était défilé et, criant famine, occupé de son dîner en se félicitant de n'avoir rien à foutre du social ni d'être de ces gens qui allaient, le temps d'atteindre ce Maxim's et, comptant avec les interminables préambules, crever la dalle — chez les riches ça se passe toujours comme ça — jusqu'à au moins dix heures et demie du soir. Se félicitant donc d'être de sa condition, Goldenberg contenta son estomac de deux admirables et daliniens œufs sur le plat, frits à point, bordure dentelée croustillante et brune, jaune bien pris, mais encore assez liquide pour, une fois la pellicule du dessus entamée au couteau, couler un peu sur le blanc et le parfumer à merveille, accompagna cette paire de délices d'une barquette de céleri excellent, croquant et fortement moutardé, acheté chez l'épicier du coin, d'un, non, de deux verres de château talbot très agréable qu'il fallait finir car entamé et la mijaurée dirait encore qu'on ne garde pas un vin plus de deux jours sinon le meilleur devient de la piquette algérienne, fit un bruit appréciateur de clapet avec les lèvres qu'il avait sinueuses et longues à la manière de celles de ce Louis Jouvet auquel il ressemblait fortement — front très bombé, dégarni, sourcils méphistophéliques, bien arqués, œil de batracien, joue hâve, cave et blême à laquelle le vin faisait à peine monter une petite flambée de vermillon, rota, se réjouit de l'existence, n'était celle de la mijaurée, hésita entre une honnête pomme Boskoop et un fromage blanc, ce dernier étant réservé à la Piatti, s'apprêtait à choisir le Gervais, elle gueulerait, tant pis, s'aperçut que merde 0 % de matière grasse lui laissa cette punition, débusqua du gruyère luisant, frais, en tranches épaisses, d'un jaune crémeux prometteur, se tailla des petits cubes qu'il mastiqua, profondément ravi, eut une pensée pour son pauvre cher Innocenti fichu à cause de l'enfumeuse de pièces, tels des renards dans une tanière ils étaient grâce à son charbon de bois fuligineux et absolument diabolique, un jour empoisonner cette fille, il le ferait, il le ferait — ces deux infortunés s'en allaient cailler dehors et avec ça la femelle plutôt déshabillée car soir habillé donc décolletage, en attendant que la Piatti ne ramenât de cette soirée une broncho-pneumonie ou qu'il ne cyanurât ses yaourts, il irait se pageoter peinard, respectueux qu'il était du shabbat dans la mesure où, le samedi et le dimanche, il se nourrissait davantage pour louer Dieu d'être Dieu et en mémoire de la sortie d'Egypte, et se couchait plus tôt car il adorait dormir en accord avec la loi shabbatique qui est de se faire du lard, les fins de semaine. Dans le plumard, il aurait tout le temps de rigoler amèrement à propos de son Puntila et maître personnel qui, bientôt, irait coucher à l'hôtel sur un vœu de la sorcière, à cause des génies qui infectaient l'aura de Puntila et infecteraient tant qu'il n'aurait pas décarré de cet appartement, les génies, nouvelle obsession de la maniaque et pur prétexte pour repousser la cohabitation ; d'autre part, le maestro perdrait beaucoup de monnaie s'il ne trouvait pas illico un successeur pour louer ce caravansérail. Bon, il y avait des rémissions, pendant lesquelles cette obscurantiste acceptait de coucher sous le toit du maestro, paratonnerre des fléaux et captateur d'énergies négatives, ha ha. Rémissions, par chance, brèves, car dès qu'elle sentait s'approcher Bélial, elle filait — si paradoxal que cela pût paraître — au diable, au diable où elle retrouvait ses consœurs les faiseuses de sorts, fanatiques des tarots, initiées de la Creuse, du Vietnam ou d'Haïti, et, recluses, ces dames d'œuvres dans l'occulte, complètement zinzin, ha ha, il donna un ignoble coup de pied au chat Siddharta Doré qui eut l'imprudence de traverser le couloir en même temps que lui, et qui fou de douleur, lui cracha sur les chaussons. Animal lui aussi sorcier. Brûler la fille, le chat, et les écrits de la fille. Ce soir, il oublierait de changer la sciure de cette bête, qui s'oublierait forcément dans un endroit interdit, exemple, le bureau du maître. Cette love story finirait de façon apocalyptique, nul besoin d'être derviche tourneur, mage ou grand mufti pour l'apprécier. Quant à épouser la Piatti, que le Saint béni soit-il préserve le maître de cette inanité, mais par bonheur elle était du genre à se garder férocement du mariage, elle pouvait toujours jouer l'Arlésienne et raconter ses balançoires sujet mariage, ça ne se ferait pas, aucune crainte à avoir, quoique si, une seule, à propos de ce qu'il adviendrait de la santé mentale déjà esquintée du dottore, quand elle l'aurait plaqué. Maintenant, laissons le sinistre Goldenberg se coucher et rejoignons les noceurs chez Maxim's.

Sur la table un château petit village pomerol 64, dans son berceau de jonc comme Moïse, et elle en tunique or et noir à sequins, savamment déchiquetée en bas, délicate Esméralda dans ce vêtement de danseuse des parvis, la pommette pailletée de rouge, la lèvre cernée de khôl brun, à l'annulaire gauche les deux alliances que lui offrit Innocenti, au droit un récent diamant navette don du même, et aucun autre bijou donné par d'autres hommes — en un mot exemplaire, a priori décidée à ce que tout se passât bien, elle se montra, exceptionnellement, d'une grande affabilité. Il ne dressa l'oreille qu'au café, quand elle lui dit :

— Akillé, j'ai rencontré un astrologue épatant, il m'a fait des précisions détaillées pour un an, délivré une carte d'identité astrale, toujours ça comme papiers, tu sais que je ne vis qu'avec un passeport, un passeport pour le voyage et une carte d'identité astrale ça suffit bien, je ne suis pas quelqu'un à carte d'identité normale ni de crédit d'ailleurs. Ce monsieur astrologue s'appelle Abounasr Abou, c'est un zoroastrien né à Chiraz, il m'a donné gratis cent pochettes d'allumettes décorées de mon signe et autant de limes à ongles, oui cent, il interprète aussi le cri des bêtes, les clins d'œil, le bruit des machines à laver, les bourdonnements d'oreilles, et tous ces petits présages qui comptent, cette nuit, cette nuit seulement, Akillé, je rentre chez Adora pour lire les prévisions du zoroastrien, c'est épais comme la Bible.

Du plus mauvais augure, l'affaire persane, on ne l'avait pas vue venir celle-là, jugea Innocenti, et la pire des femmes en vérité.

— Je vous écrirai, lui dit-elle, quand il l'aida à sortir de la voiture.

Voilà c'était pour me galvaniser que j'ai joué les putes et tout ce cinéma dans le satin et le marabout rose de soi-disant la grande Sarah, c'était pour me donner du courage que je l'ai fait banquer, pauvre petite idiote, je voulais tenir le coup du mariage, les fourches caudines pour moi, ou rester des heures bloquée dans un ascenseur je voulais vraiment me mettre à l'épreuve et je ne peux pas, j'ai trop peur du piège genre celui de l'ascenseur après tu peux plus sortir, j'ai eu peur du piège et en même temps j'ai toujours peur du noir c'était la raison du mariage, il me fallait Maxim's cadre frelaté somptueux pour décision frelatée somptueuse, et chez Maxim's il y avait deux Antonella, l'Antonella de trente ans qui voulait et celle de douze ans qui ne voulait pas, ces deux-là pour les rassembler c'est quelque chose, et c'est la deuxième qui a gagné, la petite, pas galvanisée du tout morte de peur, qui se cachait derrière la grande tout en strass et en tulle celle qui sait ce qu'elle veut grande stratège de la courtisanerie tu parles, ein zwei drei à la schlague et ON vous écrira, c'est la petite qui a gagné, la claustrophobe qui est aussi agoraphobe et se demande si sur une autre planète ça irait mieux, réponse : la situation ne pourrait que s'améliorer. Et l'Antonella qui ne voulait pas détestait son attifement Esméralda elle aurait voulu être en costume marin et l'amour de cet homme la terrifiait, elle avait beau s'accrocher aux jupes de l'autre rien à faire, elle avait peur, elle voulait partir, elle se disait je viens de casser un jouet par sadisme et pourtant ce jouet je l'aimais bien mais il y avait quelque chose d'obscurément dangereux dedans donc je l'ai cassé tout net entre mes mains c'est dommage j'y tenais mais il n'y avait que ça à faire, les enfants savent ces choses. Et d'un coup l'Antonella qui ne voulait pas tout imaginer. Abounasr Abou, etc., elle est redevenue follia criminelle, et elle n'y peut rien, et il ne lui reste qu'à écrire à ce pauvre Akillé une lettre bien atroce pour qu'il se dégoûte d'elle à jamais, où es-tu papa, papapapapa, j'ai peur du noir, reviens je t'en supplie ou plutôt emmène-moi je veux aller au concert avec toi comme autrefois dis on y va je veux entendre Lorin Maazel diriger le *Requiem* de Berlioz c'est si beau oh emmène-moi ils me forceront toujours à être odieuse et à mentir sinon ils me feront du mal, il n'y a qu'avec toi que je peux être la petite Antonella, papapapa garde-moi, prends ma main, on va au concert, ta petite fille a mis une jolie robe froncée est-ce que tu l'aimes, papapapa est-ce que tu m'entends, est-ce que tu es toujours au fond de la mer comme à Phiscardo là où je suis entrée dans la mer pour te chercher mais c'était beaucoup trop difficile de se noyer l'eau trop noire et j'ai raté je suis remontée de la mer cette nuit-là te souviens-tu papapapa j'aurais fait n'importe quoi pour que tu sois là dans ce restaurant voilà comment ça s'est passé, dis-moi que tu m'entends, prends ma main serre-la je te sens serre plus fort mon amour tu es si pâle tes joues sont lisses comme des amandes ils t'ont fait si mal et toi tu ne pouvais pas jouer avec eux comme moi je le fais, comme Antonella le fait avec ses trente ans, ses rires de détraquée ses plumes de marabout ses quatre mille volontés et quand ça ne suffit pas elle ajoute celles des autres, papapapa, il faut se cacher derrière tant de choses, oui ce soir-là la mer était épaisse et froide je n'ai pas pu c'est comme cet homme je ne peux pas l'épouser à jouer au fantôme on le devient je vais vraiment devenir folle tu sais bien que je ne le suis pas j'essaie seulement de leur échapper avec leur terrible amour pire que la haine leur prison d'amour atroce viens papa emmène-moi écouter la musique j'en ai des fourmis dans les jambes tellement je suis émue car tu es là et tu m'emmènes écouter pour toujours les violons avec toi dans une grande salle noire et blanche il y a des archets dorés partout mon amour mon amour la musique

Pouchnine viens ici c'est ça ton long corps poisson d'argent à côté sous mon aisselle ton petit mufle, il t'aimait aussi, il nous confondait toutes les deux, due gatte, il m'appelait Pouchnine Princesse et il t'appelait Nellina, ça lui arrivait et on riait, papapapapa, tu étais fier de moi parce que j'étais douée un peu pour tout et qu'avec mes cinq doigts tendus en éventail je couvrais la gamme sur le clavier, six ans de piano, veux-tu que je te joue quelque chose, j'ai un papillon rose palpitant dans les cheveux et une frange coupée au bol, tu es derrière moi, tes mains sur mes épaules, dans le grand salon à Rome via Spontini, et moi devant le piano à queue toute petite, ma robe bouffant sur le tabouret de vieux velours, tu m'appelles Butterfly, quelquefois tu m'appelais ma petite Carmen, il m'emmerde cet homme épousable à m'appeler Carmencita à cause du nom de la rue où il habite, je lui ai interdit de m'appeler comme ça, il a oublié, ça me fait mal à chaque fois, tu m'appelles Butterfly, il fait froid cet appartement n'était jamais bien chauffé on avait des rhumes permanents c'était toi qui me mettais des gouttes dans le nez, je renversais mon visage jusqu'à ce que tu m'embrasses, joue-moi l'*Impromptu* de Schubert opus 90, Butterfly, joue-moi le nocturne en ut mineur de Chopin, Butterfly, ma petite Butterfly est un génie, papa emmène-moi au café Greco boire du chocolat et manger des gâteaux à la crème, oui petite Carmen il faut que tu prennes un peu de poids, tu es si maigre, mais tu as un corps de danseuse, et je grimpais sur tes genoux, quand j'étais en collant de danse et dans mes ballerines avec du coton dur au bout, j'avais les orteils exactement rangés pour être une danseuse étoile, c'était seulement pour toi que j'aurais voulu être star de quelque chose, seulement pour que tu me dises c'est bien Fiammetta mia, tu les auras tous, je suis fier de toi, I have a very beautiful clever little girl, maintenant être star ça n'a plus aucun intérêt, je sais que tu étais fier quand j'avais bien joué le rôle de Philéas Fogg par exemple sur une scène pour la distribution des prix, avec frac et chapeau claque qui aurait pu croire que la petite timide deviendrait cette folache sur scène, cette petite brûle les planches, tu avais soupiré la petite en question c'est ma fille et elle sait tout faire, tout, elle sera peut-être aussi comédienne, et chaque fois que j'ai un spot sur moi je pense à te rendre heureux, je deviens d'une beauté dangereuse parce que tu es là pour ta petite fille qui passe à la télévision ou qui est fêtée dans les villes à cause de ses livres, cette petite, disaient les méchants, qui a déjà des airs, des manières de duchesse, qui ne dit rien qui méprise tout le monde — cette petite déjà à l'école, papa, je ne te le disais jamais, j'avais honte, je ne voulais pas que tu me voies fragile, cette petite qui pleurait parce qu'elle venait de laisser tomber son crayon et transformée en pierre n'osant pas un geste pour le ramasser persuadée que tout le monde allait se moquer d'elle, et ça ne ratait jamais, et je pleurais et aucune maîtresse d'école ne te l'a jamais dit, un moment j'ai été dans une petite école privée du côté de la Piazza Navona et là les filles étaient de vraies vaches et là j'ai compris les règles du jeu, j'ai appris la cruauté, encore une fois le coup du crayon, j'ai pleuré, j'ai juré que c'était la dernière un jour j'étais seule à l'étude et il y a une de ces garces qui a poussé la porte sachant me trouver là et m'a craché à la figure en me disant sale petite juive, c'est arrivé à d'autres mais je ne voyais pas ce que ça avait de mal d'être un peu juive, mais j'ai compris, je ne me suis pas jetée sur la garce pour la cogner à mort, non j'ai fait mieux le lendemain j'ai seulement souri aux petits garçons, et ils ont porté mon cartable et un parapluie sur ma tête en cas de besoin et tous voulu m'épouser et en ont parlé à leur mère en disant que j'étais la plus jolie et la plus douce petite fille du monde, ils m'ont fait mes devoirs et acheté des tartes aux abricots à la sortie et les autres enflaient de rage, et moi avec les petits garçons c'était toujours noli me tangere, la petite fille la plus demandée en mariage du monde, j'étais flattée pour toi, papa, j'ai jamais joué au docteur avec les petits garçons, ça ne m'intéressait pas, mais je les ai esclavagés vite fait pour éviter les crachats, ça a très bien marché, papa ô mon amour chacune de tes nausées m'étaient saintes le sais-tu et pourtant jamais supporté de voir quelqu'un qui dégueule je dégueule immédiatement après, je t'aurais tenu la tête des heures mon amour mon amour, mon papa était malade, on me disait du cœur, c'était tout ce que j'avais à savoir, emmène-moi à la fontaine de Trevi faire des vœux jeter des pièces, le vœu, nous ensemble à jamais, et il se réalisera j'en suis sûre mon amour, emmène-moi dans les palais sombres et sonores de la ville, chez tes amis qui me trouvaient jolie et astiquée, un vrai bibelot, ils me déposaient sur leurs chaises malcommodes, il faisait encore plus froid que chez nous mais enfin on était chez les princes parfois quelqu'un jouait de la harpe et on buvait beaucoup, tu disais I expect you rather have lemonade, Butterfly, et je disais que j'expect avoir du ouiski comme les grands, sinon pas la peine de m'emmener et tu me faisais goûter le whisky dans ton verre, c'est drôle pour une gosse j'ai tout de suite aimé ce feu à l'intérieur pendant que tu me prenais la main, papa remets ce disque sur l'électrophone que tu as acheté pour moi, je devais avoir dix ans, ça fait longtemps, c'est aujourd'hui, et le magasin du Marais où on l'a acheté a sûrement disparu, du moins on n'y vend plus d'électrophones, maintenant ce pauvre électrophone c'est une antiquité, je l'ai gardé chez Adora, mais comme elle râle quand je me mets à l'installer, évidemment ça fait de la poussière et il y en a aussi sur les sillons de nos disques, alors je le laisse croupir dans le fond d'un placard, il est comme enterré le pauvre mais j'aime mieux pas le regarder, papa remets ce disque, la *Marche au Supplice* de la *Fantastique,* tu dis que mes ballerines encotonnées ça me fait de drôles de petits pieds, tu les embrasses, emmène-moi voir la Maison Dorée de Néron, *buvons oui buuuvons* c'est ta Violetta dans *La Traviata,* papa un autre disque, *Il était autrefois un roi de Thulé* et nous sommes en France maintenant je n'aime pas beaucoup cette ville grise, pour que j'aime tu m'as emmenée aux zoos, dans les jardins, dans les églises, à guignol, à la piscine, au cirque, dans les musées, j'étais tout contre toi dans le petit train vert du Jardin d'Acclimatation, on jetait du pain aux ours qui faisaient exactement le geste que tous les types ont fait après, simplement parce que je les avais regardés, la beigne de violet et les grands ours comme au cirque dressés et battant des pattes pour attraper une miette de ce que je veux bien leur lancer, papa on s'est perdus mille fois dans le bois de Boulogne tellement on discutait d'Héraclite et des Orphiques, tu m'emmenais prendre le thé distingué à la Grande Cascade j'avais des moufles et tu dégelais mes doigts en soufflant dessus, tous ces dimanches avec toi pour l'éternité, j'étais ta Butterfly ta Violetta ta Fiammetta ta petite Carmen, en vacances c'était les bassins de pierres brûlantes et débordant de roses menues où tu pagayais avec moi comme si on était sur un bateau, j'ai dû renoncer à nos dimanches il fallait bien que tu partes, ç'aurait été vraiment dégoûtant de vouloir garder sur la Terre quelqu'un d'aimé et dont c'était l'heure. Oh reste encore un peu, prends-moi sur tes genoux, remember le Palio, la paume incurvée de la place siennoise, nous à une fenêtre d'un pâle palais, les étendards, les chevaux, serre-moi fort, raconte-moi le Palio, oh encore, prends-moi sur tes épaules, mes cuisses serrant ta nuque comme tu faisais souvent en disant que tu étais un ogre et que les ogres font toujours comme ça avec les enfants, sur tes épaules hop, que je voie de plus près le bleu du ciel de Giotto et les anges d'Assise, remember, dans les Alpes, un orage capricieux, une foudre biaisée, et nous aplatis dans la gadoue comme sous les bombes et on aurait pu rester comme ça ou sous une éruption de volcan, pourquoi est-ce qu'on a vécu après, on riait, je te faisais rire et le rire d'un homme blessé c'est le ciel vraiment et la tendresse je ne l'ai jamais voulue que de toi moi la starlette ratée toi le chef d'orchestre loupé la vie à son maximum ne peut être qu'une merveilleuse ébauche, ce qu'on n'avait pas raté c'était d'être père et fille, ça non, sur tes épaules hop, les fresques de Piero à Arezzo, ces regards blancs qui se dérobent sous une taie de silence, ces longues paupières bombées sans cils, ces marbres limpides, ensuite il y a eu l'histoire du chien juste avant que tu ne me laisses toute seule, ce chien il t'aurait sauvé, j'en suis sûre, tu l'aurais promené, et je te l'avais choisi, dans le meilleur élevage c'était un berger allemand comme cette Diane de ton enfance dont j'avais vu des photos, j'avais été dans le meilleur élevage tu ne sauras jamais comme il était beau ton chien et dans mes rêves on le promène ensemble, et c'est ma mère qui a dit non, il est trop malade pour s'occuper de cette bête, avec ce seul chien tu te serais levé de ton lit, tu n'aurais pas accepté de mourir, mais il ne fallait pas et quand j'ai vu que tu t'étais résigné à ne pas retrouver la Diane de ton enfance, je me suis dit tout est fichu et j'avais raison.

Alors voilà, l'été où tu m'as laissée, j'ai été si longtemps pleurant au bord de la mer, la nuit pour qu'on ne me voie pas, en Crète, une plage de l'Est, Sitia, et cette palmeraie de Vaï je me souviens j'étais avec un jeune homme jaloux de toi au point de vouloir que je crève, je pouvais toujours aller pleurer mais loin pour pas l'empêcher de dormir, la Grèce est un tombeau, un ossuaire blanc éclatant de soleil et c'est là que j'ai vécu ta mort mon amour, après le jaloux je me suis sauvée et j'ai écarté mes jambes sous n'importe quel type pour qu'il me donne à manger, et qu'il me laisse tranquille et chanter et pleurer à mon aise dans la nuit, il faisait si chaud, souvent les types ce que je faisais ça ne leur plaisait pas, ils disaient que j'étais folle, je disais je m'appelle Antigone je m'appelle Butterfly je m'appelle Fiammetta je m'appelle la petite Carmen il n'est plus là, et souvent ces types, oh je ne sais plus combien j'en ai baisé, vraiment, me flanquaient trois billets à la gueule et me laissaient dans des hôtels pourris de bleds paumés parce qu'ils demandaient de la tendresse en plus, tu te rends compte, ils voulaient aussi que je chante pour eux et ça jamais, jamais, jamais, alors voilà.

J'ai été jusqu'à Céphalonie avec des bateaux et en stop, j'ai trouvé que c'était bien d'être en face d'Ithaque et je suis restée au Karavomilos je ne sais plus combien de mois, j'avais la paix, je pouvais réveiller le patron dans sa piaule à n'importe quelle heure si j'avais besoin de quelque chose ou peur du noir, je mangeais avec cette famille grecque tous les soirs, à midi rien, j'allais à pied sur la route de corniche le long de la mer, et je revenais avec des fleurs, un soir seulement je me suis senti la force d'essayer l'eau et donc j'ai pas pu, ils ont tous cru que j'allais prendre un bain de minuit, et quand je suis sortie de la mer, il y avait cet homme à la table, l'air aussi seul que moi, de la bonté dans les yeux comme toi, alors je me suis assise en face de lui, je l'ai regardé, et j'ai attendu qu'il m'aime.

Et à cause de ses yeux tristes et de la peur du noir et des jeunes gens méchants j'ai cru que je voulais l'épouser, sincèrement et pour lui faire plaisir, et je ne peux pas. La grande Antonella elle se disait aussi c'est pour donner du ton à l'affaire, du ton, tu parles, elle se prend pour qui celle-là. Peut-être que la grande, elle aurait pu, mais la petite

Butterfly, elle peut pas. Prends ma tête sur tes genoux, emmêle mes cheveux, dis-moi à l'oreille : ma petite, ma petite fille ! Les bras des autres sont des tenailles et leurs baisers vous font des escarres aux lèvres et leur fichu amour c'est rien que des béquilles. Mon cœur, on était libres comme des oiseaux. Je ne veux pas être leur prisonnière. Alors. Alors je vais être encore pire qu'avant, sinon ils me tueront. J'aurai mes mauvais rires — mon rire a changé, tu le sais, avant c'était le rire roucoulé et chaud de ta Fiammetta, maintenant je n'aime plus mon rire tout cassé par les cigarettes et un mal de malheur, un rire qui se moque tout le temps de ces pauvrets porteurs de valises ou de parapluie. Ces pauvrets qui m'assassineraient vite fait si je cessais de les traiter comme des larbins. Poignard dans le dos, langue coupée et brûlez-la. Alors j'aurai mon mauvais rire, ça vaut mieux, et entre eux et moi des écrans de fumée de cigarettes, pour qu'ils ne me voient pas bien, et pour qu'ils restent à distance. Et la voix que tu aimais, chante-moi L'Amour est enfant de Bohème, chante-moi Les remparts de Séville, ma petite Carmen, s'est cassée comme mon rire, et cette voix n'a même plus de douceur en réserve, et je ne l'aime plus, et elle a tant menti cette voix pour qu'on ne tue pas la petite Antonella réfugiée derrière la grande. Alors mettre les masques, agiter les grelots pour qu'ils me croient folle, rire quand j'ai envie de pleurer et parler quand j'ai envie de me taire pour qu'ils ne sachent rien de moi, tu crois que je suis là ce n'était que mon ombre, je suis déjà partie là où on ne peut m'atteindre, je leur dis que je marche vers le nord si je vais vers le sud pour qu'ils ne me rattrapent jamais, cet homme vivable lui par exemple il va voir si c'est facile de me mettre dans une cage, cet homme et les autres fils de la Douleur je vais leur en donner pour leur grade moi, puisqu'il n'est pas d'autre moyen, puisqu'elle n'est pas encore venue l'aurore de mon amour, celle où je n'aurais plus besoin d'avancer avec mon armure de supercherie mes fards mes voiles mes toilettes mes conneries mes mains de prestidigitatrice mes strass et mes misérables malices de femme mes regards escamotés mes sourires de tricheuse, avec ma triste, ma pauvre, ma mystificatrice beauté, la beauté d'une personne qui n'existe pas, mais l'aurore viendra mon amour où je serai humble et petite sans rien craindre de personne, je serai prière près de toi, nous serons deux pâles brûlures consumées l'une dans l'autre, mon amour mon amour je te jouerai les valses et les capriccios et les sonates et les concerti pour l'éternité, j'aurai mon joli, mon franc sourire de petite fille et plus ces sourires de blasphème j'aurai mes regards si doux juste pour toi, ce sera si simple, je déteste ce regard que j'ai, arrière je vous le dis sinon je fais de vous un fantôme, baisez-moi la main, reculez d'un pas encore, versez du vin dans mon verre, donnez-moi de l'argent, car être garce, respects, les arnaquer, respects, tout ce qu'on fait de mal, respects, les gifles ils en redemandent et pas à la manière du Nazaréen.

Papapapa, donne-moi tes mains d'abri et de protection, tes yeux d'intelligence, tes yeux couleur de compassion et du ciel de Giotto, ta petite Antonella va être pire qu'avant, il le faut puisque tu veux que je vive, c'est bien ça n'est-ce pas, tu veux que je vive, dans ce cas je le ferai, et rien ne me blessera et s'il y a du sang je me cacherai bien loin pour qu'ils ne viennent pas m'achever ces bêtes-là sentent le sang et on ne loupe pas un animal blessé, je vais écrire cette lettre je vais être la princesse des pestes et donc je vais vivre puisqu'il le faut, mais ne dis à personne, à personne, que je pleure en l'écrivant car c'est un pauvre homme, ne dis à personne que je pleure pour d'autres raisons que cette lettre

Oh ça y est encore la salle merveilleuse du concert et ma main dans ses gants blancs sur ton genou la grande salle noire et blanche les archets dorés en flèches parallèles mon amour mon amour la musique oh ne dis à personne que je pleure mon amour mon amour la musique ne leur dis pas que je pleure reste avec moi jusqu'à la fin du monde

Avale un, deux, trois verres de tequila, la bonté est soluble dans l'alcool, parfume-toi au Magnolia Queen Victoria verses-en sur la page où tu vas lui écrire que c'est fini et comme ça il aura du magnolia Queen Phiscardia dans les narines il t'en voudra encore plus il mangera cent mousses au chocolat et confiera toutes ses peines d'homme exemplaire à son exemplaire larbin, mets tes yeux violets mets du rouge sur tes lèvres encore un peu d'alcool d'agave bleue, pousse-toi de là ma petite Carmen ma Fiammetta ne m'empêche pas d'écrire ce que j'ai à écrire pour qu'il me désavoue et que je lui échappe, fiche le camp petite conne avec ta peur du noir, laisse la grande Antonella lui dire des garceries à cet homme, cet homme dangereux, petite Carmen tu ne sais pas ces choses, un homme comme lui te ligote avec sa bonté te baillonne avec sa magnanimité je ne veux plus en entendre parler on va mettre le Soleil la Lune Vénus Mercure Mars Pluton et Cie dans le coup, chante avec moi si tu veux, *L'oiseau que tu croyais surprendre battit de l'aile et s'envola,* ça y est la petite Antonella numéro un s'est enfuie avec ses larmes aux yeux, trempe ta plume, Antonella numéro deux, dans une fiole de fiel, voilà et que cette lettre soit comme une brûlure d'ortie papa donne-moi un égoïsme bien salubre, débarrasse-moi de la pitié, je vais lui télégrammer ça pour le chic, et que même les anges aient la trouille, il aura mal mais ça lui passera.

Dottore

Le sujet moi stop ressent heureuse influence de Vénus sur maison quatre celle du foyer stop le mien est où tu sais stop Adora va benissimo stop atmosphère excellente incitant le sujet stop à jouir de l'agrément de son intérieur soit cent mètres carrés de bordel stop période suivante stop le sujet doit rechercher la felicità dans les sensations fortes stop crois-tu me les apporter stop annonce de Vie sociale brillante stop avec toi plus du tout de social stop rien que l'intimità perfetta come tu dici stop je dépéris stop j'ai horriblement besoin de social même très pollué stop pitié pas d'air pur et de sentiments élevés stop suis toujours très malade au-dessus de mille mètres stop en montagne air très pur et oxygène raréfié stop je déteste stop Vénus est en exil pour trois mois au ciel du sujet stop nous voici en octobre où Mars contrarie la septième maison stop celle des unions et associations stop tu vois rien à faire on est au point mort stop courant intérieur me portant aux sommets grâce à un passage de soleil harmonique sur la lune de ma naissance stop et youpi succès sportifs là je ne vois pas stop le pire va arriver stop Saturne pour des mois réside en maison cinq celle de l'amour et des plaisirs stop la nature de cet astre est incompatible avec ce secteur stop voilà ce que m'a consigné en toutes lettres Abounasr Abou stop pardonne stop Antonella.

Post-Scriptum : Si après ça tu m'appelles à huit heures comme chaque jour homme de raison et d'habitudes qui jamais huit heures cinq pour que je marine un peu non huit heures fatidiques dring, c'est que tu es maso ce que j'hésitais à croire, un télégramme non je vais te faire porter le brouillon j'ai flemme de recopier et télégramme spectaculaire mais trop cher demain je file à Air France pour vaccin fièvre jaune en vue départ Afrique de toute façon très bien le vaccin car valable dix ans tu connais la cohérence de ma conduite même si pas illico Afrique pour retraite de la prénuptiale j'ai dix ans pour y penser dans dix ans je serai tapée et tu ne voudras plus de moi alleluia je serai enfin débarrassée de toi caro mio adorato donc vaccin épatant puis bouillon de légumes et carottes cuites décidément le télégramme aurait été trop cher après la fièvre jaune on ne peut pas boire d'alcool sous peine de conséquences terrifiantes seul emmerdement revenons aux astres à cause de l'exil de Vénus de la dissonance de Mars et de l'obnubilante présence d'un irréfutable Saturne je ne pourrai t'épouser avant trois mois tu as donc le temps de te retourner hélas avant que je ne sois pourrie sur pied tu ne te retourneras pas ton plus grand tort est d'être tout le temps présent mon pauvre exemplaire stop et fin oublie-moi Lilith est mon arrière-grand-mère et il y a des tas de filles adorables de par le monde tu t'obstines à tort et je désire farouchement ton bonheur si ledit bonheur signifie jamais quelque chose j'ai peur que non stop Sta bene stop ti abbraccio e ti bacio con tutto il cuore.

Voilà ce que je viens de faire à cet homme, gémit-elle, rencognée au fond du lit, un litre de tequila encore à portée. Lui le charmant lamentable gentiment lâche indécourageable et veulement m'adorant, lui qui ne fait ni ne dit jamais ce qu'il faut, Monsieur dis-moi-ce-que-tu-veux-que-je-te-dise, et quelle valeur ça a si je lui dicte, cet homme, un marmot, un type à embrasser sur les deux joues voilà bisous bien sonores de nièce à oncle, quel repos, pas de passion possible, sens interdit, quel repos, mais le repos ça m'évoque par trop les fins dernières où on aura tout le temps pour ça.

Parfois je me dis : tu n'en as plus rien à foutre de cet homme, et c'est vrai. Parfois : tu n'as jamais eu autant de tendresse pour personne, et c'est vrai, mais la tendresse, ce n'est pas ce qu'il veut, ils ont de ces exigences tout de même. Parfois : un homme prévisible, et quoi d'autre, tiens, un oignon que j'ai peu à peu dépouillé de ses pelures, seule différence avec l'oignon, incapable de me faire pleurer. Puis : s'il mourait, s'il disparaissait, j'en serais malheureuse jusqu'à ma propre mort. Et c'est également vrai. Puis : il marche en canard, mais il a de très belles longues fortes jambes, je désire ces jambes, et évidemment au moment où je les désire, il est en train de déménager d'une pièce à l'autre un des x bureaux, et il ne pense pas à me sauter. Le génie du contretemps. La baise, si on supprime, after all, autant de gagné pour faire quelque chose de plus intéressant. Puis : c'est un étranger. Il m'indiffère. Prenons-le comme un mari, et soyons raisonnable. Puis : idiot, je ne serai jamais raisonnable, préfère veines coupées dans le bain. Et panique du mariage et non devant monsieur le Maire et la sociale phratrie de poux qui sera là pour m'entendre dire oui d'un ton exaucé. Ce sera non non et non à perpétuité. Puis : cet homme a une capacité de phénoménal amour à vous faire fondre, et je fonds. Je fonds devant ses beaux yeux bruns dorés d'amour et ses mains de dévouement et son visage de gosse et les bourrelets à la taille, et ses longues belles fortes jambes. Il est mon humain le plus proche. Et avec lui pas besoin de fioritures amoureuses, pas de jalousies et autres séquelles pathologiques de passion. Et c'est vrai. Le désir fou, l'aliénation, le je-ne-peux-pas-sans-toi, quelle barbe. Puis : ce n'est qu'un lâche très antipathique en un mot un homme. Et c'est vrai. Puis : c'est à cause de lui que je ne me tue pas. Puis : attention il m'infirmise avec ses béquilles d'amour parfait. Vrai, vrai, tout ça. J'ai de l'amitié pour lui. Qu'est-ce que je deviens sans lui, ce type qui croit que je l'aime autrement que bien ? Puis : mais avant lui, rien ne te faisait peur, ma belle aventurière, alors ? Il adoucit les angles, érode les aspérités des jours, c'est mon haschisch, ma drogue douce, vite une désintox. Puis : j'ai besoin de lui, moi qui ne sais même pas faire une addition ni conduire une voiture, ni... Quand il s'est infiltré avec son incurable amour, c'était bien. Aussi vrai que c'était un danger. Cet honnête homme, si clean, moi louche impure méchante tite jive rital demi, depuis toujours différente des autres gosses même en zupette et anglaises, les yeux trop violets, les cheveux trop noirs, le teint trop pâle, et paraît-il, toujours des questions qu'une enfant ne doit pas poser. Alors ce sentiment majestueux qu'il a pour moi, ce sentiment humblement souverain, pardonneur, paternaliste, impérialiste par en dessous, qu'est-ce qu'on en fait ? Réconfortant, comme de se regarder dans un miroir de poche quand on est bien, mais insuffisant. Les vitamines, ça se prend ailleurs. Pauvret fidèle. Chevaleresque modeste et vertigineusement serviable. Vertigineusement aimant. Plus besoin de tequila. (Elle lança contre le mur la bouteille qui se brisa, et se qualifia d'imbêcchilé, parce que la chambre allait puer le vitriol mexicain pendant des nuits, ô théâtrale connasse, pesta-t-elle, et elle se gifla.) Il en a de la chance. Ça doit être captivant, ce qu'il vit. Enfin, je ne suis quand même pas condamnée à l'aimer sans arrêt parce qu'il m'aime. La chiourme, et, dans ce cas, si c'est ce qu'il veut et que son inconscient va finir par exiger, qu'il crève, fit-elle avec distinction. Noblesse et patience innocentesque. Qu'il vive, fit-elle avec animation, très coupable et la gorge serrée, des fois que son vœu s'exauçât dès que prononcé. L'appeler pour savoir ? Non. Il allait recevoir la lettre. Oh, pitié tendre amicale éternelle pour lui. Qu'est-ce qu'il veut de mieux ? Ahurissant tout de même, l'amour que me porte ce type, confia-t-elle à une cigarette qu'elle venait d'allumer, ahurissant cet Hamour avec H, Monsieur de Montherlant, ahurissant adorable et digne de respect, et ne pensons plus à cette lettre, s'adjura-t-elle, fixant sa cigarette, nostalgique d'autre chose, nostalgique de violence, sous-alimentée de cette passion qu'elle refusait, anémiée dans l'âme et jusqu'au trognon — ahurissant Mister Akillé, et je le convoque et je le révoque et je le rappelle et il revient là il peut revenir je ne serai plus là, interdit d'être là, attention les qualités de cet homme sont mortelles à des gens comme moi, des gens comme la grande Antonella qui sait ce qu'elle veut, l'enfant de bohème, le bel oiseau cruel, je peux lui proposer mon amitié il ne saurait qu'en faire, je vais la lui proposer un jour lointain, s'il tient le coup à la lettre mais il tiendrait le coup à n'importe quoi, dit-elle à la cigarette qui menaçait de brûler les draps, dit-elle, mélodieuse, mélancolique, voulant follement un ailleurs, montrez-moi qui désirer, que je ne retombe pas dans le piège de sa bonté, je suis adultérine dans les tréfonds, je le sais, oh donnez-moi de la folie, foutez-moi des trempes, réveillez-moi du mauvais sommeil où me plonge la bonté de cet homme, je veux le surréel, le phosphore et la pointe de la flamme je veux nécessité absolue et risque de mort et un pâle jeune bateleur, ça va avec paraît-il, donnez-moi de l'adrénaline à jets continus, des songes incarnés et l'ouverture des mers — je ne peux passer ma vie comme ça à côté d'un type idéal, c'était plus mouvementé dans le temps, ce désir de repos un désir létal, affreux, vouloir dormir mourir dans les bras de cet homme Morphée bis, j'ai déjà trente-deux ans et demi grouillez-vous les miracles, je ne peux plus sans miracle, j'ai beau m'en défendre je les veux, oui je suis une garce de traiter comme ça mon équanime et ahurissant, mon marito modello, oh les enfants de peluche qu'il appelle maintenant par leur nom parce que sinon je lui dis qu'il ne les aime pas oui mais le prince du Bhoutan en exil à Katmandou ça t'a tordu les tripes hein ma vieille, et vlan et vlan sur son tapis à mandala ou chose comme ça, et dehors les chiens de Bodnath aboyaient, chiens pour le garder, prince merveilleux aux cheveux si noirs, qu'est-ce qu'on fait des hommes châtains, châtains c'est entre les deux, c'est demi-saison, oh mes voyages de folle, cette sécurité de ma solitude et ces hommes : Mandchous, Négritos, Viets, Thaïs, Sikhs, Indiens du Sud, Chinois de Singapour, et les nuits de macumba sur les terreiros brésiliens tiens là aussi j'avais failli épouser un macumbeiro, séduite j'étais parce que haut et noir et cheveux épais tourmentés, féline pommette et puis milliardaire. Je veux les yeux élargis, le cœur diasystolant à mort, les effrois émerveillés, je veux ailleurs, je veux, ma cendre, merde le drap, et si Achille Innocenti mon mari illégal mais mari tout de même se fout en l'air je survivrai très bien, tu dis ça toi idiote tite zuive, tu es coupable des talons aux racines des cheveux, oh cette lettre, que faire pour qu'elle n'arrive pas, rien, et savoir qu'après il continuera à m'adorer, ça me fait mal, tais-toi petite Carmen, moi Antonella je veux des envols des tournoiements de la magie l'espérance, ou alors crever tout de suite. Trois Noctran, dormir, un ersatz. Si tu chiales encore ma petite Carmen, je t'arrache tes jolis yeux violets. Va pleurer plus loin, tu m'empêches de dormir, comme le disait un jeune homme méchant, en Crète, va — chacun son tour.

Ti abbraccio e ti bacio con tutto il cuore je n'aurais pas dû mais je n'ai pas pu m'empêcher, d'ailleurs ce n'est pas Antonella la garce qui l'a écrit, c'est la petite Carmen, c'est la Fiammetta qui s'est glissée sur ses genoux comme elle aimait tant le faire avec son papa, et c'est la Fiammetta qui a peur de tout et qui se sent porteuse des péchés de la terre entière comme son papa d'ailleurs, c'est elle qui l'a écrit à la place de l'autre alors biffer ça ?

La petite elle me regarde de ses yeux implorants ses grands yeux violets oh papa tu disais comment ai-je fait pour avoir une fille aux yeux violets les miens sont bleus les siens étaient bleu Giotto et ceux de ma mère tellement barbelés de faux cils les rares fois où je l'ai vue que ça en étouffait la couleur en tout cas les yeux de cette saleté de femme n'étaient pas violets, la petite d'un seul regard noyé elle a fichu le blues à la grande celle aux lèvres qui disent toujours non non non, mais la petite Antonella de son père adorée, la petite fille perdue, elle n'arrivera pas à ce qu'elle veut, que l'autre marie-salope d'un coup de stylo ne raye pas la dernière formule les abbraccio et les bacio, tu sais petite Carmen voilà ce qu'on va faire, j'en ai marre de te voir pleurer, alors j'ai trouvé, on va faire un enfant à papa, un enfant aux yeux violets, une autre petite Carmen qui aura la bonté de la première et le génie de la deuxième, on choisira un type pour ça, pour faire l'enfant et on ira le présenter au ciel papapapapapa je te ferai cet enfant je te le jure préserve-moi des hommes exemplaires et de l'envie que j'ai de les rendre heureux ne les laisse pas m'approcher je te ferai cet enfant garde-moi jusqu'à la fin du monde ils ne sont pas dignes de charité on leur laisse quand même les abbraccio et bacio lève-toi Antonella Piatti, tiens-toi droite, ça sent le magnolia dans cette pièce j'ai dû renverser le flacon sur la page, mais pourquoi est-ce qu'elle est mouillée en bas et un peu gondolée cette page, eh bien c'est la Fiammetta avec son collant et ses chaussons de danse qui a pleuré dessus, bon, il croira que c'est le parfum, des femmes comme Antonella la grande, des femmes arrière-petites-filles de Lilith et marie-salope ça ne pleure pas.

Ça y est j'ai collé les bords de l'enveloppe avec ma langue demain poster la lettre, papa sur tes épaules hop, j'étais ta Butterfly ta Fiammetta ta petite Carmen, ce n'est qu'après qu'ils m'ont appelée Follia, et j'ai trouvé ça commode.

Au reçu de la missive, Achille déambula dans ses deux cent soixante mètres carrés en gémissant Ora la tomba invoco, se retournant parfois sur une apparition de Goldenberg pour lui susurrer (ce qui mettait à son comble la déréliction de ce dernier et lui donnait l'occasion de parfaire ses connaissances en italien, car, en cas de malheur ou de trouble profond, le dottore ne trouvait ses mots que dans sa langue natale) LA FEMMINILITÀ FATTA DONNA, Goldenberg. On ne peut lui en vouloir, Goldenberg. Ne négligez pas le persan. Si elle le retrouve avec l'échine comme une corde à nœuds, ce sera la guerre. Elle reviendra, puisqu'il est ici, cet animal. Et je lui en achèterai un second, puisqu'elle en souhaite deux.

— Toujours à poils longs, Monsieur ? se permit Goldenberg.

— Elle n'aime que ceux-là, dit le dottore, sans remarquer une lueur malevola dans l'œil de son Leporello, lequel dit Bien Monsieur, et s'enquit du menu, pour le soir.

— Vous savez — je vous ai mis au courant depuis fort longtemps — que je ne peux faire d'enfant, dit Achille ce même soir à Goldy qui lui apportait d'un air sombre une seconde bouteille de santa cristina. Alors, je lui achète des bêtes en peluche et des chats à pedigree. Cara mia adorata. Ti abbraccio e ti bacio con tutto il cuore. Elle l'a écrit, et elle le pense. Una donna ver-sa-ti-le, mais si attachante, affirma-t-il, éperdu, et tâtant à son cou la cordelette de soie, dans un geste qui intriguait au plus haut point son majordome.

Il alluma un cigare Monte-Cristo et attendit ce qu'il n'avait pas même eu la peine de commander à Goldenberg : les chocolateries des attentes — sa drogue à la théobromine, tant réprouvée par une personne qui n'avait qu'à être là, na. ET QUAND ELLE REVIENDRA JE VAIS L'EMMENER EN ITALIE, PAS AUX SPORTS D'HIVER, SINON ELLE VA SE CASSER UNE JAMBE, beugla le dottore en éteignant le cigare qu'il venait d'allumer, cela dans une abominable puanteur, oubliant que l'époque n'était plus à la neige, et au risque de passer pour tout à fait brindezingue aux yeux de Goldenberg, qui sur ce point avait déjà son idée.

Miss Fêlée est un prix Citron, par Goldenberg

« Cher cousin Nussbaum,

« Ils ont été chez Maxim's et tout ça pour que le lendemain disparition de miss Cinglée et lettre pour dire que les étoiles étaient en désaccord avec la célébration du mariage. Façon télégramme pour faire du genre. J'ai lu, le dottore comme il était matraqué, l'a laissée traîner au chevet de son lit. Avec le blé qu'il lui file, elle aurait pu aussi bien faire un vrai télégramme, ç'aurait été son genre, elle aime que les extravagances, mais voilà il aurait fallu attendre à la poste, elle est impatiente, et tant pis donc pour le romanesque du télégramme, une bafouille seulement. Et re chez la grand-mère Adora Judith Saltimbocca qui est là ou sous les ombrages à bercer une quantité d'arrière-petits-enfants dont on ne sait pas même le nom, Saltimbocca trop vieille pour retenir tous les noms, mais elle fait des layettes et après elle berce, pendant ce temps-là miss Cinglée invite ses copines dans son camping de Maubert et c'est parti pour les surboums, fini des crises d'épousailles. Les artères de Monsieur doivent en être dures comme du plomb, et sa tension quand il a lu la bafouille de la fêlée, elle a dû monter à 20 au moins. Elle le fera mourir je te le dis. Oh qu'elle tombe sur un bec et non sur une crème là on verra. On verra s'il la laisse se réfugier chez Saltimbocca et dorloter le vieux chat sans pedigree que Saltimbocca a le droit d'avoir, alors que Monsieur n'a aucun droit, sauf celui de lui acheter des bêtes à pedigree. S'il lui amenait un de gouttière elle lui arracherait les yeux je te jure. Une photo du couple idéal a été prise au restaurant Maxim's, en couleurs, et Monsieur l'a mise sur la cheminée. Ce plâtras et ce déguisement qu'elle avait, et dans la tête l'idée de se tirer le lendemain. Aspettiamo pour la millième fois m'a-t-il dit, hier soir chez Maxim's elle a abusé de son vin préféré, un pomerol 64, et quand elle boit trop on ne saurait la tenir, Goldy, il faut qu'elle s'en aille, personne n'y peut rien. Elle revient toujours vous le savez. C'est une enfant caractérielle, Goldy, il faut pardonner, ce n'est pas de sa faute, elle est née comme ça, au fond elle n'est pas heureuse et est-ce que je suis capable moi de la rendre heureuse, je ne peux qu'en douter, mais je l'aurai quand même, est-ce que je peux empêcher les cauchemars qu'elle a la nuit, il a soupiré, et moi je pensais y a des tartes qui se perdent, mais vrai que la nuit seule justicière lui balance des mauvais rêves, et à son réveil de midi tout le monde sur le pont et tout le monde au courant, en général pendant la nuit elle a rêvé qu'on lui jetait des pierres et qu'on l'enterrait dessous, ou qu'on l'assommait à coups de pelle. Moi je dis qu'elle digère mal son caviar, caviar toujours, on fait plus léger, et qu'elle picole tant que ça lui tourne sur l'estomac. Mais après, faut consoler du mauvais rêve. Et elle s'assure qu'elle a rêvé en passant une plombe devant la glace, pour voir si les fantômes de la nuit lui ont réellement cabossé le précieux pif à coups de pelle, et de la bonne tenue du pif dépend tout le charme de la cinglée, elle le sait, de ça et de la platitude du ventre, les fesses si c'est rond ça la dérange pas c'est avec ça entre autres qu'elle les allume. Devant sa glace toujours, et s'agit que Goldenberg ait correctement astiqué la glace sinon reproche, Goldenmuss, toujours sa manie de déformer mon nom, on ne se voit plus dans cette glace, qu'aurait-elle fait avant l'invention des glaces, passé son temps le front penché sur un baquet de flotte pour se voir, mais le ventre elle n'aurait pas pu vérifier tous les jours si ça allait. Alors que là, devant la fichue glace, elle retrousse le peu qu'elle porte pour dormir, en général même par zéro degré elle s'arrange pour qu'on voie ce que le Seigneur par inadvertance sûrement lui a donné de mieux, les jours où elle montre pas sa culotte on les compte, quitte par zéro degré à sortir avec la seule culotte, un short dans les jours fastes, des bottes de cuir et un tee-shirt rarement un soutien-gorge, sur ces trois grammes de fanfreluches distinguées, elle met une de ses cent fourrures et sort, et quand elle rentre, daigne rentrer, même pas un rhume. Donc elle retrousse, elle palpe le ventre, si c'est tendu comme un tambour entre les os de la hanche et si on compte les côtes ça va, jour de clémence, elle dit au dottore qu'elle n'a jamais été si amoureuse de lui, elle parle italien signe de bonne humeur, en revanche si c'est gonflé et si les côtes, invisibles, que plus personne ne mange, que plus personne ne l'approche, jour de misère. Et le dottore se tient à carreau, crois-le bien. Et elle n'écrit pas du tout, quand elle a sa gonflette ce qui renforce sa rogne. Qu'elle se colle définitivement cartomancienne comme elle le médite, avec ces dons qu'elle a pour faire se lever les pieds de table comme fait la patte d'un chien avant qu'il pisse, c'est la vérité je l'ai vu, les dons pour réduire les types en cochons, se barrer après Maxim's, balancer des affreuses lettres et rien recevoir comme mornifle après, non non, rien que l'extase, même si à son petit lever elle a l'air d'une serpillière comme toutes ces guenons sans leur peinture sur la face, l'extase. Goldenberg, me dit le dottore, surtout ne vous absentez pas le matin pendant qu'elle dort, elle prend trop de somnifères, n'importe quelle calamité type incendie pourrait arriver qu'elle grillerait dedans sous coma barbitural. Qu'elle grille. Mais vœu pieux. Sur ordre du boss, je garde la petite qu'est plus souvent dans les bras de Morphée barbituriques que dans les bras du sugar caro adorato. Elle dit que si elle se réveille prise d'angoisses et qu'il n'y a personne dans l'appartement, elle se tue. Qu'elle le fasse. Mais elle tient jamais ses promesses de quelque ordre qu'elles soient.

« Cousin, la miss Cinglée, je te le dis, elle gagnerait plus de fric à embobiner le bon peuple avec ses airs mystérieux et les cartes qu'elle a tout le temps sous la main, qu'avec ses livres et, ou, ses avantages. Jusque-là minces, les livres, pas comme les avantages du devant, faut dire, et sur le flanc la miss après cent pages. Là elle en chiade une série de gros, on va voir ça, elle a l'air de tenir le coup. L'éditeur de ces choses, elle a dû aussi le transformer en goret. Doit pousser du groin sous ses jupes, jusque-là où, à raison de deux bains par jour, lait d'ânesse et autres liquides émollients, et aspersion de parfums que lui mijote sa sœur d'Abidjan et qu'elle ramène de là-bas, du fœtus de léopard mort-né dedans pour effets magiques tu peux me croire, là où ça sent chez certaines femmes la moule pourrie, chez elle je ne sais quelle odeur qui leur donne envie de l'épouser, faut reconnaître que ses aisselles sont jamais surettes et que ce gracieux emballage de tripaille sent bon et frais de partout, un vrai jardin. Ça doit être ça qui les frappe, les types. Et ses yeux. Parfois ses yeux, ils me font penser à de grosses mouches bleues d'été, posées sur le visage d'une gosse qu'est subclaquante, tant elle est pâlotte, quand on ne lui paye pas des soleils et des îles. Et des scènes si on peut pas payer. OK depuis la mort de son père dans un ravin, le suicide c'est de père en fils souvent, donc espoir, depuis elle est au fond du malheur, elle s'est tricoté un Œdipe gigantesque, m'a dit le boss, moi j'ai pas bien compris ça, elle tricote jamais, aucun travail manuel, ça la déshonorerait, en tout cas si elle est au fond du malheur, elle le fait payer à tout le monde. Et le dottore qui rêve de l'avoir à plein temps sous son toit, la teigne. Tout ce qu'elle sait faire c'est d'avoir le spleen au fond des sofas, d'écrivasser et de cavalcader au bout du monde dans les capitales avec les amies sans lesquelles elle dit qu'elle meure. C'est fou à l'entendre ce qu'elle en a l'occasion, de claquer, or elle s'est toujours loupée quand elle a essayé, ça devait être encore une manigance rien que pour rameuter le peuple autour de son lit et faire une grande auréole romantique autour de son crâne. Faut avoir la pêche pour réussir un suicide, mais aussi vrai que je suis vivante, je réussirai, elle dit. Ça te fait pleurer, toi ? Ce que ça fait c'est une cicatrice au poignet que le maestro il embrasse dévotement comme si c'était l'anneau du pape. Obsédé en ce moment par les bans de onze jours, il essaie de trouver le joint pour la dispense. Onze jours, elle a temps de revenir et repartir comme elle se prive pas de le faire, par les fenêtres, les gouttières, qu'elle se casse une jambe voire les deux elle pourra plus danser ses trucs sauvages seule dans la cuisine quand elle trimbale son transistor géant avec radio-cassette que Monsieur lui a acheté, et qu'elle met son Bob Marley, sa Bette Middler, ses Rolling Stones, bref son rock de nègre, ça y va la guinche, toute seule, on dirait une échappée, et plus moyen d'accéder à la cuisine c'est là où elle danse, elle dandine le cul les bras en l'air elle se prend pour David devant l'arche plus Joséphine Baker et un derviche tourneur, j'aime pas la voir danser, j'aimerais mieux qu'elle aille tirer ses cartes une chouette sur l'épaule loin d'ici au bout du monde. Tu sais, cousin, à ce rythme leur soudure à elle et au maestro ça va plus durer bien longtemps, il va en avoir marre de l'espionner tout le temps et d'attendre pour savoir quand Pronuptia. Le pauvre. C'est le genre patience d'ange et après, assassinat, elle se méfie pas assez. L'Arlésienne à chaque fois que le conjugo s'annonce proche, le maestro à ce régime, il finira par la jeter, cousin. Là je fais shabbat en plein dans la semaine pour remercier. A Juda Juda et demi et celui-là elle le trouvera. Un qui trouvera pas admirable ce résidu de la côte masculine. Et si elle tombe pas sur Juda et demi, moi j'éclate en sanglots immédiatement comme elle dit cette morveuse qui se prend pour la reine d'Espagne. Et c'est devant ça qu'on se prosterne. Le petit chat de l'ingénue ne sera pas toujours mort, elle aura des pare-chocs à la place des joues à cause du vin, et des rides du nez au menton, une de chaque côté de la bouche, bien fait, pour en revenir au problème des chats, attends-moi cousin j'arrive.

« Personne n'aimera miss Cinglée comme le patron il l'aime au détriment de sa tension qui joue les montagnes russes, personne. Elle le sait, elle en a besoin et ça la fait rager. Bras tutélaires, elle dit, sont béquilles pour invalides et je n'en veux pas, mais tout en voulant pas, elle accepte quand même. Moi si on traitait mes bras de béquilles je le prendrais mal mais le maestro appassionato, il bouge pas. La passion. Un truc que moi jamais. Seulement des rêves de petits garçons sur des pelouses enchantées avec jets d'eau et au fond de grandes maisons blanches à façades grecques. Aérien, ça pas encombrant. Quand on pense que de l'admirable amour, elles se disent que ça leur pompe l'air. Elles. Enfin, Elle. Pompe l'air les déclarations. Quand déclaration, elle fait ses joues encaissées l'œil naufragé et pense à autre chose. De plus gai. L'amore, charrette. Recalé le patron. Ça l'intéresse pas. Il lui parle amour, elle bâille, fric, elle bâille, y a que pour les cadeaux ici nommés gratifications qu'elle ressuscite, et là c'est grazie tanto sugar daddy, le français ça lui écorche la bouche à cette snob, grazie tanto et un miaulement italien qui semble vouloir dire ne me quitte jamais. Et de se réfugier juste une minute dans la vaste carrure du donateur, et puis comme si ça allait lui donner des pellicules et des croûtes dans les cheveux que de les avoir sur l'épaule du donateur, elle se trisse chez grand-mère Tortelloni de l'Adoration pour montrer ses jouets neufs, des bijoux en général, ravie. Et de ces sirènes, reine de Saba, Hélène de Troie, on en fait un plat, des guerres pour, on leur lave les pieds, depuis le féminisme ça s'est aggravé paraît que les hommes doivent expier les atrocités qu'ils leur ont faites, toutes violées à les entendre, on va où comme ça ? On va vers la grande catastrophe du millénaire. Parfaitement. Le veau d'or et ces veaux-là, les fâmes, avec leur utérus en museau de tanche, c'est pareil. Ces déesses constipées qui gonflent en retenant l'eau avant de saigner chaque mois, de quoi se prosterner, et on se prosterne, devant ces déesses idiotes qui savent jamais ce qu'elles veulent pour plus de poésie. Poésie avec leurs saignements et poils aux jambes car venant du singe comme tout le monde. Et le féminisme, cousin, ça n'avait aucune raison d'être, puisqu'elles ont toujours eu tout pour elles. Ces sacs de tripes depuis l'antiquité on les colle sur les autels avec des brûle-parfums. Depuis le départ, les types dans l'admiration devant quoi, leur entrecuisse. Les peintres compris, une seule galerie du Louvre suffit à me rendre malade. Y a que Picasso pour les avoir peintes comme elles sont, ravaudées, rafistolées, monstrueuses, de la folie et des décousures plein leur tête, et si la peinture de Picasso a marché c'est qu'elle disait la vérité : monstrueuses. Ces petits saxes, si ténus fragiles, faut voir aussi ce qu'en ont pensé les Mexicains. La seule chose qui m'ait réjoui cette fois où ils m'ont embarqué au Mexique c'est la grande statue de la déesse mère mexicaine, Jupe de Serpents son nom, rien que des crânes et des tibias comme parure. Ce qui irait mieux à miss Cinglée que les saphirs assortis à ses yeux et les diamants aussi blancs que ses joues. Jupe de Serpents tiens je vais l'appeler, la cinglée qui se prend pour Sémiramis et répète qu'elle a du génie jusqu'à temps qu'on y croie. Sémiramis qui se vidange avec un bruit de chasse d'eau qu'il faut que j'aille retirer après car elle tire toujours de traviole, impossible même ça qu'elle le fasse correctement, et question buen retiro, elle gueule de là-dedans si elle n'a pas SON papier chiottes, pastel parfumé, si j'ai eu le malheur d'en acheter qui lui plaît pas, sans parfum et couleur beige bref du moins cher, hurlements, je vais lui en faire graver à son nom en relief et en doré pour que ça lui écorche les fesses moi. A ce même propos cousin. Un des prétextes pour s'esquiver : Adora est constipée, je suis la seule à pouvoir lui donner un lavement, alors j'y vais. J'y vais et le lavement ça dure deux semaines où pas de nouvelles. Mon avis, les lavements de Tortelloni, encore du bidon. En fait de lavement elle va se faire tringler par un jeunot oui, femme de Putiphar qu'elle est. Vicieuse avec ça, elle aime les torgnoles, j'ai lu une de ses lettres d'amour destinée à un jeunot, il en était question, ça lui a laissé un souvenir impérissable et un gnon sur la pommette, explication le jour où elle s'est repointée : je suis tombée dans mon couloir, j'avais pas allumé pour éviter de réveiller Adora — quand elle en parle de cette femme avec laquelle elle s'engueule aussi, cette fille elle s'engueulerait avec une porte, mais tout ça dans le grand amour filial, c'est comme si elle parlait d'une sainte, touchez-y pas — donc explication du gnon, j'avais pas allumé et un coin de tapis rebiquait, je me suis cassé la figure voilà tout, et puis l'air de dire au dottore que s'il en demandait davantage il mourrait ce jour même d'une embolie, les yeux même plus bleus presque violets, noirs de rage. Des yeux qu'elle a jamais pour ses copines et ses astrologues dont celui qui lui a donné un fameux coup de main après l'anniversaire de quoi ? de sa première félonie, et on fête ça. Et on donnerait la terre à une môme dérangée, tapageuse et récalcitrante qui veut que tout le monde la remarque et se retourne sur elle, quitte à marcher sur les pieds des gens là on vous regarde c'est entendu. Y en a beaucoup qui lui disent merci mademoiselle quand elle leur marche sur les pieds, c'est entendu aussi.

Même jeu pour les critiques de ses œuvres, au bas-bleu. Bonnes ou mauvaises, elle souligne son nom en rouge et elle rigole, du moment qu'on parle d'elle, contente comme tout. Une personne si délicate et sensible devrait piquer une déprime après les mauvaises critiques mais croyez pas. Nenni. Elle n'a rien retenu que son nom dans le journal et après ça triomphale elle va à sa chère brasserie Lipp, moi je me planquerais elle pas. Antonella Piatti, la plus belle fille du monde, est un génie, d'ailleurs si elle n'était pas un génie on la contesterait pas, voilà ce que j'entends hélas aussi de la bouche de Monsieur pour qui ça a l'air d'une évidence. A tout à l'heure cousin, j'ai à faire.

« Depuis l'histoire de la lettre-télégramme, plus que jamais aux pieds de miss Glamour, le patron, passe son temps pendu au téléphone, apprend par cœur le blabla de son répondeur, et me dit que cette fille il ne la connaîtra jamais vraiment, qu'elle est inépuisable, ce pourquoi il l'aimera jusqu'à la mort, oh qu'elle crève elle et vite. Au premier abord avec ses airs de tubarde on peut nourrir l'espoir. Mais roulée à cœur la tubarde pas si diaphane que ça. L'air friable mais du sein et de la fesse et la petite friable c'est du béton en fait. Cousin, ce n'est pas une personne pour Monsieur.

« Ce matin voyant dans quel état est le boss je n'ai qu'un vœu : qu'elle trouve le Juda et demi. J'ai prié pour. Qu'elle attende, ELLE, auprès du téléphone, et qu'elle pleure jusqu'à décolorer ses yeux quetsche, le jour archibéni où elle aura trouvé plus méchant qu'elle. La voir attendre et dans la marinade, un plaisir royal. Souvent femme varie, dit-on. Qu'elle trouve un homme qui varie plus qu'elle, qui joue le même jeu qu'elle, en mieux, lui débite des âneries amoureuses, qu'elle y croie bien fort, qu'il se barre et la laisse dans la disette, et qu'elle soit plus ni froide ni condescendante, la miss Glamour je pars quand je veux je suis folle quand je veux et je te rendrai la vie que ce sera un bagne et quand je veux et tu m'épouseras quand moi je veux moi, et ça suffit pas, moi et les calamiteuses étoiles, putain de galère. Une de ses expressions. Je la soupçonne par moments de vouloir changer de jeu, à celui-là, elle gagne toujours, et ça l'ennuie. Seulement voilà, perdre, elle n'aime pas non plus. Alors elle continue de jouer, du bout des doigts et des lèvres, presque à contrecœur, en rêvant que dans un couvent elle serait mieux que là à manipuler un homme, et cet homme moi je prie qu'il soit vengé. Qu'elle quémande, sur les rotules, le Juda et demi, et soit disponible vingt-quatre heures sur vingt-quatre pour lui, c'est le pire qu'il puisse lui arriver, que mille masques à la menthe ce truc qui pue sur la gueule pour lisser les rides du malheur et près du téléphone tout le temps, que le Juda et demi la fuie comme l'herpès ou autre mal vénérien, qu'il la repousse, la répudie et qu'elle devienne boursouflée de larmes et de vin parce qu'elle, ce sera pas le chocolat, ce sera le vin. Qu'elle se pince pour voir qu'elle rêve pas cette fois, qu'elle est esclave du Juda et qu'elle va mettre longtemps à en crever. Que toute fondante ramollo godiche en marmelade et vrai molleton pour le séant du type, docile et plus prix Citron un vrai prix Orange et un lot de consolation en même temps. En prix Orange ramollo godiche elle se détestera, et ça nous vengera un peu du faux télégramme de frime après quoi Monsieur a dû s'étendre, il avait son vertige de Méliès non, Ménières, il a dégueulé toute la nuit. Sedotta e abbandonata, qu'elle soit, chacun son tour. Recalée qu'elle soit, chacun son tour. Qu'elle soit polie et obligeante et le Juda la trouvera complètement tarte. Elle prendra plus ses airs qu'on dirait le pape en train de bénir Urbi et Orbi. Qu'il lui dise — faudrait un vrai préhistorique — qu'elle a de la cellulite, qu'elle ressemble à une petite patate, vrai qu'elle est pas très grande, qu'il lui dise écoute quand je parle, va ouvrir la porte j'attends un ami, sers-moi un scotch avec juste un ou deux glaçons s'il y en a trois on baise pas ce soir. Qu'il lui donne une claque sur les fesses et dise magne-toi j'attends mon café. Et elle raplapla devant. Se disant au fond oui je suis tarte, une petite patate. Le jour où ça lui arrive, je fais les pieds au mur outre le shabbat supplémentaire. Oui. Mais ce jour-là les poules auront des dents et les Esquimaux transpireront, parce qu'il n'est pas né celui qui la foutra à genoux et la détournera de ses chères étoiles capricieuses et vindicatives envers Monsieur, pas né celui qui lui dira faut te soigner t'es vraiment folle, au lieu d'admirer le beau détraquage si poétique. Pas né. »

Goldenberg, qui, sur ce dernier point se trompait, regarda sa montre, dans une heure il lui faudrait commencer les apprêts du repas solitaire de Monsieur qui rentrait toujours du bureau à vingt heures pétant. Reprit son stylo.

« Cousin, hélas pas né. Si jamais je me trompe, je veux voir miss Glamour bonne pour la casse. Sachant que son cul en vaut un autre. Qu'elle puisse plus mater son image dans les vitrines parce que si dépensière qu'elle soit, c'est sa ligne qu'elle vérifie au passage plus que ce qu'il y a derrière la vitrine. Si elle déraille, au moins qu'elle SACHE que c'est pour quelque chose. Où est ce type quelque chose. Un qui la fasse pleurer la couleur de ses yeux, qui la mouche un bon coup, lui foute du plomb dans l'aile oh s'il existe que je sois encore de ce monde rien que pour voir ça, la Glamour dévouée, plaintive, effacée, serviable. Disgraziata comme elle dit car si un être au monde ne veut pas d'elle et se prosterne pas, elle enlaidit sur-le-champ, c'est sûr. Seulement voilà je connais un de ses trucs sans retour comme la rivière d'un film de ce nom : de dos je suis divine, attends je vais te montrer de face, à un homme quel qu'il soit elle s'amuse à le faire, et si tu me regardes encore sache que je t'ai pris ton âme, mangé ta cervelle d'homme, comme on mange la cervelle des petits singes décalottés vivants et dégustée fumante dans leur crâne ceci dans les restaurants des ports lointains et asiatiques. Et ça marche. Y a qu'avec moi, Jupe de Serpents, que ça ne marche pas et pour cause.

« Cousin, le boss est dans un état. J'ai prié toute la nuit pour qu'il n'en veuille plus, qu'elle l'ait trop cherché, qu'elle l'ait trouvé, qu'elle ait bu un verre de trop un soir, un verre en sus de sa demi-bouteille j'ai toujours remarqué que ça la rendait visiblement ce qu'elle est — une gale. Que soudain, objet de ma prière, il trouve que la castagne éternelle c'est marre, marre autant que de la SEULE chose qu'il ne supporte pas avec bonne humeur dans la vie : un embouteillage. Une heure de ça et il craque, le maestro, l'embouteillage c'est son talon d'Achille, le cas de le dire, eh bien j'ai prié qu'elle l'emmerde dès son retour ici, et que justement il vienne de se farcir un embouteillage et qu'elle tombe mal avec ses regards faux-fuyants et ses menteries de singesse. Qu'elle ne sache rien à propos de l'embouteillage, qu'elle lui crache à la gueule pour pas changer de l'ordinaire et ô surprise divine, qu'il ne fasse RIEN pour la retrouver le lendemain ni jamais, bon, on sonne j'ai l'intuition que c'est elle, pas encore de boss et peu de chance d'embouteillage ça roule hélas comme jamais aujourd'hui dans Paris.

« Cousin. Aveu à te faire, preuve de confiance. Elle est revenue sans crier gare pendant que le maestro était au bureau, elle a été dans sa chambre, elle a réapparu dans le salon sans rien sur elle, et sous mes yeux la voilà qui se promène toute nue, d'habitude elle met au moins une culotte dont personne n'ignore qu'elle en a une centaine, là nouveauté, rien, à poil dans le salon l'air bizarre, les yeux comme des flaques bleues scintillantes presque violettes et son tu vois ce que je veux dire taillé en triangle et tout bouclé, émondé on dit, comme une stripteaseuse de ce cabaret Crazy Horse, je ne sais pas si c'est d'avoir été vraiment toute nue et c'était la première femme nue que j'avais regardée dans ma vie, ou son air bizarre, je me suis senti moins de haine contre elle, j'ai maté son cul, la trace du maillot sur le cul rond et petit, et ses jambes avec des chevilles on se demande comment elle tient dessus et elle avait son air de quelqu'un d'ailleurs, tout juste tombé sur terre et voyant encore trente-six chandelles à cause du choc à l'atterrissage, elle avait sa façon étrange de regarder rien et d'entendre la musique de la terre tournant sur elle-même, en stéréo, et je me suis dit oui c'est une des plus jolies femmes jamais faites par le Saint béni soit-il, même si je suis pédéraste là j'ai dû le reconnaître c'était un jour particulier, et à n'en pas revenir, je ne la détestais plus, moi un pédéraste, mais tout pédéraste que je sois j'ai eu une bouffée vers elle, elle m'a correctement appelé Goldenberg ce jour-là et elle a dit s'il vous plaît je voudrais une tasse de thé, *pédéraste* au fait elle me l'avait dit dans le temps cette culturée, signifie quelqu'un qui aime les enfants. Au sens entomologique. Or pour la première et je jure la dernière fois, je suis resté planté devant elle l'air aussi con que les autres, parce que c'était ce jour sans précédent ni suite, c'était une enfant à qui on a fait du mal, qui essaie de se noyer et la mer n'en veut pas, une image qui m'est venue comme ça, et elle vient de rouler sur le sable estourbie encore, et elle ne comprend pas pourquoi il faut souffrir autant, elle avait ce regard offusqué et incrédule des enfants devant les choses ignobles de la vie. Et puis au fond, c'est vrai, moi j'aime les enfants. Elle me regardait toujours sans exiger du thé à nouveau, elle avait oublié ce qu'elle venait de me demander, et faire ici, d'ailleurs, elle me regardait avec son air je veux que vous m'aimiez c'est moi qui vous le demande si vous ne m'aimez pas je me tue immédiatement (ou j'éclate en sanglots, selon les jours) les airs elle en a trente-six mille, tous ceux qu'elle veut, et je me suis dit non non non pas TOI elle ne t'aura pas avec les airs, et toute nue je vous demande un peu, senza vergogna, mais toute nue comme une gosse, et partout chez elle et naturelle, cette fille tu la mets dans un champ à poil elle en ressort habillée là c'était comme dans le cas du champ, nue ou habillée, ça faisait le même effet, ça n'avait pas d'importance. J'ai eu beau prier qu'elle me regarde pas comme ça, disant en silence aimez-moi *vous particulièrement* à qui c'est si difficile, elle avait les yeux pleins de larmes, la chair de poule et pas conscience d'être nue, et pas conscience d'avoir froid, exactement comme Eve avant la pomme, alors j'ai filé lui chercher un peignoir, je ne me reconnaissais plus, cousin, quand je suis revenu avec le peignoir elle était toujours à la même place devant la cheminée, montrant ses courbes de seins et de fesses malgré quoi toute en longueur, elle me dit alors d'un air, un autre, complètement sincère : mais Goldenberg — la seconde fois depuis que je la connais qu'elle daigne m'appeler par mon vrai nom, — j'avais pas froid, et j'aurais mis ma tête à couper qu'elle disait vrai, aussi bien qu'elle n'avait plus la moindre idée du péché originel, elle s'est mise à regarder la cheminée avec un troisième air. Chagriné. Le deuil. Parce qu'il n'y avait pas de feu dans la cheminée, ou parce que je ne l'aimais pas, allez savoir, mais non non je ne l'aime pas, le ciel me protège moi de l'aimer, et je sais pourquoi j'ai peur de l'aimer, c'est que ce jour-là j'ai vu, malgré les courbes, que ça n'était pas une des plus belles femmes de la Terre, mais juste un petit garçon innocent qui se demande pourquoi son père est mort, pourquoi le feu s'est éteint, et qu'est-ce que je fous là, alors je lui ai tendu le peignoir, un petit garçon vraiment, et je sais oh je sais, je lui ai passé ce peignoir sur les épaules avec tendresse, le Proust et Montherlant Henri de, qui en étaient, sont aussi parmi ses auteurs préférés, alors ce soir ne pas me cacher la vérité, mais ordre de l'oublier demain surtout, ce petit garçon qui me regardait avec des yeux sans calcul c'est le fameux petit garçon qui vous demande : dessine-moi un mouton, dessine-moi une rose. Ce petit garçon-là aurait sûrement demandé : dessine-moi l'enfer, plus amusant que le paradis, alors moi ce que j'ai fait, je ne peux le dire qu'à toi, comme elle continuait à fixer les bûches en répétant sur un air de chansonnette, entre ses dents, Butterfly Fiammetta petite Carmen, ça j'ai pas cherché à comprendre, j'ai allumé le feu pour qu'elle ne prenne pas froid, et elle m'a dit mille grazie Fiammetta elle ne supporte pas les cheminées sans feu vous êtes très gentil — et toujours ses yeux lents, surpris, et cette silhouette de garçonnet excepté les seins et le derrière qu'est rond mais pas épais, elle n'avait plus rien d'une femme à ce moment-là et moment de vérité, je me suis dit c'est clair, elle les trompe tous, c'est pas une femme, sur quoi elle a changé son air et troqué son regard contre l'autre, l'ancien, elle a ricané Goldenschuss je repars de suite ne dites rien au dottore de ce qui s'est passé entre nous — elle savait bien qu'il s'était passé quelque chose de grave, elle sait tout, les gens c'est de la Cellophane pour elle — d'ailleurs j'ai trop chaud attendez, elle a pris un vase plein de fleurs, elle a jeté les fleurs par terre, et jeté l'eau sur le feu avec un sourire triste, et elle m'a souri en oblique et en levant des yeux à l'iris haut placé comme ceux des mages ou des fous et elle a dit : il vaut mieux que vous me détestiez, ce que vous veniez de cesser de faire, avec raison, je ne suis pas une femme Foldenberg, j'ai horreur des femmes, une femme c'est ridicule, flasque et glandulaire, et puis je suis très petite, j'ai neuf ans je m'appelle Butterfly Fiammetta petite Carmen, en même temps je suis très vieille n'en dites rien à personne, j'ai mille ans, je suis un ermite, je suis l'Hermite avec un H, arcane IX au tarot, et tout autant, l'arcane numéro XIII, celui qui a une faux et ne porte pas de nom, oui le IX ou le XIII de ce jeu que vous n'aimez pas et qui n'en est pas un, oubliez tout ce que vous venez d'entendre, et tenez-vous-en à ça : j'ai, Antonella Piatti a, éteint le feu par pur caprice désobligeant. Comportez-vous comme avant, comme si j'étais une femme, détestez-moi, changez rien, ne conjurez pas l'histoire, vous êtes en plein dedans, vous avez à jouer votre rôle et pas un autre, quant à la Piatti c'est une grande fille, la Piatti c'est une aventurière, c'est une courtisane, c'est Lucrèce Borgia, une sans scrupule, elle ne peut pas rester chez le dottore comme un pot, et une femelle c'est con comme un pot, assez Foldenmuss, buona sera, faites votre devoir, vous ne m'avez pas vue, je repars dans moins d'une heure.

« Et ça me rappelait soudain une des premières fois que je l'aie vue, dans l'appartement précédent du boss, d'où elle l'a fait déménager par hypnose ou tout comme. Et ça me rappelait, cette scène courant d'air au terme de quoi je savais bien qu'elle allait refoutre le camp, une autre scène, où quelque chose de bizarre chez elle m'avait frappé. Il ne se passait rien de spécial. Une circonstance mainte fois répétée, le cérémonial des bougies. Cette fille n'a pas plutôt été là que des bougies partout, parce qu'elle n'en a jamais eu assez sur les arbres de Noël à Rome et que sa mère qui l'aimait pas ne lui en faisait pas d'arbres de Noël et que son père le plus souvent choisissait les fêtes pour aller roupiller sous drogues à l'hosto, tant ça lui foutait le bourdon les fêtes à son père, et elle en jupette et socquettes, elle petite, sans bougies ni sapin, rien, c'était si triste cet appartement de la via quelque chose en i, à Noël, m'a-t-elle dit dans un de ses moments mignons et rarissimes où elle daigne raconter des choses personnelles, et Noël, ça n'était gai que chez ma grand-mère Adora — chez l'Adora Adoremus, où il y avait un petit sapin maigrichon car elle a toujours été avare, l'Adora, mais bon, c'était un sapin quand même. Cette refoulée du sapin et des bougies, son anniversaire, c'était pareil, pas grand monde pour le lui souhaiter, après que son père, exit, sauf toujours Adora Adoremus, qui prenait une tarte pas chère et mettait quelques bougies dessus, immangeable la tarte, à cause qu'avare — donc, dès qu'elle a débarqué avec Monsieur de l'île grecque où ils se sont rencontrés, ça c'est elle qui l'a dragué, sûr, le dottore trop timide au fond avec les femmes, ordre et ultimatum : bougies partout. Elle passait un temps fou à les allumer, et elle disait que c'était un acte de méditation. Un soir donc, dans l'autre appart, avenue Elysée-Reclus, je rentre dans le salon, et je la vois cette exhibi, bon, pas à poil, en slip et soutien-gorge, vichy rose, je me souviens, en train d'allumer les bougies, y en avait pas autant que maintenant grâce aux voyages marocains d'où chaque fois ils en ramènent des tapées, de chandeliers, de quoi éclairer la Galerie des Glaces, à l'époque septième, y avait que deux ou trois grands chandeliers. Et là. Et là à la voir allumer une à une les bougies — violettes bien sûr ou noires, la sorcière elle veut que ça, le blanc lui fout de l'eczéma — en commençant par l'intérieur pour aller vers la couronne extérieure d'un chandelier, afin de pas de brûler ses jolis doigts surfins, et elle savait pas que je regardais, elle faisait ça comme la messe, je me demandais si après il y allait avoir une cérémonie vaudou comme au Brésil avec convocation d'esprits venez-comme-vous-êtes, il n'y a rien eu, il n'y avait rien que cette fille que je découvrais, et ce fut la première fois que j'ai eu ce choc au cœur en voyant que ce n'était pas une femme. Une race étrangère à la planète, sans doute immortelle, sans âge, d'une force extraordinaire et en même temps toute fragile. L'air absent, très doux. Et je me suis dit pauvres cons, brûlés de convoitise à cause de cette personne. Oui-da, avec cette longueur de membres, on dirait une ébauche, l'ébauche d'une femme, et ses seins et son petit cul, comme s'ils ne lui appartenaient pas. Tout comme des faux j'ai pensé. On aurait dit qu'elle avait volé le feu du ciel, cette fille en bikini, et qu'elle portait dans ses yeux deux flammes du feu du ciel, vacillantes et bleu presque violet. Et j'ai eu idée à ce moment-là qu'elle serait châtiée par Elohim et qu'elle goûtait ses derniers moments de paix et que je serais pour quelque chose dans la cessation de cette paix, mais que je ne pourrais agir autrement, je serais le seul à me rebeller contre elle, le seul au courant que c'était pas une femme ni rien de ce monde, allez savoir jusqu'où va l'imagination, mais je n'imaginais rien, c'était ce qui se dégageait d'elle en train d'allumer ses bougies. Mille fois je l'ai vue allumer les bougies, jamais dans ce bikini vichy rose et avec un tel air ni homme ni femme — ange. Je me souviens aussi qu'il y avait des coulées de cire violette sur la table en laque qui est maintenant rue Georges-Bizet, et elle m'a regardé, et elle a vu que je comprenais, elle a eu un sourire d'ange, ça a confirmé mes pressentiments, aucune femme ne peut sourire comme ça, et m'a dit d'une voix musique des sphères de récurer la cire au couteau sans abîmer la laque de la table. Que les précédentes bougies étaient de la merde, que celles qu'elle venait d'acheter, elles étaient mieux, elles coulaient pas. Mais elle savait très bien, car elle est moins folle qu'il n'y paraît, que c'était absolument impossible sans abîmer la laque, même juste un minimum. Elle en m'ordonnant de faire ça, elle a eu le même sourire triste — je sais que vous allez me détester, et ça fait partie du jeu, voilà ce que ça signifiait, et j'ai eu envie de lui dire que non, je la détesterais pas — le même sourire que tout à l'heure, quand elle a jeté les fleurs par terre, tout dégueulassé le tapis iranien, et fichu de l'eau sur le feu que j'avais allumé pour elle, pour qu'elle prenne pas froid.

« Après ça pédé ou pas vous tuez qui veut lui faire du mal ou vous la tuez mais la tiédeur plus possible. Quand on a failli se faire avoir, et pour la deuxième fois faut agir. Et là je viens de faillir, comme un bleu. J'ai été à la cuisine, elle a foutu Callas dans *La Norma,* je ne supporte pas Callas, et à force de Callas j'ai pu oublier le petit garçon ou l'ange ou la petite Carmen, comme elle se disait à elle-même, que cette personne est en vérité, et depuis je m'efforce de croire que ça a été juste un moment d'égarement de ma part. Et une nouvelle façon à elle d'être envers moi ce qu'elle était et rien d'autre : une embobineuse. Un peu plus n'empêche et j'étais fait comme un rat. Et cette phrase qu'elle avait eue sur l'histoire qu'on ne peut plus conjurer et le rôle que j'avais à jouer, le rôle du haïsseur, moi dans l'affaire, cette phrase, cousin, elle l'avait dite avec une petite voix et un ton de déception, ce ton qu'ont les enfants qui eux ont le sens de la fatalité absolue, savent si en Bretagne avec leurs connards de vieux pleuvra pleuvra pas l'été, savent s'ils auront avec leurs connards de vieux un accident de voiture et leur disent vraiment la Bretagne vaudrait mieux pas seulement personne ne les écoute jamais et ensuite ils n'y voient plus rien, ils deviennent des adultes avec un sexe bien déterminé, et c'en est fini pour Goldenberg de les aimer, et il leur reste à consulter des voyantes qui ont fait profession de rester en enfance, un peu comme miss Glamour, pour garder le don, il leur reste aux adultes question quid de l'avenir, qu'à écouter la météo et Bison futé. Et en disant cette phrase à propos de ce qui allait arriver, ce jour-là, elle n'avait aucun tic de séduction sur le visage, elle était si peu femelle et on sentait chez elle un vrai dégoût de la femellité, elle avait horreur d'être une femme, ça ma tête à couper, horreur du charme qu'elle avait, horreur de l'exercer, ça ne lui disait plus rien ce qui se passait à cause d'elle sous les pantalons, horreur de ses avantages comme ils disent ces crétins, elle était ce que je suis seul à savoir avec toi, un petit garçon sauvage aux membres limpides, un de ceux dont je rêve dans les jardins en contrebas de la maison blanche avec façade grecque, un petit garçon sans fioritures, un petit garçon déguisé en femme et qu'en avait marre de cette peau de carnaval, marre de passer pour une diva, marre, et quand elle a eu les yeux pleins de larmes c'était un petit garçon perdu dans une ville qu'il ne connaît pas, et quand elle a éteint le feu que j'avais allumé et fichu les roses par terre c'était pas par méchanceté du tout, c'était pour nous forcer elle et moi à reprendre le jeu jusqu'à ce que quelque chose de terrible arrive, je le sais bien — aussi vrai que demain, elle remettra ses faux cils, se peindra les ongles, tanguera du valseur et tutti quanti, et là basta, il faudra bien que j'oublie ce qu'elle m'a fait voir, sinon c'est moi qui serai fichu et moi aussi pour des raisons différentes des autres, pas pour son cul, j'irai jusqu'au bout du monde à pied pour porter un cierge à une vierge mexicaine, là-bas ils ont leur Guadalupe très efficace, tout ça sur un vœu de ce petit garçon, beau comme un berger des temps anciens ou un page du temps des Croisades, tels que je les imagine. Oublie, vieux, et pense à sa poitrine, taille 85, et au soutien en soie archi-brodée qu'est pas un truc de petit garçon, et tu te le répètes jusqu'à ce que tout redevienne normal, y compris ta haine pour elle, la diva de la Péninsule, oublie la seule fois où tu as failli l'aimer, soupire de soulagement, sois tranquille, quand elle reviendra elle se baladera plus à poil comme un petit garçon mais avec un décolleté Comédie-Française, qui fait très femelle, la taille étranglée par une ceinture qui fait saillir le croupion, voilà, disparu le petit garçon, et tu t'en tiens là vieux, c'est une femme et la pire, c'est Jupe de Serpents avec son galimatias de péronnelle au bord des lèvres quand c'est pas la moue du tendron qu'un rien agace, et son visage talqué et tout ce qu'il faut pour plaire aux hommes y compris la vacherie, une femme, quoi, même si au fond je sais que parmi les airs qu'elle se donne, celui-là c'est le plus faux.

« Celui-là c'est le plus faux, mais si je veux garder la tête sur les épaules, qu'elle continue à avoir cet air-là, le seul qui m'arrange. Jupe de Serpents tu m'auras plus jamais. Cousin je vais détruire cette lettre pour que personne ne se souvienne. Je ne dirai pas au dottore qu'elle s'est repointée pour se rebarrer aussi sec, ça lui ferait trop de peine. Elle venait juste se changer, on s'en est aperçu qu'elle se changeait. Non je dirai rien au boss, le seul secret qu'il y aura jamais entre cette fille et moi qui ne flancherai jamais plus. Taille 85, le truc à coupelles surhaussant les tétons, ceux-là ils vont flancher bientôt, c'est une femelle nubile et elle n'a plus vingt ans ni neuf et pas encore mille — le beau sexe et la belle trentaine, l'âge où elles ont de l'expérience et la poitrine encore assez à l'horizontale pour les allumer tous au maximum et faire payer à prix d'or chacun de leurs cheveux avant qu'ils ne deviennent blancs, et l'Apocalypse peut bien radiner, ça c'est le seul sujet de leurs cauchemars. »

Achille téléphona à Mme Nadja du Sikkim et du Bhoutan, qui lui affirma que sa fiancée revenait de suite. Comme les gardiennes d'immeubles, grogna le dottore.

Ce fut à cette époque qu'Innocenti commença de perdre un peu de son équanimité, et Goldenberg, qui, s'étant repris, avait brûlé la lettre témoin d'une faiblesse de son âme envers Jupe de Serpents, de soliloquer à haute et intelligible voix à travers l'appartement, quitte à passer pour un peu braque (toujours moins que la mijaurée, sifflait-t-il) mais en manière d'avertissement allusif au patron qu'icelle mijaurée le menait à la baguette, à la ruine et à la perte de son équilibre mental. Les jours suivants, Siddharta Doré des Moulins à Prières disparut, sans qu'à la connaissance du dottore, ne réapparaisse Mlle Piatti.

La femmilinità fatta donna, soupirait Goldenberg, dans la cuisine. Oh oui, elle va redébarquer. Caro Akillé mio, ho bisogno di te e del tuo amore, Akillé mio vivo per te, scusami del disturbo, c'est moi la tua Nellina, et tout sera dit, je fais des progrès en italien c'est un fait. Ah la salope. Qu'est-ce que j'ai été imaginer l'autre fois au sujet de cette grimacière. Je les entends. A frémir. La cordelette de soie autour du cou, qu'elle a imaginée, maintenant je sais. Et il marche. Cette salade est pleine de feuilles jaunes, dégoûtant ce qu'on peut vous filer. Ici attention. Les sauces de salade c'est tout ce qu'elle sait faire mais quand elle s'y met faut considérer qu'il s'agit d'une sauce gribiche ou Mornay, le maestro en a la larme à l'œil parce qu'elle a touillé de ses précieuses mains prolongées d'une cuiller et d'une fourchette en plastique, de l'huile, du vinaigre, de la moutarde, du sel et du poivre. Moi je peux bien faire l'identique sauce, si vous croyez que j'ai un compliment. Je n'ai de compliments que pour les chocogâteries qui lui remplacent de sauter sa mousmée. Mais attends mon agneau noir, je me suis déjà arrangé pour que Justice. Le Persan, pas près de le revoir. Elle pourra le chercher au pendule, ça l'occupera. Quand je pense qu'il lui faut des champions internationaux à pedigree qui coûtent si cher avec ces poils longs qui me feront mourir d'asthme, alors que chez sa grand-mère Salomé Spaghetti, lui suffit un de gouttière, tigré Européen elle dit, or, ça signifie de gouttière. Cette idée, rapport au persan, m'est venue un jour où elle m'avait appelé Foldenbaum ou Goldenschuss ou Blumberg, rien que pour me vexer, trois fois en une demi-heure et sur quel ton vous auriez dû l'entendre. Insupportable, et le persan me regardait, et je regardais le persan, je n'y peux rien si je suis allergique aux poils longs, et je pensais à cette bouche d'égout que je venais de repérer près d'Alma-Marceau, tout près d'ici, et le persan me regardait avec l'air de me narguer, comment déjà son nom, croyez pas qu'il s'appelle minet, truc chose des jarretières de bouddha ou tout comme, red self elle dit pour parler anglais, plus chic que tout l'anglais, ou feu pour le faire valoir, bon, il était orange ce chat, orange jusqu'aux yeux. Etait. Ces sales yeux orange à cette bête. Il me fixait, et puis il a fini par les fermer, ses yeux orange, ses yeux d'or, comme elle roucoulait, la mijaurée, et il s'est endormi. Et je n'ai pas pu résister. Suffisait de fermer le panier avec la barre d'osier et de le trimbaler jusqu'à l'Alma. Et les Persans ça ne miaule pas, une veine. Je ne sais vraiment pas dans quel état il aurait pu sortir de l'égout. Il avait six mois, un balèze, mais il a dû trouver assez de rats pour lui faire la peau, puisque personne ne l'a rapporté, malgré les 5 000 balles de récompense promises par le maestro, c'était affiché partout du crémier au boucher au boulanger au pharmacien et aussi dans *Le Figaro.*

Goldy, Madame va en être malade de savoir qu'il s'est sauvé, ce chat, et que personne ne l'a retrouvé jusqu'à ce jour — croyez-vous qu'il y ait une chance ? Très peu Monsieur, je lui ai dit, les chats ont la manie de se foutre sous les roues des voitures et vu le montant de la récompense, vous l'auriez déjà revu avant que de revoir Madame, de ça je suis sûr, avec tous ces chômeurs. Le maestro en a eu une suée sur les tempes. C'est bien beau tout ça, j'ai pensé, mais MOI je me souviens d'un autre, le genre gouttière, qu'elle avait ramassé dans le caniveau, il y a un an à peine. Ce chat, il a pissé partout dans l'appartement c'en était une infection, et comme il cherchait la femme, il a disparu, vvvtt. Elle aurait pu en faire un plat, de cette histoire, la mijaurée. Que non, elle s'est résignée, elle ne m'a même pas soupçonné alors que celui-là tout simplement je l'avais fait filer par l'escalier de service qu'est bon pour les chats de gouttière et les larbins, on a enterré l'affaire, ça prouve vraiment qu'elle n'a pas de cœur, cette Giulietta degli Spiriti comme l'appelle le dottore en souvenir du film d'un de ses compatriotes et parce qu'elle jure en voir partout à l'enquiquiner dans l'appartement, et Giuletta de renâcler devant l'emménagement dans le lieu hanté avec son Roméo qu'a bientôt cinquante balais. Mets pas trop de poivre Goldy sinon t'auras droit à des comparaisons avec la sauce de degli Spiriti.

Déménager ça coûte dix briques de nos jours, et le maestro, avec ce qu'il donne au fisc depuis leur gauche, il les a pas. Et une brique de téléphone les deux mois derniers parce qu'elle appelait des heures sa copine négresse, à Abidjan, Côte-d'Ivoire. Et Monsieur tellement naïf qu'il a demandé une vérification, coût quatre mille balles et vlan par-dessus le marché, payer ça pour s'entendre dire que tout est parfaitement normal dans l'installation PTT. Fallait pas être grand clerc pour comprendre. Quand elle donne des appels longue distance à la copine sorcière, là elle s'enferme, double porte, double tour, pour qu'on n'entende rien, et même en faisant des efforts, j'ai toujours pas pu entendre de quoi elles parlaient, la négresse et la demi-juive, sales femmes qu'on les brûle ça éviterait de déboiser les forêts pour se chauffer. A propos de ca-lô-ries, comme elle dit cette pédante : Nussbaum, elle me hurle — mon pauvre cousin, une bonne pensée pour toi, ô mes sept yeux et très cher David, on dirait qu'elle sait comment tu t'appelles, et quand je rectifie, très polie elle dit qu'est-ce que ça peut faire enfin pardonnez-moi Foldenberg. Ou tout comme. Donc calories, ce soir, pour réchauffer le cœur de l'homme délaissé. Maestro, vous faites pas de souci, elle va redébarquer pour s'ennuyer avec son sugar comment déjà, sugar daddy, à l'aise et au chaud, et reposer un peu les parties malmenées par des plus jeunes. En attendant donc. Du chocolat ce soir. J'ai. Qu'est-ce que je vais préparer. Du riche. Il a besoin. Et elle qui sait juste faire les sauces de salades et lui qui supporte tout à cause des yeux couleur de vin piqué, la belle affaire cette couleur, pas saine, et le foin qu'on fait autour de cette rareté, idiot. Donc. Au chocolat. Une charlotte. Une crème aux amandes. Une marquisette. La crème marquisette, chocolat café œufs, ma spécialité. Un peu léger. La péruvienne, à la vanille ? Peut-être. Un nègre en chemise. Avec beaucoup de crème fouettée, ça doit pouvoir remplacer leurs trucs d'hommes et de femmes, au lit. Enfin, à mon avis. Un soufflé. Non, elle les adore, mais au homard, du coup il va penser à elle. Alors la mousse. Mais oui la mousse, et là je peux me vanter, j'ai le secret, tout comme le secret de la disparition de Jarretières du Bouddha. Du solide la mousse au chocolat à l'ancienne, calmeuse d'affres et détourneuse de suicide dans le cas de Roméo quinquagénaire pédégé abandonné par une Giulietta degli Spiriti. Préparation, vingt minutes. Nussbaum mon pauvre cousin, et très cher ami, pour six personnes, c'est-à-dire pour le maestro qui se chargera des cinq autres, il faut : deux cents grammes de chocolat, quatre cuillerées à soupe de café très fort, cent grammes de sucre fin, quatre œufs très frais, nous y voilà. Si elle ramène un second chat, je quitte cette maison, même s'il est à poil ras, à poil ras aussi ils me flanquent de l'asthme, je dirai au maestro c'est cette bête ou moi. Pourvu que j'aie le courage, Nussbaum mon cher cousin que t'assistent les étoiles, le courage de quitter le maestro, demander ce courage au rabbi Mandelbaum toujours très bien dans les conflits, et puis s'il lui en offre un à poils longs, là je serai devant le fait accompli que le maestro veut ma mort par étouffement asthmatique et donc tout sera joué.

Si tu savais Nussbaum. A l'en croire, marmottait Goldy en débitant minutieusement en menus morceaux la plaque de chocolat noir, du surfin, 50 % de la matière du cacao, à l'en croire, cet appartement est du genre de ceux qui tuent. Finira sous forme de ruines fumantes au milieu desquelles le cul sur une pierre du temps du baron Haussmann, cette arrière-grand-mère de Lilith elle le dit elle-même et sœur d'Asmodée, ça c'est de moi, se tapera sur les cuisses. Elle aura ruiné le maestro avant, remarque, à coups de piscines exotiques, de lagons et de ski tout schuss, que le Saint béni soit-il l'entraîne sur les pistes noires, archinoires, hors piste ce qu'elle adore, ainsi se déclenchent les avalanches qui font des morts et elle toujours un chien pour la sauver, pas de justice, ça c'est produit une fois cette horreur à Cortina d'Ampezzo, l'année dernière. Curieux, depuis un certain temps, plus d'allusion aux sports d'hiver. Et dommage, c'est effectivement dangereux.

Quant au chocolat, beaucoup moins nuisible qu'elle pour les artères du dottore. Que le dottore enfle à force de chocolat et ainsi détourne de lui la démone adversaire du chocolat et des hommes bien portants et bons mangeurs. Le réduirait à l'os si on suivait ses volontés ou plutôt si elle était tout le temps là, ce dont nous préserve le Saint béni soit-il. Quant à se préserver, que n'a-t-elle pas tenté contre les ennemis invisibles, lémures, spectres. succubes et souscubes. Et toujours à parler avec ses amies si distinguées, des baronnes et des comtesses, oui, et les pattes en l'air vite fait tout ce beau monde, donc, toujours à parler d'ennemis invisibles, d'entités astrales et autres revenants. N'importe qui en serait arrivé à se demander qui était fou, tant là degli Spiriti a l'air persuadé de vivre dans le seul véritable monde. Un jour, j'ai même trouvé un couteau planqué sous son matelas, et croyez-vous qu'elle ait eu l'air gêné, pas du tout, elle m'a dit pour que j'échappe à l'ignorance, que ç'était un couteau de contre-envoûtement, moyen de dérivation des plus efficaces, qu'elle a ajouté. Dérivation de quoi. Des ondes mauvaises bien sûr. Je t'en foutrais des ondes moi. Un jour, elle va s'en servir pour assassiner Monsieur, du couteau anti-ondes. Effrayé, j'ai demandé poliment des précisions supplémentaires. Elle avait un verre dans le nez, comme souvent, et ça la fait parler, sinon, elle tirerait la gueule tout le temps. Explications donc. Il paraît que le psychiste emploie des engins pointus pour dissoudre les bombes fluidiques lancées contre lui. Qu'elle en avait reçu en pleine figure pas plus tard que la veille, dans la nuit — et quand elle se sent visée, elle saute sur le poignard en question, qui est du Ghâna, Afrique, elle m'a précisé avec obligeance, et un charmant sourire de folle furieuse, et elle contre-attaque. Alors j'ai fait le pet, pour voir. Et une nuit... Je ne dirai jamais ce que j'ai vu au dottore, il ne me croirait pas, ou alors oui, je lui dirai au moment où il en aura vraiment marre de miss Piquée, pour qu'il la vire presto. La nuit en question, c'était avant un de leurs départs pour Venise, une ville qu'apprécie la culturée, une ville pleine d'eau, attendons qu'elle ait des rhumatismes, on verra si ça passera après ses appétits de culturée. J'ai entendu du bruit dans sa chambre bleu de Prusse à cause de ses yeux, cinq briques de velours au mur à cause de ses yeux et encore ça c'est de la bagatelle à côté de tout le reste, j'ai frappé à sa porte sous prétexte d'offrir mes services au cas où il se serait passé de l'anormal dans cette chambre, ça pour être anormal, ce que j'ai vu, ô Saint béni soit-il et merci je n'en suis pas resté aveugle, j'ai vu miss Piquée poignard du Ghâna en main, traçant dans le vide des signes de croix frénétiques, pourtant elle est juive italienne, mais dans l'occulte ça doit être un de ces pots-pourris, sale hérétique qu'elle est, de toute façon. J'avais entrouvert la porte, parce que tout à son bel ouvrage, la piquée n'avait rien entendu. Moi, ce que j'ai entendu après, c'est le AAAAAH de délivrance qu'elle a gueulé, et puis elle a glissé du lit, elle a ouvert la porte avec tellement de violence que j'ai rien pu faire que rester là, Que faites-vous derrière ma porte cher Goldy et ami bien intentionné, elle a sifflé, et puis les poings sur les hanches, elle a dit posément : si vous tenez à savoir ce que moi, je fais, eh bien voilà. Je viens de toucher un conglomérat psychique envoyé contre moi par ceux qui m'en veulent, m'en vouloir à ce point-là, ce ne serait pas de vous, ça, hein, et je l'ai eu, le conglomérat, en plein milieu, vous auriez dû voir les étincelles — sous-entendu, vous risquez pas à me balancer des conglomérats comme elle dit, sinon, paf, et des étincelles. Rassurant. Plus piquée, c'est introuvable. Et pour que tout soit clair, elle a ajouté : j'ignore qui CETTE NUIT MÊME va trépasser à cause de la réussite de l'opération, Goldy — et presque affectueuse, soudain, la panthère — car j'ignore QUI m'a envoyé cette charge maléfique. Un ou plusieurs jaloux. Il suffit d'une poignée de jaloux qui se concentrent sur la victime. Alors, vous qui n'êtes pas de ceux-là, qu'elle a dit avec son accent snob, allez vous coucher, vous avez l'air tout chose. Elle avait l'air, elle, de beaucoup s'amuser. Je vous signale Goldy que j'ai entouré mon plumard d'une ceinture de fils électriques communiquant avec un baquet d'eau, ça forme cage de Faraday et ça isole la personne qui est dans le plumard, entendu ? Un baquet. Cage de Faraday. Une asilaire, la degli Spiriti. Soyez attentif, a chuchoté cette mielleuse, en le faisant, ce lit, ne vous électrocutez pas avec les fils, et ne vous foutez pas par terre à cause de la bassine. J'en aurais des regrets. Voilà la future madame Innocenti, un bas-bleu, qui à l'heure actuelle doit s'envoyer en l'air avec un blanc-bec.

Moi ce que je sais c'est que je peux plus supporter la dictature de ces vaches, et je voudrais qu'il n'y ait plus un chat ni une femme sur cette planète, l'un ne va pas sans l'autre, razibus. Au Moyen Age on en a pas assez brûlé, ça a repoussé, mais on a brûlé autant des uns que des autres — à cette époque-là on avait du bon sens. Cette fois-ci, ce seront les pédérastes qui le feront, au lieu des évêques, et faut pas croire qu'on sera plus indulgents.

« Mon très cher ami et cousin David Nussbaum

« Elle a appelé juste au moment où je servais la mousse, pourtant sublime, tu connais mes talents. Il a repoussé la jatte pour se ruer sur le téléphone, et c'était comme si je l'entendais miauler des douceurs de l'autre côté de la mer, ou de Paris, plutôt de la mer, la communication avait l'air de venir de loin, on se demande toujours qui paye pour ces parleuses longue distance. De nos jours appeler en petite distance, ça les intéresse plus. Bon. Elle miaulait donc des déclarations de fidélité en italien, et le maestro, baisé, comme toujours et comme de juste, a pas même touché ma mousse, tu te rends compte, et steak grillé salade pour demain il a dit, elle revient. Ils ont pas parlé de chat. De toute façon s'il y en a un sous roche, je lui ferai son affaire comme aux précédents, tu me connais. Ou alors démission, on verra. La piccolina, comme il gazouille, à propos de miss Cinglée. Incapable de donner la raison pour laquelle elle part ou revient, ah si, excepté quand c'est pour demander de l'argent, hélas c'est plus souvent lui qui propose et elle qui fait des manières pour accepter, je t'en fous, la diva empoche au final. Là il va lui proposer du faramineux en échange du persan pour éviter trop de scènes. Ça va être jour férié dès son retour, réjouissances publiques et bamboula, on tirera un feu d'artifice de la tour Eiffel pour elle toute seule, elle aura un pactole de leurs chères petites gratifications, de l'or en toison et en pluie, tout ce qu'elle voudra et trois cents chameaux en plus, des draps en batiste surfins de chez Porthault, des flûtes à champagne de Lalique pour ses lèvres précieuses, un baobab d'intérieur de six mètres de haut, des orchidées, des lis et des amaryllis et qui va s'occuper de ces végétaux toujours Goldenberg — elle les laisserait crever de soif car je soupçonne qu'elle n'aime pas plus les fleurs que le reste du monde — une épée d'académicienne juste un peu à l'avance, et pour le réconfort de la bambina une girafe en peluche grandeur nature, des patins à roulettes pourquoi pas un landau, et aussi le mouton à cinq pattes et le merle blanc, ça va la ranimer tout ça, le jeu en vaut la chandelle, ça va ranimer la fêlée qui quand elle daigne rappliquer a toujours l'air de menacer ruine, qu'on dirait le coureur de marathon le genre du marathon c'est pas une énigme, faut voir ses yeux pochés et que le tesoro a perdu trois kilos toujours à cause du marathon, elle lui ferait croire qu'elle vient de faire celui de New York que j'ai vu à la télé, qu'il donnerait dans le panneau. Quella ragazza, tutto fuoco e nervi, il dit souvent le dottore, tu vois mes progrès en italien cher David. Fuoco e nervi, et encore des gueulantes en perspective. Un homme qui n'avait jamais été victime des femmes. Plein de sens critique jusqu'au moment où dans cette île romantique il a rencontré l'odieuse. N'est plus ponctuel — c'était une de ses éminentes qualités — sauf pour aller la chercher chez l'Adora, du même lignage que carissima, donc tout aussi odieuse, d'ailleurs parfois la chère s'en plaint, mais malgré tout elles s'entendent comme laronnes en foire, et elle aime cent fois mieux la granny et l'animal de gouttière que Monsieur et le mistigri royal — enfin, feu le mistigri. Et Monsieur, le type à sens critique, voit rien. D'amour aveuglé. Cousin, on ne remerciera jamais assez le Saint béni soit-il et les milices célestes de nous avoir protégés de ce péril féminin saignant tous les vingt-huit jours et grimaçant tous les jours sans exception. Je te quitte cher David. Je te dirai prochainement avec quoi il a séché les larmes de la pauvrette après disparition du longs poils. Pas avec du papier water crois-moi. A toi, ton dévoué Goldy. »

On était à Munich pour Noël tous les deux à l'hôtel Vieresjahrzeiten, on se préparait pour aller à l'Opéra entendre *L'Or du Rhin,* tu me disais, vas-tu aimer Wagner Fiammetta, si tu n'aimes pas on s'en ira souper et voilà, j'ai aimé Wagner, ces ondes forcenées ces vagues de flûtes de clarinettes de tubas de trombones de hautbois, tu me guettais de côté dans la loge pour voir si j'étais heureuse, je m'appuyais sur le rebord de velours rouge vineux et feutré, j'avais mis des gants blancs je savais que tu adorais, j'avais noué mes cheveux en queue de cheval, j'aurais voulu être une femme avec des gants au-dessus des coudes et un chignon en diadème pour que tu sois encore plus fier de moi, ensuite on a soupé au Vieresjahrzeiten et tu m'as dit demain on ira au zoo Butterfly si tu veux. Le zoo il était sous la neige à cent bornes de la ville les animaux feulaient dans la nuit noire personne pour les garder, c'était bon d'être avec toi, j'avais un peu peur du tigre. Et aussi quand tu as étendu dans la neige un Américain saoul qui beuglait where is Dachau I have to see that place, il avait l'air de se branler à l'idée de voir ce qui restait du camp, tout plat comme un teckel il est resté dans la neige, il saignait du nez, on l'a laissé comme ça, tu m'as pris par la main tu m'as dit ma Fiammetta va claquer de froid il fait moins quinze, oublie ce sale type, craque une allumette pour te réchauffer ma clocharde merveilleuse, vas-y et fais un vœu il se réalisera. J'ai fait sans le dire le vœu de rester avec lui et pour toujours, j'ai menti en disant que je voulais un piano à queue, il me l'a offert juste à notre retour, les allumettes c'est devenu notre jeu, un rituel, je craquai une, deux allumettes, et j'avais ce que je voulais absolument tout et ce qui se trouve dans le ciel et l'enfer et *L'Or du Rhin* par-dessus le marché. Après des choses comme ça, tout vous semble un artefact. Tout à l'heure j'ai grillé une allumette et j'ai prié pour qu'il m'apparaisse et qu'il m'emmène avec lui résultat je me suis brûlé le bout d'un ongle et un peu du doigt, j'ai pas senti tout de suite, je croyais que j'étais dans le salon de la via Spontini que j'avançais avec ma robe à manches ballon à fleurs roses et blanches, je caressais au passage le soyeux piano à queue du souhait de Munich, j'allais vers lui qui lisait un livre d'Henry Miller, je m'asseyais à côté, avec mes allumettes, vliff une, qu'est-ce que tu veux Fiammetta, un baiser seulement, ça, je l'avais tout de suite, un jour je me souviens je lui ai dit fais-moi un miracle, il a eu des lumières tremblantes dans les yeux, il a tracé au crayon une croix sur le dessus de ma main, il m'a dit ouvre-la cette main, et j'ai trouvé la croix sur ma paume, oui il était magicien. J'ai trente-deux ans et demi je regarde l'allumette consumée, tu n'es pas venu, ça fait plusieurs nuits que je t'appelle, no answer, tout ce que j'ai fait c'est de me cramer les ongles, alors de rage je les allume toutes, quinze allumettes, je me brûle complètement les doigts, papapapapa fais un miracle, si tu me laisses seule je vais avoir si mal, alors comme mes doigts me brûlent et que je ne vois plus l'espoir, je me dis Butterfly reviens chez l'homme gentil, bien sûr qu'il va t'offrir des cadeaux et essayer de t'amuser, en claquant du fric, pas avec des pouvoirs de magicien, il n'en a pas, quand je te le dis, ma petite Carmen, tout ce qu'on te donne et te donnera après n'est qu'un artefact

et toi Ludovico mon amour qui ne veut pas m'emmener écouter la musique, regarde ta petite Butterfly elle a ses yeux mélancoliques, tu disais c'est beau d'avoir les yeux un peu battus comme toi, les yeux mélancoliques, ils ne le seront plus, ils vont être bien durs et bien violets, c'est malin de m'être cramé les doigts, je vais voir cet homme, lui les miracles il les paie avec ses quinze carnets de chèques et il n'est pas capable de réussir des coups comme celui de la croix, mais tant pis, les artefacts ou rien Carmencita, je crois quand même que je ne m'y ferais jamais, emmène-moi à l'Hôtel des Bains de Venise achète-moi un costume marin appelle-moi Tadzio mio, pousse-moi sur la balancelle qui est au milieu de notre terrasse radieuse via Spontini, emmène-moi voir les loges de Raphaël et encore l'église de San Clemente avec ses chapelles byzantines pavées d'or et le cloître des religieuses sourdes-muettes, aide-moi à descendre l'escalier très étroit jusqu'au sanctuaire de Mithra où on sacrifiait un taureau, redis-moi pourquoi, pour que les mystes s'allongent en dessous et soient baignés de son sang, dis-moi ma Butterfly est chaque année plus belle, emmène-moi écouter les oiseaux et la nuit au-dessus des vignes et du jardin bleu de cette maison de la Via Appia, celle de nos vacances, il y avait toujours des lucioles au-dessus du verger ça faisait un voile magique crépitant d'étoiles, fais-moi goûter du Grand Marnier et emmène-moi chez les princes, ta Fiammetta a mis une robe de mousseline, elle vient d'avoir quatorze ans, tout le monde se retourne sur elle quand elle entre avec toi au Café Greco, elle mange moins de gâteaux pour rester mince, oui chaque année plus belle, viens on va entendre *La Flûte enchantée* pour la sixième fois je connais par cœur, Wolfgang Amadeus un enfant prodige comme ma Fiammetta je connais par cœur *Ach, ich fühl's,* l'air de Pamina chantant son amour perdu, dans cet hôtel de Vienne où nous étions, un autre Noël, il y avait des sapins plus grands que je n'en ai jamais vu à chaque étage et tu leur volais des étoiles d'argent pour les mettre dans mes cheveux, cette pauvre Pamina, bon, emmène-moi à l'Eau Vive ce restaurant vietnamien de Rome tenu par des missionnaires, Fiammetta se sert des baguettes comme si elle était née en Chine quelques siècles auparavant, oui Ludovico, oui Sarastro, c'est possible, tu disais mais je suis sûr, tu as les yeux fendus et les poignets de l'impératrice Tseu-hi, pardon papa j'ai fait fuir tous les oiseaux du ciel, les canards sauvages et les faisans et les grives, le jour de cette chasse dans les Maremmes où vraiment ça ne se faisait pas d'emmener une adolescente idiote toujours pendue au bras du chasseur et criant comme une idiote qu'elle est, pour qu'on ne tue pas les oiseaux.

Dehors il y a une ville triste, une jungle de voitures hostiles et de gens pressés je n'ai plus d'allumettes le concert ce sera pour une autre fois, n'est-ce pas, tu promets, alors je rentre chez cet homme avec ses miracles payés

j'ignore comment est la mer du côté de Rapallo, là où la voiture, la Ferrari, mais quand j'ai vu ce grand bleu lisse comme une pierre en cabochon, juste sous moi, dans la bagnole de cet homme, c'était après le soir où je me suis assise en face de lui en sortant de la mer et où j'ai attendu qu'il m'aime, quand j'ai vu ce grand bleu, j'ai cru que c'était le même endroit, que moi aussi, il le fallait, là, et j'ai donné un coup de volant, évidemment il aurait pu mourir avec moi ce type qui n'avait rien fait et sûrement qui trouvait sa petite vie vivable, j'ai eu des remords, je lui ai montré mes jambes et mes yeux, ma culotte c'était déjà fait et je me suis dit au moins celui-là il va avoir de la chance il va trouver l'existence absolument prodigieuse il va vivre une passion c'est tout ce que je peux faire pour lui et c'est déjà pas si mal on va lui refiler des châtaignes de violet et des overdoses de sublime et il n'aura qu'à dire merci en voilà un de privilégié qui n'est veuf de personne et se paye des émotions dingues et une folie sur mesure à cause de mes jambes et de mes yeux, je n'aime pas beaucoup les hommes, ils t'ont eu et il faut que je te venge mon amour tu as été trop franc et trop bon ils t'ont eu et moi je les ferai danser sur les mains et je tromperai le roi la reine et la cour entière sur mes intentions, et les électrochocs qui t'ont grillé les neurones moi je ne peux que leur en flanquer à cause de mes yeux, et en même temps un brasier dans le ventre et des nuits sans sommeil jusqu'à leur mort à penser à moi, je suis ta justice, je leur offrirai encore des discours déguisés et ils ramperont dans mon labyrinthe ils t'ont condamné à mort avec des médicaments et des amphétamines-morphine moi je leur fais avaler mieux que ça, mieux que du népenthès, rien que la salive de ma bouche, après ils sont transparents comme des spectres et tremblent comme des éthéromanes, c'est parfois drôle à voir, mais s'ils exagèrent, un coup de volant dans le ravin c'est tout

cet homme il mettra encore des saphirs autour de la cicatrice que la Fiammetta elle a au poignet parce qu'un jour elle a essayé le rasoir et les veines dans son bain, des saphirs autour de ce bracelet de ronces si pâles, tralala, poignet étroit comme celui de l'impératrice de Chine oui Ludovico mon amour, cet homme il mettra de la pommade sur mes doigts brûlés à cause de ces sales allumettes qui ne marchent plus mon amour, allez ta petite Carmen elle va les faire danser près des remparts de Séville et la suivront jusqu'au bout du monde et ils l'aimeront elle aura son mauvais rire de cistre scintillant et dans les yeux du givre violet à les geler sur place, ou alors on va se faire des yeux comme les lucioles de la Via Appia, on aura de grands envols de jupe et de talons hauts ne me dis pas petite Carmen que tu ne sais pas marcher sur ces échasses-là il faut grandir être à la hauteur de la sublime Antonella Imperia Lucrèce Borgia c'est la même, on se déguise en quoi ce soir, en gitanilla, anneaux d'or aux oreilles les mains sur les hanches genre violente et pâle beauté qu'a toujours l'air de mordre une fleur et d'attendre de voir qui va l'aimer pour la lui jeter exactement comme dans l'histoire, viens Carmencita, on boira le vin des églises si ça nous plaît et une fois saoule la petite chérie de son papa, on ne l'entendra plus et l'autre fera ce qu'elle voudra et elle se fera obéir d'eux, larbins de la papesse, et elle leur lira dans les lignes de la main la façon dont ils vont mourir pour que ça leur fiche une trouille bleue, viens avec la grande Antonella, trébuche pas sur tes sandales, sept centimètres de talon rien de trop pour les regarder de haut fais pas ces yeux comme des baignoires d'encre on va retrouver l'artefact ersatz de papa on va chez les princes petite Carmen ils s'inclineront tous dès qu'on va faire une entrée inouïe dans le bal du prince Salina, on sera toutes les deux dans la grande robe blanche de cette actrice si belle, papa emmène-moi voir *Il Gattopardo,* avec des fleurs dans les cheveux les magnolias de Céphalonie par exemple petite Carmen you will be looked at oui papapapapa c'est bien ce que j'espère et je les emmènerai sur la route de corniche cueillir les fleurs et ils me suivront jusqu'au bord du ravin c'est fou le nombre de types qui ont le vertige et lui l'artefact il l'a, sur le bord du ravin tralalalaa, ton air Armée du salut et tes yeux en baignoires qui me demandent de les sauver tous j'en ai marre petite Carmen, tu vas chanter avec moi que L'amour est enfant de Bohème et on dansera sur le bord du ravin tralalaaa et je te jette à la mer si tu t'occupes de ceux qui auront le vertige, des filles comme la grande Antonella ça n'a pas le vertige, jamais, ça n'a pas peur, jamais, ça ne craint personne c'est fou l'air que ça déplace quand elle rit les lustres s'effondrent presque, on va les emmener au bord du ravin sainte Fiammetta avec tes yeux saints tes mains en prière et ton envie de les rendre heureux t'as qu'à bien te tenir on va leur flanquer le vertigo tu vas voir pourtant tu n'avais pas le vertige ma petite fille quand il te poussait sur la balancelle si haut si haut jusqu'au noyau du ciel sur la terrasse radieuse au-dessus à mille mètres au-dessus de la rue Spontini et des sept collines tu criais de joie et ta jupe faisait mongolfière et remontait jusqu'à ta culotte et le méchant papa qui ne veut plus entendre le craquement d'une allumette, mais cette nuit, mais demain il entendra, il te disait ma Butterfly a des jambes de danseuse les pauvres types elle en fera des fantômes et celui qui a dit ça, tu vois, ma petite idiote, ma gentille bien astiquée si polie et très timide, celui qui a dit ça je ne peux pas le faire mentir oh ces sales allumettes qui ne marchent plus mon amour je ne sais si c'est le vent par la fenêtre qui vient de caresser mon poignet celui qui a son petit bracelet de ronces non je ne pense pas c'était lui c'était toi mon amour allez viens on va lui chanter la *Habanera* et en faire un fantôme de celui-là tralalalaaaa et saphirs autour de ce poignet chinois immédiatement c'est vrai Ludovico mon amour que tu ressemblais au prince Salina, au prince de mes rêves, oh promets-moi que cette nuit, que demain, crac une allumette et tu viendras tu m'emmèneras via Condotti au Café Greco silence manants voici venir le prince Salina et sa jeune fiancée si pâle dans sa robe blanche ce qu'ils sont beaux ces deux-là

Et, de fait, ce fut la disparition de Siddharta Doré des Moulins à Prières qui décida Achille Innocenti, vu les ravages opérés par cette catastrophe sur le moral de sa mogliettina, d'emmener celle-ci à Florence, une de ses villes de prédilection avec sa Rome natale, Venise et Mexico. Aux sports d'hiver, oubliant comme lui que ce n'en était plus la saison, elle avait opposé un refus si farouche que, n'ayant pu s'interdire de penser au verdict explicite du tarot, il s'était gardé d'insister ; dans sa chère Florence, a priori, elle ne se casserait rien du tout, un a priori sur lequel veillerait un homme dont la lame était la douzième du jeu, celle du trahi aux cheveux bleus et au pied retenu à un gilet par une singulière cordelette, cette lame d'un martyre passif dont il avait si peur.

Dans le train Paris-Florence, Antonella confia à son amant qu'elle soupçonnait Goldenberg de meurtre rituel envers la personne du chat. Qu'il ne s'agissait pas, après l'été, de reprendre Goldenberg. Ah bon ah bon, dit Achille, en face d'elle. Tu vas téléphoner de notre hôtel, caro adorato, et lui signifier que cet été, nous ne serons pratiquement pas là, qu'il aille travailler où il voudra, et à la rentrée, nous le congédions, puisque je viens m'installer définitivement, mais il me faut quelqu'un pour remplacer cet être ignoble, tueur de bouddhas, et un chat pour remplacer le bouddha. Conditions non draconiennes et moins effrayantes que celles posées par les astres, ragazzina, fit le dottore. Quelle race ? Brmmm, ronronna-t-elle, un sacré de Birmanie irait très bien. Comment sont les sacrés de Birmanie ? dit le dottore, content de la voir espérante. A poils longs, répondit-elle, et avec des yeux saphir. Et des pouvoirs magiques venant des montagnes de Lugh, Birmanie, où ils gardaient le temple d'une déesse dont, promis, je te dirai l'histoire, un peu plus tard. Amore, conclut-elle, dans une humeur soudain fort conciliante — si ça t'ennuie trop de lourder cette perle, je veux dire Foldenbaum, eh bien EH BIEN, je tenterai encore, après notre retour de Florence, de me le concilier. S'il soigne correctement le sacré, ça ira. Mais je garde des doutes épouvantables en ce qui concerne la disparition du persan. Une bête non castrée, certes, peut avoir envie de cavaler. C'est la seule chose qui me retienne d'accuser formellement Foldenmuss de meurtre rituel. Le sacré sera opéré avant neuf mois, il faut en dénicher un opérable et transportable de suite après Firenze où nous allons oh caro mio revoir les Offices, et une pointe à Arezzo à cause de Piero della Francesca, quel merveilleux voyage prénuptial.

Elle étendit ses longues jambes, celles-là même qui avaient envoûté Innocenti au Karavomilos de Phiscardo, carapacées de jean rêche et neuf, sur la banquette occupée par Innocenti, et émit un souhait au sujet de Venise, à cause de Carpaccio, de la Vie de Sainte Ursule et des illustres Courtisanes qui lui manquaient en tant qu'émoi et lumière de ses yeux, Venise répéta-t-il, c'est qu'après Florence, il me faudra rester à Paris pour mes affaires, je ne peux malheureusement pas les lâcher comme ça sans quoi comment irions-nous voir les Courtisanes — eh bien, siamo d'accordo, Venezia, à ta guise, un peu plus tard, et JUSTE APRÈS Venise, mariage. Ce souhait ne pouvait susciter à Achille qu'un ardent désir de *revoir* (dit-il, or, sans que le nom de Carpaccio lui évoquât seulement un plat de viande crue, il n'avait jamais levé le nez sur ces Courtisanes ni sur cette mystérieuse Vie de Sainte Ursule) ces chefs-d'œuvre, et il lui promit de réserver, dès leur arrivée à cette Villa la Massa, sur la rive gauche de l'Arno, où ils descendaient d'habitude — trois fois déjà, il cajola ce d'*habitude* — une chambre au Cipriani de Venise.

Sans qu'il le sût, Goldenberg était déjà fort près de perdre sa place, malgré les bouffées de clémence d'Antonella, et entre ces successifs voyages d'Italie, leur pays natal où ils n'avaient plus, ni l'un ni l'autre, de domicile — l'appartement de la via Spontini où Antonella avait vécu ses primes années ayant été vendu prestissimo par sa mère, après le décès de Ludovico Piatti, sans qu'en fût avertie sa fille, qui se trouva devant le fait accompli. C'était toute son enfance que cet appartement, encore une chose affreuse dont je dois la consoler pour le restant de mes jours, songeait Innocenti en baisant sa longue main pâle, aussi froide que les saphirs brillant à ses doigts et récemment à son poignet gauche.

Propos d'un valet de chambre avant d'être congédié

« Cher cousin Nussbaum,

« Ils sont à Florence en ce moment. Doivent voir des vieilles pierres, un fleuve, des ponts, quantité de Péchés Originels, de Prophètes, d'Annonciations, d'Adorations, de Crucifixions, de Résurrections, d'Assomptions, et de Jugements Derniers. Le maestro va revenir moulu. Et un hôtel schprountz, qu'il va raquer sans dire mot, à cause des yeux prune. Je sens venir les huissiers dans cet appartement, et ils ne seront pas meilleurs bougres que les esprits. Et le jour de la saisie, crois pas qu'elle sera pour remonter le moral du dottore. Aura filé, avec un autre. Addio caro adorato scusami. Filera avec un épicier, un ambulancier, un égoutier, pourvu qu'il ait des couilles et l'air poétique, je n'ai jamais bien compris ses critères et ce qu'elle trouve aux hommes à part le maestro lui c'est tout sucre et tout pognon, va pas chercher plus loin. Je te quitte un moment cher cousin, avec toutes les bénédictions de la part des étoiles, je vais goûter l'absence de Jupe de Serpents, tranquille enfin, mais pas pour longtemps.

« PS. Nussbaum, il y a du neuf. Une carte postale et une lettre de Monsieur, par le courrier du soir. La carte représente un pont sur un fleuve, l'Arno selon la légende. Texte : " Mon cher Goldy, hier j'ai cherché Madame dans toute la ville pour la retrouver dans la dix-septième chapelle du transept droit de l'église Santo Spirito où elle s'était assoupie devant une Vierge avec saints et donateurs. Doux spectacle, mais je m'étais fait du souci. D'autre part, il me revient, Goldy, de vous informer qu'il y aura sous peu un second chat dans cette maison. Si votre état de santé vous interdit d'en prendre soin, nous aviserons. Je ne désire ni vous rendre malade à cause de ces bêtes, ni en priver Madame qui a pour eux depuis son enfance l'affection que vous savez. Nous rentrons par le vol 654 d'Alitalia, Pise-Paris. Non que Madame veuille à tout prix voir la tour, mais il n'y a pas d'aéroport à Florence. Arrivée du vol 654 à midi quarante-cinq Orly Ouest. Serons à la maison une heure après. Soyez aimable d'acheter du Vichy-Célestins, de le mettre au Frigidaire (ça, cher Nussbaum ; c'est sur la lettre qui accompagne la carte) et quoi qu'il en soit de votre prise de position contre ou, je n'ose l'écrire, en faveur du second chat, d'acheter un nouveau bac et de prévoir un paquet supplémentaire de sciure. Egalement, des tulipes crème et des roses baccarat. Et une légère collation que nous prendrons vers quatorze heures. N'oubliez pas les laitages maigres de Madame, qui me font du bien à moi aussi. Merci pour tout, à bientôt Goldy, A. Innocenti. ''

« Voilà, c'est dit. Un second horrible chat. Nussbaum, quel parti prendre. Ces grippeminauds me donnent des crises d'asthme, réellement. Quant à elle, la colique, des boutons, entre autres. Tu vois, elle a trouvé moyen de lui fausser compagnie, dans cette ville touristique. Si elle fugue à Paris c'est pas pour voir la Vierge et dormir devant, tu le sais. Lors des fugues parisiennes, l'imprudente a souvent laissé en otage le premier matou. Vois ce qu'il en a coûté à cet animal, la peau et les affreux poils longs avec. Indémêlables. Evidemment, il existe cette race abyssine, poil de couleur lièvre et de coupe lièvre aussi. A la rigueur, en cas d'abyssin et pour ne pas laisser le maestro seul avec sa Messaline, j'essaierai peut-être de m'y faire, ceux-là au moins les poils doivent leur tenir au corps et non voleter dans tout l'appartement comme les aigrettes de pissenlit du Larousse.

« Un dernier mot à propos de la race féline. Ce lâchage du chéri des Jarretières de Bouddha, rien d'autre qu'un acte manqué comme disent les freudistes, est la preuve de sa volonté sournoise de revenir à Monsieur. Enfin, tout au moins, de revenir à Paris dans une de ses deux maisons. Elle est capable de plaquer tout le monde y compris les précieux mistigris, tout le monde, sauf l'aïeule qu'elle appelle en rossignolant Adora et chez qui elle a ses positions de repli stratégique. Je dois avoir des insuffisances, se dit le dottore, puisqu'elle est encore chez l'Adora Agnolotti qui pourtant est dure de la feuille, l'entend plus rien Agnolotti, elle a un appareil dans la feuille en question, et aussi un dentier qu'elle fait tremper dans son verre le soir comme beaucoup de dames de cet âge, il n'y a rien de mal à ça, mais faut entendre rossignoler la revenante, quand elle a bu un coup, elle finira en tonnelet celle-là comme l'actrice Taylor qui a les mêmes yeux quetsche célèbres et la même tendance à lever le coude. C'est si attendrissant, ce dentier d'Adora dans le verre posé sur la tablette du lavabo, ça me fait fondre quand je rentre à l'aubette, qu'elle flûte. Et d'où, d'où à l'aubette, se demande le maestro, lequel est prié de ravaler sa jalousie, sentiment ignoble paraît-il. Ce trésor, c'est crocs-en-jambe, faux-fuyants et attrape-nigauds, pour être poli. Et je te donne des espoirs et je les reprends. Comme si dans un restaurant on vous présentait un foie gras chaud aux raisins, très bien vous dites attendant qu'on vous le serve, or nenni, tandis que vos papilles sécrètent, le foie est reparti aux cuisines alors évidemment vous en avez deux fois plus envie et imaginez qu'ensuite on vous apporte une assiette chaude mais vide, au bout de vingt minutes on vous la dessert en vous demandant si vous avez apprécié et ne sachant plus où vous en êtes vous dites oui, en pensant que le fou c'est peut-être vous. Voilà ce qu'elle lui fait à Monsieur. Jusqu'à ce qu'il finisse à Charenton. Cent pour cent remboursé par la Sécurité sociale. Charenton c'était déjà sur le bord quand elle l'a lourdé dans l'aéroport de Mexico l'année dernière alors qu'il était décidé à acheter une autre baraque là-bas pour vivre avec elle qui a un caprice pour ce pays et croyez-vous qu'elle ait freiné ses ardeurs, que non, c'était du miel cette fille avant le voyage mais oui sugar daddy quand c'est pas caro adorato, et il ne se rebiffe pas, mais oui maison à Chapultepec San Angel ou Zona Rosa, cils papillonnant et tout sourire, sur quoi prise d'un remords ou encore convoquée par ses voix et pourtant pas pucelle peut comparer les organes mâles en longueur largeur couleur vigueur depuis l'âge de douze ans, sur quoi donc elle avait dû prévoir la convocation car emmené des valises légères sinon avec les valises normales qu'elle trimbale impossibilité de fuir, sur quoi prenant les valises légères elle a disparu et le pauvre Monsieur de ne pas y croire et de chercher partout, pendant trois jours comme un dingue dans Mexico ville immense où hélas je les ai accompagnés une fois en ces trois ans de galère, moi j'ai horreur de Mexico ça pue c'est pollué il y a des crimes et accidents de bagnoles tous les cent mètres, pourquoi ils aiment ça comprends pas. Paraît que la petite lui a fait découvrir ce pays. Avant, Monsieur n'y aurait jamais mis les pieds. Climat éprouvant pour le cœur à son âge. Croyez pas qu'elle s'en soucie. Et qu'est-ce qu'elle a fichu à Mexico la petite? S'est gougnotté avec son amie Padilla encore une fausse virginale, s'est gougnotté sur les collines très chics et non polluées dites Las Lomas pendant que le patron désespérait et de fait ne l'a pas revue avant de quitter le territoire mexicain, ensuite toujours par caprice c'est elle qui est venue le relancer et lui de s'accrocher persuadé qu'un jour il va la mariager et ça, sans être médium, ce mot qu'emploie tout le temps la pédante, eh bien je vous flanque mon billet que le mariage jamais, qu'elle va lui croquer tout son fric et qu'elle partira avec un jeunot ou une jeunette ou toute seule quand elle en aura marre, déjà trois ans qu'ils sont fiancés, ça lui vaut une fortune en bagues aux doigts, oui marre, au fond elle n'est pas tout à fait vénale il y a en elle quelque chose d'enfantin ce qui fait hélas son charme, elle sort à Monsieur des vacheries épouvantables mais il dit qu'elle est comme les gosses qui piègent les mouches, naturellement cruels, on ne peut pas leur en vouloir, on, mais pas moi, parce que le patron il morfle trop, dès qu'elle le fait tourner en bourrique il s'en prend aux chocolats et aux alcools, très mauvais, va devenir cirrhotique et moi hépatique rien qu'à touiller la mousse au chocolat pour le consoler d'une énième fugue de sa Cléopâtre, qu'est un drôle de corps. Contrairement aux autres femelles ces pendues au téléphone (que le fil les étrangle et que bleuissent ces langues de fausseté !) elle ne décroche jamais cet appareil, la Cléopâtre, sauf pour parler à sa copine l'Africaine. La Cléopâtre, attend qu'on l'appelle. Or on l'appelle toujours, on la dérange toujours, on s'excuse toujours et non seulement donc elle n'appelle pas ses amis mais avant de commencer toute phrase, ils doivent s'excuser d'intervenir dans sa vie si occupée. Ou plutôt, s'excuser de rompre la sacrosainte solitude de la Cléopâtre. Quand on pense qu'il y en a qui crèvent parce que personne ne les appelle, jamais. Elle, il faut bien le dire, quand une de ses amies ou un de ses potes débloque, elle vole au secours. Je dois reconnaître. Ne lèverait pas un doigt pour un type qui est *amoureux* de sa personne. Celui-là qu'il meure sur-le-champ ou alors un peu après le champ tant qu'y a du blé à gratter ça l'intéresse un soupçon, mais alors s'il a des embêtements en affaires voir Monsieur avec son agence et le régime socialiste et les impôts c'est plus du tout marrant, ou des dettes — surtout pas de dettes, là, illico elle se casse — à peine si elle écoute avec l'air de bientôt tourner de l'œil tellement elle s'emmerde. Et le patron charitable de lui épargner ses misères avec l'agence et les clients de l'agence et les programmes immobiliers plus ou moins dans les choux et ses démêlés avec le fisc qui veut plus entendre parler de notes de frais, y'a qu'elle, la poétesse pour avoir droit à de la considération, le reste c'est machine à fric et une machine ça doit fonctionner sinon c'est à jeter. Donc, ce qu'il y a en elle de pas pourri elle le réserve pour ses amis quand ils sont dans la merde là un prodige, elle donne tout son temps, fait la garde-malade nous ramène la fifine ou le hamster du malade bref assiste les affligés que c'en est à ne pas douter de ses vertus morales, à la croire chrétienne et pas demi-juive. Touchant. Revenons aux prétendants. Là, malheur à eux. Là pas de quartier. Qu'on l'aime d'amour ça la rend hystérique. Une harpie immonde et invulnérable comme le sont ces oiseaux au visage de petit trésor. Les harpies, des bestioles imaginaires qui depuis qu'il a rencontré cette culturée obsèdent le patron. Ses cauchemars en étaient pleins depuis son enfance m'a-t-il confié, un jour. Mais il ignorait de quoi il retournait et si ça existait vraiment. Eh bien il a trouvé. Tout à fait ça. Une harpie véritable, et qui songe. Parce qu'elle songe plus que le roi Agamemnon et le célèbre docteur juif Freud, réunis. Nom de Dieu imprononçable, ce qu'elle songe. Elle prend le temps de songer. Dix heures de sommeil. Et le patron de s'émouvoir devant cette incontinence de rêve et de sommeil. Aux barbituriques. Ça aide. Surtout avec l'alcool qu'elle prend par là-dessus. Alors quand il dit « elle dort comme un bébé » moi je veux bien mais ce serait plutôt comme une pocharde camée. Ses songes donc. Du prémonitoire. De l'édifiant. D'ailleurs et exemple : l'appartement ici présent. S'il est de plus en plus hanté c'est certifié sur songe. Heureusement que le Ciel l'en prévient. Sinon on ne serait pas au courant et on serait peinards. Tandis que prévenus, on est sur des charbons ardents chaque jour davantage et plus un fil de sec. Texto, dernière trouvaille de la fiancée : cet appartement est un œuf intérieurement pourvu de piquants et qui peu à peu rétrécit, et les piquants de lui rentrer dans la chair jusqu'à ce qu'elle-même, une pelote d'épingles, ou un porc-épic. Et Monsieur de lui enlever les piquants un à un. Il y passerait sa vie.

« Moi je dis que c'est une maniaque suraiguë qui fout Monsieur dans la confusion mentale, son travail s'en ressent, il a le cerveau brouillé par les grands sentiments depuis qu'il a rencontré la maudite dans l'île grecque, dans l'île de son malheur. Une chose que la maudite ignore : le dottore a fait son testament. En faveur de miss Fêlée bien entendu. Pour que sa mère qu'il ne peut pas souffrir hérite du moins possible. A moi, des babioles, c'est quand même gentil, c'est une raison de rester en cas d'abyssin, et à la fêlée, tout ce qu'il a pu ratiboiser à sa mamma et seule héritière légale. Si elle continue ses escampettes, j'espère au moins que le maestro va faire des codicilles au testament.

« Mais ne rêvons pas. Allons chercher le bac à sciure de cette saleté de future bête, de la ciguë et des chardons je lui collerais moi dans la sciure mais là c'est une prise de position comme l'a écrit Monsieur et c'est la porte, allons donc chercher le Vichy réparateur du foie de la sorcière alcoolique, Seigneur du Sinaï je la hais et je hais toutes ces nées de la côte et protubérantes du devant, je me demande ce que les hommes leur trouvent et surtout à ce genre et pourquoi Monsieur trouve particulièrement savoureuse cette demi-juive italienne, moi je ne supporte pas les hébreux du Sud, tous des mercantiles intéressés que par le pognon, alors miss Cinglée que lui a-t-elle fait pour avoir droit au max en cas de malheur, moi rien qu'à voir son œil quetsche j'aurais fui en moins de deux, d'accord, de temps en temps et que sera-ce quand elle aura eu vent du testament, elle gueule quand il la manipule et ça a l'air de durer longtemps, heureusement que l'immeuble c'est haussmannien donc parois fortiches sinon problèmes avec le voisinage, y a que moi qui déguste, qu'est-ce qu'il trouve donc à ces feulements Monsieur, mystère plus grand que celui de la virginité de Marie, bon, chère greffe par rameau détachée de l'arbre mâle, sale et coassante grenouille, je vais chercher votre Vichy-Célestins après quoi m'occuper de la sciure pour excréments de votre futur chat petit neveu de Belzébuth, voilà pour sûr quel est son vrai pedigree, me vient à l'esprit que celui-là aussi je l'aurai, et ils se décourageront de ces bêtes, je l'aurai et personne ne saura qui, pas un Sherlock ne devinera, je l'aurai, le troisième de la liste. Et on verra après les conséquences, surtout qu'elle peut soupçonner Monsieur, le fin du fin, ou trouver que c'est mauvais présage cette obstination des chats à disparaître avant la fleur de l'âge, et si elle en faisait de même, imagine. Je te quitte pendant que tu imagines le meilleur moment mon cher Nussbaum. Ton cousin Goldy. »

Voilà une semaine qu'ils sont revenus de Florence, et les deux dernières nuits, l'odieuse s'est payé deux découchages mystérieux. Soi-disant chez l'Adora Agnolotti, faudrait avoir la berlue pour y croire. Ce soir donc après deux nuits de découchages mystérieux, elle est revenue pour le dîner toute fraîche et donc plus question de chocolat dont la seule vue comme elle dit ça la fait flipper d'où lèvre en rebord de pot de chambre et nez qui fronce, on dirait un chat sur le point de vous sauter aux yeux ; le chocolat c'est vous Goldenbaum et à cause de vos bons soins que Monsieur se laisse aller à son vice de boustifaille et sous-entendu grâce à moi la Reine de Saba qu'il a maigri, maintenant du lion l'a l'air festif, estival et grand prince et l'a plus rien de l'hippopotame, alors chocolat féculents pain sucre sel hydrates de carbone, sur un froncement de nez, proscrits, allez faire de la cuisine sans tout ça j'oubliais les matières grasses beurre et huile interdits sauf huile de paraffine que dans le temps on donnait aux constipés mais il paraît que zéro calories ce qui comporte sûrement des calories c'est le pinard et là par contre prévoir le nec, genre château canon 75 et le Vichy pour pallier. Là c'est d'autre chose dont elle a dû abuser, après quoi elle revient avec l'air des béatitudes vers le patriarche voilà et lui dupe ou pas d'accueillir le prodige et enfant prodigue et repentie de la onzième heure, tant pis pour les autres qui auront été bien pendant les dix précédentes, Dieu préfère sans doute les rescapés du vice et resquilleurs en général de cette façon Il a sûrement l'impression que c'est Lui qui a rescapé donc d'avoir servi à quelque chose et manifesté Son omnipotence, idem du patron. Et c'est reparti pour un tour. Quand je pense que ses moindres misères elle les étale et lui à genoux devant, alors que Monsieur il a ses problèmes cardiaques et qu'il s'agit de lui porter les médicaments en douce, pas question qu'elle le voit gober une pilule, s'il en est là c'est à cause des soucis qu'elle lui fait, hypertension insuffisance cardiaque adiastolie et compagnie, elle trône dans l'ignorance qu'elle va le faire claquer avant cinquante ans, honte que cet égoïsme. Le nombre d'états de choc qu'elle lui a causés, pas croyable, alors naturellement qui prend, le cœur, et les artères qui durcissent mais ça miss Cinglée ne doit pas être au courant, faut toujours lui offrir l'image de l'homme d'âge mûr mais combatif et sain de partout rien qui cloche tout pour la rassurer — un roc, elle dit de lui, un roc, et même ça a l'air de l'énerver or c'est pathétique, car au lieu d'un roc le patron ce sera bientôt une termitière, tout foré à l'intérieur à cause du minage et du mouron, récemment examen à l'hosto pas brillant côté diastole-systole m'a confié le patron, si je n'étais pas là il se confierait à qui je me le demande puisque devant elle bouche cousue, flamberge au vent, arme au pied et doigt sur la couture du pantalon, etc. Alors ce soir on va se marrer.

Elle, une hypoparathyroïdienne chronique, m'a dit Monsieur sur un ton comme si la chose était d'envergure, aucun patron m'a jamais tant appris sur la médecine, évidemment elle a toujours un pet de travers alors il se documente lui, au sujet de ce, enfin de ce qui ne va pas. Puis il a précisé ça peut aller jusqu'à la contracture totale du corps, le spasme carpopédal, la main d'accoucheur et les tremblements parkinsoniens pauvre gamine en fait je crois moi qu'il lui porte sur le système alors elle en a des crampes voilà tout, je le vois bien moi quand il s'approche d'elle qu'a pas envie de se faire sauter, elle se met à trembler effectivement, et surtout la lèvre inférieure qui tressaute alors ne pas insister sinon parkinson, ben voyons, cette contraction de la lèvre on sait tout à son propos depuis que Monsieur l'a emmenée chez le docteur car la lèvre ne décontractait à aucun prix pourtant Monsieur ne recule devant aucune dépense alors toubib illico, paraît qu'après un choc au-dessus de l'arcade zygomatique c'est normal chez les hypoparaetc ce symptôme dit signe indubitable de Chvostek — le choc au-dessus du zygomatique ça devait être une baffe de son jeunot, parce que cette vicieuse qu'on lui file des avoines elle adore ça, mais pas de la main de Monsieur bien entendu, là elle le tuerait, elle adore ça, j'ai encore entendu des converses au téléphone avec ses amies de la haute, elles ont toutes l'air d'apprécier, j'ai lu des passages de ce qu'elle écrit, c'était informatif, moi ça ferait longtemps à la place de Monsieur que j'aurais abusé des avoines et je l'aurais tellement sonnée que cette fois, valises, et pour toujours, enfin je ne suis pas à la place de Monsieur, merci au seul Dieu — de la visite chez le toubib on parle encore, la donzelle c'est Notre-Dame de la Tétanie, la Championne du Spasme Laryngé, la Reine de la Mâchoire Bloquée si seulement elle pouvait jamais la débloquer, la Virtuose des Courbatures, l'ensemble parce qu'elle ne fixe pas son calcium d'où obligation de yaourts et de pilules pour que ce calcium ne fiche pas le camp ce qu'il s'évertue à faire dès le yaourt avalé. Evidence, elle est rachitique. Le soir porter à Madame son Calcibronat et sa Calcamine. Le second médicament pour attacher le calcium du premier à la personne qui l'égare si facilement. Qu'elle devienne épileptique, lui va vers l'accident cardiaque, ce sera bien comme résultat et épilogue de l'histoire d'amour entre un homme d'âge et une jeunesse. En forme tous les deux. La vie de couple ça leur réussit. Toujours ça en commun, avec le trafic de leur nationalité, sauf que Monsieur on ne doit pas savoir, donc le soir porter en grande pompe les fixateurs de calcium dans la chambre de Madame et quasi en rampant, sur la pointe des pieds et après seulement les pilules de Monsieur — voyez, détériorés à faire peur, même galère, d'être romancière ce qui veut dire inventeuse d'histoires, évidemment c'est tout ce qu'elle sait faire, ou homme d'affaires bidon héhé la pub c'est tout du bidon, on se retrouve camé, même jeu. Et pas à dosée filée. Donc lui planquant férocement tous ses maux et cœur fichu ou pas, la sautant toute la nuit, quand elle veut bien lui faire la grâce. Curieux comme le dottore fait tout à l'envers : il planque ses tares pour que la petite le croie toujours un roc, or elle a horreur des rocs et elle le dit, néanmoins il s'obstine malgré son âge à ressembler à un roc, du granit, et à cacher ses accès de mauvaise humeur or elle a horreur des tout bons et lui héroïque imbécile, ça par moments il faut bien le dire, de jouer les matamores et moi de faire des cérémonies secrètes la nuit pour lui porter ses médicaments, un jour elle découvrira, si seulement ça pouvait lui flanquer du remords, vœu pieux. Elle la fragile. Ouiche. Peau qui desquame, se coupe souvent et ça s'infecte question de sang elle a du venin d'aspic à la place, et mycoses purulentes entre les doigts de pied dès qu'il fait chaud tout ça le lot des hypoparamachins et de ce petit saxe, pas, évidemment le petit saxe à picoler comme ça et à se nourrir invraisemblablement parfois à jeûner des jours comment voulez-vous que ce soit sans conséquence, elle a surtout un syndrome de garcerie moi je crois.

Ce soir donc à nouveau chienlit elle a radiné et ce soir potions magiques. Préparer le tonicardiaque pour le patron qui s'inquiète en silence de son myocarde ce truc toujours à infarctus c'est que donc le cœur fatigue à force de limages de la petite, ainsi du foie à cause des fugues de la petite d'où alcool et chocolat pour oublier. Ce soir ne pas se tromper. Il leur faut des machins insensés pour dormir à Monsieur Madame. Chacun sa panacée et pas des tisanes je vous prie de croire. Avant, Monsieur, il prenait rien, pas un Aspro, et aujourd'hui, c'est Calmalone suppo Calmipan comprimés et Olympax comprimés Nirvanil gouttes Urbanyl comprimés ceci pour Monsieur pour Madame au menu ce sera Surnox Noctivane Reposal Eunoctal Sopor Béatol Noctran Dormalone Vespérax Divinoctal Dormopan des ravagés je vous le dis théoriquement ça devrait les mettre dans le coma remarquez pour les calmer ça les calme, ces derniers temps quand il n'allait pas au head office because congé pascal, c'était le matin du midi et demi le petit lever du boss, et trois heures de l'aprem celui de son odalisque, après ça s'agit de penser à se donner un coup de fouet et allons-y du Préfamone ça c'est pour être excité et pas bouffer pour pas grossir plus Vigilor ce qu'elle s'enfile comme Vigilor on comprend qu'ensuite Divinoctal sinon adieu Morphée, un jour Monsieur va craquer, et comme c'est arrivé à des chefs d'Etat et des Pères de l'Eglise, passer de l'autre côté au moment qu'on dit le plus agréable de l'acte — encore un choc affectif, une fuguette jusqu'à l'aubette, et le patron il va à l'hosto et on verra si elle lui apporte seulement une rose cette garce qui fait tout un plat avec sa tétanie chose spectaculaire mais ma mère en avait on appelait ça crises nerveuses, pas grave, alors que rien de plus grave que l'insuffisance cardiaque. Seulement, s'il se montre insuffisant quelque part, Monsieur est persuadé que sa bayadère zoum elle va se tirer blanche d'effroi comme devant un mort-vivant donc garder l'apparence grâce à gymnastique et saunas — affreux pour le palpitant mais il va suer, toujours pour cette folie de maigreur — massages teinture de cheveux inspection des dents une fois par mois bref un bagne et après ça sert à quoi ces efforts si c'est pour se goinfrer de saloperies chimiques détériorantes, et la grande valse des saloperies chimiques c'est depuis qu'elle lui agite sous le nez le hochet du mariage.

Bon où en sont-ils allons-y ou pas si je dessers et qu'ils sont en train de, vous voyez, sur le tapis devant le feu fait pour ça, plus romantique, je vais me faire engueuler allons-y pas et après le sport des calmants de part et d'autre, ils devraient s'interdire cette chose qui leur réussit pas trop, une fois Monsieur m'a chuchoté : une histoire d'amour conflictuelle c'est le paradis, Goldenberg, sous-entendu si c'est pas conflictuel on s'emmerde, alors paradis, chacun a sa vision du, pour moi leur love story c'est une vision de l'Apocalypse, il a sonné ça doit être l'heure de nos petites Boldoflorine vu qu'il est pas tard elle a dû prétexter d'un picotement intérieur on appelle ça cystite et c'est très commode pour ne pas se faire niquer tiens tiens ce soir Madame n'avait pas envie qu'on lui bouzille le zygomatique, seul le jeunot a la permission de lui bouziller ça, Goldenberg un jour il te faudra quitter cette maison pour retrouver la paix de l'âme, aller chez des bourgeois, j'accepterais même des gniards une meute de labradors et des causeries politiques des gens à prétention et tout à fait de gauche dans hôtel particulier, moi à force de conflictuel et de la mousse que je me fais pour le patron je vais finir par tâter du Dormipan, voilà j'arrive, vite plateau des saloperies pour le patron préparons-le planquons-le et pour la douce apporter les petites pilules sur de l'argenterie, Madame la convulsionnaire se drogue en public comme ça on la plaint, on la ménage, on la traite comme si elle allait s'effriter sur-le-champ — à propos d'effrité j'ai vu ce que Monsieur a fait avec l'arbre de vie mexicain, qu'était bon pour la poubelle il a tout recollé et acheté de la peinture même teinte pour que rien ne se voie même qu'il a apporté un échantillon de feuille, une oreille de hibou et un rameau d'arbre au marchand de peinture pour que tout soit assorti exactement, en une journée il a fait ça, à cause du symbole car elle avait dit funeste présage alors vous pensez. Moi ce que je pense c'est que le jour où même avec du Gériatrix Pharmaton du ginseng et du germe de blé pour la vitamine E et un coup de gnôle il débandera le patron là on en reparlera, non que la petite ça la gênerait beaucoup mais la malédiction et la seule véritable, c'est pas que cette maison soit hantée comme le prétend l'allumée de service, c'est que cette fente savoureuse qu'elle a ni plus ni moins que les autres, s'il doit se priver de la colmater au cours de leurs séances de gymnastique, le maestro il est capable de se faire sauter la cervelle où tant de choses étaient naguère bien rangées comme dans des tiroirs de commode, la cervelle oui, à cause de cette fente c'est incompréhensible et pourtant nous en sommes là.

Jupe de Serpents a une nouvelle bête, Soyabînblou de Chose (encore quelques propos, du même)

« Ça y est. On en a reparlé, du ramina. Ils sont allés dimanche, à la campagne, chez une éleveuse de chats. Monsieur depuis évite de me parler. Une séance de gymnastique, et elle l'a eu son chat. Voilà ce qui nous attend, d'ici peu, pas un de gouttière vous pensez. S'appellera pas Minet. Ce serait désobligeant pour sa race qui est sacrée de Birmanie. C'est râpé pour l'abyssin. Il s'appelle donc Soyabean Blue des Grandes Rizières, cette bête, six mois à l'heure qu'il est, fils du champion international Shantung Cream des Grandes Rizières, et Jupe de Serpents m'a écrit ces noms sur un bout de papier pour que je les apprenne par cœur, prétextant qu'elle en avait marre que je prenne les Moulins à Prières de Bouddha pour des jarretières. Monsieur m'évite, donc. Il sait l'affront que constitue l'entrée de cette bête sous ce toit quant à mon honneur et à mes crises d'asthme. Un cas de conscience pour lui, qui est si scrupuleux et attentif à autrui. Mon cher Nussbaum, j'aurai sa peau velue comme j'ai eu celle de l'autre. Il y aura des querelles atroces, et je m'en irai, tant ça va être irrespirable — à moins qu'elle ne s'en aille à Mexico et autres pays sauvages. Moi pas loin, au vert, guettant l'appel de Monsieur. Il me reprendra dès qu'il le voudra. Je suis à son service depuis si longtemps. Je sais que je m'ennuierai de lui et que si elle part il aura besoin de moi.

« Tout perdu sans l'arrière-grand-mère de Lilith, et intime des dieux de l'Afrique par l'intermédiaire de sa chère négresse, un nom comme Fanta Boukoulou. Bref, stratégie. Eliminer la bête, et pour retrouver mes esprits, et puisque

Monsieur m'a signifié que cet été il n'aurait pas besoin de moi, aller à la campagne chez le comte de la Molinière qui m'a fait des appels du pied car il vient de virer son maître d'hôtel pour vol. Ce n'est pas moi qui. Jamais. Cousin, avant de prendre toute décision, j'ai besoin de conseils. Ce pourquoi j'ai été voir le rabbi Mandelbaum, un homme que le maestro, bien que non juif, aurait intérêt à consulter de temps en temps. J'ai été voir le rabbi non pour lui parler des châtiments consécutifs, après ma propre mort, à l'élimination systématique de trois grippeminauds, ce qui ne doit pas aller chercher très loin, mais pour l'entretenir de l'influence pernicieuse de Jupe de Serpents sur le maestro. Il m'a dit de ces choses. Ecoute cousin. Avant d'écouter, un détail. Je ne désespère pas d'entraîner un jour tout mangeur de porc qu'il soit, le dottore chez Mandelbaum. Au fond chercheur de Dieu au nom imprononçable, le dottore. Il ne rigole pas quand je lui parle des verges miraculeuses de Moïse et d'Aaron, ne prend pas ça pour une obscénité comme l'autre mécréante; a même dit l'autre fois « l'humanisme est le mauvais sort de l'humanité », il paraît que ce n'est pas de lui, mais comme c'est tout à fait intelligent, ça lui a valu un regard très doux de miss Cinglée. Elle l'aime intelligent, et il s'osbtine à être idiot par amour, ça finira mal, c'est pour ça, profond malentendu, que ça finit toujours mal, celui qui aime moins restant plus intelligent que l'autre, prenant le haut du pavé question intelligence et donc combat déloyal. Bon. A entendre le patron, qui ne cesse de la louanger, on croirait cette mauviette taillée dans l'éther insaisissable tels les sephiroth et non dans la chair mal cuite d'une impolie comme le sont les harengères. A ne pas mettre entre toutes les mains, dit Monsieur, du fragile et du spécial. Il a des formules. Mais croyez pas qu'elle s'extasie. Elle n'écoute pas, ai-je dit au rabbi, jamais. Traitée comme l'inhumaine incarnation de la grâce, et crois pas qu'elle en éprouve de la reconnaissance. S'en bat l'œil, oui.

« Rabbi, j'ai dit à Mandelbaum, il en est fou au point de trouver donc des formules merveilleuses, écoutez, je les ai notées. Pour vous dire à quel point il en est amoureux. Miss Cinglée regardait des photos de vedettes dans un magazine, et louait les yeux bleus d'une de ces vendues, et le dottore s'est dressé, a levé les boucles de cette folle sur ses yeux de folle, elle est toujours mal peignée autant que mal embouchée et les cheveux dans les yeux pour dissimuler ses mauvais instincts sûrement, et dans l'extase le dottore, en grande pompe il a dit des yeux : que sont les myosotis comparés aux ténèbres. Un homme comme lui, dire ça. Ou bien il l'a lu quelque part. Mais non. L'amour le rend tour à tour muet ou inventif dans le poétique, mais pour le prix Citron c'est du pareil au même. Ça l'a même fait rire je crois bien. Le rabbi se tenait silencieux, m'écoutant. Rabbi, ai-je dit, comment débarrasser cet homme non juif mais bien, de cette maudite. Devenu aux yeux couleur de vin piqué de la maudite, devenu quoi, un empêcheur de tourner en rond même dans une cage dorée me fais-je bien comprendre. Dégradation de l'homme par la sale femme. Qui dès que ça cloche, colères barbares et menaces de suicide. Enfin, elle a quelques petites entailles sur le poignet gauche, presque rien, des saphirs tout autour et on en parle encore. Et la maudite donne aux chats, rabbi, plus de marques d'affection, je l'ai vu, en une minute, qu'à mon patron en trois ans. Et mon patron du genre à tout accepter et à l'attendre les six mille ans préfigurés par les six jours de la Genèse. Impressionné, là, le rabbi, par mes paroles. M'a proposé du goulasch. J'ai accepté. Les exigences de la maudite, rabbi, ai-je dit en mangeant cet excellent goulasch, je n'en peux plus. Lui faut des vins millésimés, du thé lapsang souchong terry souchong grand yunnan darjeeling à la pomme à la fraise aux leechees à la noix de coco, je connais c'est moi qui vais chercher sa drogue, quand il en manque un elle éclate en sanglots c'était justement celui à la noix de coco qu'elle voulait impossible de trouver l'inspiration avec les autres. Et je dois cavaler à sa maison de thé, pour cette drogue sans laquelle plus de création, car elle écrit des livres, avant c'était sur les planètes et incompréhensible, d'ailleurs on en vendait pas un, au pilon vite fait, depuis peu ça a changé, elle écrit des trucs dégoûtants, des sales histoires de femmes et toujours l'amour. Là ça marche. Il lui faut des rames de papier et trois machines à écrire sous la main car elle ne pond pas la même chose selon l'engin et si une pièce saute ou si le ruban se bloque, panique générale, et ruée chez le type des machines à écrire. Votre goulasch était suprême, et cette fille c'est Tohu et Bohu, ai-je dit au rabbi. Il est sûr que cette désordonnée va mener Monsieur à sa perte. Parce que leur histoire ça a l'air brouillon, mais. Et là le rabbi — un intellectuel, qui fait des films — m'a dit très doucement : avec une personne aussi écervelée, et si passion il y a, même d'un côté seulement et surtout quand c'est d'un côté seulement, ce genre d'histoire ressemble toujours à des rushes avant le montage, je n'ai pas osé demandé ce qu'étaient les rushes tout de suite, il m'a expliqué et orthographié après, mais, a-t-il poursuivi, VU DE LOIN SEULEMENT. De près en général avec les filles de Lilith, l'histoire est d'une cohérence implacable. Implacable, a-t-il répété, soucieux, et je n'ai pas osé lui demander ce qu'il entendait par cet adjectif — que ça finira par le malheur de Monsieur et par une séparation d'elle qui me vaudra d'être rappelé à son service, moi c'est ce que je vois de mieux n'osant envisager le pire. Si j'ai bien compris, a dit le rabbi, après avoir regardé longuement la dizaine de photos parmi les cinq cents que Monsieur a pris d'elle en trois ans, et que je lui avais subtilisées en douce pour les montrer à cet homme de Dieu et affermir son jugement, si j'ai bien compris, cette écervelée est aussi une jolie fille, un cadeau pour le roi Salomon, et un genre de pousse-au-crime. Exactement, ai-je dit, pensant aux matous et à l'étroit dans mes chaussures. Et que fait-elle de ses journées ? a demandé le rabbi. Elle dort, ai-je dit, la moitié du temps, l'autre elle s'encre les doigts avec une de ses machines, et parfois la nuit elle fait la chienne femelle avec le pauvre dottore. Même des horreurs avec sa langue sur ce que vous pensez, bref, le membre mâle du dottore, avec aspiration des joues, grande capacité de pompage et comme c'est pas recommandé dans les textes — j'ai vu la chose une fois entrant à l'improviste. Le rabbi a ri, il pouvait plus s'arrêter, puis sa Rachel de bonne a desservi le goulasch et amené de la compote de pommes en boîte. Rien à dire, elle est belle cette écervelée, a dit le rabbi, et a des muscles faciaux bien souples à ce que j'entends. Oui ai-je dit, pompage donc lubricité condamnable, MAIS ceci quand l'écriture se rebiffe pas. Quand l'écriture se rebiffe, la petite aussi et là plus question d'exercices physiques. Ainsi le tient-elle. Ça sûrement, a dit le rabbi, très souriant. Si elle a envers le membre de cet homme l'ardeur des patriarches à l'égard de Dieu, il doit être tout à fait content, l'homme en question. Moi j'ai dit au rabbi, mystère que le plaisir de cette infâme succion, et mystère qu'elle fasse durer ça un quart d'heure ce dont j'ai eu l'impression, à plusieurs reprises d'improviste, mystère que tout cela à cause de la fatigue des muscles masséters et zygomatiques et du risque d'étouffement et d'une probabilité de hoquet voire de nausée, et mystère que la gratitude qu'en éprouve le dottore. Faut voir quand ils sortent de la chambre. La reconnaisance du dottore, comme s'il était indigne de se laisser cajoler ainsi et de voguer sur des nuages pendant que la sale chienne s'exténue sur les parties basses, pour échapper, à mon avis, tout simplement, à l'horrible ennui que c'est pour elle par moments de ne pouvoir écrire. Bref, a dit le rabbi, quand elle n'écrit pas, au lieu de modeler des chameaux en mie de pain, de tricoter ou de sucer des bonbons, ainsi auraient été occupés les dix doigts et indisponible la bouche de cette enfant, elle — bon. Je ne vois toujours rien d'affreux là-dedans. Rien d'affreux. Mais un jour de haine de l'homme, elle va en croquer les parties basses, rabbi, ai-je dit, c'est très dangereux, et avec les écervelées qu'est-ce qu'on sait. Il a ri encore. Mais oui, rabbi, elle prend l'air convenablement gourmand pour la circonstance, cette sœur de la femme de Putiphar, mais en vérité, je soupçonne qu'elle a cet exercice en aversion. Elle se force. En réalité elle préfère cent fois écrire, ou parler avec ses amies les duchesses, ou tirer ses cartes, ou amignarder ses chats, ou — non, là, je n'ai pas parlé des châtaignes qu'elle demande à ses blancs-becs de lui filer, tout de même — se vernir les ongles ou s'enlever les parties pileuses des jambes, elle fait ça pour avoir des parfums et des robes et des voyages par l'avion Concorde de préférence, des clips d'oreilles et des ablutions de pieds.

« Envoûtement jeté sur l'homme par la femme. Fût-elle agréable à voir comme cet ange de Pitié, un beau petit lot, a dit le rabbi toujours rieur et tenant les photographies. Quelques conseils, Goldenberg, a-t-il dit. Même s'il y a envoûtement, ne recourez pas au Très-Bas pour séparer cet homme de cette femme. Laissez le Très-Haut prendre en charge leur destin, je vous en prie. Je ne sais pas moi-même, Goldenberg, si cette furia d'amour humain est un enfant du Paradis ou un chien du Shéol, un peu l'un un peu l'autre ce me semble. Là j'ai pris congé du rabbi qui avait un peu sommeil, sans m'occuper du fait que je lui laissais les photos, et j'ai remercié l'Eternel, dans la rue, de me préserver moi, tas de vieux os incomestibles, de cette engeance saignotante et trouble, ces saletés de femmes.

« Je suis revenu voir le rabbi pour les photos et le plaisir aussi bien entendu. Et j'ai entendu d'autres choses, et j'en reviens à peine, mon cher cousin. J'étais toujours préoccupé par cette question des lécheries du bas, j'ai tant peur que le membre du maestro ne devienne celui du bouc émissaire et qu'elle assouvisse une volonté de vengeance contre le membre émissaire et dans sa haine le mange — j'en avais rêvé la nuit. J'avais aussi rêvé que le dottore allait se convertir à notre religion et à Jérusalem. Un beau rêve. Rachel m'a introduit auprès du rabbi. Eh bien, cousin, il regardait les photographies de miss Cinglée. L'air d'un hérétique fou. Lui. Un homme qui vous ferait attraper Dieu comme on attrape une maladie vénérienne, avait dit le dottore, qui l'a rencontré deux fois aux abords de la synagogue et deux fois a failli se faire embarquer chez cet Oint du Seigneur pour discussion théologique. Et là avait dit le dottore, une fois attrapé Dieu, on est frit, plus question d'être intelligent, la grâce suffit, pas envie de cette grâce ruminante, très peu pour moi. Blasphémateur, le dottore, oui, mais tenté par Dieu tout de même. Donc le rabbi, l'air bizzare. A ôté ses lunettes à mon approche sur ses yeux d'une teinte bleu céleste (ceci pour débarrasser ses verres d'une taie de poussière car cet homme distrait par la prière attend l'aveuglement quasi total pour les récurer). Pas rasé et pourtant nous étions mardi et pas le jour du shabbat, les cheveux en broussaille, ressemblant curieusement à une chèvre ce jour-là. Tenez, reprenez les photos, m'a-t-il dit. Et son haleine sentait le vin, bénit ou pas, ça restait du vin, et le vin, ça saoule, et le rabbi devait avoir abusé du vin avant que ce fût celui archibénit du shabbat, en pleine semaine, car il se mit à beugler la gloire de l'Eternel comme je ne l'avais jamais entendu faire, sur ce il prit une bouteille cachée sous son grand bureau en chêne massif, et se versa une rasade, m'en offrit, je refusai, complètement désorienté, et, hypnotisé par les photographies, il mugissait la grandeur des Milices Célestes et la véracité du Talmud de la première à la dernière ligne puis rugit la beauté du Zohar, Ciel de Saphir comme le saphir des yeux de cette jeune fille, me dit-il en me tendant les photos, que soit béni son mari même s'il est catholique, il y a de quoi l'aimer jusqu'à la fin des temps et il a raison cet homme, reprenez les photos — et je dus l'accompagner dans ses intempérantes et peu saintes libations, me disant qu'à cette table on honorait autant le Bacchus de la vigne que Yahvé, mais que personne ne serait au courant, car je suis une tombe. Là sous sa chemisette, a dit le rabbi d'une voix pâteuse, pas de soutien-gorge et un sein pointé, comme un petit gravillon. Que le Saint béni soit-il pardonne à ce sein libéré non pour cause de luxure mais à cause du temps chaud, et puis Dieu a créé la femme avec des seins, donc ne médisons pas de Ses intentions elles étaient sûrement bonnes et ce qu'Il a fait est rudement bien fait. L'heure de midi approche, il y a des feuilles de vignes farcies, partagez donc mon repas, Goldenberg.

« Ce que je fis. Le rabbi, elle l'avait mis de son côté, par le truchement des photographies, qu'il ne quittait pas des yeux. Jamais vu ça. Il parlait la bouche pleine et se penchait avidement sur les photos dont il semblait navré d'avoir à se départir, ôtait ses bésicles et les torchait vigoureusement avec sa serviette grasse d'avoir essuyé aux commissures de ses lèvres l'huile des feuilles de vigne, remettait les besicles huilées sur son nez montueux, avait soudain l'air de quelqu'un qui voit l'univers de façon irradiée et qui croit à une intervention divine, s'apercevait que c'était l'huile, prenait une seconde serviette et essuyait les verres comme un forcené, car ce qu'il voyait me disait-il, sous forme irradiée, méritait qu'on s'y attache encore un peu, buvait pour se remettre de l'influence pernicieuse des photos devant ton cousin en déréliction totale, même le rabbi, et il suffisait qu'elle fût en photo, buvait et ne se remettait pas, affirmait à ton cousin qu'elle était à la fois l'Eve paradisiaque de face, et de profil Lilith la démoniaque et de trois quarts la plus belle fille pour le roi David hier c'était pour Salomon, heureux l'homme qui était dans son lit, qu'il l'épouse, car de trois quarts elle avait, me disait-il, un regard de poix bleutée sous des cils aussi noirs que les boucles luisantes de sa tête, des boucles propres à accrocher le désir de l'ensemble des humains et à attirer les compliments des anges pour ce que fit l'Eternel, et il était en train, pardon de la crudité, de se masturber, le mental seulement à moins que la nuit le physique aussi, tel le pauvre Onan, sur l'affaire que je lui avais soumise, et donc les photos de la petite. Celles-ci, étalées sur la table au milieu des reliefs du saint repas, dégageaient un fumet quasi diabolique, et avaient tellement envoûté le rabbi qu'il ne se résignait pas à lever le nez pour regarder autre chose qu'elles et ce rabbi semblait frappé de paralysie faciale, il était déjà assez prognathe pour que, de pointer le menton en signe d'intérêt passionné — regarde à prognathe dans le dictionnaire si tu ne comprends pas, mon très aimé cousin — ne changeât rien à sa physionomie, ce menton pointait tout seul, mais là d'une façon qui sembla à ton fidèle Goldenberg tout à fait celle d'un télescope. Il me dit, cet Oint du Seigneur égaré par le vin et les pouvoirs de Lilith, qu'en une nuit, à cause des photos, il avait beaucoup appris sur les jeunes filles d'aujourd'hui. Qu'il aurait voulu avoir pour enfant cet agneau noir, et qu'il se trouvait tout démonté devant les multiples portraits de la même jeune fille — je cite toujours le rabbi — remontant un bout d'étoffe, ce doit être un paréo, me dit-il rêveusement, l'air des délices, puisqu'au dos de la photographie, est indiqué : Raiatea, Polynésie. Oui ai-je dit à cet homme de Dieu qui ne m'écoutait pas, mais la Polynésie, c'était sans Monsieur Innocenti, AVEC UN AUTRE, qui la photographiait avec la même rage lubrique... Ah bon ah bon, a dit le rabbi, distrait.

Tenez. Et il m'a rendu le paquet de photos, où on voyait Jupe de Serpents sous une chapka de mouton — un sourire à unir les peuples, dit le rabbi — en sari, en pelisse de princesse de Nijni Novgorod, en balayeuse de Nijni Novgorod, en maillot deux pièces existant sous forme de cordonnets retenant aux hanches deux grammes de toile rêche, sur fond embellissant : torrents violacés de flamboyants, assortis aux yeux et pour faire ressortir leur fameuse couleur à cette miss Fêlée aux seins en gravillon, et véritable ange déprédateur disait le rabbi complètement saoul. Cette langue de fausseté qui subornerait même les étoiles, les achète avec des pots-de-vin et renvoi d'ascenseur pour le ciel, a établi de sa propre main l'horoscope sûrement fallacieux qui a évincé, il y a peu de temps encore, le mariage et mon cher dottore de son existence, car s'y opposaient, au consensus omnium, Jupiter, Vénus, Mercure, Neptune, Uranus et Pluton, au fond du ciel de naissance de la mignonne trône le Scorpion, ce qui sans rien connaître à l'astrologie ne m'étonne pas cousin, le scorpion étant une sale bête, et mon maestro siège actuellement, les fesses sur le Code Civil puisqu'il veut la marier et sous cet implacable ciel du Zodiaque, et sous celui du Zohar, et en face de moi, un rabbi ivre séduit lui aussi par cette sale femme avec ses tarots du diable et ses sornettes astrologiques, une sale femme qui a fauté plus que l'ensemble d'Israël, ai-je dit au rabbi.

« Or séduit, et capable de frauder les instructions données sur le Sinaï, de parler politique et de tirer la chasse d'eau pendant le shabbat je te jure, cousin, séduit par les portraits de cette impudique, le rabbi Mandelbaum a fini par me rendre le paquet de photographies et je les ai dénombrées pour voir s'il n'en manquait pas, sinon engueulade du maestro, je lui avais juste subtilisées pour peu de temps, le temps que le rabbi tombe amoureux de cette sale femme et garde pour lui une des photos, c'était bien ça, il en manquait une, je la connais, elle est agrandie et dans un cadre, au mur de la chambre de Monsieur, cette photographie de l'écervelée, assise sur le bord d'un lit, en pull de laine beige, et c'est tout, cousin, enfin, non, un slip peut-être mais invisible, camouflé par la longueur d'un pull volé à Monsieur, et visibles les jambes, sur lesquelles les hommes se retournent quand elle porte ces blue-jeans où pire que nue, quoi de si émouvant hein, deux cuisses tannées à cause du soleil et un peu creuses, elle est trop maigre des jambes, et des genoux que cette maigreur rend semblables à des créneaux, et des socquettes blanches brodées de raquettes de tennis rouges. Et l'air de narguer le monde comme il se doit. Bon, soyons justes, même maigres ces jambes, elles sont longues, et sans varices, ces saletés de jambes qui sont bien capables de faire oublier au rabbi Mandelbaum que la perversion vit en elles, et au lieu de chanter le samedi matin la beauté des tentes de Jacob, il ne pensera qu'à chanter les jambes, et les jambes encore à la place de la Vérité du Proche Salut. Tu te rends compte. Et à peine rentré, je l'entendis, celle qu'aident le démon et ses phalanges noires, sinon elle n'arriverait pas à envoûter sur photographie, me voilà certain de cette chose, je l'entendis, la détourneuse d'hommes et même de rabbis, d'une voix ensoleillée, dire qu'on attendait le chat dans l'après-midi. J'ai replacé les photos où elles étaient, et pensé à ce chat avec presque de la tristesse dans le cœur par avance. A toi, ton cousin qui doit être revenu pour la seconde fois en ce monde et, plus pour longtemps, dans cette place afin d'expier ses fautes précédentes, Balthazar Siméon Goldenberg.

« P.S. Cher cousin et ami, tard dans la nuit,

« Le même soir, quand je suis rentré de chez le rabbi, j'ai trouvé miss Cinglée toute gracieuse, fumant une cigarette, une de ces cigarettes que j'achète par cartouches pour qu'elle en ait toujours à sa disposition, ceci sur son ordre et sur mon vœu secret, rapport au cancer. Miss Cinglée regardait elle aussi une photo, c'était le jour, un drôle de jour. Et elle m'a dit en anglais, souvent l'anglais dans ses moments de douceur mielleuse : mai aï introdousse you (et soi-disant pour que j'en apprenne les rudiments, soi-disant, en fait c'est pour le snobisme et me faire passer pour un âne voilà tout) mai donc aï introdousse you ze nioui cat, is néme Soyabîn blou des Grandes Rizières sonne of Shantoung crîme des mêmes Rizières, vous me l'avez recopié ce nom, Goldenblum ? Regardez comme il est beau. Et de me tendre la photo d'un matou avec autant de poils qu'une balayette et la queue en panache, couleur café au lait avec beaucoup de lait. Attention Foldenstein, il a fallu que ce jour-là elle se trompe plus que d'habitude à propos de mon nom, elle le faisait exprès bien entendu, Soyabîn blou, un Sacré de Birmanie, est une bête luxueuse et donc fragile. Alors quelques instructions, Nussberg — le chat va nous arriver d'ici peu, ce soir même Mme Lecœur, l'éleveuse, nous l'apporte, je baigne dans la joie — vous irez acheter demain du cypirus, excellente plante à chat, un nouveau panier, l'ancien est un catafalque, de la paraffine pour le purger, tenez, on sonne, ce doit être Mme Lecœur et Soyabîn Blou : Laissez, je vais ouvrir, a-t-elle dit, et juste sur le seuil du salon, elle m'a balancé son regard quetsche presque noir et ces mots, l'air détaché : Foldenmuss, s'il vous plaît, lissen tou mi. Selon la légende birmane, le malheur échoit à celui qui, même involontairement, met un terme aux jours d'un chat sacré, et les pires châtiments l'attendent dans l'au-delà sans que jamais ne s'apaise l'âme du coupable, de toute éternité — juste une légende, voyez-vous.

« Et avec ses manières tournoyantes, elle s'est envolée vers la porte. »

« Cher cousin Nussbaum et ami, le lendemain,

« Ça a été très dur. Assises toutes les deux sur la banquette du salon, la Lecœur, une maigriotte à l'air de femelle mauvaise, et miss Fêlée, sur le fauteuil, Monsieur, moi debout en face, et ça a été la leçon à propos du Sacré.

« Une brosse en sanglier, vous n'oublierez pas, Foldenmuss. Un peigne à dents bien larges. Son régime, Goldenbaum. Oligo-éléments, levure, légumes, riz, carottes, haricots, viande en morceaux, crue mais MAIGRE, poisson, beurre

FRAIS, crème de gruyère, sardines, thon, poulet, deux repas par jour. Donnez-lui de gros morceaux pour qu'il mâche bien, a dit la Lecœur. Et du vermifuge. Un quart de comprimé — notez, Foldenfeld, a dit doucement le petit trésor, et j'ai dû m'exécuter — d'Ascatène Biocanina par mois jusqu'à huit mois, et il en a six, et moi je pensais qu'il ne connaîtrait jamais la période sans vermifuge, ça me faisait vraiment de la peine pour lui. Puis a rectifié la Lecœur un DEMI-comprimé tous les trois mois, quand il sera adulte. Même la période à un tiers, connaîtra pas. Pour le brosser, toujours à rebrousse-poil, faites attention qu'il ne vous griffe pas, a continué la Lecœur — à ce propos, les griffes. Il peut aussi vous griffer quand vous le baignerez, ce qui tourne parfois au combat de catch, donc quand vous le baignerez, pendant que j'y pense, notez s'il vous plaît, l'eau à 37° PAS PLUS, au shampooing pour bébé uniquement, n'oubliez pas de lui enduire le tour des yeux de vaseline, rincez à grande eau, séchez, brossez, peignez. Les nœuds, ôtez-les un à un à la pince à épiler. Donc pour éviter les griffades au cours du bain ou après, vous couperez les griffes à la pince à ongles, mais JAMAIS, ne touchez JAMAIS à la partie rose de la gaine enrobant la griffe, il aurait affreusement mal, il saignerait. En cas de maladresse de votre part, prévoyez un antiseptique, a enchaîné Jupe de Serpents. La queue, a précisé la Lecœur uniquement à la brosse, pas au peigne. Saniterpan, c'est ce que je conseille à tout le monde comme poudre antiparasite. Notez, a poursuivi Jupe de Serpents. En juin, a fait la Lecœur, on coupe les poils trop longs, au ciseau. Quant au régime, pas de croquettes, c'est très malsain, SURTOUT PAS DE CROQUETTES. J'avais oublié de vous le préciser. A LA RIGUEUR, si vous êtes pressé, a dit la Lecœur, et vous devez ABSOLUMENT lui donner des boîtes, prenez la marque Whiskas, au lapin, ou Gourmet, foie-volailles, c'est ce qu'il y a de plus acceptable. Ah, l'eau. Pas du robinet. Contrex et Volvic uniquement. Dernier point, ma chère amie, a-t-elle dit s'adressant à miss Cinglée qui avait son air de Négus, il faudra le faire opérer. Oh, que oui ai-je pensé devant le panier où se terrait, planqué, l'Eventreur de fauteuils, l'Ouvreur de portes, et l'Inondation prévue des tapis, oh que oui, l'opérer, ça pue tellement la pisse de chat pas castré, je me souviens de l'autre, un grand ratier auquel les rats ont quand même fait son affaire. Sujet opération, ça a duré. Miss Cinglée rechignait, mais a fini par accepter, car en ville n'est-ce pas, un étalon pareil filerait dans la nature dès les premiers émois du printemps, et macache retrouvailles, le reste, qu'il dévaste l'appartement, elle s'en fout, c'est pas le sien, et elle tient aux parties basses de ce chat largement plus qu'à celles de Monsieur, ça ne saurait se comparer, cette histoire qu'elle a faite à propos de l'opération, alors qu'on pourrait les lui pendre au cou à Monsieur, qu'elle trouverait ça original. Bon. Le mammifère dans sa caisse bougeait toujours pas. Tant pis, a fait miss Cinglée sujet ablation des parties. A neuf mois, c'est entendu. Et là, elle s'est levée, et elle a ouvert le couvercle de la caisse en osier d'où elle a fait surgir, d'un bond, l'animal retors, qui s'est mis à hérisser le poil et à cracher dans ma direction, et moi je sentais venir la crise d'éternuements irrépressibles, par chance, ça s'est calmé, le matou aussi, et miss Piquée s'est mise à le cajoler, à le prendre sur ses genoux — Monsieur bouillait de jalousie rentrée ce que je voyais clairement — et à lui susurrer des insanités du genre ô réincarnation du Grand Prêtre des Montagnes de chose, ô Favori de la déesse, Chung Chong Tsing, voyez la belle queue en panache, et cette gueule qu'il a, regarde, amore — à l'adresse de Monsieur qui subissait — cette belle tête ronde, ces joues pleines, cette robe beige doré, le moelleux de sa collerette, tâte voir — il n'osait pas, peur de se faire griffer, il a osé, ça a manqué de peu, elle a eu une lueur satanique dans l'œil et elle a dit il faut qu'il s'habitue à toi, moi il sait que j'adore les chats, que je les ADORE et il est vraiment un tesoro véritable celui-là. Sa fourrure, a placé la Lecœur qui voulait toujours tenir les rênes de la conversation, est plus facile d'entretien que celle du persan, car elle s'emmêle moins. Enfin, un peu moins. Et, là, j'ai vu les yeux de la bête. Non les yeux orange comme ceux du persan, mais des yeux d'un pur bleu de Chine — un bleu cobalt très soutenu, a dit la prétentieuse, comme si de Chine suffisait pas — il est PARFAIT, des yeux cobalt à la couleur blanche qui monte jusqu'à la troisième phalange sur les pattes antérieures, voyez, a dit la Lecœur, les pattes postérieures sont toutes blanches et un lacet blanc grimpe le long du jarret, vous n'aurez pas plus beau que cette bête. Je crois que je vous ai tout dit, mes amis, a glapi la Lecœur. Soyez obligeants de lui acheter une planche à griffes, en liège, et de ne pas négliger de lui nettoyer les oreilles souvent avec des Coton-tige et de l'huile d'amandes douces, et A MON AVIS, pour éviter les chutes — j'ai cru qu'elle me regardait, j'étais franchement gêné — d'appliquer un grillage le long des fenêtres dangereuses, et attention aux endroits étranges où il peut se fourrer — je te jure qu'elle me regardait bizarrement — comme le réfrigérateur, attention aux fils électriques avec lesquels il peut recevoir une décharge mortelle, aux malles où il risque de rester enfermé comme dans le frigo, moins dangereux mais embêtant, surtout, si on a fermé par INADVERTANCE le couvercle de la malle, attention aussi aux peintures insecticides et aux détergents ménagers qui ne font pas partie de son régime. Maintenant voilà, je vous laisse votre magnifique Soyabîn Blou. Il vous aime déjà, Madame.

« Et elle s'est levée. Et le chat s'alanguissait sur les genoux de la mijaurée, et ils échangeaient des regards de passion, moi j'aurais été offensé à la place de Monsieur qui faisait semblant de trouver ça innocent — elle s'est enfin tirée la mère à chats uniquement de luxe et très chers. Une fois celle-là tirée, les deux, la mijaurée et le chat, bougeaient pas d'un pouce, dans l'extase réciproque. Monsieur qui avait été raccompagner la Lecœur jusque sur le palier est revenu, s'est assis en face du couple, miss Cinglée et l'éventreur de fauteuil, qui s'entre-regardaient à qui mieux mieux, et Monsieur (un tendre, hélas) a entendu la mignonne dire au chat qui les avait tournés vers elle : il a les plus beaux yeux du monde. Et Monsieur a observé les yeux bleus de Chine du chat, puis les prunelles qu'on sait de la chérie, il a dit doucement, d'un ton mélancolique à vous serrer la gorge, d'un ton d'homme qui aime trop et qu'on n'aime pas assez : Non, cara. Non. C'était encore un superbe compliment sur les yeux quetsche de la cara, mais elle n'a pas entendu, bien trop occupée à câliner la bête. Moi, j'avais entendu, et en vérité, c'était le chat qui avait les plus beaux yeux, les yeux de ce mammifère étant, n'importe comment, plus grands que ceux des hommes. Je te quitte pour l'instant, il faut que je prépare leur dîner et celui du chat y compris sciure et litière conséquences de son dîner, à cette bête. A toi, Goldy. »

— Malheur à qui met un terme aux jours d'un chat sacré de Birmanie, dont les yeux sont bleus comme ceux de la déesse Tsun Kyen Ksé, avait répété Antonella, à la cantonade. Les pires châtiments, après.

Et ils avaient tourné tous deux, vers Goldy la cantonade qui filait en direction des cuisines, leurs paires d'yeux inouïs, à l'eau limpide de froides gemmes. Et Achille Innocenti avait chuchoté, devant l'exemplaire mimétisme et similitude de la belle et de sa bête : Se fosse un animale, sarebbe una gatta. GOLDENSCHUSS, POUR LA SCIURE, avait clamé Antonella, N'OUBLIEZ PAS QUE LA LITIÈRE DOIT ÊTRE ASSEZ ÉPAISSE, CINQ CENTIMÈTRES AU MOINS, N'ACHETEZ PAS DE GRAVIERS SYNTHÉTIQUES, et pour le BAC, PRENEZ DE L'ALUMINIUM, c'est plus cher mais plus solide que le plastique et je vous dis ça pour vous, il ne retient pas les odeurs, l'ALU. FOLDENBERG JE VOUS PARLE.

A ce moment, le susdit avait dû réapparaître, dans un état voisin de la catatonie, affronter encore les deux paires d'yeux inouïs, le violet luttant avec le saphir plus pâle mais intense du Sacré de Birmanie — FOLDENBERG, donc, vous placerez le bac dans un endroit accessible mais discret, pas dans l'antichambre comme vous l'aviez fait une fois où il y avait un dîner ici même et uniquement pour me contrarier, siamo d'accordo.

Goldy avait retrouvé son calme, et la vague sympathie qu'il portait à ce chat, lequel il aurait peut-être même pris en affection et, par là, autant que faire se peut dérouté le destin, si, le soir tombant, il n'avait vu que les yeux de la bête n'étaient plus du tout bleu de Chine, mais s'enténébraient, approchant, dans la pénombre du salon, d'un violet moins profond que ceux qu'on sait, mais violet, violet tout de même.

Vie et mort du chat sacré des montagnes de Lugh

— Que je te raconte, dit Nella à son fiancé, la légende du chat des montagnes de Lugh, Birmanie. A moins, caro, que tu n'aies d'autre chose à faire comme de rédiger une plaquette de pub en vue de vendre je ne sais quelles résidences à Longjumeau où à Aix-les-Bains. Auquel cas l'histoire du chat des montagnes de Lugh serait gâchée, ce qu'elle ne mérite pas.

— Non, tesoro, va pour les montagnes de Lugh, dit Achille, qui, de toute façon, galérait en vain sur une maquette de dépliant publicitaire vantant les mérites de luxueuses résidences, au Touquet, non à Longjumeau ou Aix-les-Bains, mais sa fée distraite ne se souvenait jamais de ce qu'il faisait exactement, pour la raison très simple qu'elle se fichait in toto des activités pourtant encore lucratives de cet homme.

— Bene. Allora. Andiamo pour les montagnes de Lugh, et le temple de la déesse Tsun Kyan Ksé, Vénérable aux yeux de saphir présidant à la transmigration des âmes. C'est sûrement plus intéressant que ta réclame, insista-t-elle, l'œil égal au ciel et à celui de la déesse, le regard très gai et d'un violet outré par la serviette-éponge indigo qu'elle portait sur le crâne, en turban afghan sous lequel séchaient ses cheveux sombres. Séchaient, et pour qu'ils séchassent, il fallait bien qu'elle les laissât se départir, sous la serviette, de l'eau dont ils regorgeaient, ce qui en foutait un peu partout, de la flotte, et particulièrement sur le velours du canapé au bord duquel elle venait de se poser, frottant toujours distraitement ses cheveux sous la serviette-éponge, si distraitement que deux mèches friselantes et ruisselantes vinrent disperser des gouttes sur la table en laque, le salon à la nage et voilà le travail, soupira Goldenberg qui ne s'exprimait guère plus, depuis l'entrée du second chat dans cette maison dont femme et chat étaient plus que jamais les maîtres, que sous cette forme, assez semblable à ses râles d'asthmatique — mal dont il souffrait depuis l'enfance, l'asthme, et dont il croyait claquer un jour, ce en quoi il se trompait de façon vexatoire pour quelqu'un d'aussi prévoyant.

Antonella s'était donc assise sur le bord du divan, en tee-shirt (le vieux Fruit of the Loom de Phiscardo), jambes nues (les mêmes jambes) dans une posture troublante (un talon frôlant le frais coton d'une culotte blanche) et exactement semblable à celle qu'elle prit dans cette île ionienne, sur cette chaise bancale du Karavomilos, posture allègrement, naturellement sauvageonne qui n'avait pas fini d'ensorceler le type en face.

Et voilà le dottore encore dans une fascination qui l'empêche de lever un doigt tandis qu'autre chose se lève en tapinois, je suis trivial, mais on voit sa culotte à cette fille, et voilà pourquoi, il n'a d'yeux que pour sa culotte, aimanté, aucun espoir qu'il la vire tant qu'elle lui montre sa culotte, et ce salon à la nage c'est capharnaüm, départ pour Venise dans trois jours et elle lambine toujours sur ses valoches, y en a deux dans ce séjour, dès qu'un départ se profile vers des villes culturelles ou des plages sur lesquelles hier encore, des anthropophages, le séjour c'est le bordel, et pas le droit de toucher au bordel sinon sentence de mort, s'étouffa Goldenberg avant que d'expectorer à haute voix : Monsieur et Madame désirent-ils que je leur apporte le thé ?

Goldy ne pouvait savoir que cette position — le talon touchant la seule pièce de lingerie qu'elle acceptât de porter tous les jours, une jambe repliée, l'autre ballante, allant et venant d'une manière lasse, impatientée autant qu'enfantine, (depuis la terrasse ensoleillée de la via Spontini, Antonella n'avait de cesse de prendre tout siège pour une balancelle, quitte à se foutre bas) —, que le vieux tee-shirt de Phiscardo, que les cheveux mouillés évoquaient à Achille l'irremplaçable et irrépétible chance de sa vie d'homo faber, soit d'homme d'affaires, il ne pouvait pas plus le savoir qu'Achille, mesmérisé par la culotte, etc., se demander si cette circonstance adorable incarnée en quarante-cinq kilos de chair sans grumeau n'était pas la plus funeste de sa vie. Il dit oui, pour le thé. Oui, pour la légende des montagnes de Lugh. Pendant ce temps, Soyabean Blue des Grandes Rizières, assis noblement sur son plat, faisait ce qu'il avait à faire pour bien se porter, déplorant qu'au lieu de sciure, il dût s'accommoder d'une litière à gravillons, absorbant les odeurs, mais un peu râpeuse quant au fessier, se promettait de dédaigner les gravillons jusqu'à ce que ces imbéciles comprissent leur erreur, et poussait. Ayant soudain conscience qu'on parlait de lui, il poussa très fort pour aller aux nouvelles, se fit mal, feula, mais personne ne l'entendit pester contre un anus endolori et la dureté infâme des gravillons.

— La déesse Tsun Kyan Ksé aux yeux de saphir avait donc pour oracle un chat blanc aux yeux d'or et à l'échine blanche, le dénommé Sinh. Sinh restait des heures dans la contemplation de la déesse, et en compagnie d'un très vieux moine, le prêtre Mun-Ha aux cheveux argentés par les ans. Les tiens pas encore carissimo. Va suivre une belle histoire de teinture, et je sais que cette idée de teinture te traverse parfois l'esprit au sujet de tes futurs cheveux blancs. Senta. Un soir, au lever de la lune, les barbares Thaïs s'approchèrent de l'enceinte du temple dans des intentions hostiles, et le très vieux prêtre Mun-Ha en mourut d'angoisse. Et allora, miracolo. Miracolo della tintura del gatto. Sinh le chat grimpa sur le crâne de son maître défunt, qui avait chu sur le trône même de la déesse. Et ses poils blancs devinrent dorés comme la statue de la déesse. Et ses yeux jaunes devinrent saphir profond tels ceux de la déesse. Et le bout de ses pattes agriffées aux cheveux blancs du crâne honorable seuls restèrent blancs. Mais ce n'est pas tout, compagnon du descendant de Sinh des montagnes de Lugh et actuellement dénommé Soyabean Blue des Grandes Rizières, dit-elle à icelui, qui s'avançait, prudent, moiré, onduleux, silencieux. Ecoute, toi aussi. Le chat métamorphosé par la teinture tourna lentement son regard saphir vers les prêtres du temple, qui, hypnotisés par ce regard, en fermèrent les portes, empruntèrent les souterrains et sortirent au grand jour pour repousser et vaincre l'ennemi. Sinh décéda sept jours plus tard, emportant avec lui l'âme imperfectible du très vieux moine. Et les sept jours qui suivirent, enclos dans le sanctuaire, le concile des prêtres hésita à élire le successeur du vénérable aïeul mort d'angoisse aux pieds de la déesse. Le septième jour, de chaque recoin d'ombre, ils virent venir à pas ondoyants, les CENT CHATS SACRÉS du temple, tous revêtus de la livrée d'or pâle de la déesse, les yeux sertis de saphirs sombres luisant sous les paupières, les pattes gantées du blanc des cheveux de Mun-Ha, et les cent chats firent cercle autour du plus jeune des prêtres, afin que ce fût lui qui prit la suite du vieux moine qui ainsi manifestait sa volonté. Depuis ce jour, chaque fois qu'au temple de Lao-Tsun meurt un chat sacré, c'est l'âme d'un prêtre qui va avec lui au paradis. Ainsi de tous les chats sacrés, réincarnations de ces prêtres, et ainsi de la vengeance qu'ils sont en mesure d'exercer sur qui leur donne la mort. Le nôtre, si tant est qu'un chat surtout sacré appartienne jamais à quiconque, a l'air folâtre. Il a dû honorer son plat. Oh pas si folâtre. Du reproche dans les yeux. Que lui a déjà fait Goldenberg. Le voici Goldenberg, avec le thé. L'air pas folâtre, ça lui jamais, qu'il ait ou non fait ce que vient de faire le chat, non è vero, Goldenfarb ? Pourtant je sais que vous abusez de certains mucilages... cela va avec votre caractère, bref. Vous entendez souvent nos conversations, non que vous écoutiez, je ne vous calomnie pas, mais vous n'êtes pas encore sourd, voilà tout — vous savez, donc, à présent, la raison de ce qui attend les meurtriers des chats sacrés de Birmanie. Foldenmuss, autre sujet, vous seriez infiniment aimable d'aller chercher les plantes grasses que j'ai commandées chez Lamartine Fleurs pour égayer la casa Innocenti — puis-je compter sur vous ? Mais qu'est-ce qu'il a, ce chat ? Il est de mauvais poil. Vous l'avez pourtant bien peigné, ça se voit, merci. Il veut me dire quelque chose. Il me dit de le suivre. Laissez le thé infuser, comme d'habitude je le prendrai très fort ce qui m'énerve et ce que vous déplorez, dernier point qui importe peu.

Elle suivit le chat dans les dédales de l'appartement, le vit poser un regard accusateur sur les graviers du plat, lui posa des questions à ce sujet, crut entendre la réponse — il voulait du sable, de la sciure, quelque chose de doux au fondement. D'accordo, lui dit-elle, et elle reparut au salon.

— Vous remplacerez dorénavant le gravier qui va lui flanquer des hémorroïdes, au grand-prêtre, par de la sciure. Prenez ce qu'il y a de mieux. Vous avez l'air de penser, Goldenrat, que bientôt ce chat fera dans de la soie. Ça se pourrait bien. Akillé, parle-moi un peu de l'organisation de ce voyage à Venise.

Goldenberg disparu, Innocenti fit doucement remarquer à Antonella que, quel que fût le caractère sacré d'un chat des montagnes de Lugh, si elle poussait à bout, de la sorte, le majordome du 8 rue Georges-Bizet, il en résulterait bientôt un tel tirage que...

— Le JOUR, tonna la signorina Piatti, LE JOUR où tu comprendras qu'il faut le renvoyer, LE JOUR où il sera si exécrable que tu le renverras, ta vie va changer, dottore, et en mieux. Cet être malfaisant porte la g... qu'on ne nomme pas, j'en suis sûre et certaine.

Porte la g... qu'on ne nomme pas, vitupérait Goldy, ça non, elle ne nomme pas, s'en garderait bien de peur de se la porter, la g..., à elle-même qui est une p..., un titre de pièce de théâtre porte là-dessus et ça commence par *dommage,* dommage qu'elle soit une p..., c'est ça et c'est ce que je pense. La g..., c'est le seul mot qu'elle ne nomme pas, cette petite. Une harengère. Mlle Piatti use de iettatura typiquement italienne, mais ne nomme pas la g... Seulement elle gueule des « merde » et écrit des « merde » en toutes lettres pas seulement dans ses livres. Au lieu de g..., elle dit scoumoune car ce mot dépaysant ne met pas trop en danger, et elle touche du bois plus que tout un chacun quand se présente l'occasion. Toutes les cinq minutes. Et à présent des menaces, à cause d'une histoire dont je n'ai entendu que la fin, et qui me paraît de toutes pièces une vision cornue de son esprit. A toi Goldy d'aller chercher presto de la sciure, du sable ou de la soie pour les chiures de la réincarnation du grand prêtre, et des plantes grasses, et Monsieur veut toujours l'épouser, et on va appeler ça un ménage. Le chat va chier dans de la soie tendue sur la lunette des waters de Monsieur, Monsieur, eh bien, où il pourra, et elle moi je la tuerais s'il n'y avait pas les conséquences pénales, pourrir en tôle because la cinglée, niet, or je ne peux plus même plus consulter le rabbi qu'elle a mis hors de ses sens, rien que sur photos. Que Monsieur la vire reste la seule solution, mais elle le tient avec les yeux les jambes et ce qu'elle en fait, les yeux rissolés au lit et les jambes je ne sais pas moi, croisées très haut je n'ose même pas imaginer, Monsieur dessus chevauchant ce balai du shabbat et pas du Très Saint Shabbat, ou jambes écartées ce qui suffit à la procréation, à ce sujet, Monsieur ne peut pas avoir d'enfants, les autres, si, en principe tous, ou la majorité — or malgré le nombre inévitable des amants de cette écarteuse de cuisses, pas moyen de trouver la preuve. La divine preuve de son in-fi-dé-li-té. Ce qu'elle utilise contre les bébés. J'ignore tout de la chose ou presque. Presque. D'après la sœur de Nussbaum, on peut, les femmes peuvent, ô courageuses parfois, s'introduire au fond du tréfonds un appareil invisible qui doit meurtrir les chairs, mais repousse les germes de l'homme. Elle doit employer ça, ni vu ni connu je t'embrouille. Pas trace de pilule ici, même dans un emballage de bonbons ou de pastilles anti-toux. Rien de suspect. Ou alors après, elle se lave bien soigneusement le tréfonds, cette personne distinguée. Mais allez prouver qu'elle embarque des canules dans son sac avant d'aller voir ses blancs-becs, parce qu'ici tout de même, elle n'oserait pas. Les plantes grasses à présent. Et même jeu Foldenmuss, si tu les laisses crever par manque d'eau, menace de la porte. SON chat, SES plantes, SON pauvre type à genoux, SON public, SES livres, SON éditeur chéri encore du suspect que ce petit nouveau, la seule chose qu'elle ne s'attribue pas — pouark comme elle fait on dirait qu'elle renifle un égout, à ce propos requiem pour Jarretières de Bouddha — c'est l'appartement. Le supporte de moins en moins ce doux logis. Beaucoup mieux la cagna de sa grand-mère l'édentée chérie, et le maestro à peine jaloux quand elle lui fait des Adora par-ci Adora par-là, Adora a encore égaré mes affaires, mes robes, la seule à laquelle je tenais — c'est toujours celle-là — mes papiers — toujours les seuls importants, un vrai dossier du KGB, Adora vraiment ça ne peut plus durer, qu'elle dit, avec la manie du rangement d'Adora, qu'elle dit la voix pleine de câlins, ce rangement qu'elle dit, s'apparente à du vol qualifié, ça revient au même de TOUTE FAÇON, et là Monsieur il gémit MAIS ALORS VIENS HABITER ICI, et elle hausse ses épaules, exaspérée comme par tout ce qu'il dit, fait pas le détail, et miaule qu'Adora, faut tout lui pardonner parce qu'elle a quatre-vingt-quatre ans et que TOUT DE·MÊME IL, il c'est Monsieur bien entendu, ne va pas la pousser à abandonner une femme de cet âge comme ça définitivement, d'un jour à l'autre et tout à trac, alors Monsieur il rumine en italien un mot que j'aurais du mal à pas comprendre vu qu'il le répète chaque fois qu'il pense à elle donc pratiquement c'est tout son vocabulaire maintenant, alors qu'avant richesse de vocabulaire d'un homme distingué, elle lui a piqué son vocabulaire, son français, son italien, en même temps que ses sous, la sans-vergogne, faccia d'angelo oui, et derrière du diable, il rumine, et puis il sort son sempiternel Aspettiamo... Qu'il aille voir dix voyantes si lui ne voit plus rien du tout. A cause des voiles, les sept. Les sept voiles, la danse de la chienne causant le rut de l'homme, affreux à voir. Mme Nadja, c'est l'actuelle pythonisse. J'ai vu dans son agenda, pas ma faute s'il le laisse près du téléphone, il a raison, place logique d'un agenda, qu'il a souvent rendez-vous avec elle. Si cette Nadja pouvait lui dire qu'éloignés soient le malheur et la mijaurée en même temps, que l'un ne va pas sans l'autre et que si pas éloignés perdition générale, ce serait un grand service pour l'humanité, moi en particulier qui resterais à celui du dottore, question service, et aussi la publicité immobilière qui risque de perdre un de ses meilleurs éléments et directeur de la société Copredim, vingt-neuf personnes sous ses ordres directs, trente ou quarante sous ordres indirects, bref du monde, j'ai bien peur que la Nadja soit du côté de la sorcière, qui se ressemble s'assemble. Je vais aux plantes grasses et à la soie, veut-elle la marque Hermès celle de ses petits carrés pour pas avoir froid au cou que lui offre Monsieur et qu'elle ne met jamais disant que ça fait mémé et qu'il a tort de s'obstiner mais il a toujours tort de tout, l'enfer est pavé de bonnes intentions, mon maître est pavé de sublimes intentions, un pavage sur lequel, qu'est-ce que vous voulez faire sur un pavage, elle marche, donc la soie, non, la sciure dommage qu'Hermès n'en fasse pas, pour les sacrés de Birmanie rien n'est trop beau, et les plantes, et à moi d'arroser les plantes et de me farcir le déménagement des énormes bacs que je prévois, elle a pas dû donner dans le cactus nain qu'on trouve sur les quais de la Seine, non non, à Lamartine-Fleurs doivent attendre des baobabs, une jungle, et si je ne les arrose pas pendant leur fichu voyage à Venise ça va encore faire une pendule. Allons.

En poussant, dans le vestibule, et au détriment de ses vertèbres dorsales, le bac du philodendron auquel devait succéder celui du caoutchouc et d'un aspidistras, il croisa le chat, qui le fixait du lent regard hostile duquel Sinh accueillit les Barbares, désira ardemment l'occire sous ce bac qui avait un poids de pierre tombale et dépassait en gigantisme tout ce qu'on avait prévu, crut que le chat allait s'écarter de sa route, vit qu'il ne le faisait pas, pensa l'écraser, ne l'osa pas, dévia laborieusement la trajectoire du bac, se le prit sur le pied, poussa un hurlement, et son regard gris délavé enfourrailla celui, serein, torpide et hautain, de Soyabean Blue des Grandes Rizières, dont les joues venaient joyeusement de se gonfler, les babines de se retrousser d'aise, Soyabean qui, indubitablement, sommait cette situation et, avec une placide arrogance, en riait sous l'écran bleu Gitane de son mufle et ses longues moustaches immaculées, tandis que, narquois, clignaient l'un après l'autre, à la façon d'un sémaphore, ses larges yeux bleu presque violet.

La grande Antonella, elle tourne son anneau le même que celui de Gygès autour de son doigt, elle revêt son manteau magique et elle disparaît et elle leur échappe, à Mascarille roi des larbins et à son homme exemplaire, et tout est dit pour un moment. Ce n'est pas une histoire d'amour mais d'invisibilité — il le reproche assez à la grande Antonella, même si c'est juste avec les yeux, le pauvre exemplaire. Mais un jour peut-être elle ne reviendra jamais. L'anneau c'est une alliance Van Cleef en diamants, celle de ses fiançailles au long cours, mais il fait bien l'affaire, de même que son manteau d'invisibilité chamanique, une houppelande gigantesque en marmotte de la Chine et de Révillon, qu'il a offert à cette pute d'Antonella, à la première granulation de froid qu'il a détectée sur sa peau. Et elle part et elle revient rien que pour se changer et elle repart, et elle n'y peut rien, elle a besoin d'autre chose que de cet homme, d'autre lieu que ce caravansérail, et un jour il perdra tout son damné bon sens et MÊME quand Antonella, cette divine, elle sera devant lui, sans le manteau, en chair et en os toute nue, il mettra fortement en doute que ce soit elle, sa fiancée, et agira comme s'il avait une hallucination, et qu'elle n'était pas là. Ou plutôt, comme si ce n'était pas la grande Antonella, mais un double encore balancé des enfers pour le tourmenter, et plus question alors de lui demander du thé bouillant et des calories de tendresse, on ne donne rien de chaud à un fantôme, et il sera même capable alors de mettre le fantôme à la porte d'un grand coup de pied dans le cul et de ras le bol des mirages. Elle le sait, Antonella la garce, mais elle a encore envie d'aller faire la folle, de nuit, dans la ville, sans lui et elle ne peut résister et elle regarde briller les pierres de son anneau et elle caresse la fourrure dense de sa pelisse, et rien ne pourra lui interdire de faire ce qui lui plaît. Un jour on la retrouvera avec les putes faubourg Saint-Denis ou dans un cimetière juif en oraison devant une tombe inconnue d'elle-même mais qui pourrait bien être la sienne, ou chantant le Dies Irae sur les marches d'une synagogue ou dans la chapelle de Saint-Merri en train de danser avec des pénitents blancs, et quelqu'un appellera les flics et ils l'enfermeront. Car souvent Antonella la folle, elle est incapable de dire pourquoi et comment elle se trouve dans tel ou tel lieu, c'est ainsi depuis la mort de son papa, et souvent le matin, quand elle s'éveille avant de prendre des calmants, sa tête est comme une passoire, ses idées s'entrechoquent là-dedans comme des glaçons dans un verre à whisky, idées aberrantes, exemple, le nom qui figure sur le cendrier, Hôtel las Hadas Manzanillo, elle se le répète dix fois, il ne veut plus la lâcher, et des choses comme : je suis sûre de ne pas avoir bien rincé ma brosse à dents. Vingt fois, et elle se lève et elle va rincer or c'était rincé, tout à l'avenant. Souvent elle a l'air normal elle préfère qu'on croit qu'elle a peur des esprits qu'à des choses plus dangereuses, du genre de celle-là : oublier ce qu'on vient de faire et pourquoi, quand elle sait seulement qu'elle doit aller dans un endroit précis, vos doigts Principessa sont faits pour la pointe des fuseaux et on sait que la Belle n'était pas très nette mentalement quand elle marcha vers le rouet. Anneau manteau, Antonella laisse la montre, elle n'aime pas le temps, que personne ne la rappelle à l'ordre, à l'ordre mortifère du temps, elle reviendra quand elle voudra. Vous voilà Goldenschuss, non Foldenberg ce n'est pas de la garcerie mais une nécessité, quelque peu compulsive, Antonella vous l'accorde, de fuite. Il faut qu'elle sorte, qu'elle retrouve la route et les signes et buona sera. Tant pis si ça angoisse le maître des lieux. Et Antonella qui est magicienne comme Ludovico, elle pense ceci : si je veux voir ce qui se passe dans cette maison Foldenmerde, pardon Foldenberg, j'en pousserai la porte de ma main transparente et aucun système d'alarme ne détectera ma présence éthérique, et là, si vous dites du mal de moi et répétez à Monsieur que je ne suis pas une personne pour lui, de ma main transparente je verserai du poison dans votre verre. Et même si vous ne faites que le cogiter, je le saurai. Je suis télépathe, et souvent ça me casse les oreilles d'entendre tout ce que les autres pensent. Du joli bien souvent. Non je n'arrive pas encore à traverser les murs, ou alors un tout petit peu, ils cèdent un chouïa, quand j'ai bien pris mon élan, mais j'y parviendrai Foldenbaum. N'ai-je rien oublié.

Il est planté là à reluquer Antonella d'un air méfiant, qu'est-ce qu'elle a donc de particulier aujourd'hui cette fille ? Ce qu'elle a oublié, c'est quelques mangues, kiwis et leetchees et deux cents grammes de caviar osciètre, pour Adora qui trouve ça trop cher, Antonella elle ne veut pas qu'elle meure sans avoir goûté ces petits plaisirs très chers mais si innocents. Elle n'a vu la mer qu'une fois, Adora, pendant la guerre, les côtes anglaises, elle a beaucoup aimé. Et des fraises et des pêches et des abricots. Antonella elle dit tout haut, très haut : Goldenfarb, il n'y a encore ni fraises ni pêches ni abricots ? Comment, c'est pas la saison ? Eh bien moi je les ferai mûrir hors saison et si vite que les marchés en crouleront et si je n'y arrive pas, vous irez chez Hédiard pour que je puisse en rapporter à ma grand-mère la prochaine fois.

Elle tourna l'anneau autour de son doigt mince, prit sa besace en bandoulière, endossa la houppelande avec des gestes natatoires, ouvrit la porte, et avant que de partir dans la ville, annonça qu'une diligence l'attendait en bas, fixa le valet d'un œil de basilic, lui adressa un semi-sourire d'une inexpiable grâce puis, d'un désinvolte coup de pied, ferma la porte derrière elle.

Une diligence. Des fraises hors saison. Non seulement c'est la femme invisible, non seulement c'est une garce, mais ses lésions cérébrales s'aggravent, jugea Goldenberg. Ayant, néanmoins, la déconcertante impression que cette rue Georges-Bizet, qu'il connaissait par cœur, n'était plus qu'un reflet de cette rue, un monde inexploré et neuf, une toundra balayée par le blizzard avec bêtes à cornes, ou tout autre chose, il se posta au balcon pour faire le point, vérifier qu'il n'y avait rien de changé dans cette rue, que point de diligence, mais une frêle silhouette qui allait seule entre les humains, les voitures, et voici, lui-même sentit souffler à ses narines un merveilleux vent de liberté, or la liberté ou ce qui en tient lieu, il ne l'aimait guère, il était bien plus tranquille en étant valet, la liberté est quelque chose de très cruel au fond, qui sait quoi en faire, de quoi en tomber malade, de la liberté, et qu'était ce vent, un inopiné vent de printemps sur les îles Baléares. Offusqué il referma la fenêtre. Chèvres, bêêêêê, sous peu, elle nous rendra, dit-il au chambranle de la porte du salon, qui n'avait pas d'opinion. Bourriques, hi-han, sous peu, dit-il au même, qui n'en avait pas changé. Une diligence ! Il y avait juste un vent des Baléares, pas de quoi en faire une pendule, cette créature était folle, quoi. Une diligence ! Bon, cette rue avait un petit air neuf, inquiétant, comme si on venait de la construire, mais aucune diligence. Et s'il ne voyait plus très bien la rue, c'était un problème d'ophtalmologie, il irait voir un spécialiste. Il revint à la cuisine, le dos voûté et le sourcil furieux d'un braconnier bredouille. Trouva, sur le parcours, une culotte, elle les semait comme le petit Poucet ses cailloux, du propre. Enfin oui, toujours propre, puisque c'était lui Goldenberg, au risque de perdre son âme, qui les lui lavait. Fille de Capharnaüm. Si on laissait l'appartement à miss Piquée, en moins de deux, mégots dans les casseroles, tant de poussière qu'il faudrait entrer avec un masque à gaz, des vêtements sales et chiffonnés en pyramides mollettes partout, du rimmel sur les glaces et du rouge à lèvres aussi — à ce propos, un jour parmi d'autres, il l'avait surprise en train de maquiller, non son visage, mais le reflet de son visage, dans le miroir de sa salle de bains, sous le spot indispensable aux séances d'embellissement. Elle ne s'était pas troublée en le voyant apparaître — Paic Citron, Ajax et Pur Odor en main, et en pied dans ledit miroir —, elle avait continué de tracer son portrait dans ledit, en s'appliquant, un miroir d'une si belle eau, et à qui avait-il fallu une plombe pour en ôter le noir, le marine, le fichu violet, le sépia et le fuschia ? A Goldenberg, auquel, le visage nu et apparemment dans son bon sens, elle avait dit : j'ai eu la main lourde sur les fards aujourd'hui, ce que c'est que ces Italiennes, elles se barbouillent et mangent trop de pâtes, ça devient vite des boudins peinturlurés, je sais que vous pensez ça de moi. Or de pâtes, elle n'en mangeait jamais, serait morte plutôt, because la ligne. Elle avait pincé à sa taille un bourrelet fictif dû à des lasagnes imaginaires, et elle avait juré que plus jamais de lasagnes, puis, mince comme quelqu'un qui ne mange jamais de pâtes, sans un gramme de maquillage, rincée au savon de Marseille, elle avait laissé le miroir en l'état et s'était esbignée, là Goldenberg en essuyant la glace avait prié qu'elle ne puisse plus retourner son anneau ni user féeriquement de son manteau, ou plutôt que ses esprits ailés, tapis volants et autres moyens de transport, la laissent en plan où qu'elle fût allée, et qu'elle ne puisse plus jamais retrouver dans sa tête malade l'adresse du dottore ni même son nom, vana speranza, comme disait souvent le dottore, animé par des sentiments contraires à ceux de son valet envers cette créature — et qu'avait-elle écrit, en bas du miroir, ce jour-là ? *I'm through the looking glass, I do love you, please no research, Follia.* Bénissant cette fois la délicatesse qu'avait eue son précédent british employeur de lui apprendre un petit peu d'anglais, il avait effacé ce serment rouge minium, couleur de sa peinture à lèvres, avec rage.

Qu'elle aille et vienne entre l'endroit et l'envers des miroirs, rien à faire à ça que de la mettre entre les mains de psy qui lui interdiraient la face cachée des miroirs, mais jamais le dottore, avait-il pensé ce jour-là devant la glace en question, ne permettra qu'ils la lui enferment, sa sublimité, Your Sublimity, sa miss Glamour, la lui enferment dans une pièce avec barreaux et aucune glace cette fois, et fini de jouer au courant d'air, endormie à jamais, et pas comme la Belle au bois, un personnage de son cœur à la miss Piquée qui croit qu'elle a neuf ans, le plus souvent, parfois mille, une de ces prétentions, et puis est-ce que ça se peut, donc psy et dodo dans cercueil de drogues bien au calme entre des murs lavande pâle de clinique, avec heures de visite de cinq à sept et aux frais de la Sécu, tout comme c'est arrivé souvent à son petit papa. Non, qu'on la lui soigne, le dottore il voudrait jamais. Primo parce qu'il la supporte comme ça, secundo parce que, il me l'a dit en substance, si jamais on le privait de cette fille il n'y aurait plus au ciel que des étoiles en chute libre et plus aucune étoile filante donc plus aucun vœu ne se réaliserait, à cause du manque de ces filantes, et que tout serait ruiné comme le fut une ville en iive, au temps de Babel. Il faut être fou pour dire ces choses qui outragent le bon sens, fou de cette montreuse de culotte qui n'est pas une personne pour Monsieur.

Oh s'il savait que ce jour-là j'ai effacé le message d'amour english de sa sirenilla comme il l'appelle, quand ces deux-là parleront français les Lapons auront des mycoses entre les doigts de pied à cause de la chaleur, les phoques les mangeront et les banquises joueront le Titanic, bref, s'il savait que ce jour-là j'ai rincé le *Idoloveyou* au Paic Citron, il se mettrait en colère, parce que les *Idoloveyou* de miss Glamour il les collectionne avec une passion de philatéliste, ceux des timbres, plût au Ciel que Monsieur eût mis toute son obstination à collectionner des timbres, au lieu de le faire des rares, des précieux *Idoloveyou* de la gueuse, les femmes ça coûte plus cher que les timbres et de nature c'est généralement tout aussi collant, voilà le hic, c'est précisément parce qu'elle n'est pas collante, qu'elle ne tient pas en place, celle-là, qu'il l'aîîîme hi-han bêêê, parfois moi aussi à leur contact j'ai peur de perdre la boule. Après l'épisode de la glace, par exemple, j'ai été prendre une douche froide, cousin Nussbaum, ici je t'interpelle, je t'écrirai plus tard, c'est une coutume dans cette maison que de parler d'un bout de la terre à l'autre et de tout recevoir cinq sur cinq mais oui, enfin ces malheureux y croient, alors moi aussi je m'y mets, à la guerre comme à la guerre, donc écoute-moi attentivement et rapproche-toi mon cher Nussbaum, après j'ai été prendre une douche glacée comme quand on a trop bu, et j'ai refait mes comptes des achats du jour pour être sûr, un, de ne m'être pas trompé d'un centime sinon déshonneur, deux, de ne pas avoir seulement rêvé que je les avais faites, ces courses. Besoin de quelque chose de froid, la douche, d'exact, les chiffres, pour me remettre l'esprit en selle. Et tout allait bien, les pommes Boskoop coûtaient comme hier 3,50 F le kilo, et sentaient l'acide de la Boskoop honnête, l'huile d'olive à 24 balles avait la couleur olive de l'huile d'olive, le chat si maudit-il, oui le Soyabînblou, est passé et c'était un chat et là je l'ai épargné parce qu'en un sens et sans le vouloir cette bête avait contribué à me remettre l'esprit en selle, et j'ai épluché des haricots qui avaient les fils qu'ont toujours les haricots quand je les prends chez la mère Pichon, où il ne faut plus jamais aller, c'est du vol, encore aujourd'hui les extra-fins en ont, à combien le fil, le prix du caviar pour un fil énorme, mais de nos jours même extra-fins et au prix que je les paye, ces fils prouvaient aussi que la vie n'est pas un songe, et la glace j'avais fini par l'avoir en décapant à mort, tiens encore ce chat.

Assis sur son postérieur, le chat regardait l'éplucheur de haricots, le regardait de ses yeux de transfuge, bleu presque violet, et dans ceux-ci flottait le pur prestige du rêve et ils s'ouvraient sur l'inconnaissable et tout ce qui horrifiait l'éplucheur de haricots, lequel lâcha ses haricots, s'empara du chat, entreprit de le peigner et de le rendre chat, le débroussailla au peigne de fer, si cruellement qu'il feula, mais perdit normalement les touffes et les nœuds qu'un chat à poils longs se doit de perdre, et Balthazar Siméon Goldenberg répéta pendant toute l'opération, avec le timbre vocal lancinant des prieurs tibétains, qu'un chat était un chat, obsédé qu'il était par sa cantilène de dénégation à ce qu'il fût autre chose — la réincarnation d'un grand prêtre, pardi —, évita le sourire du chat, pourtant mieux réussi encore que celui de la célèbre bête de Chester, un sourire d'être étonné mais conscient de la raison de cet étrillage intempestif, d'autant plus étonné et amusé que Goldenberg s'occupait de lui le moins possible, s'était acquitté ce matin même d'une tâche si aride, et qu'il semblait tout à fait superflu de s'atteler de nouveau à celle-ci, ex abrupto, l'après-midi, dans une cuisine ; mais Soyabean Blue savait qu'un homme, qui ressassait dans un râle asthmatique qu'un chat était un chat, ne pouvait plus être très sûr des apparences.

Quand il délivra la bête, elle lui fit, just for fun, un sourire Chester amélioré, des yeux de chouette chevêche, une tête de sphinx, lui frotta les mollets de son opulente fourrure d'ourson afin qu'il eût la chair de poule sous son pantalon, tenta de miauler en français mais les sacrés ne miaulant en aucune langue, se planta, se rengorgea quand même, il venait de conforter Goldenberg sur l'idée reçue et réfutable que la vie n'était pas un songe, lui qui connaissait sur le bout des griffes l'œuvre de Pedro Calderón de la Barca sacrebleu, et son sourire Chester céda devant un rire qui découvrit sa luette rose vif, brouilla les pistes et, à nouveau, l'esprit de Goldenberg.

« Cher cousin Nussbaum je prends la plume cette fois, n'ayant pas confirmation que tu m'aies entendu l'autre,

« Ce n'est pas à moi qu'elle fera croire qu'un chat n'est pas un chat, celle-là qui est toujours à mentir. Tu sais ce qu'elle écrit, entre quelques fuguettes ? *Histoire récu.* Attends récu-quoi. *Récurrente* voilà, *de mille et mille déluges.* Pourquoi faire simple quand on peut faire compliqué. Non cette fois mais la précédente, dans le genre charmante fantasque, elle m'avait fait : Goldy, je reviendrai dans cent années brahmaniques, soit 311 000 milliards d'années terrestres, prenez du lait longue conservation, elle a toujours des mots simples et hygiéniques et pense à tout, une vraie maîtresse de maison. Je me suis dit dans des milliards d'années, il faut bien ça avec sa foutue jeunesse qui lui colle à la peau, elle finira tout de même par rider comme la plupart des gens. Pour suivre, elle a dû claquer la gueule d'un jeunot qui n'avait pas dû la manipuler convenablement, car trois jours brahmaniques après, elle était là j'aurais pu prendre du lait normal c'est moins cher. Attends sursum pour le chat, respecte bien le shabbat et ne fume tout de même pas trop la pipe, à toi, Balthazar.

« Voilà ce que je vais lui dire, au maestro. Et il m'écoutera d'autant mieux que miss Cinglée vient de voler chez grand-mère sous prétexte de lavement à donner à celle-ci ou de livre en cours. Ce que je vais lui dire moi Goldenberg est la vérité vraie. D'abord. Ce n'était pas de ma faute si Madame avait voulu un philodendron. Ni de ce que ce chat raffolait autant qu'elle des plantes vertes mais lui pour les manger, et pas de ma faute si nul ne savait dans cette maison que certaines des plantes vertes sont toxiques dont le philodendron. Pas de ma faute non plus si j'avais vaporisé un insecticide sur le philodendron. On me l'avait recommandé à Lamartine-Fleurs, je l'ai fait. Ce n'était pas de la faute du fleuriste s'il ignorait que dans cette maison il y avait un chat et que les insecticides ne sont pas bons pour les chats. Et rien à faire pour qu'il vomisse, ce chat. Pourtant, j'avais bien tenté, suivant au pied de la lettre les avis de Madame en cas d'empoisonnement, de lui faire absorber de l'eau oxygénée, à la cuiller. Mais combien de cuillers, elle ne me l'avait pas dit, et ce sont des choses qui ne s'inventent pas. Alors, de l'eau oxygénée, je lui en ai donné six cuillers. Allez savoir si vous faites trop ou pas assez. Je ne suis pas vétérinaire. D'ailleurs, ce n'était pas de ma faute si le seul vétérinaire adjugé à la personne du sacré de Birmanie avait branché son répondeur quand j'ai trouvé le sacré en convulsions sous cette plante. A la sixième cuiller il a eu une dernière convulsion, juste sous la plante, et si j'en crois la légende, ou si une légende peut se répéter sous une forme un peu différente, j'ai bien regardé à ce moment-là, peut-être ses yeux quand ils sont restés fixes, auraient-ils dû devenir du vert émeraude de ce philodendron. Ils sont restés, Monsieur, bleu presque violet.

« Il aura échappé à la castration, ce pauvre animal. A neuf mois ça l'attendait et quand il est mort il n'en avait que six.

Six mois pour un chat, c'est la vie devant soi, mais si ça vit quatorze ans en moyenne un chat, ça fait treize ans et trois mois de solitude affective sans compter la mutilation qui est intolérable, si on se met à sa place. A l'encontre du persan, Monsieur, j'avais de la sympathie pour cet animal, n'étaient, je dois le dire, ses yeux, évite de répéter presque violets, Goldy, qui m'apparaissaient souvent comme froids et menaçants.

« Monsieur, pour témoigner de la sympathie que j'éprouvais à l'égard de ce chat, j'ai pris la responsabilité de le faire empailler. Il est actuellement chez l'homme de l'art. Non, erreur. Il en sera sorti quand Monsieur reviendra de son congrès de publicitaires à la campagne. Où il est allé en désespoir de cause — juste parce que la Piatti avait fichu le camp chez l'adorée Adora. Le travail sera terminé quand ils vont revenir tous les deux, et je placerai la bête sur la cheminée du salon, ainsi l'auront-ils sous les yeux à jamais, et du fignolé. J'ai appelé la Fédération féline de France pour savoir à qui m'adresser, ils pourront revenir tranquilles, le chat les attendra pour toujours sur cette cheminée, près de l'arbre de vie mexicain que Monsieur a pris autant de soin à recoller pour faire plaisir à Jupe de Serpents, il me dira vous avez eu raison Goldy, ou il dira rien à cause de l'émotion que c'est d'avoir perdu si vite Soyabînblou et cetera. Voilà voilà ce que je vais lui dire à Monsieur et on verra s'il doute de mes bonnes intentions. »

Et quelque temps plus tard, quand Nella Piatti, juste avant Achille Innocenti, s'engouffra dans le salon, elle vit le chat sacré, figé dans une hiératique raideur propre aux effets de la taxidermie, qui la fixait de ses yeux d'émail, bleu presque violet et à jamais inaltérable.

Sur quoi Nella Piatti se rua hors du salon, claqua la porte de l'appartement, dévala l'escalier et disparut dans un frais soir de juin.

Une fois ta Fiammetta elle t'a rendu jaloux, je sais. Tu m'avais emmenée aux sports d'hiver à Saint-Moritz, j'avais douze ans, le matin on allait s'allonger dans des rocking sous des couvertures rêches pour prendre le soleil juste en face d'une patinoire qu'on ne pouvait même pas regarder tant elle était éclatante, une mer de platine. J'avais des crèmes sur le nez et les joues, je brillais comme une pomme, je ne croyais vraiment pas être jolie, je ne l'étais qu'à tes yeux, des yeux de papa c'est des miroirs déformants, les autres dès qu'ils me regardaient je me disais, ça y est j'ai un trou dans mes gants ou une chaussette qui visse, ce ne peut être que ça. A la patinoire il y avait un jeune homme de seize ou dix-sept ans qui n'arrêtait pas de me dévisager, et un jour j'ai baissé mes lunettes de soleil pour croiser son regard, je ne savais vraiment pas que les yeux violets ça leur faisait un électrochoc, or le type a eu l'air de s'être pris un courant genre chaise électrique, tu étais près de moi, sur ta chaise longue, tu lisais le *Quatuor d'Alexandrie, Mountolive* je crois, le jeune homme n'a plus cessé de me tourner autour, de faire tomber mes crèmes solaires pour les ramasser, le lendemain Ludovico a décidé qu'on changerait de place, qu'on s'installerait plus loin, parce que la réflection du soleil sur la glace était si forte à l'endroit où nous étions depuis quelques jours, qu'il ne pouvait pas lire *Mountolive,* c'est depuis que j'ai une passion pour le *Quatuor d'Alexandrie,* il m'a dit je ne peux pas lire *Mountolive* sans avoir mal aux yeux et toi Fiammetta garde tes lunettes noires, j'ai dit bien sûr, je l'ai suivi et je me suis quand même retournée pour voir si ça lui faisait quelque chose au minet qui m'attendait, il s'est levé, il m'a regardée partir, complètement comateux, et là j'ai compris que contrairement aux autres avec leurs babines complimenteuses, leurs câlineries et leurs yeux d'admiration, moi j'avais rien à faire, même pas à leur dire qu'ils étaient beaux, comme Ondine, pas la peine que je lève un doigt ni que je leur fasse un sourire — j'ai compris que je n'avais qu'à les regarder bien en face comme je l'ai fait avec Achille Innocenti, les regarder bien en face, éventuellement m'asseoir de façon à ce qu'ils aient ma gueule de plein fouet, et sans bouger ni rien dire, attendre qu'ils m'aiment, et qu'ils m'aimeraient. Ludovico ça faisait longtemps qu'il le savait, depuis les concours de plage à Rimini où on me déguisait en rose, en coquelicot, en liseron, en page, en bergère à houlette, en Pierrette, voilà nous y arrivons Pierrot Pierrette, et quand je montais sur la petite estrade je ne faisais aucune manière, je restais là terrifiée, toute droite comme un i, persuadée que j'étais vraiment la moins bien, si les gens se taisaient ce devait être pour ça, et puis j'avais toujours un prix faramineux et Ludovico disait : évidemment ma Butterfly est la più bella ragazzina del mondo. Moi je me trouvais si tarte en bouton de rose ou en bergère à houlette que je ne comprenais rien à ce que les gens me trouvaient, ensuite j'allais me cacher dans les rochers et il venait me chercher en riant et en disant vraiment ma Carmencita n'est pas du genre à se faire des compliments. Donc à la neige, dans cet hôtel Suvretta sublime, avec le sauna, les piscines, la grande salle à manger rutilante, les lits à couettes si épaisses, le soir d'avant notre départ il y a eu un anniversaire et nous étions invités par des amis de Ludovico. Où elle était ma mère à ce moment-là ? Avec un ambassadeur chilien, en villégiature exploratrice au Guatemala, on avait reçu avant de partir une carte du lac Atitlan. Qu'est-ce que ça pouvait fiche qu'elle soit là-bas, c'est elle qui m'a donné horreur des cartes postales.

Anniversaire d'un prince romain. J'étais costumée en fée, il adorait me déguiser, c'est depuis ce moment-là que moi aussi j'ai adoré, jamais assez de velours et de strass pour Fiammetta, du moins quand c'était une grande occasion, les tutus en papier crépon ça allait pour la plage — Fiammetta la fata, il m'avait dit ce soir-là, on croirait la fille de Mélusine. Il m'avait loué le costume de fée et la baguette avec, il me l'a tendu, il m'a dit solennellement : je te donne mes pouvoirs, et je crois bien que c'était vrai. Peu à peu comme ça, j'ai compris que j'avais le don, comme lui, le don de savoir les choses à l'avance.

Dans ce bal costumé il y avait le jeune homme, en Pierrot. Il est venu vers moi pendant que Ludovico était parti me chercher un verre de champagne, I expect you rather have lemonade, Butterfly, c'était devenu un gag entre nous, le jeune homme s'est avancé il m'a dit qu'il voulait savoir pourquoi je l'évitais, qui était le monsieur qui remontait tout le temps ma couverture et l'arrangeait sur mes jambes pour que je ne prenne pas froid, qui n'en perdait pas une quand je faisais mes arabesques sur la glace, qui me mettait de la crème sur le nez, qui m'obligeait à garder mes lunettes de soleil, qui m'avait enlevée à l'autre extrémité de la patinoire, j'ai dit c'est mon père bien entendu qui voulez-vous que ce soit, il m'a dit je suis amoureux de vous mademoiselle quel est votre nom, j'ai dit Butterfly, il a dit que ça m'allait très bien, il m'a demandé mon âge, j'ai dit douze ans, je connais plein de filles qui à douze ans disent quatorze pour faire impression et qu'on les prenne pas pour des toutes petites, douze, il a répété, vous paraissez un peu plus, à votre âge on peut dire ça sans que ce soit vexant, j'ai ri, et il m'a entraînée dans la fête.

C'est là que j'ai embrassé un type pour la première fois, après quatre coupes de champagne, mes douze ans ça lui a pas fait peur et sous la robe de fée en tulle raide et les velours rouge sombre de ma cape, il m'a caressée longtemps et quand on est revenus dans la salle de bal il était très tard, il y avait Ludovico déguisé en Ludovico c'est-à-dire en smoking, qui buvait seul au bar avec l'air d'un homme trahi, avec des yeux tristes depuis ce temps-là je peux plus résister aux yeux tristes, il buvait, carrément saoul, il m'a regardée des pieds à la tête avec mon air plutôt hagard, toute la farine sur mes joues enlevée, mes lèvres tellement mordues qu'il aurait fallu des points de suture, et c'était déjà le matin, j'ai présenté le jeune homme à mon père, c'était un neveu du prince Ruspoli, mais ça n'a rien changé à l'évidence j'avais fait avec lui ce que je ne devais pas, je suis remontée avec papa dans la chambre, il m'a foutu une trempe et ensuite il savait plus où se mettre, il m'a promis tous les cadeaux de la Terre sans que j'aie besoin des allumettes

les trempes c'est depuis ce temps-là que j'aime ça, oui j'ai eu du plaisir quand il me l'a donnée, j'étais vraiment belle en colère et giflée, ça m'a plu, vous savez c'était notre amour point c'est tout il avait tous les droits sur moi alors oui les trempes in memoriam

le jour se levait, il fallait prendre le petit avion pour aller jusqu'à Zurich, personne de la fête ne s'était encore changé, et la nuit mourait dans ce matin bleu Frigidaire et mon jeune homme est revenu pour me dire au revoir toujours en Pierrot rêveur et blanc, haut-de-forme et queue de pie, si amoureux, Ludovico m'a dit, va te changer vite vite, on part dans trente minutes avec le petit avion, d'ici à Zurich tu vas voir c'est superbe, j'ai dit oui, je suis revenue, Pierrot toujours là l'air en détresse, et Ludovico m'a dit tout bas pardon pour la nuit dernière vraiment je n'aurais pas dû, embrasse-le encore une fois si ça te plaît ce jeune homme

je l'ai embrassé sur la bouche mais sans la langue, on a échangé nos adresses, il m'a fait promettre de donner des nouvelles, il habitait Rome, j'ai vu que tout ça faisait mal à Ludovico, depuis ce temps-là j'ai l'habitude de partir sans laisser d'adresse et de mentir à tous les jeunes gens pour ne pas faire de peine à Ludovico, ensuite on est montés dans l'avion j'ai pris sa main, on a volé entre des pans de montagnes étincelantes et je n'ai même plus pensé à ce jeune homme une seconde, j'étais seule avec papa dans le petit avion au-dessus des miroitements angéliques de neige, je serrais sur mes genoux ma baguette de fée et j'ai levé ma baguette j'ai dit papa regarde, toc, le jeune homme il a disparu je viens de le changer en rivière de montagne, il a éclaté de rire il a dit tu le peux, souviens-toi toujours que même sans baguette tu le peux

cette baguette je l'ai toujours, dans un coffre en fer, personne ne saura jamais où elle est personne

Vous comprendrez Goldenberg, dit Achille, que dans ces conditions, même si Madame n'a pas vu, et ne verra jamais, cette chose-là (il eut un regard révulsé en direction du chat empaillé) je puisse déduire que vous avez dépassé les bornes, que votre hostilité envers celle qui sera bientôt mon épouse et ces animaux dont elle a le culte est incompatible avec la paix d'un foyer. L'empailler, tout de même. Madame, si émotive, en mourrait si elle avait ça sous le nez. Sono molto felice con lei, Goldenberg, et vous m'imposez un choix qui ne peut se conclure qu'en vous congédiant. Je le déplore. Mais je n'aurais jamais cru que votre haine envers les femmes et les chats pût vous mener à de semblables extrémités. Empaillé, tout de même.

Goldenberg Balthazar Siméon retint un *pas plus que vous mon malheureux maestro,* fourra la momie de Soyabean Blue des Grandes Rizières dans sa valise, n'accepta pas un sou d'Achille Innocenti qui pourtant lui devait l'intégralité de son mois, lui signifia qu'il partait pour l'été chez les de la Molinière, et qu'il serait toujours prêt à reprendre son service chez Monsieur, lequel répliqua sèchement qu'entre Landru et un empailleur de chat, il ne voyait pas de différence, et qu'il faudrait des circonstances extrêmement singulières pour qu'il le rappelât.

— Peut-être, ce sera à Monsieur de voir. Mais un dernier mot, dit Goldenberg. Elle vous trahira toujours. D'ailleurs voyez.

Et il sortit de la poche de son imperméable une boîte d'ovules de la marque Pharmatex, qu'il mit sous le nez du dottore.

— Si vous désirez lire le mode d'emploi, Monsieur. Ou si vous n'y tenez pas, je vous le résume. Il faut que la femme introduise un de ces ovules contraceptifs dans son intimité, juste avant les rapports et ensuite, tranquille pour cinq heures. Il est recommandé de ne jamais se laver au savon après, ou alors un léger rinçage à l'eau, superficiel, et en cas de rapports répétitifs...

— Je pense qu'il suffit, Goldenberg. Partez, vous, avec les ovules en question et le chat empaillé. Elle m'a trompé davantage avec les chats qu'avec les hommes, je sais je sais, alors vos ovules... Reste une indélicatesse dont je ne vous aurais jamais cru capable : fouiller dans les affaires personnelles de Madame. Adieu Goldenberg, conclut-il noblement.

Fou furieux d'avoir loupé son effet, Goldenberg fit mine de s'exécuter, en sifflant que les os de cette chienne du malheur étaient d'une moelle impure et non substantifique, que Dieu fasse qu'ils soient brisés et que nul être humain ne vienne les sucer au risque d'un empoisonnement du sang, pendant qu'Innocenti tâtait, à son cou, la cordelette de soie, vérifiait qu'elle s'y trouvait toujours, pensait qu'il aurait mieux valu un collier antiparasite et être un chat qui en eût besoin, car elle l'aurait aimé plus qu'elle n'avait aimé aucun homme, hormis ce père dont elle ne parlait jamais — de ce qu'elle préférât les félidés aux hommes et à lui en particulier, non sans grandeur d'âme, il se faisait une raison. Et puis c'était pratique et rassurant pour l'avenir, et sans aucune grandeur d'âme, il se promettait de lui offrir autant de chats qu'il y en eut dans ce temple d'Asie pour garder cette déesse Ching-Chong dont elle avait l'iris violet, et, à n'en pas douter, un peu des singuliers pouvoirs.

O sangsue tétant le cou de l'homme jusqu'à ce que plus une goutte de sang, ô empailleuse d'hommes, ruminait Goldy, dans l'ascenseur — ô garce qui a réduit mon maestro au même état que cette bête, ô championne de la taxidermie de l'homme, à la fin de la vie de miss Cinglée, il y en aura des vertébrés mâles, on ne les comptera plus, taxidermisés, dans ses placards, après délicat écorchement, consciencieux nettoyage à l'arsenic et scrupuleux montage avec coton et filasse sur carcasse en fil de fer et sous les paupières des yeux d'émail comme cette momie de bête que je vais jeter comme je l'ai fait de l'autre, le vif, dans un égout, dommage, c'était du beau travail, l'empailleur avait fait ça au petit poil si je puis dire — lesté de la valise recelant Soyabean Blue, il alla à la recherche d'une bouche d'égout accueillante car ouverte, laquelle il ne trouva qu'après un interminable marathon, alors qu'il désespérait et se voyait condamné à passer au moins une nuit en compagnie du chat défunt qui sentait bizarre, et lui aurait fait un œil vitrifié, dans la nuit, un œil genre de celui qui regardait Caïn. A l'aube, sans témoin, il trouva la clémente bouche d'égout qui fut la sépulture du plus insolite animal jamais observé par les rats. Mais Goldenberg ne devait pas échapper pour autant, dans ses songes ou à l'état de veille, et ceci jusqu'à sa mort, à la précise et agriffeuse réminiscence du regard bleu presque violet, que le taxidermiste avait particulièrement réussi — à le croire vivant, avait-il affirmé gaiement à Goldenberg, avant d'ajouter qu'il ne serait pas déçu, la bête était comme vive à jamais et saisissante de vérité, prise dans le mouvement d'attaque, vive à jamais et à jamais devaient le poursuivre les yeux, les mêmes que ceux de cette fille à laquelle il ne pouvait infliger aucun égout et plof morte ou vive là-dedans — mais patience et confiance dans la loi mosaïque, se recommanda-t-il, une fois Soyabean Blue disparu de la surface macadamisée de la ville et bon pour les rats — en fait, ce fut à un certain nombre de rats, parmi les plus téméraires, d'être bons, à cause de l'arsenic employé pour la naturalisation de tout animal.

Le lendemain soir, dans son coupé Mercedes qu'il conduisait vers le restaurant italien où ils avaient pris leurs habitudes à cause d'une mozarella que la Piatti jugeait inégalable, Achille ne songeait guère à l'excellence de ce fromage patriotique, mais frissonnait encore au souvenir du chat empaillé et semblait si étrange qu'Antonella chercha à en savoir plus long. C'est que j'ai renvoyé Goldenberg, dit-il d'une voix trébuchante, c'est que J'AI DÉFINITIVEMENT FICHU DEHORS GOLDENBERG, dit-il d'une voix revigorée, et que, cet été, entre deux voyages, nous nous passerons de service, tesoro, voilà. A la rentrée bien entendu, il faudra reprendre quelqu'un. Fichu dehors, enfin, exulta-t-elle, on n'y croyait plus. Et la cause de cet acte de bravoure ? Oh, je crois deviner, tu sais bien qu'on ne peut rien cacher à Antonella. Le chat. Il l'a laissé filer comme le premier, et mille dollars à qui le retrouvera, je n'ai plus qu'à me tourner les sangs, acheva-t-elle d'une voix morne, car leurrer cet homme pour l'épargner ne l'amusait pas du tout. Lequel homme était fort capable de reprendre Goldenberg, mais s'il savait qu'elle avait vu le chef-d'œuvre de la taxidermie, il ne pourrait le faire sans déchoir, et pour qu'il le pût, elle préférait mentir — elle le regarda, et vit qu'elle avait eu raison.

— Le chat, oui, c'est cela, le chat, répéta Achille, consterné, pensant que, tiens, elle n'avait pas tous les pouvoirs de cette déesse Ching-Chong puisqu'elle se trompait sur le sort du chat, que ça valait beaucoup mieux, et il porta la main à sa gorge, ayant subitement la sensation qu'en lieu et place d'une cordelette de soie, un piège aux mâchoires d'acier se refermait sur non seulement sa carotide, mais sur lui et sa jeune fiancée, piège dont il croyait entendre le bruit, comme le rire lointain, rauque et crissant d'une vieille sphinge à la raison égarée, dont la seule démarche logique restait celle de l'assassinat, et qui avait même renoncé à l'alibi de poser des devinettes quasi insolubles aux passants des carrefours.

Le soir, au Relais Boccador, il eut énormément de mal à avaler ses scaloppine al marsala, et elle s'inquiéta gentiment de sa santé, puis, à son domicile, il abusa du Divinoctal, ceci en loucedé et en toute connaissance d'une cause perdue, celle du couple idéal formé par Antonella Piatti, la femminilità fatta donna, et lui, arcane XII du Tarot.

Le lendemain, il allait mieux, et ne se souvenait plus que cette cause lui était apparue comme telle.

Ce soir c'est moi qui n'ai rien pu manger dans le restaurant italien, pourtant j'avais pris ces fettucine qu'à Rome j'adorais et que réussissait si bien la vieille Fausta, notre cuisinière, la signorina a toujours été servie oui messieurs, ce soir j'en finissais pas d'essayer de les manger ce que je fais sans qu'ils sifflent et sans les couper au contraire du type en face, l'Innocenti, un compatriote qui n'a jamais su avaler proprement des pâtes, ces fettucine on aurait dit que plus j'essayais d'en ratiboiser, plus elles augmentaient de volume, et lui en face désolé, j'enrubannais les pâtes autour de ma fourchette et j'avais des baguenaudes d'ennui mortel dans les yeux, il m'ennuyait avec ses petites phrases timorées cet homme qui ne comprenait pas que sous mes paupières, des camions, des wagons de sommeil barrissaient en silence, il a dit comme d'habitude très peu de chose, et avec ce don formidable qu'il a pour qu'on oublie ce qu'il dit, de sa voix neutre et modérée, ça glisse, ça glisse en surface, ce qu'il dit, vous en rattrapez jamais rien. Après le restaurant, rue G.B., j'ai arraché les bagues cadeaux du sugar et je les ai lancées par terre, le chien chien les a ramassées, la grande Antonella s'est écroulée folle d'incompréhension sur le lit, le prétendu sujet de discussion du dîner portait sur l'ouvrage que l'éditeur veut qu'elle écrive vite, Antonella, et elle n'y arrive pas, et le pauvre dottore voulait aller voir l'éditeur, elle a dit non, je suis grande c'est mon affaire et puis il a pris le parti de l'éditeur, même coterie de lâches, elle lui a dit la lâcheté je ne supporte pas, il lui a dit comment ça se fait qu'avec toi je me ramasse tout le temps, parce que tu n'as jamais volé aussi haut mon petit oiseau, lui a fait Antonella du haut de son mètre soixante-cinq et de ses solitudes de pensées himalayennes, et c'était complètement vrai ce qu'elle venait de lui dire. Antonella, elle avait l'air si terrifiée d'ennui, qu'il lui a dit sotto voce qu'elle s'amusait mieux avec *les autres,* elle a dit andante sostenuto c'est *possible,* il a fait ses yeux de chien, ses yeux tristes, et Antonella a senti la petite Carmen qui la tirait par un pan de sa chemise de nuit blanche, et encore une fois la petite a été plus forte que la grande, devant la petite ce prix de vertu et les yeux de chien du type, Antonella n'a pas pu le quitter, pourtant elle a de la poudre de perlimpinpin dans les chaussettes et du poison dans le chaton de ses bagues, eh bien cette fille, la fripouille valant guère mieux que le Giacomo Girolamo, la rafleuse de tendresse à l'étalage, donnez-m'en vous la reverrez plus jamais, c'en est pas une à montrer en exemple, elle n'a pas pu le quitter, elle a vu l'eau qui brillait dans les bons yeux brun banal emplis de peu banale folie d'amour, une vague de douceur accablée lui est montée au cœur devant ce type, devant son inutilité exaspérante, haïssable, bouleversante, son mutisme ou ses paroles de caramel, sa présence massive et endolorie, elle ne pouvait plus être fripouille, salubre et méchante, elle était affaiblie ponctionnée et gentille, merci du coup de main Fiammetta, et à ce type atroce de bonté, Antonella a dit qu'elle l'aimait

ti voglio tanto bene, elle a dit, et y'en a qui mentent davantage, y'a des vénales et des gales qui disent ça en pensant le contraire et en se forçant pour des raisons chinoises, pas Antonella, qui après la mort du sugar daddy ira sur sa tombe parce que les cimetières c'est un but de promenade, c'est très fréquenté par les gens qui sont morts et les autres en attente, c'est aéré, et parce qu'elle aura la nostalgie de sa bonté — cette bonté quand on pense le mal que ça fait en invalidant les gens, cette bonté criminelle qui vous coupe les jambes vous empêche d'avaler vos fettucine ou autre comestible, vous loquète la bouche comme Papageno dans *La Flûte enchantée,* je t'aime, derrière ces mots rien ne repousse, rien, cette bonté cet amour c'est l'absolu désert et l'absolue pauvreté que ça amène avec

après le je t'aime d'Antonella, il a répété, claironné, trompetté, que depuis trois ans déjà ça durait, qu'ils s'aimaient encore comme au premier jour et que ses sautes d'humeur ce n'était vraiment rien, trois ans déjà a-t-il gueulé, triomphateur de son misérable et miraculeux parcours, heureux de ne rien voir, bouleversant avec sa tendresse tonneau des Danaïdes, y en a plus y en a encore, ça se remplit et ça se vide tout le temps, c'est sans fin, c'est un supplice qu'on a infligé à ces Danaïdes, et c'est un supplice pour Antonella

elle l'a pris dans les bras, son homme vieillissant, et elle l'a cajolé, et elle a regardé la Fiammetta qui n'en perdait pas une, très contente que l'autre elle soit redevenue tout miel, et elle lui a dit toi mon séraphin tu ne perds rien pour attendre, tu es là avec ta peur de tout à me répéter que si je laisse cet homme je suis seule, c'est avec lui que je suis seule mais tu ne comprends pas ces choses, tu ne comprends plus rien depuis le ravin de toute façon, elle lui a dit petite Carmen tu m'as encore joué un sale tour je t'ai encore cédé à cause de ton air perdu, tes yeux innocents, tes craintes éternelles et ta putain de charité et ton crétin de bon cœur, sale petite fille à papa que tu es qui le cherche partout, tu vois bien que le type, là, il met sa tête sur mon sein il va téter c'est moi sa maman, tu vois bien qu'il est aussi utile qu'un pot de yaourt dans ma vie, voilà, le matamore s'est endormi sur ma poitrine, Butterfly tu me ferais faire n'importe quoi avec tes yeux de sainte et tes manières de te blottir partout, et l'air de me dire je suis le Meilleur de Toi-Même, de ce pas-là on va droit à Gethsémani d'où on a une vue imprenable panoramique sur la ville de Jérusalem, va-t'en, va-t'en, sorellina, ne me regarde pas comme ça, remets tes lunettes noires, c'est la grande Antonella qui te l'ordonne, elle, quand elle les enlève, ses lunettes noires, c'est pour envoûtement immédiat. Toi, pour qu'on voie pas que tu pleures, espèce d'indécente. Bon, calme-toi, Fiammetta. Que crois-tu qu'ils soient pour vouloir tout leur pardonner ? Tu crois qu'ils sont comme Ludovico ? Mais ce sont des gens semblables à ce caramel de type qui l'ont tué Ludovico, des inconscients, et l'inconscience est mortelle, c'est pire que de rencontrer le diable de rencontrer un type inconscient, capito ? Bon. Viens plus près. Si je l'ai envoûté ce type, c'était pour son bien. Ce type c'est le genre à être toujours le rouage d'une mécanique. A ne pas savoir pourquoi il se lève le matin. Alors, mécanique, tant qu'à faire, que ce soit la mienne, et qu'il sache pourquoi il se lève, exemple, pour gagner de l'argent et me le donner, toujours ça. Moi je lui ai donné des tas de raisons guerrières, irrésistibles, grisantes, de ne pas mourir, avant il vivait tout comme un mort, et le Cristo aurait été d'accord avec moi, je lui ai apporté la guerre, je voulais qu'il vive, qu'il cesse d'être un fantôme, justement, celui-là, qu'il saigne, qu'il ait mal, et des sensations fortes, si je l'ai envoûté c'était pour son bien.

Bene bene benissimo, Fiammetta, mais crois pas que tu vas t'en tirer comme ça, hein, parce que la grande Antonella, qui va boire un verre d'eau parce qu'elle a animé la soirée de ce type, elle a rien mangé mais elle l'a fait rire elle a trop parlé elle s'est vidée ça l'a crevée, suis-moi, verre de Vichy, ma Fiammetta, tu sais, on va s'évader de cette tôle de tendresse, Antonella va, et tu n'y pourras rien, on a bientôt fait le tour de la prison, je veux de la lumière par pitié, je veux qu'on m'ouvre le cœur, je veux des extrasystoles de bonheur, je ne suis pas née pour mourir Fiammetta, remember Ludovico, la pitié qu'il avait des autres l'a courbé jusqu'à en faire une victime, tu ne veux pas qu'il m'arrive ça à cause de la pitié, hein, assez des gens inertes, opaques, déjà décomposés, ne plus les voir

tiens tiens cette lueur crue et ravie et attentive, Fiammetta, tu ne l'avais dans les yeux que quand ton papa chéri te racontait des histoires, hein, baisse pas les yeux j'ai vu, mets pas tes lunettes noires cette fois, j'ai vu, tiens tiens mais où es-tu, je te vois jouer au ballon dans le hall des départs, petite Carmen où j'irai tu iras, on ne fait que se rejoindre toi et moi tu sais, par des chemins différents, les miens ont l'air tortueux et mauvais mais c'est pour leur échapper, pour mon salut, ô ma pureté je sais que tu m'attends dans le hall des départs, avec ce ballon qu'inlassablement tu fais rebondir, tu me flanques au visage ton regard violet inexplicable et un peu moins pieux que tout à l'heure, tiens cette nuit, on se comprend, ma toute petite sœur évangéliste, ma pardonneuse, ma fragile, mon orpheline, toi qui ne dis plus grand-chose parce que tu n'oses pas depuis le ravin, tu n'oses rien rien, tu me regardes avec tes yeux battus si jolis, et moi ma langue se dessèche dans ma bouche parce qu'il faut toujours que je leur parle, oh tout ce qu'ils ont dit sur ma voix, scandée modulée, ensorcelante, toujours leur mot, s'ils savaient, il faut bien que je leur parle et non que je me cache sous une chape de silence comme toi, il le faut même si je n'en ai pas envie parce qu'avec ma voix orphée et Cie, je les charme ils viennent aux pieds ils n'attaquent pas, tu ne voudrais quand même pas qu'ils me mettent en lambeaux, c'est ce qu'ils ont fait avec tous les gens trop francs, trop saints et désarmés, comme toi, pleine de grâce et de vertus les plus chrétiennes, petite fontaine de larmes, ma faible, ma messianique, tu es toute donnée, toute répandue, tu n'es qu'un don et par là tu es remplie et bien plus forte que moi, écoute-moi, tu sais qu'en fin de compte on se retrouvera, enfin on fera plus qu'une même personne, alors en attendant, encore un peu, chérie, laisse-moi mes sourires et mes paroles miellées et les chiens pour me défendre, laisse-moi être méchante pour qu'ils ne me blessent pas, ces chiens sont criminels et je n'aime que tes larmes Carmencita, ma merveille, ma musique, ma valeureuse, je n'aime que tes sanglots, allez fiche-moi la paix ferme tes yeux croyants ferme tes paumes ouvertes pour qu'on mette les clous dedans, ma merveille, ma musique, ma désarmée, laisse-moi tranquille, amuse-toi à craquer tes allumettes, ou va jouer au ballon en m'attendant dans le hall des départs ou bien va m'attendre sur l'escalier qui mène à la Trinita dei Monti, ou près du piano dans le salon ou sur la terrasse dans la ville désenchantée et merveilleuse, ensuite nous irons dans la ville je te le promets avec lui, on verra encore passer le pape saluant maquillé comme une pute de la Lune, ce sera beau, on ira dans la ville ocre et rose et délavure de fruits et rouge de vin vieux, dans la ville de sang de marbre de brique aux nuits de lait bleu, tu te souviens, qu'est-ce qu'on y a marché avec lui, les façades des palais sont fermées et fardées, celles des églises sont onduleuses comme des lèvres et miroitantes comme le frémissement de l'eau qui court dans toutes les pierres de notre ville, si arrogante si belle, ses coupoles ses madones ses anges ses obélisques ses vasques oh roulée comme une courtisane avec d'angéliques envols de draperie et des anges très putes notre ville pavanante et triste, limpide et dorée, chaude et pâle, majestueuse et sibylline comme le sourire d'une statue étrusque, ce soir réception au Palazzo Taverna ma Fiammetta s'est maquillée en danseuse balinaise elle a trop de rouge à lèvres tiens j'ai un cadeau pour Fiammetta et ce soir du Palazzo Taverna, il t'a donné un jeu de tarot en te faisant promettre de n'y toucher que bien plus tard

Tu te souviens, Fiammetta était dans le grand salon et regardait sur un livre un ange de Piero della Francesca, un ange de l'Annonciation, autour de lui un air magique et glacé, il avait un profil blanc, comme un pan de banquise, des cheveux roux sombre flottant sur ses épaules, la mère de Fiammetta, cette diva divine qu'on voyait jamais, de retour du Chili ou tout autre diable vert, elle est entrée dans la pièce, Fiammetta avait quatorze ans et demi l'âge où on la remarquait au Café Greco et qu'elle commençait à comprendre que c'était une façon de s'en tirer, d'être remarquée comme ça, sa mère est entrée dans le salon, les lèvres serrées, elle avait appris que son père permettait à Fiammetta de sortir le soir, bon, ma petite elle a dit, en refermant d'autorité le livre, ça a pincé les doigts de l'ange, clos et froissé ses ailes et quelque chose d'autre et d'obscur dans le cœur de Fiammetta qui savait déjà tout par avance, bon, ma petite, si tu sors le soir, si ton père permet ça, eh bien moi il faut que je te dise quelque chose, et visiblement aller et retour du Chili rien que pour ça, si jamais ma petite tu as une histoire avec un garçon, et s'il y a des conséquences, elle a dit conséquences, je dois te prévenir, il ne sera pas normal, question d'hérédité, tu sais que ton père n'est pas en bonne santé, Fiammetta lui a demandé ce qu'il avait au juste, Ludovico, sa mère a soupiré *le cœur,* les mains jointes la vraie Pietà, à supposer qu'il neigeait entre ses cuisses à celle-là, Fiammetta a répété sa question elle savait que c'était faux comme réponse, le cœur, les nerfs, enfin, tout, sa mère a dit l'air plus Pietà l'air furieux contre elle, ah bon a dit Fiammetta, et elle a eu dans l'œil la même lueur crue que tout à l'heure devant la grande Antonella qui l'engueulait, la même, cette petite chétive devant la femme effrayante, elle est devenue blanche et boréale comme l'ange de Piero della Francesca et il s'est passé une chose qui l'a surprise elle-même, la Fiammetta, elle s'est levée maigre comme un coup de trique et toute en longueur dans son collant de danse, elle avait mal aux tempes, elle a enlevé les épingles de son chignon de danseuse ses cheveux ont roulé sur ses épaules et la femme effrayante n'a plus rien dit, elle a écouté la Fiammetta si pâle et toute en longueur qui lui disait de ses lèvres épaisses qui lui mangeaient le visage autant que ses yeux, qui lui disait : Eh bien, *maman,* s'il est fou comme Ludovico, tant mieux pour lui.

Ensuite elle est allée dans sa chambre sans pleurer, du tout, et ce jour-là elle a juré de tout dissimuler aux gens sauf à son père, tout, même si à ce jeu-là elle risquait de ne plus savoir qui elle était.

Allez ça suffit comme ça Butterfly, va m'attendre et jouer au ballon dans le hall des départs, va ma chérie

Ce fut au cours de l'été suivant — s'il est dit que la vengeance est un plat qui se mange froid, Soyabean Blue des Grandes Rizières le consomma tiède, ayant toujours eu des papilles trop sensibles pour manger chaud — ce fut au cours de cet été où, selon ses prévisions et à sa plus grande joie, Balthazar Siméon Goldenberg dut se partager entre le service du comte de la Molinière, dans la vallée de Chevreuse, et celui de son adoré maître qui, incapable de faire face à la situation par une telle chaleur et dans une telle solitude affective, l'appela au secours chaque fois qu'il fut abandonné par Antonella dans certaines circonstances (lesquelles ne seront développées qu'un peu plus tard), ce fut au cours d'un été torride où l'ardeur et la folie rougeoyèrent dans tous les crépuscules — des crépuscules assez semblables au brasier que Néron fit de Rome, mais notre dottore n'avait guère, pour les apprécier, l'œil néronien — au cours d'un été aux turbulences présageant bien des cataclysmes, un été qu'aurait seule représenté la violente lame XIII du tarot, où la faux du satanique squelette tranche sans distinction ni repentir la tête des rois et des manants, ce fut en cet été plutonien, vermeil et noir, lourd et musqué comme le parfum d'une houri recluse dans un moite sérail, ou d'un buisson de roses trop poivrées, ce fut cet été-là que se trama la vengeance des chats sacrés de la montagne de Lugh, et que notre couple héroïque dut tenter d'aménager l'enfer qu'ils devaient vivre ensemble, par 40° à l'ombre, dans deux des plus beaux endroits du monde.

Ce fut au cours de cet été qu'on crut ne jamais devoir finir, et où jamais le soleil ne rudoya davantage la terre, n'en meurtrit les fleurs et n'alluma d'étincelles sur un lac italien et sur la Méditerranée (nous allons bientôt nous trouver dans ces lieux), cet été où jamais la beauté d'Antonella ne fut plus mystérieusement inhumaine — et ce fut à la fin de cet été sans précédent en Europe, une saison d'inexorable splendeur et de canicule proprement insupportable, portant, même en altitude, les berges desdits lacs italiens à la température présumée du Shéol pour qu'on sût exactement où on se trouvait, ce fut à la fin de cet été où sous l'image attrayante de divers et fourbes paradis, lacustres et maritimes, hantés, dans cet ordre, par notre couple héroïque, se répandirent tous les limons bouillants de la géhenne, où, sous les tempes nacrées d'Antonella, montèrent des vapeurs de fournaise qui la rendirent, de temps en temps, moins pâle qu'à l'ordinaire, ce fut à la fin de cet été d'embrasement, de combustion et d'ignition qui fit bien des morts et bien des fous, ce fut au début de septembre, alors qu'à peine décroissait cette hyperthermie de brasier, que se déroula la lutte finale de Goldenberg et des chats. Goldenberg, de l'avis des animaux sacrés des montagnes de Lugh (créatures qui ont l'éternité devant elles) n'avait rien perdu pour attendre, et peut-être Soyabean Blue, par un reste de clémence, permit-il à Goldenberg d'assister encore un peu (jusqu'à son dernier souffle) un homme exemplaire affronté à des jours de cauchemars brûlants, stériles et déserts, et à de terribles nuits d'été où l'insomnie ne permettait à personne d'avoir le moindre songe rafraîchissant, ce fut à la fin de cet été exceptionnel qu'il devait être décrété par les cent chats du temple de la déesse aux yeux saphir que, pour un valet qui avait fini de servir, c'était l'heure et la bonne.

Ainsi les chats, les bonzes, la déesse et Mac Fatum attendirent-ils sagement septembre pour inviter la santé de Goldenberg à décliner. Ce qui se déroula comme suit, mon lecteur — après le récit de ces événements pénibles, nous reviendrons, c'est inévitable, c'est juré, sur les berges des lacs italiens et dans les royaumes au bord de la mer que chanta Poe, ces lieux, même si je ne vous y promets aucune brise arcadienne, étant, de facto, parmi les plus séduisants de la Terre, et toujours mieux que l'hôpital où je dois maintenant vous entraîner.

Tout d'abord, des bubons secrétant du pus apparurent aux aisselles de Goldenberg. Il dut s'aliter. Puis on le transporta à l'hôpital Ambroise-Paré, où les papules se surélevèrent, se cerclèrent chacune d'une escarre, suintèrent de plus belle, et où on dut lui mettre des drains pour que s'écoulât le pus. L'affection qu'il avait contractée et qui devait mettre un terme à ses jours portait le nom de « maladie de la griffe du chat ».

Au cours d'une balade bucolique sous les généreux ombrages du parc de la Molinière, il n'avait pas accordé d'attention à un matou rôdeur, n'était la couleur de ses yeux — à croire l'un des cent chats du temple de la déesse Sing-Sing comme la prison célèbre, avait-il maugréé, encore devant mes yeux, les siens au chat étant bleu presque violet, et sa robe (une fourrure courte, donc il ne pouvait s'agir d'un sacré) safran pâle. D'un bond, le matou, sautant sur un des jarrets de Goldy, l'avait estafilé d'une longue griffade précise.

La fièvre ne monta que le soir. Goldy resta deux semaines entre la vie et la mort. Cette dernière l'emporta, et avec, l'âme d'un empailleur de chats en quelque purgatoire où durent encore le persécuter les cent félins du temple birman, parmi lesquels le momifié qui, lors de son séjour souterrain, eut la peau des rats assez imprudents pour vouloir tâter de ses restes empoisonnés, ne put que se révéler le plus vindicatif de tous — car empaillé, tout de même.

Innocenti ne prit de ses nouvelles qu'après l'été, en une rentrée lourde d'orage. Apprit ainsi qu'il était mort, à l'hôpital Ambroise-Paré, de cette maladie dite de la griffe du chat, à laquelle, lui dit-on, il est archifréquent de survivre, ce qui le laissa rêveur. Il regretta bien un peu que fut rayé de la carte un serviteur si fidèle, dans un monde où on n'était plus servis, où aide-toi le ciel t'aidera, et où, pour des hommes classe affaires comme Innocenti — les premières ayant également disparu, dans les avions — le ciel s'assombrissait de jour en jour. L'unghia del gatto, dunque, soupira-t-il. Le pus, la fièvre, hélas, on m'a fait de tout cela un tableau clinique — une maladie peu répandue et encore extrêmement mystérieuse. Mais quasiment JAMAIS mortelle. A ce point de ses élucubrations — la rentrée, dunque — entra la Piatti, éblouissante dans un fourreau noir dont la fente latérale dénudait sa jambe gauche, qui s'assit en face de lui, croisa, de façon à ce que le fourreau les dévoilât intégralement, ses deux jambes miellées de soleil, répéta *l'unghia del gatto,* en souriant de ses yeux saphir, les mêmes yeux qui lors du trépas, à l'hosto, d'un déloyal serviteur, étaient ceux de l'infirmière — ou du moins le crut un Goldenberg truffé d'hallucinoses et d'un sentiment très net de persécution. En vérité, personne ne sut qu'il crut voir, dérangés pour l'occasion de leur céleste empire, la déesse aux yeux saphir sous une blouse d'infirmière, le vieux bonze et Sinh, ancêtre de Soyabean Blue des Grandes Rizières, faisant suite, se pencher, l'œil ironique sous leur courte paupière, au-dessus de la dépouille de leur victime aux aisselles putrides. Il n'eut l'occasion de raconter ça à personne. Il y eut bien, à l'enterrement, une petite nièce née Nussbaum, aux yeux insolemment bleu foncé pour suivre le convoi de feu Goldenberg, et un homme vieillissant à l'aspect érémitique pour se pencher sur la couronne funèbre, dans le cimetière juif, mais ce vieillissant était le cousin Nussbaum lui-même, et l'ensemble de ces phénomènes d'une grande et probe normalité. Il n'y eut donc personne pour établir de rapport entre cette mort et ce qui n'était qu'une ancienne légende birmane portant sur des chats que, de toute éternité, on ne peut tuer impunément — et personne dans un cimetière juif plein de juifs n'aurait accordé de crédit à cette foutaise poétique, ni ne l'aurait remémorée à Innocenti si lors de cette trouble rentrée, Antonella n'avait fait naître le soupçon dans l'esprit déjà fort tourmenté de son amant, en proclamant avec sérénité et en croisant haut les jambes, qu'elle avait, avec l'aide des redoutables chats, pelé vif à la main ce sale type dont, de son vivant, elle n'écorcha que le nom, pelé jusqu'au bout, et qu'elle en était fort satisfaite.

— La seule chose que n'avait pas prévue la légende, c'était la taxidermie.

— Ma tu sape... ?

— Bien sûr. Je l'ai vu, l'empaillé.

Et la seule chose qu'elle ignorait restait le danger mortel

qu'avait laissé encourir à un sacré la présence d'un philodendron. De ceci, à l'instar de peu de choses passées et de beaucoup d'autres à venir, Antonella Piatti, malgré ses remarquables dons de voyance, n'avait aucune idée. Et ce fut ainsi qu'Innocenti et Piatti se retrouvèrent en cette fâcheuse rentrée 82, sans service aucun, et en quête d'une personne de charge qui se devrait d'aimer les chats et les personnes aux yeux violets. En effet, le violet des yeux d'Antonella demeurait aussi indélébile que ceux d'une certaine momie féline, et quant à ces bêtes birmanes elle déclarait, avec une incompréhensible opiniâtreté, vouloir un troisième exemplaire pour ne pas s'avouer vaincue et lutter contre le sort, dit-elle alors et parce que la sœur de Soyabean Blue des Grandes Rizières venait de mettre bas, en ce mois de septembre, une portée de chatons de filiation irréprochable parmi lesquels l'un d'eux, une femelle, se nommait Wildrice des montagnes de Lugh, en raison de la teinte brune du riz sauvage qui était celle de son masque, et de la lointaine et périlleuse provenance qu'on sait.

Après ce postlude, revenons au prélude d'un été où Innocenti et Piatti préparaient un voyage à Venise, un été dont le seuil semblait balayé de vent, de soleil cuisant et d'ardeurs, et où une jalousie diffuse venait d'empoigner, malgré son calme apparent, Achille Innocenti, à cause des ovules contraceptifs preuve de la virtuelle infidélité de sa ragazzina, virtuelle mais plausible infidélité, puisque jamais une capote anglaise ne traînait dans la salle de bains d'un homme parfait en tout point et résolument stérile.

Elle disait donc, au début de cet été-là, vouloir l'épouser le plus rapidement possible, ce n'était pas la première fois ni la première menace de parjure, mais ça semblait être une fois légèrement différente des autres, car Adora Angelica Grazziani présentait un début d'ulcère stomacal et des symptômes de sénilité qui rendaient la vie de plus en plus difficile à tout un chacun dans l'appartement de Maubert — en toute conscience de son ignominie, Achille comptait un peu là-dessus, et aussi sur l'été divin qui les attendait et où ils flamberaient plein de fric avant que, grâce à cette gauche, l'économie française ne s'écroulât définitivement, itou le moral des directeurs de société, il comptait sur cet été mirobolant pour que CETTE FOIS-LÀ, ses espérances ne fussent pas déçues par ce qu'il appelait, faute de comprendre le sens de ces reculades, un caprice de jolie femme fantasque, et il se jurait qu'à la fin de cet été mirobolant, Venise, lac de Côme, Côte d'Azur, il ne serait plus question de surseoir à la décision fondamentale — il n'en pouvait plus de surseoir, il deviendrait méchant s'il fallait encore surseoir, un peu à lui de faire la loi, non, era gran tempo e coll' aiuto di Dio, et pourvu que l'Adora fût inutilisable, il la ferait, cette loi, et il l'épouserait, cette fille.

Quel est le maître des arcanes?

Oh je vais être gentille avec toi tu verras, on sera heureux, je te rendrai l'homme le plus heureux de la Terre, tu verras, mon faible balourd et apitoyant, toi qui me désires si gauchement, mon gentil, on sera heureux, tu verras, se jurait-elle, pleine de gratitude et de vraie amitié pour cet homme et de remords parce qu'elle ne l'aimait pas assez, se jurait-elle, légère et glorieuse et espérante et si soulagée d'être, de temps à autre, débarrassée du cynisme. Allons enfants, mariage, se jurait-elle, et je soignerai ton vertige de Méliès et tu seras content, tu verras, et je t'attendrai le soir près du feu, cette garce d'Antonella, elle n'aura pas d'amants, ou pas trop, je te caresserai gentiment sous le menton et tu aimeras, et je te ferai des plats amaigrissants et délicieux genre ris de veau aux morilles mais pas de dessert après, pour que tu sois beau et que je puisse te désirer et que tu sois content de ta moglietttina, mon chéri, tu verras — et puis le chirurgical cynisme reprenait le dessus, elle disait qu'elle n'était pas une dame d'œuvre, après tout, et de cela elle se désolait on ne peut plus sincèrement.

Innocenti, un nom pareil, celui d'une bagnole en plus, vraiment pas de sa faute, confiait-elle à Aménophis, le dernier en date des bambini de peluche, un cocker qui avait des yeux encore plus chagrins, tombants et mendiants qu'Innocenti. Il a six planètes en Vierge comme Saint-Just, le dottore, et Antonella c'est la championne du précaire, le genre mirage qui phonétiquement ressemble de façon cruellement cocasse à mariage, ne trouvez-vous pas, Aménophis? Je lui ai tout fait, à cet homme. Je vais lui faire le pire, l'épouser, sauf si les tarots disent non. Mon chéri qui fait de la pub et qui s'ennuie à faire de la pub pour des lotissements luxueux sur la Costa del Sol, où il voudrait tant m'emmener, lui et moi seuls sans les clients, car il sait, mon gentil, que je le suis toujours dans ses déplacements avec une docilité explicable par le culte fada que je voue au soleil, seuls ma coterie de chats et mon cénacle d'amies peuvent rivaliser. Mon gentil, massacré par les impôts et majorations d'impôts et rappels d'impôts et impôts supplémentaires, et ça ne fait que commencer avec cette saleté de gauche, qu'il grogne, en face de moi qui m'en fiche et porte sur cet homme ruiné par la gauche un regard où flotte, où flotte, euh, eh bien Aménophis, une certaine disqualification. Regard élusif méprisant odieux sur mon gentil. L'air de parler aux anges comme Swedenborg, tu vois, et le panneau NON MOLESTARE accroché sur mon front, et les yeux rivés au ciel et m'arrachant un ongle, de rage qu'on ose parler fric devant moi. Et lui dans ces cas-là, dès qu'il voit l'ongle arraché, de rétrécir, de devenir un dé à coudre, quand on est parti d'un lutteur de sumo ou quasi, ça fait bizarre de s'apercevoir qu'en face, un dé à coudre. Mon gentil. Et parfois envie de le tuer parce qu'il a respiré houleusement, trop fort, ou parce qu'il marche vraiment trop en canard. Mon gentil. Et voilà, il faut que je te dise, Aménophis, ce que je viens de découvrir : m'aimer est un truc épuisant, à force, il s'en est détraqué le cœur, poveretto.

Elle posa Aménophis sur le lit, tourniqua autour de la table aux tarots, fit des moulinets avec les bras — il prend de la digitaline et des bêta-bloquants, Aménophis, dit-elle au cocker, et je n'ai pas pu m'en apercevoir avant, Goldy devait les planquer. Un type que J'AI RENDU CARDIAQUE, soupira-t-elle, est-il DIGNE de rester avec un type qu'il m'est impossible de ménager, qui m'énerve avec sa placidité de bonze alors que pas bonze du tout, publicitaire, est-ce bien CORRECT de rester avec lui dans ces CONDITIONS qui, même si je prends sur moi, demeureront les mêmes, avec un homme dont le cœur peut se payer une TORSADE DE POINTE ? Et cette impure charité que t'inspire parfois le gentil, ma grande

Antonella, est-elle DIGNE de toi ? Et de le voir s'en contenter, est-ce un spectacle DIGNE en soi ? Miseria, etc. Alors Venezia, oh bordel, cette ville qui me ressemble, sans trop me flatter, Venezia et le mariage après pour déculpabiliser. Mon gentil dégradé du cœur, t'épouser. Ne plus te voir comme ça aux pieds attendant, rendu fou par mes indifférences, mes fuguettes, mes oublis olympiens, aux pieds à cause d'une pâleur lait d'orgeat de cils incurvés d'un iris dont la teinte est un signe particulier, de cheveux noirs à sembler peints, et de mon air toujours prêt à ouvrir le gaz. Affreuse. Son pauvre cœur. Aménophis, le mal ou ce qui y ressemble gagne toujours en définitive, et la grande Antonella armée de ses cils de ses seins, etc., de ses absences de ses vapes de ses équivoques de ses figue-et-raisin, bardée de ses alternatives, de ses oui peut-être et puis non après tout, de son altier détachement et autres, tout le cocktail qui les excite, pauvres types, moi si armée et gagnant à tous les coups gagnant quoi, son pauvre cœur, quel mérite à gagner, Monsieur vous êtes un importun les trois quarts du temps et un gentil tolérable confortable au quart restant, vous dites ça ou laissez entendre, et subito aux bottes le type c'est quand même dégueulasse, moi je la claquerais cette fille, je ne lui dirais pas merci, son pauvre cœur, un artiste forcément c'est sensible et à la fois prodigieusement méchant, je suis les deux, et cette chose, être les deux, le rend encore plus maboul de moi, son pauvre cœur, les chocos et l'alcool quand je ne suis pas là, daddy adopte-moi ou épouse si socialement c'est mieux accepté, je ne veux pas que tu risques la torsade de pointe à cause de moi, son pauvre cœur.

Malgré les craintes que lui inspiraient les cartes depuis leur dernier pronostic — fracture des jambes — elle posa sur le jeu sa main nerveuse, et décida de demander au tarot si en fin de compte, elle devait épouser Achille Innocenti, cet homme qui refusait bêtement de l'adopter, malgré les demandes charmeuses et répétées qu'elle lui en avait faites.

Il la trouva devant la table où elle consultait habituellement le tarot, dans un angle du gigantesque salon, derrière une bougie violette à la flamme tressautante, il constata qu'elle les avait tirés en croix, et — procédé appris d'elle — avait additionné les nombres portés par la première et la troisième lames sorties du jeu, puis ceux de la seconde et de la quatrième. Cela faisait sept lames retournées, et il jugea que l'affaire devait être d'importance.

Immobile, elle contemplait le jeu — elle était capable de méditer des heures devant ce dernier, sans broncher, avec un hiératisme de momie et un regard inexpugnable qui inquiétaient toujours le profane, dont Innocenti — or, là, elle avait l'expression dubitative de quelqu'un qui est suffisamment renseigné et plutôt esbroufé par ce qu'il vient d'apprendre, et se demande âprement qui, mais qui, est le maître des arcanes, quelle puissance de l'enfer a battu, coupé, étalé, tiré, retourné, des lames qu'il ne reste plus qu'à interpréter et dont ledit tirage est irrépétible. Puissance de l'enfer, ayant agi par le truchement des doigts de sa mogliettina, reposant sur le sarouel noir qui ensachait ses genoux, bouffait autour de la cheville, et, une fois de plus, lorgnant cette cheville, il s'attendrit sur la trace d'une délicate ablation des ailes séraphiques qu'elle avait dû porter, anciennement, à la place ciselée de l'os scaphoïde — il en était de même, plus haut, de ses saillantes omoplates.

Un, l'Hermite, deux, le Chariot, trois, l'Etoile, quatre, la Tempérance, et, somme des quatre premières lames tirées — le tarot restait la seule concession de Nella Piatti aux mathématiques, car elle était de ceux qui comptent sur leurs doigts, et recomptent pour être sûrs — au centre du jeu, la Force. Un et trois, se rapportant à la consultante, donnaient au total la huitième lame, la Justice, deux et quatre, ce qu'il devait advenir d'une situation donnée, la vingt et unième lame, la plus impressionnante du tarot, celle du Monde, l'irruption de la puissance divine en faveur de l'être humain.

Quant à la question posée dont il osa lui demander la teneur, il s'agissait, mentit-elle affablement, du changement de domicile. Elle mentit, car, du jeu, foudroyant, flamboyant, plutonien, qu'elle avait sous les yeux, Innocenti était radicalement absent, ne s'y étant pas même immiscé sous la forme qu'il prenait opiniâtrement, celle du Pendu, elle mentit car le verdict du tarot, n'impliquant aucune vie conjugale, ni rien qui s'y rapportât, aurait fait trop de mal à cet homme — les cartes en effet parlaient de bien plus graves séismes que ceux provoqués par un passage devant quelque maire ou un déménagement.

Il ne put résister à se mettre la cervelle au presse-citron, et, comme elle ne bougeait pas, comme elle ne le regardait pas, à interpréter comme il le pouvait les paroles des lames.

A droite, la consultante apparaissait sous les traits de l'Hermite, lame saturnienne de l'Initié qui voile sous un pan de sa manche la lumière de la Connaissance, lame de retrait, d'attente et de chasteté, lame du moinillon qu'elle était dans ses moments d'écriture, lame qui n'arrangeait pas Innocenti, se trouvant en face, non plus d'une femme, si inaccessible qu'elle fût par instants, mais d'un stylite incorruptible et on ne peut plus célibataire, de quelqu'un dont le savoir remonte à plusieurs incarnations, qu'on ne peut amadouer avec des tulipes crème, des bracelets de saphir, un nouveau blue-jean ou un testament en sa faveur, et puis allez donc retrousser la robe vertueuse de l'Hermite. En face de l'érémitique, le glorieux Chariot, conduit par un triomphateur césariste et couronné d'or, et il vit Antonella, à la place du conducteur, lui passant allègrement dessus dans son impétueux équipage, il sentit sur son corps comme l'écrasement des roues de ce Chariot disparaissant au loin dans une poussière rouge et le laissant lui, pantelant, sur le bas-côté d'une route. Figlio di puttana, ce Chariot. Mission de l'âme par la grâce d'un appel, avait-il lu dans le *Manuel d'Interprétation du Tarot* planqué dans le tiroir de son bureau, à l'agence. Une missionnée ça n'épousait pas plus qu'un Hermite, porco cane. Certes il diavolo lui-même avait tiré ces cartes. Il diavolo, en la personne d'Antonella, pianotait de ses ongles vernis d'une subtile nacre rose sur le tissu sec et noir du sarouel. Sublime, il diavolo, jusqu'au bout des ongles, vérifia Achille qui depuis peu, se les rongeait comme un gamin. Il ne se jugea pas mieux loti au vu de la troisième lame retournée, l'Etoile, l'arcane XVII cher à André Breton, la prometteuse et verseuse de bienveillante, de céleste lumière sur la brune tête de la Consultante, la douce Etoile qui atteste la venue d'un sort meilleur dans un monde d'espérance, que venait-il faire dans tout ça, sous ces grands astres effrayants, il rassembla encore quelques souvenirs de ses louables lectures du manuel en question, l'Etoile signifiait aussi renouveau d'une inspiration artistique, laquelle il ne lui reprocherait jamais, mais qui pouvait devenir affreusement pénible si elle l'éloignait de lui ; qu'avaient donc les cartes à professer de tels changements, et l'engagement de Mlle Piatti sur une route dorée et semée de miracles, où par honnêteté, par humilité, par lucidité, il s'avouait qu'il n'était pas ? L'Etoile, qu'était-ce encore ? Ah oui, secours providentiel, grommela-t-il, voilà la Providence, et cette Providence peut bien rappliquer sous la forme d'un jouvenceau, porca miseria, et voilà, elle doit déjà envisager cette Providence sous je ne sais quel aspect d'archange ailé et irrésistible, genre David Bowie, *son genre,* ça elle en a un que je n'incarne pas, elle médite là-dessus et l'éventuel Bowie de la Providence, que je n'incarne pas plus que *son genre* — en pianotant sur son sarouel — oui, il savait cela, puisque le fait de la Providence est d'être providentiel, d'INTERVENIR sans crier gare, or lui, il était apparu dans la vie d'Antonella trop d'années auparavant pour qu'il pût s'attribuer le futur et magnifique fracas de cette suspecte, cette vertigineuse Providence, devant laquelle il se sentait fichu.

Elle n'a en rien besoin de moi qui ne suis pas providentiel, allez être providentiel avec le métier que je fais, et les ennuis que j'ai avec mon client Schmurtz qui gueule parce que, pour rester avec elle le week-end, je n'ai pas été aux Arcs où il veut que je m'occupe activement de ce qu'il construit, quoi, des petits cubes de béton, se dit-il, amoindri, terrifié.

Fixant la lame de l'Etoile, elle pianotait toujours sur son genou, envapée comme la primordiale Pythie sur son trépied grâce aux exhalaisons montant du sol, là nul besoin de cette vénérable mise en scène, la signorina planait toute seule, toujours à faire les choses toute seule, y compris planer et besoin de personne, c'était exaspérant — de nouvelles chances, disait l'Etoile, et il savait pertinemment qu'il n'était pas à même de les lui apporter, il ne pouvait même plus lui assurer ce qu'il lui avait apporté, matériellement, jusque-là, et de cela, elle ne DEVAIT pas être au courant. Suite des événements et lame sommant le tirage, la Force, la Force qui est sexuelle par origine et par nature, représentée par une femme ouvrant de ses mains la gueule d'un lion, la tenant au niveau de son propre abdomen, ou plutôt un peu plus bas — symbole vaginal évident. Achille avait une aversion particulière pour cette dame impudique ouvrant comme ça un terrible vagin denté en forme de lion, — lame solaire de l'arrachement du quotidien, je l'ai lu dans le fichu manuel, gémit-il in petto, c'est ça, voilà, ce quotidien que je m'efforce de légaliser depuis des lustres, je hais les tarots. Stupidité que d'avoir lu ces manuels pour avoir l'air branché, au parfum et à la coule comme toutes ces sorcières d'une génération spéciale, celle qui a Pluton en Lion, je ne savais pas, je disais génération de l'après-guerre, eh bien les bambins de l'après-guerre, s'ils ne sont pas commodes c'est à cause de leur Pluton qui est resté en Lion pour sept ans ou quelque chose comme ça, les Rolling Stones chéris de ma chérie aussi Pluton en Lion et son David Bowie et ses copines toutes cartomanciennes fuligineuses qui n'aiment pas les hommes, du cosmique du sacré du sublime pas du banal du fatal SVP sinon, la porte, sinon, recalé. Nonnes et putes en même temps, ces filles. Et elle, quand je la regarde, je me dis que non, sublime et magicienne. Bene. Moi de temps à autre je la voudrais tendre et petite, pas armée d'un vagin à dents de lion, miseria di un povero cuore et le mien de cuore en claquera. En sus, force sexuelle, et question sexuel, ça tiédit un peu entre nous, il y aura bien un gamin de cette génération agitée pour caresser gentiment la gueule du lion, heureuse perspective.

Se sentant, à la lettre, hors jeu, annihilé aux yeux croyants de cette pythonisse affreuse, plein de rancune envers les arcanes, il désira ne pas y croire, mais il y avait eu des précédents où elle avait clairement prédit ce qui était clairement advenu, et grâce à ce jeu, c'était comme si des portes dérobées s'ouvraient sur d'enthousiasmants mystères, il la regarda en coin, à son insu, on aurait dit une enfant aux yeux reflétant les palais suscités par une baguette de fée, étincelant dans l'ombre avant que de s'évanouir prestement, et l'enfant coriace de tenter la capture des palais, son enfant aux yeux étoilés, aux cils comme des palmes douces, sa petite Cassandre, sa poignante et prête à tous les superbes ridicules des croyances, celle que, parfois, il ennuyait, lui, le Pendu. Il alla faire ses valises dans la plus grande morosité.

Pendant qu'il était resté là, à considérer le jeu, elle ne l'avait pas même regardé, et, il pouvait se demander si elle l'avait même vu entrer. La concentration, puis le choc devant l'annonce de tant de cambiamenti, pensa cet homme qui avait toujours haï les changements et se serait accommodé d'une seule saison par an, fût-elle mauvaise, pourvu que stable.

Elle entra dans sa chambre alors qu'il délaçait ses chaussures et lui dit, sans provocation : Dottore, quel jeu, vous avez vu ça !

Il lui dit qu'il en savait, hélas, suffisamment sur le tarot pour comprendre que, même en tant qu'infortuné Pendu, il n'apparaissait plus dans ce jeu, il lui dit en essayant un ton narquois, que l'avenir de son aimée, cette protégée du firmament, lui semblait tout à fait fulgurant, et qu'il était un peu triste de n'y être pour rien. Qu'en face de la vingt et unième lame (il pria pour qu'elle ne lui dise pas, de sa voix rancunière, oui, le numéro de la chambre dont tu m'as enlevée, à Phiscardo — et elle se garda de le faire), de l'harmonie cosmique, de la musique des sphères, des gloria in excelsis, il se sentait peu de chose, franchement, et tut qu'il aurait vraiment préféré, dans le dire de ces cartes, plus de terre à terre — allait-elle assomptionner en plein milieu de la chambre dans le nimbe de gloire de l'arcane du Monde, toute nue comme la figure féminine de cette lame ?

Loin d'assomptionner, elle le regardait doucement, tête inclinée comme une chatte, son long corps flexible accoté au chambranle de la porte, et ne disait rien. Eut un sourire troublé, et virevolta, sur ses pieds nus vola (ce qu'il supposa avec raison) vers l'oracle, pour lui poser une question subsidiaire au sujet de laquelle il s'ordonna de ne pas se tourmenter. La peste soit du tarot. Il regretta de s'être planté là pour commenter en silence ce jeu, ça ne le regardait pas, après tout, il avait été impoli, elle faisait ça pour elle seule, il se rongea un ongle à la pensée que la lecture des manuels tarotiques l'avait bien avancé, lui, tria des chemises, inspecta, maussade, ses placards, posa sa valise sur le lit, déplora que Goldy ne fût plus là pour s'occuper des bagages, s'inquiéta de savoir jusqu'où, jusqu'où cette Etoile mènerait sa mogliettina, fut très fâché d'être à ce point vulnérable à ce jeu de gipsy, s'avoua qu'il lui aurait été doux de penser que, seuls, de petits changements allaient modifier le cours de leurs existences : exemple, dans cet appartement, loué, porca miseria, de fraîche date, tout simplement acheter davantage de bureaux et de bibliothèques, cinq bureaux si trois ne suffisaient pas, changer la couleur des murs de la bathroom, d'un vert clinique qu'elle aurait préféré Nil, comme vert, disséminer les bureaux ministres çà et là car la présente et inutile enfilade de ces ministres flanquait le cafard à l'auteur — rien que de les voir là menaçants et m'attendant, je n'ai plus envie de travailler, disait-elle — or, il avait cru bien faire en achetant ces meubles monumentaux, sans penser que la versatilité de la sua donna exigerait qu'on les changeât de place dans une valse sans fin, et qu'ils étaient si longs et si larges qu'il faudrait abattre des portes ou les écarter comme Samson le fit des colonnes du temple, pour qu'ils les passent, ces portes, et échoient dans une, ou dans diverses pièces favorables au mystérieux Grand Œuvre d'un écrivain. Mais les cartes n'avaient parlé d'aucun changement de bureau, et d'après celles-ci, elle pouvait très bien, mue par une pure et intransigeante vocation, entrer au Carmel, partir avec Terre des Hommes ou avec un jeune bateleur, alors que lui s'échinait à résoudre de menus et arides problèmes domestiques qui n'avaient rien à voir avec l'irruption du plan divin, il eut un moment envie de tout laisser tomber, elle l'abandonnerait un jour comme un vieux chien, avec ses bibliothèques, ses bureaux ministres et son séjour grand comme une salle de bal, ce n'était pas une fille à séjourner où que ce fût, elle avait depuis Phiscardo — et sans doute depuis l'enfance — des raz de marée d'espoir, du plus rebelle espoir, dans ses grands yeux nocturnes, il se sentit incapable de freiner la course du Chariot sur lequel elle allait, cheveux au vent, un vent charriant toutes les promesses d'un monde neuf où il n'aurait jamais sa place, jamais. Très prosaïquement, elle en aurait bientôt assez de lui, à cause de l'ennui, le récit de certains conseils d'administration, même pimentés d'une pointe d'ironie, n'étant pas de nature à griser longtemps une fille comme elle, et puis au lit elle n'était plus comme avant. En fait d'assomption dans le nimbe du Très-Haut, il allait se la faire faucher par un jeunot qui saurait s'y prendre avec elle, avec qui elle parlerait de toutes ces choses ésotériques qui lui en bouchaient un coin, à Achille, et il y aurait à la clé non seulement des causeries ésotériques, mais des ébats d'une autre nature, voilà, et elle ne viendrait jamais habiter avec lui, et Venise adesso. Venise, l'eau des canali aussi fielleuse que fielleux était le second comprimé de barbiturique qu'il dut prendre ce soir-là pour s'endormir, dans sa propre chambre, car cette nuit-là elle ne l'avait pas invité dans la sienne, trop préoccupée par l'interprétation de ce qu'on venait de lui donner à voir, sans doute, supputa-t-il tristement.

Il se réveilla en pleine nuit, la chercha, s'avisa de sa solitude, se dit que d'aller à Venise ne lui faisait pas vraiment plaisir, si les desseins de la Providence et ceux de Mlle Piatti s'unissaient pour répudier l'appartement de la rue Georges-Bizet et pour amener la susdite Piatti à des tâches érémitiques, alchimistes, etc., il évita de penser au probable godelureau, bref à des tâches plus hautes que d'être l'épouse d'Achille Innocenti, et de vivre avec lui où que ce fût. Puis se résigna à Venise. Séjour qu'il voyait néanmoins de travers. Il ne ferait d'ailleurs que l'y accompagner, comme il l'avait toujours fait, depuis qu'un énigmatique Fatum les avait liés l'un à l'autre. Qu'elle se mette donc à évangéliser les peuples, pesta-t-il, ou qu'elle entre dans le lit d'un jeune connard, en attendant, Venezia, gondola, oui gondola — ils auraient l'air malin, tous deux, dans une inévitable gondola, sur les eaux putrides de la Sérénissime, entre les murs ruinés, aux roses fraise passés ou aux blonds ensoleillés et lépreux de cette ville. Ne pouvant dormir, il se leva, revint à sa valise, et elle entra.

Elle lui dit caro mio adorato, je suis folle de joie d'aller à Venise, et il fit ce que quiconque aurait fait devant une Antonella en chemise de nuit de soie rose pâle, il la prit dans ses bras, ironisa que son absence était la seule chose par laquelle il brillât dans ce jeu qui l'avait mystérieusement impressionné et empêché de dormir, elle lui sourit, lui dit de venir dans sa chambre, où près d'elle il trouverait le sommeil, juste après, s'il le voulait bien, avoir inspecté sa valise, comme il avait l'habitude de le faire, pour qu'elle n'oubliât rien.

Elle entreprit d'informer chacun des enfants qu'on allait à Venise, que le plus sage d'entre eux serait choisi pour y aller aussi, à condition de bien se tenir dans le bagage de cabine, non Tabby I, disait-elle, tu as déjà été au Maroc, tu es un égoïste, et toi Tabby II, au Mexique, et toi Shere-Khan, en Afrique, et toi Katmandu, sur la Côte d'Azur, il y a ce pauvre Arthur, qui sait, le pauvre Arthur, qu'il est trop gros comme raton laveur, avec sa queue énorme, pour nous accompagner, Akillé, regarde Arthur, il a vraiment l'air d'avoir envie, il n'a jamais voyagé parce qu'il est trop gros, il n'arrivera pas à maigrir, tu veux bien qu'on l'emmène ?

Il acquiesça, tout en vérifiant qu'elle n'avait pas omis d'emporter ses boules Quiès (dont il détenait une boîte en secours dans ses propres bagages) car le bruit des rames barattant sans trêve les eaux de la Sérénissime l'empêchait traditionnellement de dormir. Il découvrit dans un de ses petits sacs, du Vénugyl, lui demanda si elle avait toujours cette cystite urticante redevable de Vénugyl, elle fit un petit oui, il poursuivit la remise en ordre de tout ce qu'elle avait jeté à la hâte dans sa vieille valise Gucci — celle de Phiscardo, dont, malgré son état de délabrement, elle ne voulait pas se séparer — cystite urticante, oui, elle hurlait dès qu'il essayait, sèche comme le sahel, avant, en cet avant édénique, elle avait entre les cuisses un petit déluge, c'était comme de toucher une menue soierie chiffonnée, si doux sous les doigts, aujourd'hui, entre les mêmes longues cuisses d'éphèbe, juste une plaie sèche, douloureuse si on tentait l'effraction, après laquelle tentative il se sentait un sale violeur et un dégueulasse de la faire souffrir comme ça, il espéra que Venise la rendrait amoureuse et humide, à propos de degré hygrométrique, celui de l'incomparable cité lui flanquait des rhumatismes articulaires — la jeunesse, fellow, dit-il à la cantonade en fermant la valise, aussi impeccablement ordonnée qu'au temps de Goldenberg, elle s'approcha, le demanda en mariage d'une voix ensablée de sommeil, et Achille pensa le plus fortement possible que les tarots étaient des morceaux de carton — just playcards, after all, my little Alice — et que — et que, certo, la vie commençait à cinquante ans.

Elle était sur ses genoux, flattait du bout de ses ongles, la cordelette de soie, et, victime émerveillée d'un asservissement magique, tel ce Pendu qui, lui, portait une cordelette au pied et effleurait le sol de ses cheveux bleus entre les deux troncs d'arbres dont les bourgeons tranchés pleuraient du sang par leurs douze cicatrices, il se répéta que la vie commençait à cinquante ans, elle balbutia que vraiment, il était un imbécile de ne pas vouloir l'adopter, qu'elle voulait être seule avec lui à Venise et donc pas question d'y emmener un enfant, s'endormit tout net dans ses bras, il la porta sur le lit, se réjouit de Venise.

Au Danieli, leur fut adjugée la chambre 15. 15, le Diable, non, fit, d'une voix convaincue, Antonella au concierge — un type marmoréen qui ressemblait à Goldenberg. Trouvez-nous une autre chambre, je vous prie.

Ne restait que la 15, et, dans l'ascenseur qui y menait, elle répéta quindici quindici quindici avec le visage d'impasse et l'œil torpide qu'Achille lui connaissait quand quelque chose allait de travers. Dio mio, gémit-il, cette chambre qui est indéniablement sous l'influence de Lucifer va nous foutre en l'air ce séjour, je vois ça d'ici. Si amoureux que je sois d'elle, je trouve franchement épuisante sa manie de tout interpréter à partir de la symbolique des nombres de ce tarot. Néanmoins, grand prince, devant la porte de la chambre, il lui proposa de changer d'hôtel, pour s'entendre éclater de rire au nez, et dire : Non mais tu crois à ces foutaises, toi ? va pour la chambre del diavolo, perfetto — puis, elle eut une expression incongrûment soumise.

Derrière les ogives de pierre sur lesquelles s'ouvrait la fenêtre de la chambre 15, elle demeura un moment immobile, baissant vers le quai des Esclavons un regard crépusculaire, prête à dormir dans la chambre du diable et à assumer ce qu'il adviendrait d'elle dans cette Venise aux lèpres de vieux ors, aux fientes de pigeon vert malachite, dans la cité folle, putride, grise et rougeâtre et nacrée, elle demeura immobile, pensant — ecco ma vieille boueuse dogaresse toute cariée si écœurante de romantisme, ma mourante sublime, me revoilà, oh j'ai été bien méchante avec tous les types qui m'ont emmenée ici, je leur ai joué des tours pire que tous ceux que tu connais, ma vieille méphitique, tu as toujours aussi mauvaise haleine, bien contente de te revoir, seulement j'ai bien l'impression que cette fois c'est toi qui vas m'en jouer un de sale tour, nous avons des affinités toutes les deux, et joue-le-moi donc ce sale tour, oui, ce n'est qu'une impression mais je sais tout par avance, et toi comme moi nous ne pouvons rien contre Mac Fatum, ma gangrenée, rien, ce Mac Fatum qui m'a assigné la chambre du diable, et qui, toi, ma béquilleuse, la plus belle grabataire du monde, va t'engloutir dans les eaux, moi quand j'ai essayé de me noyer j'ai pas pu tu vois, toi la plus somptueuse gâteuse délabrée du monde, tu vas bien être obligée de savoir quel goût ça a la flotte et celle qu'on te réserve ne sent pas exactement la rose, alors avant ça toutes les deux on va jouer, on fera Carnaval même si ce n'en est plus l'époque, en ton honneur je mettrai mes robes du soir les plus divines, on va jouer à malin malin et demi — il est toujours arrivé des choses affreuses aux types qui en vue mariage m'ont emmenée ici, et je ne sais pas, ça, non, la grande pythonisse d'Antonella ne sait pas, ce que tu vas faire de mon présumé marito modello, jusqu'alors mes amants tu n'en as fait qu'une bouchée de tes dents rongées, de tes fausses dents en or. Ecco c'est ici que toi, tu m'as ensorcelée avec tes parfums épais et poignants, tu étais si insolente, si charnelle, si fatale, les jeunes gens ne me plaisaient plus, que voulais-tu que j'en fasse, ils m'embarrassaient, intimità perfetta, si, je voulais être seule avec toi ma vieille byzantine élimée, je voulais voir trembler une trace de sang dans l'eau mortelle des rios juste sous la fenêtre entrouverte d'une maison aux perrons moisis et aux assises rongées, une trace du sang de l'Orient, je voulais me blottir dans tes velours fanés si lourds et qu'ils ne me mettent plus la main dessus, je voulais être libre et légère et saoule et seule pour te plaire, et aller dans la forêt de pierre aux ombres pesantes ; je voulais n'être qu'à toi et te connaître mieux, un peu mieux, tu es aussi sibylline que moi quand tu t'y mets, tu as aussi des airs et des manières, ma vieille faisandée fardée qui jamais ne renoncera à plaire avec un invraisemblable courage, oui je t'ai tout de suite aimée, même si la première fois que je t'ai vue tu disparaissais sous une fourmilière de nains en short avec appareils photo, même si c'était le mois d'août et une chaleur d'enfer charriant tous les voluptueux remugles de tes égouts, et une vague odeur de mer et de sperme, quand je te dis que malgré tous tes fards, il y a une chose qui ne va pas, tu as mauvaise haleine à cause de ta bouche pourrie, ecco, je t'ai aimée et je me suis faite la plus fugitive possible, je savais que tu étais jalouse de ces types, alors j'ai suivi des masques, des mendiants, des joueurs de guitare, des peuples de chats, quelques curés, quelques Giacomo Girolamo de ma secte, le long de tes labyrinthes sombres au bout desquels éclosent des places à la clarté brutale, à la chaleur tropicale, à la grâce éblouie et délicate, je me suis cachée sous la robe du doge Pietro Loredan, je suis entrée dans tous les tableaux des appartements du doge, exemple, je me suis envolée dans le typhon déchaîné de tous les Tintoretto, les Tintoretto, œil bariolé d'un cyclone, quand on a un peu de pouvoir, suffit de les fixer bien au fond, et on est aspiré par une colonne de lumière corrompue comme les couleurs d'orage desquelles il a peint la Sainte Famille et tous ces châtiments avec des pantins disloqués et décomposés et ivres, oui très facile de se faire aspirer par la bouche de lumière, le noyau torrentueux d'un Tintoretto, et hop sous le voile de la Vierge qui trône au-dessus de tous les malheurs des enfants de la Terre avec l'air de penser tout à fait à autre chose, autre exemple, je me suis planquée dans des armures de métal presque noir, et j'ai bien refermé le bec d'oiseau du casque, clac, ils sont repartis sans moi, exemple, quand vraiment le type devenait dangereux, vvvt je glissais dans la Bocca del Leone des dénonciations secrètes vvvt et aussi mince que les plis sournois qu'on y enfournait pour le châtiment des crimes des enfants de la Terre, exemple, je me suis cachée dans les cryptes et les absidioles de beaucoup de ces églises qui semblent des mosquées, une fois même on m'y a enfermée pour la nuit, voilà comment je leur ai faussé compagnie sans l'aide de mon anneau et de mon manteau, c'était juste la puttana de dogaresse qui me prenait par la main, de sa vieille main mauresque si élégante et aussi pleine de taches de son que ses ors sont rouillés, elle m'a fait grimper hop dans ses vaporetti, motoscafi, gondolette, hop, disparue en fumée, ils ont couru derrière moi mais jamais assez vite, j'ai couru sur tous les ponts de Venise la nuit mes sandales à la main, j'ai eu des coups au cœur pour de très jeunes filles qui avaient les cheveux oignon blondi des courtisanes de Carpaccio, des joues de perle, et qui lisaient sous des bannières claquantes de linges flottant, sur la tiède terrasse de leur palais aux murs brugnon tapé ou vinasse sublime ou ocre érodé, j'ai sauté du vaporetto accelerato ou motoscafo direttissimo où j'avais fichu les pieds par fantaisie sans savoir vers quoi accelerato ou direttisimo, j'ai trouvé la porte du palais, j'ai été les voir et juste parler avec elles, souvent elles m'ont présentée à leur marquise de mère et je suis restée avec elles dans les palais sombres et frais qui me rappelaient ceux de Rome, et en même temps, cette ville pour moi c'est comme l'Inde ou le Népal — le Népal surtout, même charme extravagant, félon, insalubre, même polyphonie de couleurs jadis criardes aujourd'hui éraillées, même continent vermoulu, corrompu, d'eaux troubles, de fers rouillés, où merveilleusement les marbres ont la candide couleur de l'aurore, ici je peux perdre qui je veux et je ne laisserai aucun petit caillou derrière moi, attenzione Akillé, oh Akillé, non non poveretto

Je vais te rendre heureux tu vas voir et je me tiendrai tranquille et tais-toi la hautaine puttana d'arrière-saison, la vieille grabataire, tais-toi, cesse de m'inviter à foutre le camp et à jouer à chat avec lui comme avec tous les autres, chaque giflette de l'eau sur la pierre me dit Antonella tu es dans la ville des disparitions profites-en, va à Torcello il ne te retrouvera pas, va dans les îles, Murano Burano San Francesco del Deserto, Chioggia joli petit port de pêcheurs, il ne te retrouvera pas, sinon prends mes campi, calli, campielli, salizzade, corti, rughe, il ne te retrouvera pas, le poveretto ne connaît que la piazza San Marco, le palais des Doges et le pont des Soupirs, il croit dur comme fer que tout ça est très romantique, on peut dire que tu trompes ton monde ma belle délabrée, mais cet homme me dit que la vie commence à cinquante ans, oui, touchant, mais c'est qu'il n'a rien vécu avant cet homme, je ne vais pas lui jouer de sale tour, moi, pour une fois je vais être touriste exemplaire, on regardera des tas de plafonds phénoménaux avec les Vierges et le saint frusquin du noble Véronèse, pas trop de Tintoretto qui lui feraient mal au foie, je l'emmènerai gentiment à la Ca' Rezzonico, voir les fresques et les clowns de Tiepolo, *Le Rhinocéros* de Longhi, la salle de bal et la chambre de l'alcôve où remarque, Akillé, un coffre pour trousseau de mariage, j'adore la Ca' Rezzonico, il y a des statues d'esclaves noirs en bois, partout, il y a des fantômes partout, une jeune mariée veneta dans la Salle de l'Allégorie Nuptiale a l'air de beaucoup s'ennuyer sous toutes les fresques vaporeuses et pâles de Tiepolo, il y a la salle des Pastels et celle des Tapisseries où Salomon et reine de Saba, et il y a un trône doré où le pape a posé ses fesses Pie VI ce pape, écoute le guide, Antonella ce petit masque, et regarde avec moi et ne lâche pas ma main sinon je suis déjà dehors malgré les dangers de fracture hop dans une gondole noire et cruelle comme elles le sont toutes, regarde dans le salon des laques vertes *La Lagune Gelée* qui est œuvre d'un inconnu, il a fait très froid à Venise en 1788, il a fait aussi froid et ça a gelé autant que mon cœur depuis le ravin et la mer et la voiture, j'adore mystérieusement ce palais Rezzonico où il n'y a jamais personne et je t'y emmènerai et je ne lâcherai pas ta main puis nous irons manger des poulpes en salade et de la mozarella et boire du Bardolino fresco fresco à la Madona, à Venise tout peut se volatiliser dans un coup de vent d'une violente fraîcheur et cendré de soleil, ou dans l'ombre de satin fluide et tiède de la nuit, là c'est encore plus facile, je veux la grande robe rose pâle et le masque noir de cette dame qui trône, au fond du parloir des religieuses de Longhi ou école de, j'ai une robe de velours noir à manches de taffetas un peu chaude pour la saison et une capeline de feutre noir avec des roses blanches qui feront très bien l'affaire, je me souviens d'une petite fille qui dînait avec son papa sur la terrasse du Gritti devant cette blanche méduse effrayante de la Salute, et quand l'eau giflait la pierre ça n'était jamais pour dire à la petite fille de s'en aller, cette petite fille avait une robe rose pâle et se tenait très bien à table, elle avait un nœud palpitant rose aussi dans ses cheveux noirs, elle adorait toutes les pâtes et les mangeait très savamment, et avec ses grands yeux violets elle regardait la grande méduse pâle effrayante, son père lui disait cette église a été construite après une épidémie de peste terrible en 1630, et elle écoutait tout ce qu'il disait, elle ne savait pas que plus tard entre les arches sombres et les eaux louvoyantes elle n'aurait qu'une envie, perdre tous les types et rester seule dans cette ville, mais cette fois la grande Antonella va se tenir tranquille, Antonella le rendra heureux ce type pour qui la vie commence à cinquante ans, et lui mijotera un parcours académique et carrément tuant dans la cité des miroirs qu'il ne connaît presque pas, d'ailleurs cette ville est la plus belle du monde, Goldenberg, cette ville n'est pas une ville pour Monsieur, ecco — et se tournant vers lui, elle lui demanda joyeusement de réserver deux couverts pour dîner au Harry's Bar.

Ce soir-là, dans la cité endormie, elle fit avec son sigisbée une promenade silencieuse pendant laquelle elle tritura avec une sombre animation le jeu de tarot qu'elle avait glissé dans la poche de son imperméable.

Devant le théâtre de la Fenice, elle se serra contre lui, avec autant de violence qu'elle crispait ses doigts sur le jeu, dans sa poche. Akillé mio, murmura-t-elle, épouse-moi sinon il va m'arriver quelque chose de terrible, quelque chose dont j'ai peur, je suis vieille et fatiguée, aussi vieille que la dogaresse, Venise est le dernier endroit du monde qui soit propice aux amoureux, on se demande pourquoi personne n'a jamais dénoncé cette imposture-là, ils se ruent en foule, alors que c'est de la ciguë cette ville, je te disais de m'épouser.

Antonella, poursuivit-elle en voix off, a soudain besoin de calme, même si ce calme ressemble à une petite mort très douce, et le discours d'Achille poveretto lui fait souvent l'effet d'un sacré somnifère à Antonella, Antonella veut comme Criton, dormir, mariage éternel roupillon, ne pas trop le lui dire il pourrait prendre ça de travers, j'ai *soudain* tant peur de vivre encore du dangereux, et du dangereux c'est ce qu'ont promis les cartes, c'est à celles-là qu'il va arriver quelque chose, oh qu'il me garde dans ses bras, qu'il me retienne fort, qu'il ne me libère jamais, je suis si faible, je ne veux plus me battre, je veux vivre comme un chat dans un monde de coussins de lents rêves et de silence — épouse-moi, répéta-t-elle avec une insistance qui aurait paru suspecte à n'importe qui, qui le paraissait à Innocenti, mais sans qu'il voulût, selon son habitude, se l'avouer.

Lorsqu'ils se trouvèrent près d'un canale, elle plissa ses beaux yeux myopes pour en lire le nom sur la plaque, canale degli Assassini, tiens, aussi drôle que cette chambre luciférienne, c'est ici voilà — et elle laissa glisser dans l'eau du canale degli Assassini les soixante-dix-huit lames majeures et mineures du Tarot sans qu'Achille s'en aperçût. Qui manifeste cette irrévérence envers les arcanes et la forza del destino, ma petite, se dit-elle tandis que les lames sombraient dans une mouvante obscurité, risque fort, ma petite, de se faire taper sur les doigts. Elle regarda les siens d'un air parfaitement idiot, sourit à Achille de la même façon, décida de le rendre heureux, soit, de passer avec lui, un excellent, un académique séjour à Venise, et de s'interdire tout envol dans les plafonds de Tintoretto, par exemple.

Tâche vacancière et culturellement distinguée qu'elle devait accomplir avec un aveugle entêtement et une inébranlable alacrité qui n'inquiétèrent pas même son compagnon.

Le lendemain, ils se promenèrent au Lido, entrèrent à l'Hôtel des Bains, pour le thé, et elle perdit un peu de sa bonne humeur parce que, dit-elle, ce thé tardait vraiment ; Achille s'en fut héler un garçon, et pendant ce temps, elle ne quitta pas, d'un regard occulté par ses lunettes de soleil, une exquise fillette aux courtes boucles blondes, aux joues fruitées et aux longs yeux bleus, qui portait un costume marin et dévorait un énorme gâteau, près d'un homme aux cheveux blonds et aux yeux bleus qui lui parlait à voix basse, en italien, et lui servait du thé. Quand arriva celui qu'avait fini par obtenir Achille, elle le refusa, et exigea de quitter le plus vite possible l'Hôtel des Bains.

Sa belle humeur revint, sur la plage où elle afficha une gaieté turbulente et ensoleillée, propre à réjouir Innocenti qui oublia l'incident du thé, sa mogliettina s'était toujours montrée d'une impatience maladive, et espéra être un peu pour quelque chose dans cette folâtrerie — lui et non seulement les Carpaccio et la Torre dell' Orologio et tous ces plafonds à vous flanquer le tournis, si elle se montrait si gaie, una vera bambina, ce n'était pas seulement à cause des charmes de sa très chère Venise, du moins le souhaitait-il avec autant d'opiniâtreté qu'elle mit à rendre allègres leurs journées touristiques — une véritable lune de miel, malgré la chambre au numéro fâcheux, précédant un contratto di matrimonio.

Ce fut à l'étage supérieur de la basilique San Marco, de cette terrasse où le doge et la dogaresse assistaient naguère aux fêtes données sur la place, près des quatre chevaux de bronze, sous l'arcature d'un des portails, au centre de la frise de sculptures capricieuses et baroques qui court au long de cette façade, qu'Achille Innocenti fut pris de vertige. En fait, il n'en fut pas *pris.* Il *avait* toujours eu le vertige — mille sirenille lui chantant des cantilènes magiques pour qu'il se flanque par terre, directement. Mains moites, sueur au front, il n'osait plus bouger, et elle mit un certain temps — plongée dans la contemplation de la piazza — à comprendre qu'il se sentait mal. Quand elle eut pris conscience que son futur époux se débattait dans les affres du vertige, quelque chose se bloqua dans sa tête, et elle ne bougea pas plus que lui. Il suffisait qu'elle ne bougeât pas, ne fît rien, ne lui prît pas la main, ne lui proposât aucune aide, pour qu'il se jetât dans le vide, ainsi du vertige, quand on y est sévèrement sujet. Elle savait à quel point tragique il l'était, et pour la première fois eut l'idée d'un crime impunissable, et pendant qu'il suait et pâlissait, elle demeurait immobile, le regard aussi lointain et vaporeux que celui de ses chères Courtisanes qu'elle venait de saluer au musée Correr. Un crime exemplaire, pensa-t-elle, ici ou du haut de la pyramide du Devin à Uxmal, peu importe. Il suffit que je ne bouge pas, un jour où il m'aura par trop agacée. La pyramide du Devin, pas mal non plus, mais hic et nunc, la basilica. Elle se tourna vers lui, avec une froide charité, fit l'étonnée, l'aida à redescendre marche par marche entre l'or fuligineux des mosaïques.

Une fois sur la piazza, elle se moqua gentiment de lui, lui reprocha de ne pas lui avoir remémoré cette tendance à se balancer du haut de tout point culminant, vraiment une discrétion idiote de sa part, ils n'auraient jamais dû grimper jusqu'à la terrasse, elle avait vingt fois contemplé la piazza d'entre les chevaux, avec d'autres qui n'avaient pas le vertige (fit-elle délicatement observer). Elle l'entraîna au Florian et, quand il eut repris des couleurs, lui demanda de réserver une chambre, pour la nuit qui leur restait à passer à Venise, au Cipriani, car assez de tourisme, à présent piscine et intimità perfetta, — quand je te disais, Akillé, que Venise est une ville calamiteuse pour les amoureux, sourit-elle, tu vois bien, et moi qui ne me souvenais même pas que tu avais dû quitter la salle pendant ce film d'Hitchcock, comment déjà, *Sueurs froides,* je suis vraiment quelqu'un d'inattentif, pardonne.

Antonella tu as été pire que prévu, tu as, ton délicieux, ton innocent, ton fichu inconscient a, souhaité qu'il se jette de la terrasse de San Marco, rien que ça. Même s'il ne l'a souhaité qu'un instant, ça reste un peu plus grave que d'avoir joué avec lui comme tu l'as fait avec les autres, au chat et à la souris. Le vertige. C'est drôle la Fiammetta quand elle était avec Ludovico, elle adorait les fêtes foraines, les trains fantômes chavirants, éberluants, elle hurlait de plaisir dans le cou de Ludovico dès qu'une flasque main de spectre venait s'agriffer à ses cheveux, elle n'aimait que ça, au fond, le vertige, balance-moi plus fort sur l'escarpolette rouge et blanche de notre terrasse, plus fort, plus haut, elle aimait les machines centrifuges où on est plaqué contre les parois, emporté par cette force démente et d'où on ressort complètement saoul, les scenic railways, leurs descentes folles et leur fracas d'orage métallique, elle aurait fait un bon volador, une excellente acrobate comme Lollobrigida dans *Trapèze,* en prime un collant rose phosphorescent étoilé pour marcher sur le vide, à Saint-Moritz, elle aimait dégringoler des pistes quasi verticales en luge avec son papa cajolant l'espoir du sapin au bout et de mourir ensemble, elle aimait déjà la petite peur quand les avions décollent, et encore encore les fêtes foraines cauchemardesques flinguées de néons et leur tapage scintillant, elle aimait les manèges comme il y en avait pour Noël sur la Piazza Navona et tous les manèges du monde, n'arrêtez pas le manège, a dit Ludovico, je vous donne mille lires pour un tour, parce que sa Fiammetta voulait encore encore, un tour à mille lires pour Fiammetta sur son beau cheval blanc, aux yeux nigauds si tendres, et elle riait Fiammetta, en renversant la tête, c'était mieux que le whisky, et ensuite elle lui coulait dans les bras, soyeuse et titubante et saoule, elle lui mettait les bras en ceinture autour de la taille, et elle disait tu vois j'étais la dernière sur ce manège ils allaient fermer heureusement que tu étais là, il était beau mon cheval blanc, et j'ai raflé tous leurs anneaux de fer, elle est douée Fiammetta et elle adore, elle adore, le vertige

ipso facto, Antonella n'a pas ça en commun avec Achille Innocenti. Ipso facto, Antonella n'a aucun point commun avec Achille Innocenti, ce doit être ce qu'on appelle (d'une voix admirative ou d'une plume louangeuse) la complémentarité, c'est drôle, si la complémentarité c'est n'avoir rien en commun avec quelqu'un, ça donnerait plutôt envie à Antonella, quand elle a sa bouffée diabolique, de laisser le complémentaire se foutre dans le vide et basta.

Le lendemain, elle n'accorda pas d'attention au numéro de leur chambre, à l'hôtel Cipriani. Or il s'agissait opiniâtrement de la 15. Mais depuis qu'avaient voleté dans l'eau du canale degli Assassini les soixante-dix-huit lames majeures et mineures du tarot de Marseille, elle ne voulait plus — au moins pour un temps — que la martyrisât la symbolique des nombres.

Après une sémillante journée d'été, où ils se baignèrent, firent l'amour de façon exemplaire et conçurent beaucoup de projets du même genre, ils dînèrent dans le calme jardin du Cipriani, elle but inconsidérément de ce Bardolino fruité et coupant qu'elle adorait, ne put dormir, chercha ses tarots au milieu de la nuit, se souvint du sort qui leur avait été fait, gémit : Mon Dieu c'est Ludovico qui m'avait offert mon premier jeu, et c'est un sacrilège. Se glissa dans la longue robe de velours noir à manches de taffetas crissant, qu'elle avait portée pour le dîner, chaussa ses hautes sandales argentées, sortit de l'hôtel, légèrement titubante, sauta dans le motoscafo du Cipriani qui l'emmena piazza San Marco, marcha jusqu'au canale degli Assassini, hésita à plonger, se dit que, de toute façon, le jeu était fichu et elle, plus ivre qu'elle ne se souvenait jamais l'avoir été. Soudain, d'une fenêtre à peine éclairée d'un palais que, malgré l'obscurité, et son ivresse, elle jugea n'être plus qu'une ruine, déferla une mélodie haletante et pure.

Cette mélodie, Butterfly, c'était *Nuits dans les jardins d'Espagne* de ce Manuel de Falla, raconte, Ludovico, ce musicien on ne le vit jamais pendant vingt ans avec quelqu'un d'autre que sa sœur Maria del Carmen qui le trouva mort à Alta Gracia au fond d'une sierra déserte, regarde, Butterfly — elle leva les yeux, vit se découper une silhouette haute et anguleuse dans l'embrasure de la fenêtre palatiale, salua l'inconnu de la main, lui dit, sans savoir s'il pouvait l'entendre, qu'elle allait faire quelque chose pour amuser Ludovico, quelque chose d'important que lui inspirait la musique de Manuel de Falla, se détourna du canale, et s'en fut détacher de son pieu rayé la seule gondole arrimée devant le palais, l'inconnu la regardait toujours, elle s'écorcha les mains avec les cordages, l'inconnu dut l'entendre dire : Adieu petite sœur gondoletta, adieu ma petite longue fière et sombre. Elle rit et leva, vers la fenêtre et la musique, son beau visage d'enfant qui vient d'ouvrir en douce la cage des oiseaux pour qu'ils s'échappent, puis elle suivit la gondole des yeux, à la Torre dell' Orologio sonnèrent les cloches des Mauri, elle regarda ses paumes écorchées, rit, ivre et jeune et seule, envoya un baiser à l'inconnu qui aimait peut-être Manuel de Falla autant qu'elle et Ludovico.

A l'hôtel, dans un demi-sommeil, lui parvinrent les voix montant du canale où avaient sombré les arcanes. Ce n'était pas exactement un songe, elle les voyait, et les entendait distinctement.

Tu avais bien raison, se lamentait l'Hermite dans les eaux sombres où se délavait le bleu profond de son manteau d'initié et où ternissait la lueur de sa lanterne à six pans, bien raison de suspecter les retards de tout ordre, y compris les retards d'avion bien entendu, mais cette raison nous la savons, et tu n'as plus voulu nous entendre, ma petite, et même, tu voulais tout ignorer de ce qui s'est passé pendant que nous dégringolions dans cette infecte flotte. Puis parla le Bateleur : laisse-moi lui raconter, dit ce fringant et mercurien personnage, ce qui s'est passé dans l'infecte flotte — c'est ma sœurette après tout, une prestidigitatrice, une jolie fine jongleuse — voilà, j'ai sombré près du Diable, heureuse jonction, ce sont les eaux et non ses jolis doigts fins qui ont assemblé les lames, et si le Diable se tait c'est que pour l'instant il est enrhumé et déteste cet élément où elle nous a plongés, il est trempé et furieux, merci chérie de cette saumâtre descente, le Diable est mon voisin, ceci veut dire que ma jolie fine jongleuse va rencontrer un jeune homme, un jeune bateleur, qu'elle aimera à la folie, À LA FOLIE, a beuglé le Fou qui voletait gracieusement non loin et nous rejoignit, Follia la folle cette fois hihi tu vas vraiment errer à travers le montueux paysage de folie, l'aride et le bizarre, où se soulèvent des tempêtes sans qu'il y ait la moindre mer ou flaque d'eau, paysage discordant dissonant, petite prétentieuse qui te cachais derrière ta folie truquée, ils t'ont appelée Follia et tu as trouvé ça commode, hein, mais là tu vas voir, tu seras comme moi, un être faillible, errant, aveuglé, ombre de toi-même et désertée des autres, à ton tour à ton tour, tes fariboles enjôleuses seront fariboles ennuyeuses et plus personne ne te défendra, tu seras seule il y aura autant de cyclones sous ton crâne que de grelots dans ton pauvre rire malade, et l'Etoile qui t'a tant dorlotée ne pourra plus rien pour toi, d'ailleurs c'est toi qui l'auras voulu c'est toi toi toi (l'Etoile, navrée, n'a rien dit à ce moment-là, elle se décolorait un peu plus loin, ses cheveux perdaient de leur bleu) ce n'est que justice (la Justice, gourmée et raide comme prévu, tâtait son glaive, s'assurait du tranchant et de la fiabilité de sa balance, et n'a dit rien non plus à ce moment-là) que justice hihihihi oh que je vois de coups de tête et cette fois plus de gentillesses et de pardons, comme moi les chiens te mordront le derrière au lieu d'aux pieds couchés, et tu quitteras tout, comme moi, pour l'illusion qui va frapper tes si beaux yeux, tes si beaux yeux violets.

Silence, méprisable embryon, loquedu, pou de tête et de corps et lente véritable, pour ne pas dire morpion, a alors clamé le Diable d'une voix enchifrenée — il s'agit non d'une imbécile sans raison comme toi, mais d'une plutonique fille des ténèbres et de ma proche parente, une sorte de nièce. Elle est à moi et rien qu'à moi, maintenant. Je suis déjà dans le labyrinthe soyeux de son ventre, je suis le feu secret lourd et brûlant qui la ronge, je suis la bête agriffeuse qui en escalade les parois, et c'est moi qui la condamnerai au plus funeste mal de bonheur, tout passe par le sexe, et ça passera par là, voletez plus loin, ô pudibonds, Hermite et autres renfrognés, elle est sous ma loi à présent — ça devait arriver, c'était inéluctable, c'était l'heure, a grincé la roue de Fortune déjà passablement grignotée par les eaux. L'Etoile aux cheveux d'un bleu déteint a dit alors : Tu en prends à ton aise, ô Ténébreux. Jamais je ne la trahirai. Elle est ma cousine, elle a l'espérance dans son rire et ses yeux, elle n'a pas mérité ce que tu lui réserves, ce n'est qu'une enfant perdue et quelque erreur qu'elle commette, je verserai sur son crâne les consolations dorées de mes luminaires. Et toi, ô Ténébreux, je t'enverrai à la gueule lesdits luminaires dont les rayons sont très pointus en leur extrémité. Céleste influence, a rigolé le Diable, tu peux toujours me menacer de tes petits astres ciselés du bout genre acier de Tolède, ça m'impressionne autant qu'une bataille de polochons. Je continuerai, a dit l'Etoile, à l'instar de Léonard de Vinci. Je lui faucherai les genoux, moi à cette fille qui nous a noyées, a dit la treizième lame. Moi à qui tous sont voués. Je lui réserve, à elle, pour qui j'ai un petit penchant, un sort particulier. A propos de sorts, elle sait les rompre, mais celui qui lui est destiné, elle ne le pourra.

Le Monde a dit : Ma belle et géniale qui hier dansait sur les guirlandes de mes fleurs. Ma belle et géniale.

La Tempérance a dit : Je ne peux plus rien pour elle. Bon, le jour de la transmigration de son âme, je me chargerai de tout.

L'Hermite a gémi : Suivre un petit bateleur et non son destin, pour elle, ça va être affreux.

La Lune a dit : Qu'est-ce que tu en sais, vieux philosophe vierge ? Mon royaume de mirages vaut tous ceux de la Terre.

Enfin la Justice a dit : Silence à tous. J'instruirai sans vous cette affaire. Cela me revient. Je jugerai et je châtierai. Pas de plaidoiries ni pour ni contre. Oui j'instruirai cette affaire, car elle me plaît bien. Eloigne-toi Satan, tu pues le bouc mouillé, déjà le bouc, mais mouillé, en sus et déjà cette eau vénitienne ne sentait pas le magnolia. Va te noyer plus loin. Quoi encore, le Diable ? Marmonne ce que tu veux, tu es soumis à l'universelle loi de Justice. Et que ça travaille, sous mon mortier judiciaire au jaune éclatant déjà délavé par cette exécrable flotte ! Que ça pense, pèse et évalue et silence et vos gueules ! Si elle a abusé de ses pouvoirs, c'est à moi d'être à la fois juge et jurés et d'édicter la sentence. Je sais, je sais. Trahisons, délits contre la paix publique et privée, contrefaçons de sentiments, rébellions variées, outrages à tout ce qu'on veut, évasions d'un peu partout, vagabondage notoire, outrages aux bonnes mœurs par voie de presse ou de livre et en général, préméditations d'homicides, hier à San Marco, usage et trafic de drogues illicites, vols variés, ivresse sur la voie publique, je sais, je sais, mais elle n'a jamais véritablement tué quelqu'un ni recelé de cadavre ni dégradé de monument historique. Alors je dis pas de jurés, pas de plaidoiries, s'il y a dérogation ce sera de mon fait — première mesure, les pouvoirs de sa beauté, je les mets sous séquestre, ensuite on verra.

Seul le Pendu — qui fut le dernier à couler — ne s'est point mêlé à ce charivari, et a naufragé à l'écart, avec son touchant visage asservi, éperdu, et ses grands yeux déroutés, voilà la fin de l'histoire, dit le Bateleur.

Ils sombrèrent, se décolorèrent, se turent. A la surface du canale, réapparurent pour un instant quelques luminaires décollés du firmament de l'Etoile, un grelot de la collerette du Fou, rampa une lueur de la lanterne tenue par l'Hermite, grésilla une flammèche de l'enfer, flotta la couronne ovalaire et feuillue du Monde, le lemniscate du Bateleur, une rémige des ailes angéliques de la Tempérance, puis monta à la surface de l'eau qui se moira comme du reflet frémissant d'une ancienne fête vénitienne, de bleu nocturne, de vert vif, de jaune pur, de rose charnel, de noir profond, de pourpre impériale et d'or, puis les teintes s'entre-moirèrent avant d'être dissoutes par l'alchimie des eaux du canale, seule la voix de la Justice retentit encore un instant entre les pierres sonores et cariées des assises palatiales, la voix disait « j'instruirai moi-même cette affaire », et elle s'éveilla dans son lit, au Cipriani, avec un violent mal de tête, s'aperçut qu'elle était en robe du soir, l'ôta, regarda les paumes écorchées de ses mains, un peu de sang avait taché les draps de cette chambre 15, ne comprit pas, se souvint, la gondole, oh bien sûr, je suis cette gondole, il fallait que je la détache, mia gondoletta, chantonna-t-elle tout bas, puis craignit d'éveiller Achille, alla dans la salle de bains, marbres et spots, très cinéma cette pièce, se trouva belle dans le miroir, avec ses yeux fous, ses cheveux sauvages et si noirs, ses lèvres rougies, Blanche-Neige en un tout petit peu moins conne, où en suis-je, j'en suis que je veux la délivrance, que j'ai eu un appel d'espoir violent comme un appel d'air, mes mains, stigmates de délivreuse de gondole, pauvre ridicule Antonella, éthylique de surcroît sinon quand même pas le culot de délivrer sottement une gondole oui mais il le fallait j'étais tentée et ivre et il y avait ce signal, *Nuits dans les jardins d'Espagne*, donc je l'ai fait, paumes scalpées, — elle se vit, dans le miroir encadré de spots, un vrai miroir de théâtre, elle se vit, nue, fine, svelte et guéparde, les yeux élargis, sublimes ses épaules de neige sombre, sublime le sang de ses lèvres, la trace de la pommette bossuant la peau, nue et sublime, cette gondoletta, qu'est-ce qu'il se passe, Antonella, dis-moi, qu'est-ce que tu as, pourquoi les tarots pourquoi la gondole pourquoi le vœu de mort pourquoi n'as-tu pas bougé quand il avait le vertige pourquoi la musique de Manuel de Falla, parce que tu veux l'espoir, une aube limpide et romaine comme dans *La Tosca*, elle s'assit sur le lavabo de marbre qui lui rafraîchit agréablement les fesses, guère plus dur que ce satané matelas de luxe, passer la nuit sur le lavabo très bien, à se regarder, et regarder quelqu'un qui était en train de changer, de seconde en seconde les yeux s'élargissant, la bouche gonflant et rougissant, les seins durcis, elle lécha le sang sur ses mains, idiote sexuelle romantique, d'un coup exempte de pitié pour l'homme qui l'aimait, libérée, saisie d'une bouffée de vertige comme sur les manèges, quelque chose allait arriver, quelqu'un, le jeune bateleur bien entendu, il y avait des années qu'elle s'endormait doucement aux côtés de l'homme gentil, des années sous narcose et elle avait eu peur que ça cesse, juste une reculade, maintenant elle ferait le tour du monde même en boitant pour échapper à l'homme gentil et au cercueil de verre de sa tendresse, maintenant elle acceptait, elle glorifiait ce quelque chose qui allait arriver, ce quelque chose d'accidentel, ce danger nécessaire, éclatant, qu'elle ne voulait plus, à aucun prix, conjurer, ce quelque chose de casse-cou, oh se mettre à la merci de cette chose qui s'ouvrait comme le cœur d'une rose dans la nuit des jardins de Grenade et danser sur les volcans et la corde du cirque, Antonella a toujours aimé le vertige, mon jeune seigneur, gémit-elle, sublime idiote déjà en voyance d'attente, je veux un jeune seigneur très fou, avec des cheveux sombres écrêtés, des yeux noirs et louvoyants ou fixes et insensés, je veux le fils du prince Salina, je l'aurai, je le sais, il est quelque part entre les calle, rios, campos, canaletti de Venise, j'ai cru le voir ce n'était pas lui mais presque, dans l'embrasure de la fenêtre du palais, il est si jeune, aigu, torturé, vif, il est comme un cheval sauvage qui a déjà mordu la poussière et que personne n'a dompté il aura tout juste trente ans il sera dangereux d'intelligence il sera un pèse-nerf douloureux il sera mon frère et je sais la chiourme qui va s'ensuivre, je sais et gloire à Dieu, je veux le jeune seigneur fou, je veux la catastrophe, être écorchée vive, l'inconnaissable, l'enlèvement, la vérité, le suicide après s'il le faut, dites-moi où est le jeune cinglé, je suis en exil de lui, je veux que tout soit aussi magique que cette nuit à Venise et dans les *Jardins d'Espagne*, je veux le vent et l'ardeur le désir et l'abîme et ne plus exister, je veux le jeune fou solennel et menteur qui s'accorde à cette ville comme moi je m'accorde à cette ville, sale sorcière je sais que tu me gardes au fond d'un palais ou d'une petite pension de famille médiocre, que tu me gardes l'adorable, l'ange fourbe et frère, ma blessure, j'ai commencé par me blesser les mains dans ce geste complètement stupide grandiloquent génial, ce n'est qu'un début, je le convoque je l'appelle maintenant, je veux l'hypnose, le malheur béni, le jeune prince Salina qui ressemble à la mort, je veux des attentes, des enthousiasmes, une enfilade de miracles, ébloui le zigoto aux pieds et délices, et moi ointe du Seigneur et de tous les parfums, où est-il, je veux les mains tremblantes le rire les pleurs et la jeunesse en rafales et un autre monde qui me fait défaut depuis trop longtemps, oh le désirer à mourir, oh l'ahurissement crétin et irremplaçable d'une première fois, j'entends bruire tout près cet autre monde, je croyais avoir oublié, regarde tes mains, tu te souviens maintenant, faisons un vœu, que demain lui, l'autre c'est classé, on ne se marie plus, avant que je ne meure et que mes cendres dispersées dans la Bagmati Népal, je ne sais pas si les exécuteurs de mes souhaits funéraires iront jusque-là mais on peut espérer une urne au Père-Lachaise, avant que cendres et poussière, doña Miguelina de Manara, avant de claquer je veux des délabrements des tumultes des robes de bal tournoyantes des envols, ma délivrance, je veux la folie providentielle et tous les plaisirs du monde, je veux vivre tous les jours toutes les nuits ne plus être qu'à cause de lui, avant que je meure, j'ai trente-deux ans et demi, imaginons que je meure avant cent trois ans comme une voix me l'a prédit en rêve, basta c'est possible et il faudra bien un jour, avant donc, je veux boire le fameux philtre et m'empoisonner le sang, tout est trop clean dans mon sang on va le droguer un peu, j'avais oublié ce que c'était bon, qu'il n'y a rien d'autre sur la Terre de mieux que le désir, mia gondoletta longue fière et sombre, rien que l'aventure et tout risquer ce qui s'appelle payer de sa personne, rien que la passion et assez de la compassion, je veux vivre, l'autre c'est classé, on ne se marie plus, je veux être égarée et conne s'il n'appelle pas, danser et chanter s'il appelle, écouter des fados pour me rendre encore plus triste allons pour Amalia Rodriguez *Barco Negro* et la *Symphonie Espagnole* quand depuis quatre jours il n'aura pas appelé, je veux hésiter entre cinquante rouges à lèvres les essayer et tout essuyer bien maladroitement avant qu'il n'arrive, le fils Salina me dira que son Antonella s'est maquillée comme une danseuse balinaise s'il est poli, et comme un clown s'il ne l'est pas, qu'importe, je veux les sottises de ce culte fou, peut-être qu'il sera un vrai pot de moutarde point de vue physique et intellectuel et que je l'appellerai mon jeune prince fou, si c'est comme ça que je le vois ça ira, Titania et son âne, qu'il se mette à braire en cas d'âne et trouver ça divin, je veux vivre avant que de mourir à cette vie et passer à un autre sujet, c'est quand même drôle de s'inventer un jeune homme, c'est que j'en ai soudain si besoin, il était comme déjà là et moi je ne savais pas en avoir besoin à ce point, à côté de l'autre gentil et classé auprès duquel je n'aurais rien vécu avant de passer à l'autre sujet — et que l'adorable me gifle éventuellement. Giflée c'est souvent si bon, tu n'avais pas à me demander pardon, Ludovico. Dites-moi où est le jeune homme, je veux aller partout criant son nom dans la fraîcheur d'un essor je veux une robe blanche bouillonnante de dentelles cassées froissées par le vent et m'élancer et chanter qu'il va venir, que je l'attends, je veux des prismes de larmes devant les yeux quand j'attends trop, je veux désirer, désirer à en mourir, seulement un type aussi bandant ma petite ça ne court pas les rues, rengaine les robes blanches cassées froissées, ça ne court pas les rues mais les calle de Venise, si, j'en suis sûre, oh j'ai trop bu ce soir voilà c'est tout c'est à cause du Bardolino excessif qu'Antonella se raconte tout ça alors que vouée à son marito modello et rien d'autre et après je mourrai non impossible plutôt attendre dans un ossuaire de montagne quelque part en Chine sous la neige que vienne le froid ultime et geler sur place, le mariage c'est un peu ça sauf qu'on caille moins, non, non, non, t'as trop bu ma vieille, demain à nouveau pitié tendresse et gentillesse puis méchanceté envers le mari, lot du mari, rien à changer, immuable et triste lot, que voulez-vous y faire, y a-t-il un espoir, pourquoi ce soir mes yeux de dévote et mon envie d'à genoux devant ce jeune prince Salina, ne sois pas jaloux Ludovico je vais te faire un enfant, voilà la grande Antonella qui pleure et elle pleure de bonheur et de certitude, le tarot l'a dit je n'ai pas voulu entendre mais ça ne change rien, il va venir, il est là d'une beauté dramatique genre petite frappe et démarche impériale, voilà je suis à point il n'aura pas grand-chose à faire pour m'avoir, je veux la déchirure somptueuse, une hémorragie de violence l'âme sur les lèvres tout le bataclan et le frémissement sourd d'une sombre rougeoyante fête devant les yeux, si je craque une allumette, Ludovico, est-ce que tu vas me le donner ce jeune homme, et un monde miraculé et monstrueux comme c'est quand on est amoureuse, oh prenez-moi enlevez-moi je suis vôtre, je veux l'enchantement, il va descendre de bagnole et se tordre le pied et je vais l'aimer

non Ludovico à part toi j'avais aimé personne, je m'en étais bien gardée, tu étais le seul vers lequel je pouvais aller avec un sourire de confiance le joli sourire franc de ta Fiammetta, une enfant tout en longueur, si fragile, sans penser que celui-là pouvait bien me trahir, qu'il allait en profiter de mon joli sourire de confiance, tu étais le seul vers lequel je pouvais courir, dans les bras duquel me jeter, et tu me faisais tournoyer dans l'air et esquisser des pas de valse, me jeter vers toi comme un paquet de mer qui suit son destin d'aller s'écraser dans la suavité sur la grève, notre amour était aussi intraitable que la vague, et c'est ce même mouvement de vague qui m'emporte sur une grève inconnaissable, radieuse comme notre terrasse romaine, une grève divinement inconnue, je la vois pourtant, et je le vois, il est si pâle avec ce visage facetté comme une perle irrégulière, oui c'est ce même mouvement de vague que je vais suivre avec des yeux élargis de confiance, les yeux que Ludovico est le seul à connaître.

Et s'il n'en est pas digne, eh bien, j'aurai su ce que c'était de tout donner à quelqu'un d'autre qu'à lui, je serais sûre que, oui, après lui, le reste, artefacts, et je reprendrai mes chiens, mes lunettes de soleil, mes cils barbelés, et j'essaierai de m'amuser encore un peu avec mes pauvres, mes invincibles envoûtements, je serai de nouveau la fée distraite, ou plutôt une vieille magicienne triste qui trouve ennuyeux que ses trucs marchent toujours.

Tiens la voilà celle-là. Fiammetta pourquoi tu as tes yeux comme des baignoires qui débordent allons un peu de tenue, qu'est-ce que tu dis avec ta petite voix, que tu as peur pour moi ? Ah oui tu as peur de l'envers du décor, que je redevienne la Fiammetta, la frileuse, la vulnérable, la docile, la petite bouleversée d'un rien, la mauviette aux sourires frêles, inquiets et polis qui ne sait plus où se mettre et toujours sur le qui-vive devant les grandes personnes effrayantes quand son papa n'est pas là, ce vrai verre de Venise, redevenir cette Fiammetta, tu as raison, c'est terrifiant et tu préférais la belle garce, la ruffiane, la vamp à deux ronds, celle qui n'existe pas, celle qui avait de grandes jupes derrière lesquelles se cachait la petite quand son papa n'était pas là, tu préférais la stratégique Antonella, celle qui savait se défendre avec ses seins comme des petits boucliers et ses hanches en créneaux étroits et ses yeux en meurtrières et je vous flanque de la poix bouillante si vous approchez de trop près et je vous lâche les chiens, l'Antonella avec ses barricades de cils longueur très pratique, prête à toutes les parades celle-là, une combative avec de ces répliques et de ces regards à en faire des fantômes, et s'il vous plaît de mourir pour moi allez faire ça un peu plus loin, Antonella et ses sourires d'impasse et l'éternelle plaidoirie, la triomphale plaidoirie de sa beauté, sa sauvegarde, son abri, son talisman, cette réponse à tout, cette superbe illusion d'optique. Mon petit va falloir se faire une raison, capito ? Ce n'est pas une vie que de se défendre toujours. Mon petit voilà ce qui va se passer. Antonella va dénouer le ruban de son masque, ôter ses armures de soie et de cuir, délacer ses peignoirs en satin, ôter ses sandales très hautes parce qu'en vérité elle n'est pas si grande que ça, changer son regard de femme qui est tout fané de cynisme et qui ne lui plaît plus, ras le bol du cynisme, faut que tu te fasses une raison, elle n'aura plus ses sourires cruels, inattentifs et inexplicables, de Joconde en plus calé, ni ses rires gelés pour se moquer des pauvrets, elle se mettra pas assez de peinture sur le visage ou bien trop, elle deviendra godiche à force d'amour, elle teindra ses cils en blond comme les cils de la petite fille de l'Hôtel des Bains qui avait l'air de tant admirer son père, en blond pour qu'ils ne donnent pas à ses yeux ce fichu mystère qu'ils adorent, elle ne fera que des choses angéliques, de celles qui n'inspirent pas le respect bien au contraire, elle n'ouvrira plus le coffret de la baguette magique pour les transformer en porcs ou en ruisseaux de montagne, je sais les dangers qu'on court à être la Fiammetta vulnérable, on risque qu'ils vous mangent crue ou qu'ils vous envoient à Gethsémani aussi sec, et ces risques-là je les prends, je remettrai mes robes claires de l'enfance, et j'aurai mes yeux tendres de l'enfance et mes sourires si doux de l'enfance, une retombée en enfance voilà ce qu'il aura le fils Salina, et toquée de lui à l'en dégoûter. Le fils Salina je le croirai sur parole comme j'ai cru Ludovico, je lui donnerai de l'argent s'il veut ça changera de mes escroqueries et vols à la tire qui ont cessé de m'amuser, il sera si beau qu'il m'intimidera, que je serai soudain incapable de prononcer un mot devant lui, une vraie tarte que l'éloquente et circéenne Antonella, il sera si beau que j'aurai toujours peur de faire quelque chose qui lui déplaise, et que je serai soudain gauche à ne pas croire que cette fille-là, elle a fait six ans de danse et que son papa aurait voulu qu'elle devienne une étoile de l'opéra à cause de ses orteils rangés idoine et de son corps fait pour, si beau que devant lui je ne saurai même plus marcher, je vais être cette enfant sainte et crédule qui pleurait quand elle laissait tomber son crayon en classe, la petite sensible étiolée, je serai cet écorchement, cette ouverture, cette plénitude, une huître sous un couteau, et jetez la perle si ça vous chante, je veux être cet abandon cette abnégation quelqu'un auquel le mal est étranger le petit chou à la crème la carmélite la vestale du grand prêtre et une vraie poire s'il le faut, tu me dis qu'avec tout ça, on regarderait une beauté comme si c'était un chien pas mieux, eh bien c'est là le défi, malgré toutes les disgrâces qui tombent en dégelées de malédictions sur une femme amoureuse, il m'aimera, je lui dirai toujours la vérité, ce qui est la dernière des choses à faire même avec Salina fils c'est prouvé depuis Cléopâtre et bien avant, vérité, donc, mais il n'y a rien de plus violent que la vérité et il m'aimera il aimera sa retombée en enfance il aimera sa blessée sa captive sa victime sa servante sa vivante qui n'a plus rien à voir avec la très majestueuse Impératrice du Tarot ou l'inaccessible Hermite, je serai le pauvre Mat, le fou, celui qui va il ne sait où, je me perdrai oui mais je me perdrai dans les chemins de la grâce, je serai démantelée obligeante et fidèle comme toi la Fiammetta, suave fondante et fragile devant lui, enfant perdue et téméraire de sincérité, et tant pis si quand je poserai ma tête sur son épaule il pense la décapiter, tant pis si je lui dis mes secrets et qu'il les divulgue, tant pis s'il me fait des promesses et s'il les parjure les miennes je les tiendrai, je serai disponible pour lui et à lui consacrée qu'il me boive et me mange comme un verre d'eau pour la soif et les fruits de l'été, je resterai excessive ça oui donc excessivement douce et bonne une vraie camomille et en même temps j'aurai pour lui un amour tout à fait fatal et périlleux de force et d'éclat, un amour comme on en fait plus, je serai sa convertie sa constante sa loyale une vraie pervenche, je serai docile et souple sous ses yeux et ses mains mais attention jeune homme je serai la plus terrible des prières et le plus terrible des dons, les fadeurs ne sont pas pour Antonella même si elle redevient Fiammetta, cette petite qu'un zéphyr flanquerait par la fenêtre

viens plus près ne me dis plus que tu as peur pour moi, sale petite émotive, moi des émotions j'en ai tant besoin, ce sera comme sur le scenic railway et les chevaux du manège sorellina, ces émotions je les éprouve comme toi, si fort et si juste que ce serait dommage, ce serait tout comme mourir que de n'en plus jamais avoir, oui la grande Antonella elle va peut-être souffrir, et tant mieux, je veux la gloire de soleil de ces souffrances-là et non les clairs-obscurs si ternes de l'indifférence à moi maintenant la cordelette au cou si ça plaît au fils Salina et pas forcément en soie, Antonella sera aussi idiote que la sublime de *Senso,* elle lui servira du vin à genoux et si elle fait une tache elle ira se cacher au fond des corridors comme la Fiammetta derrière les rochers quand on lui remettait un prix après les concours de déguisements sur la plage, remember, ah ça y est te voilà tout près de moi tu me regardes avec tes grands yeux liquides et irrésolus, tu fais encore ta gueule de Gelsomina mais je devine que déjà tu désapprouves moins, tes mains étaient moites je le savais moites de peur tu les mets dans les miennes elles sont fines et sèches, je ne veux pas avoir honte de la Fiammetta, c'est le plus grand défi que notre vie, Butterfly, c'est marcher sur la corde sans filet dessous et dis-moi que tu aimes toujours le vertige, c'est qu'il nous voit démaquillée le matin et endolorie de tendresse et affreuse de sentiments, et qu'il nous aime et qu'on aille ensemble jusqu'au bout du monde, tu vois Fiammetta on se retrouve bien avant le hall des départs, on a toutes les deux quatorze ans l'âge où ils commençaient à nous regarder au Café Greco

ce jeune homme je vais l'aimer je ne sais quel printemps a rassemblé tout cela, je serai nue jusqu'à l'âme, livrée et croyante comme toi, oh cet air de Manuel de Falla, ne sois pas jaloux Ludovico attends-moi je te rejoindrai un peu plus tard, n'aie plus peur Fiammetta, ce jeune Salina même s'il me fait du mal j'aimerai le mal qu'il me fait, je veux vivre et c'est tout, les béquilles de bonté de l'homme exemplaire je les jette je veux marcher toute seule, trébuchante comme une enfant qui apprend et se fait mal et pleure et rit et se ramasse et recommence, et ce cal nommé mariage je le brise on ne se marie plus du tout plus jamais avec des hommes vivables qui vous rendent mortes-vivantes, je vais être comme la Fiammetta, aller les paumes ouvertes avec un sourire nigaud et ensorcelé chacun son tour de l'être, vers le jeune Salina, comme ça sans prendre aucune précaution sans le moindre pentacle et sans un sou de fausseté, sans creuser les joues en les aspirant pour genre Dietrich, sans baisser lentement, longtemps, mes lunettes de soleil pour dévoilement progressif du regard, comment il disait ce valet, quetsche, oui quetsche, ce quetsche qui les a toujours fichus dans les transes, j'irai sans lunettes de soleil du tout avec un sourire adorant désarmé, remember Ludovico quand il souriait c'était comme s'il dévêtait son visage, un écorchement radieux, on va aller les yeux croyants toi et moi enfin et avant le grand hall des départs assemblées, il nous dira qu'il a envie de nous à en crever tu verras, ce type qui aimait Manuel de Falla c'était un jeune homme pâle et brun j'en suis sûre

écoute la musique, c'est très gai, c'est l'ouverture de *La Pie Voleuse,* le genre entraînant, suis-moi j'aurai tes yeux quand je pleurerai pour lui ton sourire quand il viendra je serai petite et blottie comme toi mais aussi la pâle, la gracile, la très distinguée Fiammetta de quatorze ans qui ouvrait le bal avec le prince Salina, bon ce sera donc son fils, et ils diront ce qu'ils sont beaux ces deux-là

viens Fiammetta ma chérie mêle tes cheveux aux miens ne te cache plus derrière mes jupes de femme, on sera deux enfants éblouies émerveillées et plus vibrantes que l'âme d'épicéa d'un violon, viens, on sera deux en une on ne se quittera plus une bonne fois pour toutes

tiens cette lueur crue dans ton œil, tu l'avais quand Ludovico te racontait des histoires et quand tu venais de le rendre un peu jaloux, ma petite sainte, ça te plaît hein finalement, ça te plaît qu'on aille l'aimer ce Salina fils à la beauté scabreuse, ça te plaît sorellina des coups de foudre et des coups de théâtre en perspective, quant à notre beauté bénie soit-elle, là elle va servir à quelque chose, à lui embaumer les yeux, pour une fois on ne se planquera plus derrière cette beauté sans mérite et ses misérables mystères et il fera ce qu'il veut de nous

viens oui ça te plaît, viens, ne m'attends plus dans le salon près du piano ou dans le hall des départs, j'entends une autre musique et tu m'as l'air toute ragaillardie et même tu chantes, tu chantes *Près des Remparts de Séville* et *Qui veut m'aimer, je l'aimerai,* oh ma petite Carmen, tu seras avec moi, en moi, le jour et l'heure, et ce jeune homme je ne vais pas attendre qu'il m'aime pour plus de sûreté, je n'attendrai pas qu'il me regarde, c'est moi qui irai vers lui et c'est moi la première c'est moi qui vais l'aimer

Dans l'aéroport Marco Polo, elle demanda à Achille si c'était bien là le hall des départs, il lui dit oui, cara, enfin, la salle d'embarquement, salle d'embarquement, c'est ça, dit Antonella, c'est comme ça qu'il faut dire, et elle regarda ses mains rougies de Mercurochrome, se traita de charmante délivreuse de gondole, Achille n'osa plus poser de questions aux sujets des mains vermillonnées, si elle avait délivré une gondole, bene, il alla lui acheter des journaux au kiosque de la salle d'embarquement, elle leva les yeux et entrebâilla les lèvres avec la stupéfaction vide et nigaude des mannequins sur les magazines — ce qui remua une grande partie de la population mâle de cette salle d'embarquement, hormis Achille qui venait d'ouvrir le *Financial Times* — à l'entrée d'une exquise fillette aux courtes boucles blondes, coiffée d'une capeline à rubans de satin, les yeux cachés par des lunettes de soleil en plastique rose, le bas de sa robe rose frôlant son genou bruni, portant sous son bras un ballon assorti à la robe, à ses lèvres et à ses joues, cornaquée par un grand homme svelte, aussi blond et fin que l'enfant, cet homme lui chuchota quelque chose à l'oreille — une oreille transparente comme certains cauris — elle opina du chef sous la capeline, il s'éloigna, elle s'assit tout près d'Antonella, fit rebondir, à petites tapes sèches, son ballon par terre, ce qui commença d'exaspérer l'entourage de l'exquise (surtout la partie féminine dudit), revint l'homme blond qui posa sur ses genoux des magazines et une pile de petits sacs remplis de bonbons versicolores, la petite baissa lentement, lentement, ses lunettes sur le bout de son nez, ses cils pâles et soyeux étaient si longs qu'ils se recourbaient bien plus haut que la paupière, elle regarda Antonella, lui sourit, et Antonella reçut dans les jambes le ballon de la petite fille de l'Hôtel des Bains, elle se dit que oui, oui, nous étions bien dans le hall des départs, on annonça le retard d'un avion d'Alitalia, Antonella renvoya le ballon à l'enfant, hop attrape Butterfly, on réitéra l'annonce du retard ordinaire et tout à fait fatal de l'avion pour Paris, le jeu dura après ce retard fredonné de la voix affablement clinique des aéroports, dura jusqu'à ce que le ballon vînt se coincer près du pied d'un jeune homme, la petite fille de l'Hôtel des Bains et Antonella très intimidées toutes les deux fixèrent ce pied, le regard d'Antonella se posa sur une paire de tennis noires à lacets blancs, une socquette un peu flasque, l'ourlet d'un jean pâle à peine encore moucheté de son bleu originel, grimpa jusqu'à un visage de perle irrégulière, il lui renvoya le ballon dans le hall des attentes, la petite fille parlait à son père en bourrant ses joues de bonbons et n'accordait plus d'attention au ballon qu'Antonella serrait contre sa poitrine, oh non elle n'allait pas s'asseoir en face d'ailleurs les sièges d'en face étaient occupés, non elle n'allait pas poser son cul impérieusement sur la banquette d'en face ce qui reviendrait à s'asseoir sur les genoux de quelqu'un et maldonne, dans le geste qu'elle fit pour écarter une boucle de sa tempe, fit tomber ses lunettes noires, une matrone passa et les brisa sans s'excuser, un curé se leva du siège voisin de celui d'Antonella, à sa gauche, et le jeune homme vint vers elle, lui demanda la permission de s'asseoir, elle regardait ses lunettes cassées, n'entendit guère les condoléances du jeune homme pâle à propos des lunettes, pensa eh bien cette fois la Fiammetta si tu pleures tout le monde le verra, se tourna vers le jeune homme pâle et lui demanda du feu, il dit je n'ai que des allumettes, elle dit c'est merveilleux mais moi je n'ai plus de cigarettes, je n'aime que les mentholées, il proposa d'aller lui en chercher, elle accepta, il revint avec une cartouche de mentholées, lui ouvrit un paquet, elle prit une cigarette, la ficha entre ses lèvres, il craqua l'allumette et dans la lueur magicienne avec un sourire de jeunesse elle dit voilà je n'ai pas eu à m'asseoir en face mais c'est lui qui est venu vers moi, elle adora les retards d'avion, dit sotto voce à Ludovico que les allumettes ça marchait à nouveau, renvoya le ballon sur les genoux de la petite fille de l'Hôtel des Bains à qui son père était en train de gâter les dents et le caractère à force de bonbons et d'idolâtrie c'était tout vu comme le reste, elle acheva consciencieusement, du talon, les débris de ses lunettes, et tourna doucement la tête vers le jeune homme pour qu'il pardonne tout de suite les yeux violets, avec des yeux marron banals comme ce lecteur du *Financial Times* dont elle ne savait plus le nom, au moins on sait qu'on est aimé pour soi-même, Fiammetta je t'avais bien dit qu'on se retrouverait dans le hall des départs, je ne pensais pas à cet aéroport mais voilà, remember, Fiammetta, cet archange pâle de Piero della Francesca, quand ta mère t'a obligée à fermer le beau livre d'images pour te dire que ton enfant serait fou, remember, l'archange en question est à côté de moi et je vais lui sourire, lui parler, et c'est moi oui c'est moi qui vais l'aimer et s'il ne m'aime pas j'irai vers Ludovico qui m'attend et je ferai tous les tours que je veux sur les chevaux du manège, on écoutera *Aranjuez Carmina Burana l'Amour Sorcier Nuits dans les jardins d'Espagne* je serai sa petite Carmen, la mer cette fois je ne louperai pas, et il me dira Butterfly tu as les yeux plus battus qu'à l'ordinaire, est-ce qu'on t'a fait pleurer et je lui dirai oui, un type que j'ai aimé, un jeune bateleur, un petit connard et aussi un pauvre enfant de la Terre et tu sais qu'il n'y a rien de mieux à faire que de les aimer quoi qu'il en coûte

et s'il ne m'aime pas je rentrerai dans le sombre et frais salon de mon enfance je mettrai ma bouche sur ta main Ludovico tu m'emmèneras sur la terrasse je me jetterai dans tes bras je te dirai qu'il y a des hommes dans les bras desquels à la rigueur et les jours carillonnés on peut tomber, le blues, ça arrive à tout le monde là d'où je viens, et d'autres, mon aimé, d'autres dans les bras desquels on vole et ils vous soulèvent du parquet, la chute ou l'essor c'est tout, merde qu'est-ce qu'il fiche ce zinc grogna un quidam du hall des attentes pendant que rebondissait, seul et allègre, le ballon de la petite fille de l'Hôtel des Bains, elle écrasa le filtre de sa cigarette sur les ruines des lunettes noires, regarda le jeune homme pâle, et sut très bien que la lumière qui cogna à cet instant ses yeux violets était celle de la terrasse, s'il ne m'aime pas Ludovico nous irons sur la loggia brûlante, tu me poseras sur la balancelle aux coussins cuits de chaleur, et hop, hop, sous les festons rouges et blancs, toujours plus haut Butterfly, ce sera ainsi, juste un peu plus tard, toi et moi ensemble sous le ciel merveilleux, dans le silence blanc, aveuglant, immobile du soleil

TABLE

PROLOGUE

LA RENCONTRE DE PHISCARDO

ARCANE XII : LE PENDU

Du même auteur

L'Antivoyage
Mercure de France, 1974

Le Diable vert
Mercure de France, 1975

Les Rois et les Voleurs
Mercure de France, 1975

Hiéroglyphes de nos fins dernières
Mercure de France, 1977

Le Lignage du serpent
Mercure de France, 1978

Les Seigneurs du Ponant
Mercure de France, 1979

Amérindiennes
Stock, 1979

Une passion
Jean-Claude Lattès, 1981

Maria Tiefenthaler
Albin Michel, 1982

La composition de ce livre
a été effectuée par Bussière à Saint-Amand,
l'impression et le brochage ont été effectués
sur presse CAMERON
dans les ateliers de la S.E.P.C. à Saint-Amand-Montrond (Cher)
pour les éditions Albin Michel

AM

Imprimé en France
Achevé d'imprimer en juin 1984
N° d'édition 8436. N° d'impression 1308-945
Dépôt légal : août 1984.

Imprimé en France